ABISSO DI GHIACCIO

NICK THACKER

FOREWORD

Questo libro è stato tradotto dall'inglese grazie a un servizio, per offrire ai lettori di tutto il mondo storie fantastiche. Ci auguriamo che vi piaccia e vi preghiamo di perdonare eventuali errori linguistici!

Per ringraziarvi, visitate nickthacker.com/italiano per scaricare gratuitamente un romanzo thriller!

ERA GIÀ STATO da solo altre volte, ma mai in vita sua era stato esposto all'estremo isolamento dell'immenso *nulla* ghiacciato che si estendeva in ogni direzione. Il freddo gelido lo attraversava come piccoli proiettili, pugnali in miniatura che esplodevano sulla sua pelle in un milione di punture di aria gelata.

Roald Montgomery armeggiò con la cerniera del suo parka da spedizione Canada Goose, cercando di forzarla per i cinque centimetri rimanenti fino alla base del mento. Anche con i guanti da sci a cinque dita che consentivano una maggiore manovrabilità, era quasi impossibile afferrare la piccola cerniera.

Si fermò, mentre gli scarponi impastavano il soffice strato di neve in un blocco compresso sotto i suoi piedi. Roald inspirò, facendo attenzione a respirare lentamente l'aria gelida attraverso gli strati di protezione offerti dal passamontagna e dalla ghetta che indossava sul viso.

Controllò il termometro dell'orologio.

-38. Fahrenheit.

Il suo corpo non aveva bisogno di ricordare quanto freddo facesse fuori, ma vedere il numero sembrava dargli un'ulteriore spinta di energia e Roald finalmente tirò la cerniera fino alla posizione più alta. Soddisfatto, ricominciò ad avanzare.

Camminare è una parola più appropriata. Aveva camminato solo per circa 200 metri e già sentiva la fatica dello sforzo. Parte del problema era il vento. *Il vento che uccide,* come dicevano gli altri alla stazione. Non aveva mai pensato che camminare in linea retta potesse essere così complicato, ma d'altra parte non era mai stato in Antartide.

Fino ad oggi.

Roald aveva raggiunto il fratello maggiore, Scott, solo un mese fa alla stazione di ricerca, accettando un incarico di sei mesi per il quale aveva lottato con le unghie e con i denti. Era difficile ottenere un lavoro in fondo al pianeta, ed era ancora più improbabile che ci fossero due fratelli di stanza lì nello stesso momento. Non significava nulla, se non che Roald si sentiva ancora più controllato per questo: non poteva sbagliare. Si aspettavano che facesse il suo lavoro in modo eccezionale.

E aveva intenzione di farlo. Aveva lasciato l'Humvee Mars-1 in funzione, come da protocollo, ma l'aveva lasciato al centro del suo percorso circolare di 100 metri. La sua missione era semplice: camminare e prendere appunti su tutto ciò che vedeva.

È vero che si trattava di uno dei compiti più banali che gli scienziati dovevano spuntare dalla lista delle cose da fare ogni giorno, ma oggi aveva preso la pagliuzza più corta. Scegliere un luogo, guidare l'Humvee fino ad esso, quindi parcheggiare e camminare intorno al veicolo in un raggio predefinito. Quindi osserva l'ambiente circostante - il tempo, i cumuli di neve, tutto ciò che attira l'attenzione - e registra i dati verbali inserendoli in un dispositivo di registrazione nella tasca della giacca.

Aveva già preso le misure della pressione barometrica, della temperatura, della velocità del vento e delle precipitazioni nevose dal giorno precedente, e nulla di tutto ciò sarebbe cambiato nel momento in cui avrebbe concluso il suo giro e sarebbe tornato al mostruoso veicolo. Non vedeva già l'ora di godersi il calore dell'abitacolo dell'Humvee e della sua cuccetta. Il suo viaggio di ritorno sarebbe stato domani, di prima mattina, perché da lì a dodici ore avrebbe dovuto fare di nuovo lo stesso giro intorno al veicolo.

Roald accelerò il passo. Non c'era alcun vantaggio a tirarla per le lunghe, e prima tornava sul Mars-1, prima poteva spogliarsi dei suoi strati inferiori e lanciarsi nel gioco di strategia al computer che ultimamente lo aveva appassionato.

Si concentrò sul rumore della neve che scricchiolava. Era una bella giornata: c'era il sole, non c'erano nuvole in vista e il vento era relativamente stabile. Non leggero, ma stabile. Si ritrovò a camminare al ritmo della colonna sonora del gioco, mentre ascoltava lo *scricchiolio* di ogni scarpone al momento dell'atterraggio.

Thud.

Questa volta il suono era diverso. Il suo stivale sinistro era atterrato con uno scricchiolio, ma c'era un suono più profondo che lo accompagnava. Un suono *vuoto*. Roald si accigliò.

Si guardò i piedi, uno davanti all'altro, e sollevò ancora una volta lo stivale sinistro. Scese, questa volta più velocemente, e il *tonfo* era lì, ancora più evidente.

"Ma che..."

Il registro di registrazione dei dati avrebbe dovuto separare i discorsi che non erano specifici delle condizioni atmosferiche dell'Antartide, ma a lui non importava. In quale altro modo avrebbe dovuto reagire a quel tipo di suono?

Calpestò ancora due volte, per essere sicuro, poi si chinò e cominciò a spazzolare via lo strato superiore di neve. In pochi secondi raggiunse la neve dura sottostante e si inginocchiò per iniziare a staccarla.

Lavorava in silenzio, il suo respiro e i rumori di raschiamento erano gli unici a portata d'orecchio. Aveva scavato una buca profonda quasi mezzo metro quando la vide.

Qualcosa di oscuro.

Nel ghiaccio, appena sotto la neve.

Roald si alzò di nuovo e cercò nelle tasche il coltello che portava con sé. Era una lama piccola, ma avrebbe dovuto bastare. Incastrò la punta nel ghiaccio e continuò a rompere gli strati. Si mise in ginocchio, completamente impegnato nel compito.

Il registro aspetterà.

Avrebbe avuto tutto il tempo per fare rapporto e registrare un'analisi di ciò che stava facendo qui, ma al momento doveva concentrarsi sulla liberazione di qualsiasi oggetto si trovasse sotto il ghiaccio.

Passarono quindici minuti, poi trenta e Roald si ritrovò finalmente a fissare una grande lastra metallica quadrata. Non aveva ancora raggiunto il bordo, così continuò a lavorare per un'altra ora, finché il sole non cominciò a scendere all'orizzonte.

Gli rimaneva solo un'ora e non sembrava che stesse facendo alcun progresso. Scavò, spinse e ruppe pezzi di ghiaccio e sollevò cumuli di neve dalla lastra, eppure gli sembrava che i rottami metallici fossero una sezione infinita del terreno stesso.

Si affannava nella luce calante, controllando ogni pochi minuti per assicurarsi che il suo Humvee non si fosse inspiegabilmente allontanato da solo. Era una reazione nervosa all'isolamento e al freddo, lo sapeva, ma non poteva farci niente. L'Antartide spesso faceva emergere le abitudini e le stranezze nascoste dei suoi abitanti, nel bene e nel male.

Finalmente raggiunse il bordo del quadrato di metallo. Il suo coltello sollevò una grande lastra di ghiaccio e rivelò un bordo dritto, fatto dall'uomo, e si fermò per un momento a godersi il suo lavoro. Le sue dita sudavano all'interno dei guanti da sci, ma pensava che potessero ancora sentire il freddo estremo appena al di là del tessuto, mentre spazzolava la superficie metallica. Cambiò direzione, scegliendo di seguire il bordo del quadrato metallico verso l'alto e lontano da lui.

Passarono ancora alcuni minuti e raggiunse un angolo. Dopo di che, un altro angolo.

Si alzò e guardò il suo lavoro.

E' un...

Non voleva pensarlo, perché non aveva assolutamente senso, ma non poteva farne a meno.

È una porta.

LÌ, di fronte a Roald Montgomery, ai margini del continente antartico, in fondo al pianeta, c'era una *porta di metallo*.

Vide un massiccio meccanismo a cerniera legato al lato della porta, che spuntava da sotto un'area di neve e ghiaccio che non aveva ancora scoperto, ma fu facile liberare la cerniera - e le altre due simili - dal terreno ghiacciato.

La porta era ora completamente esposta, un'intera lastra di metallo di tre metri per sei. Una porta piccola, rispetto a uno stipite "tipico", ma pur sempre una porta. A parte i cardini su un lato della porta, non c'era nulla sulla superficie del metallo. Non c'erano segni, descrizioni o qualsiasi altra cosa che potesse identificare il motivo per cui c'era una porta qui.

Rimase ai piedi della porta per altri due minuti prima che gli venisse in mente uno strano pensiero:

Le porte portano da qualche parte. Questa è una porta.

Si chiese brevemente perché non ci avesse pensato prima, ma questa era senza dubbio una porta e ciò significava che c'era qualcosa dall'*altra parte*.

Si inginocchiò di nuovo e cominciò a fare leva sui lati della porta, sapendo che, nella migliore delle ipotesi, sarebbe stata chiusa con il ghiaccio. *Ho speso tutto questo tempo, tanto vale vedere se si apre.*

Controllò di nuovo l'Humvee Mars-1 con una rapida occhiata alle sue spalle. Il veicolo era al minimo e la scia bianca di vapore fluttuava verso l'alto nella luce del crepuscolo. Tornando alla porta, continuò a lavorare con le dita sui lati della pesante lastra.

Sentì un *clic*. Era più forte dei suoni che aveva emesso e, cosa più inquietante, sapeva di non aver fatto quel suono. Roald smise di lavorare per qualche secondo e aspettò.

Il clic fu sostituito da un *sibilo* dolce e delicato e sentì la porta muoversi.

Sapeva che si muoveva, ma iniziò a ricredersi non appena il pensiero gli passò per la testa. *La porta non si è mossa. Devi esserti mosso. Forse sei...*

Il monologo interiore fu interrotto da una netta sensazione di tremore sotto le mani e le ginocchia. Il sibilo aumentò di volume, poi si fermò con un forte *schiocco*. Trattenne il respiro.

Poi, contro ogni ragione e al di là di ogni spiegazione logica, la porta si aprì.

La porta si aprì verso l'esterno ed egli dovette spostare le mani e piegarsi all'indietro per permettere alla lastra di metallo di passargli accanto. La porta era automatizzata, un ingranaggio gigante che ora poteva vedere appena sotto la superficie della porta forniva la leva necessaria per spostare l'enorme oggetto. Raggiunse un angolo di novanta gradi con il suolo e si fermò.

Roald sbatté le palpebre, non sapendo quale reazione avrebbe dovuto avere.

Stava guardando giù in un pozzo scuro e rettangolare. Da solo, questo fatto lo avrebbe fatto tornare all'Humvee e registrare doverosamente le sue scoperte per l'analisi della stazione.

Ma il pozzo non era al centro dell'attenzione di Roald in quel momento.

Invece, i suoi occhi erano bloccati sulla canna di una pistola, puntata direttamente su di lui, impugnata da un uomo che indossava un parka e pantaloni completamente bianchi, con il volto completamente coperto da un passamontagna bianco come la neve e da occhiali da sci.

"Non parlare", disse l'uomo. La voce era diretta, pronunciata in un modo che richiedeva attenzione. "Se parli, sparo".

Roald deglutì, poi annuì.

"Ora, vieni con me".

CHAPTER 1

"MONSIEUR VALÉRE", disse la voce attraverso il suo processore vocale simulato al computer. "I *test dell'array hanno raggiunto un'accuratezza del 95%*".

Francis Valére alzò lo sguardo dal suo computer portatile e fissò il monitor vuoto del televisore montato sulla parete di fronte alla sua scrivania. Non c'era nulla da guardare, perché la voce di SARA emanava da centinaia di minuscoli altoparlanti a foro stenopeico montati sulle pareti che lo circondavano. L'Array di Risposta Artificiale Simulata era il migliore del suo genere, l'*unico* del suo genere, e aveva un hardware all'altezza del suo software e firmware futuristico.

"Molto bene, SARA". Annuì una volta, fece una smorfia e prese un flacone di pillole con il logo della Frontier Pharmaceuticals all'angolo della scrivania. Era comodo che lavorasse in un ufficio dominato dalla presenza di un'enorme azienda farmaceutica, ma era ancora più comodo che la società per cui lavorava *fosse proprietaria di* quell'azienda farmaceutica. La Frontier Pharmaceuticals occupava dodici piani dell'edificio, ma Francis aveva riservato per sé l'ultimo piano. Quando aveva acquistato l'azienda e si era trasferito anni prima, l'appaltatore generale assunto dalla sua società gli aveva chiesto se voleva mantenere la designazione "13" di questo piano, oppure saltarla e usare invece "14".

L'uomo aveva affermato che molte catene alberghiere e società di uffici avevano scelto di saltare del tutto il numero "sfortunato", una pratica ormai considerata standard nel settore dell'edilizia e delle costruzioni. A quanto pare, la superstizione del numero era molto diffusa tra la popolazione americana e, anche se l'edificio sarebbe stato costruito in territorio canadese, era una domanda che l'appaltatore generale aveva l'abitudine di porre.

Francis ricordava di aver ignorato la domanda, troppo occupato per le superstizioni. Da quel momento in poi, ogni giorno si era presentato alla stessa scrivania, allo stesso piano "sfortunato", nello stesso edificio. E ogni giorno ne era uscito, completamente sano e salvo.

Alla faccia delle superstizioni.

Francesco credeva nella scienza, non nella religione o in stupide superstizioni. Detestava chiunque non avesse la capacità intellettuale necessaria per ammettere che la scienza era l'unica vera religione necessaria all'uomo. Era il XXI secolo e la gente pregava ancora un fantasma che viveva tra le nuvole.

Riportò la mente al presente, sperando che SARA avesse già interpretato correttamente il suo cenno.

Aveva.

Annuendo, aveva avvisato il programma informatico che controllava l'intero piano, compreso il suo ufficio, che non solo riconosceva i risultati che lei aveva consegnato, ma intendeva farle iniziare la fase finale dei test.

Sul televisore di fronte a lui si materializzò un volto.

"Monsieur", disse l'uomo. "Spero che stia bene. Presumo che la sua chiamata indichi il suo desiderio di procedere con la fase finale".

Francis era un uomo di poche parole e questo aspetto del suo carattere si estendeva anche ai suoi rapporti di lavoro. Raramente inviava e-mail o avviava telefonate, se non quando era assolutamente necessario.

Oggi, ovviamente, era assolutamente necessario. Questo progetto stava prosciugando l'azienda di denaro, tempo e altre risorse da troppo tempo. Le battute d'arresto subite al Parco Nazionale di Yellowstone e nella foresta amazzonica quattro mesi prima erano state superate, ma erano ancora molto sentite all'interno dell'organizzazione. I finanziamenti di Francis erano già stati minacciati più di una volta, un fatto che mandava fuori controllo il suo nervosismo cronico quando ci pensava, anche se il suo controllo sull'azienda era diventato, negli ultimi tempi, quasi assoluto.

"Sì", ha detto Francis Valére. "La SARA mi ha appena informato che siamo al 95% di precisione. La fase finale inizierà immediatamente, ma come da protocollo, dovrete iniziare i test sull'uomo il prima possibile".

L'uomo sullo schermo fece una pausa. Emilio Vasquez, un miliardario che si è fatto da solo e che attualmente risiede a Porto Rico, fissò Valére. Francis sapeva che l'uomo non lo aveva frainteso. Il suo accento era franco-canadese, anche se aveva perfezionato le sue capacità di parlare inglese al punto che molti non potevano dire che fosse una lingua secondaria per lui.

No, Vasquez esitava.

"Signor Vasquez, lei comprende le aspettative stabilite dall'azienda per la fase finale?".

"Lo so, naturalmente. Mi dispiace, è solo che...".

"Siamo a un punto importante di questo progetto. In particolare, ci stiamo avvicinando alla *fine* di questo progetto e all'*inizio della* prossima era per la vita umana sulla Terra".

"Certo, Francis. Ti prego di perdonare il mio...".

"Non c'è bisogno di ricordarvi che sono il direttore e che sono stato incaricato di portare a termine questo progetto. Devo quindi assicurarmi che in ogni fase del percorso anche voi siate impegnati a raggiungere questo obiettivo".

Emilio Vasquez annuì sullo schermo. Dietro di lui, Francis poteva vedere le palme che ondeggiavano dolcemente sfiorando i lati della tenuta dell'uomo, una villa tentacolare situata su dolci colline che si ergevano dalla costa. Francis Valére non c'era mai stato, ma SARA aveva compilato un dossier impressionante su tutti coloro che avevano investito o fatto affari con la società, compreso Emilio Vazquez. Vasquez era un uomo d'affari onesto che aveva fatto alcuni investimenti fortunati negli anni della giovinezza, finendo per dedicarsi alle aziende della "zona grigia" che lo avevano a lungo incuriosito.

Dopo aver trasferito l'investimento richiesto di 5 milioni di dollari sotto il controllo di Francis Valére e della società, Valére aveva richiesto il signor Vasquez come consulente e consigliere personale per questo progetto. Aveva dimostrato il suo valore come uomo esperto dei meccanismi interni dell'industria tecnologica, un ruolo chiave che mancava nella gerarchia del progetto di Valére.

I due uomini si fissarono per altri 30 secondi. Valére sapeva che SARA era impegnata a inviare all'uomo di Porto Rico terabyte di file video criptati che aveva recuperato dalla sede centrale del progetto, e che questi filmati venivano riprodotti sullo schermo dell'uomo, ogni file tagliato alla sezione più rilevante per fornire una rapida panoramica dei risultati dei test. Valére osservò gli occhi di Emilio mentre danzavano da sinistra a destra sullo schermo del televisore, assorbendo il contenuto.

"Bene", disse Vasquez, tornando finalmente a guardare Valére. "Se questa anteprima è un'istantanea rilevante degli esperimenti in corso, devo ammettere che i risultati sono migliori del previsto".

Valére aprì finalmente il flacone di pillole e ne prese due con l'indice. Le mise in bocca, aspettando con impazienza che i tremori delle membra si attenuassero. "Questi risultati sono esattamente quelli che mi aspettavo".

"Giusto. Beh, ho del lavoro da fare. C'è qualcos'altro che ti serve da me?".

Francis Valére continuò a guardare fisso nello schermo del televisore. "Sì, signor Vazquez. C'è un'altra cosa".

Vasquez sollevò un sopracciglio.

"Ho bisogno che assuma una seconda squadra di sicurezza e la mandi in Antartide".

Vazquez aggrottò le sopracciglia e lo sguardo si spostò per un attimo a sinistra. "C'è già una considerevole forza di sicurezza di stanza a...".

"Sono ben consapevole della qualità delle forze di sicurezza che stiamo impiegando in loco. Ma questa fase finale è la più cruciale di tutte. Senza questi risultati, non abbiamo nulla. E con gli eventi che si sono verificati negli ultimi mesi, sarà nel nostro migliore interesse garantire il successo di questi risultati".

Vasquez annuì di nuovo, come se avesse capito.

Ci sono molte cose che non capisci, Vazquez. Ci sono molte cose che non puoi capire.

SARA, sempre presente nella stanza, ha interrotto la chiamata e si è messa in contatto con il suo capo. "Sto *preparando una trascrizione*", disse. *"Vuole che avvisi l'Antartide della squadra di sicurezza aggiuntiva?".*

Francis si appoggiò alla sedia, con gli occhi chiusi, mentre aspettava che la pillola facesse effetto. Scosse la testa. "No, dobbiamo mantenere le comunicazioni al minimo e non c'è motivo di allertarli. La nuova squadra di sicurezza viaggerà con il proprio equipaggiamento e le proprie scorte, e nella struttura c'è molto spazio per altri ospiti".

SARA, leggendo il linguaggio del corpo e gli indizi di comunicazione non verbale del suo capo, non confermò a voce l'ordine. Si limitò a disattivare il collegamento software con la stanza, a rientrare nel vortice silenzioso delle viscere della lontana sala server in cui era ospitata e a mettersi al lavoro.

CHAPTER 2

"BEN, QUESTO STA DIVENTANDO RIDICOLO", disse Juliette Richardson. Si girò e fissò l'omone in piedi accanto a lei.

"Jules, smetti di distogliere lo sguardo dal bersaglio". Harvey Bennett sostenne il suo sguardo, ma strizzò l'occhio appena prima che lei si voltasse di nuovo a fissare il bersaglio. La guardò appoggiare delicatamente l'indice sul grilletto, poi guardò dietro di sé.

L'uomo in piedi dietro a entrambi annuì una volta, senza distogliere gli occhi coperti da occhiali da sole dalla corsia del poligono all'aperto. "Ricorda, non anticipare la pressione del grilletto. Quando sei pronto a sparare, sorprenditi".

Julie stava dritta, l'unico segno che non era una statua era il leggero movimento su e giù delle spalle mentre inspirava ed espirava. Ben aspettò, facendo un pessimo lavoro per non anticipare lo sparo. Sobbalzò quando lei sparò con la Sig Sauer.

Tutti e tre strizzarono gli occhi, cercando di capire dove fosse finito il suo colpo. Era una distanza relativamente piccola, il bersaglio a cui Julie mirava era solo a metà strada tra lei e la collinetta posteriore del poligono. Tuttavia, era una distanza difficile per una semplice pistola e Julie aveva colpito il bersaglio quasi al centro.

"Bene", disse Ben. "Devo riconoscerlo, Reggie, sei un ottimo insegnante".

"Questo significa che d'ora in poi mi ascolterai senza fare domande?".

Ben si limitò a sorridere al grande uomo di colore. "Quindi riesce a farsi un'idea della nostra postura stando così dietro di noi?".

Reggie abbassò gli occhiali da sole sulla punta del naso e guardò Ben e Julie, corrugando contemporaneamente il viso. "Certo, sì, è per questo che sono qui dietro".

Ben guardò da Julie a Reggie, poi di nuovo indietro. Si girò e affrontò Reggie. "Mi piaci, ma non costringermi a darti una lezione".

Reggie gettò la testa all'indietro in preda a una risata, il suo caratteristico sorriso enorme si trasformò in una risata altrettanto enorme. Julie aveva finito il caricatore e aveva iniziato a smontare l'arma e a pulirla, proprio come Reggie li aveva addestrati.

Ben si avvicinò a Reggie e finse di tirare un pugno. All'ultimo momento fermò il braccio, aprì la mano e colpì delicatamente Reggie sul lato del viso con il palmo.

"Se è così che vuoi colpire, sembra che dobbiamo fare anche un po' di addestramento al combattimento corpo a corpo", disse Reggie. "Vieni qui, amico. Parliamo". Alzò la voce per farsi sentire anche da Julie. "Vieni qui al tavolo quando hai finito, Jules".

Julie annuì, dando ancora le spalle agli uomini. Ben seguì Reggie fino al tavolo da picnic a pochi passi di distanza e si sedette.

"Ascolta, Ben".

Ben percepì immediatamente il cambiamento nella voce dell'uomo. Gli occhi di Reggie si spostarono, diventando in qualche modo più intensi. Aveva appoggiato gli occhiali da sole sul tavolo di fronte a lui e le sue mani stavano ora giocherellando con un proiettile non spento che aveva tolto da un fermaglio sul bordo del tavolo.

Julie li raggiunse al tavolo proprio mentre Reggie iniziava a parlare.

"Non sono venuto qui solo per fare visita", disse Reggie. "Il tuo chili è fantastico e sono contento che siamo riusciti a incontrarci, naturalmente, ma c'è qualcos'altro".

Ben lanciò un'occhiata a Julie, che alzò le sopracciglia.

"Avevate già capito che c'era qualcosa sotto, eh?". Chiese Reggie.

Ben e Julie annuirono. "Non è che un viaggio dal Brasile all'Alaska sia solo una cosa da weekend", disse Julie. "Siamo contenti che tu sia venuto, ma avevamo la sensazione che ci avresti detto qualcosa".

Ben si intromise. "Li hai trovati?"

Reggie scosse la testa. "No, purtroppo. Dopo l'incidente dell'Amazzonia sono diventati praticamente muti, cosa che chiunque di noi avrebbe potuto prevedere. La maggior parte delle piste che Joshua stava seguendo si sono esaurite o sono diventate vicoli ciechi, e lui non riesce ancora a contattare suo padre".

Ben provò una fitta di rimpianto e il ricordo di suo padre gli tornò alla mente mentre pensava al suo nuovo amico, Joshua Jefferson, e alla sua lotta per mettersi in contatto con il padre. Entrambi lavoravano per una società che Ben aveva seguito per sei mesi, e la sua ricerca aveva portato lui e Julie nella foresta amazzonica, dove era quasi finita in un disastro.

Si erano salvati per un pelo, dopo un viaggio straziante in una zona remota di una delle aree geografiche più letali del mondo. I segreti scoperti e le conoscenze acquisite durante il viaggio erano sostanziali, ma l'intero motivo per cui Ben era andato con loro si era rivelato un fallimento. Lo scopo di questo viaggio rischioso era di portare alla luce l'organizzazione che si celava dietro gli attacchi mortali al Parco Nazionale di Yellowstone di meno di un anno prima, ed era stato un fallimento.

Non si sentiva affatto vicino a scoprire chi c'era dietro a tutto questo, e sapeva che la pista diventava sempre più fredda ogni giorno che passava.

"Allora, che cosa sei venuto a dirci?". Chiese Ben.

Reggie sospirò, poi si guardò intorno. Il poligono era per lo più vuoto, a parte qualche impiegato e una coppia in fondo. Tornò a guardare Ben e Julie, ancora intenti a sistemare gli occhiali da sole. "Vi ricordate del dottor Archibald Quinones?", chiese.

Ben aggrottò le sopracciglia, sorpreso. "Certo che sì. Come potremmo dimenticarlo?". Archie Quinones aveva camminato con loro attraverso la giungla, la sua conoscenza della storia e dell'antropologia della zona, così come il suo atteggiamento da uomo d'affari, erano un grande aiuto per il morale.

"Giusto, sì", disse Reggie. "Beh, ti ricordi la sua reazione quando tutto è finito?".

Julie si intromise. "Sembrava... riservato, credo. Come se stesse ancora assimilando tutto".

"E sono sicuro che lo era. Lo eravamo tutti".

Ben pensò per un attimo, poi aggiunse. "Sembrava che stesse pensando a... Aspetta - all'*eredità*!".

Reggie sorrise. "*Esattamente*. Ha parlato di 'un'eredità' che aveva. Non so molto di più, ma non è incline a esagerare, quindi immagino che sia considerevole. E ha parlato di aiutare Amanda Meron a finanziare le sue ricerche".

La società della dottoressa Meron aveva fatto passi da gigante nella ricerca neurologica prima e dopo l'incidente di qualche mese fa, e quando le Industrie Draconis erano entrate in scena avevano quasi fatto deragliare del tutto la ricerca. Invece, la dottoressa Meron ha potuto portare altrove le sue ricerche e le sue scoperte e, grazie al denaro fornito da Archibald Quinones, ricominciare da capo.

"Mi sorprende che si sia rimessa in gioco dopo...". Julie lasciò che la frase morisse sulla punta della lingua, evidentemente non aveva bisogno di finirla.

"C'è stato bisogno di un po' di convincimento per farla tornare in gioco", ha detto Reggie. "E poi, metà dei soldi che le ha dato sono stati spesi per la sicurezza e la crittografia dei loro sistemi di condivisione dei dati basati sul cloud. Qualunque cosa significhi".

Ben ridacchiò, poi aspettò che Reggie lo guardasse ancora una volta negli occhi. "Davvero, Reggie, che succede? Se ha a che fare con i soldi di Archie e la ricerca di Amanda...".

Reggie annuì, poi finì la frase per lui. "... Allora *deve avere a che fare* con le Industrie Draconis".

Ben aspettò e notò che Julie si era seduta un po' più dritta sulla panchina.

"È così. È l'ultima pista che abbiamo, ma è buona. Ho detto che non li abbiamo ancora trovati e che *la maggior parte delle* piste di Joshua si sono esaurite, ma non *tutte*. La settimana scorsa è successa una cosa di cui credo dovresti sapere".

CHAPTER 3

ANCHE SENZA SAPERE ESATTAMENTE DI COSA STESSE PARLANDO REGGIE, Ben cercava di mettere in ordine i suoi pensieri. Era da mezzo anno che dava la caccia a questa società, ma tutto quello che aveva fatto era finito in un fallimento. Ogni volta che si era presentato per cercare l'organizzazione, le persone erano morte. Aveva quasi rinunciato del tutto, ma, sorprendentemente, Julie lo aveva tenuto concentrato sull'obiettivo.

Dopo il Brasile, lo aveva esortato a presentare un rapporto ufficiale alla Central Intelligence Agency. Per qualche tempo aveva lavorato nel settore governativo, aiutando i Centri per il Controllo delle Malattie a creare la loro squadra di resistenza alle minacce biologiche, poi a gestire le conseguenze della situazione di Yellowstone, finita male per il gruppo BTR. Aveva accettato un lavoro presso il parco di Ben in Alaska, occupandosi di assistenza informatica, ma aveva continuato ad aiutare il CDC e altre organizzazioni statunitensi su base contrattuale.

Come amava dire, quando non le veniva chiesto di essere il volto pubblico della mitigazione delle crisi americane, svolgeva un lavoro *effettivo* aiutando il governo degli Stati Uniti a scoprire la prossima possibile minaccia per i cittadini americani.

Così aveva trovato un orecchio attento nella CIA, che finora non era riuscita a scoprire nulla di utile sull'organizzazione che si faceva chiamare "Draconis Industries". Il gruppo era organizzato in filiali, tra cui aziende farmaceutiche, società di ricerca medica e tecnologica e una pletora di altre società a scopo di lucro in diversi settori. Il loro legame comune era solo nel nome: la maggior parte delle organizzazioni più piccole usava una qualche forma della parola "drago", in lingue diverse, nel proprio nome. La Drache Global, la Drage Medisinsk e la Dragonstone erano tutte società su cui avevano fatto ricerche. Ognuna di esse era risultata pulita, la pista che portava ai vertici dell'organizzazione madre era disseminata di documenti, conti bancari falsi e scappatoie legali che rendevano impossibile inchiodare i veri leader.

Ben aveva accettato con riluttanza e l'incontro era stato organizzato. Aveva indossato un abito economico, scelto da Julie, ma si era rifiutato di mettere la cravatta. L'uomo che aveva incontrato era disinvolto, indossava jeans e una camicia a maniche lunghe rimboccata, e gli aveva fatto alcune domande sul loro viaggio in Brasile. Ben aveva risposto onestamente, anche se in modo succinto, e se n'era andato meno di un'ora dopo.

A casa, Julie lo aveva interrogato di nuovo e lui aveva semplicemente scrollato le spalle quando le aveva chiesto se pensava che la CIA potesse aiutarlo nelle indagini.

Secondo lui, il governo era inutile come un calcolo renale. Gli piaceva l'ironia di lavorare per un parco nazionale, come se vivesse all'interno della sua stessa barzelletta.

Reggie stava fissando Ben dall'altra parte del tavolo. Il rumore dei rotori degli elicotteri in lontananza giunse improvvisamente alle orecchie di Ben, aiutandolo a concentrarsi nuovamente sull'uomo seduto con lui e Julie.

"Ragazzi, c'è una persona che voglio farvi conoscere".

Il rumore dell'elicottero aumentò di volume e sia Ben che Julie alzarono lo sguardo per vedere un elicottero Bell che viaggiava a bassa quota, diretto verso di loro.

Ben alzò la voce per contrastare il rumore. "Reggie, sei molto vago. Se ti aspetti che io prenda un aereo e viaggi Dio-sa-dove per incontrare qualcuno...".

Reggie alzò una mano e il suo sorriso divenne ancora più grande. "Buone notizie, Ben! Non è un *aereo*, almeno per questa tratta. Vedi?"

Ben seguì il dito di Reggie mentre l'elicottero girava lentamente intorno al poligono, scendendo.

Julie rimase a bocca aperta.

La bocca di Ben si chiuse, serrata. Forzò le parole attraverso il piccolo spazio tra le labbra. "Reggie, *odio* volare. Non importa che *tipo di* aereo sia".

Reggie finse di sembrare ferito. "Ben, ho organizzato questo viaggio secondo le tue precise indicazioni".

Ben sgranò gli occhi quando l'elicottero trovò una piazzola di atterraggio decente a poche centinaia di metri dall'edificio principale del poligono. Tutti guardarono l'elicottero posarsi sull'erba, con la sporcizia disturbata che si sollevava e vorticava intorno al velivolo.

"Ascoltate, tutti e due", continuò Reggie. "Mi dispiace per il breve preavviso, ma non volevo rovinare il nostro tempo insieme. So che avevamo in programma una cena in città, ma sarete *molto* soddisfatti della sistemazione e del cibo dove andremo".

Julie strizzò gli occhi e Ben osservò la sua espressione, provando la stessa cosa. *Non riesco a capire se sta facendo del sarcasmo.*

"Dovete incontrare quest'uomo. Ha insistito perché scendeste entrambi".

Reggie si alzò dal tavolo e Ben si trovò a seguirlo, contro il suo giudizio. Julie prese la mano di Ben e si alzò anche lei, e tutti e tre iniziarono a camminare verso l'elicottero.

"Reggie, dove stiamo andando?". Chiese Julie. "Di nuovo a casa tua in Brasile?". Reggie aveva salvato le loro vite in Brasile nascondendole nel suo terreno, che comprendeva un poligono di tiro, un campo di sopravvivenza e la sua casa. Più precisamente un bunker di cemento che *chiamava* casa sua. Avevano evitato per un pelo un attacco intrufolandosi nella giungla dietro la sua proprietà, ma le esplosioni e le granate avevano danneggiato gli edifici e il terreno.

"No, sto ancora cercando di venderlo. Negli ultimi mesi sono stato un po' un nomade. Il poligono è stato divertente, ma non ha fruttato molto. Posso insegnare la sopravvivenza e l'autodifesa quasi ovunque, quindi dopo l'attacco ho pensato che sarebbe stato più facile venderlo così com'era piuttosto che cercare di convincere l'assicurazione che non c'era nessuna guerra. Ho ottenuto un bel risarcimento, quindi l'ho accettato e non ho chiesto altro. In realtà, sto pensando di tornare negli Stati Uniti. Un posto freddo sarebbe un bel cambiamento". Fece l'occhiolino a Ben.

"Sì, dovreste costruire una baita di lusso vicino alla nostra", disse Ben. "Ma tipo a dieci miglia di distanza, altrimenti si vanifica lo scopo".

Tutti risero, poi Julie riportò la conversazione sull'argomento in questione. "Davvero, dove stiamo andando?".

Reggie sorrise e scrollò le spalle. "In definitiva? Non ne ho assolutamente idea. Ma in questa prima fase, per incontrare il signor E, andremo in Colorado".

"*Signor E?* '" Chiese Ben. "Chi è, una specie di aspirante supereroe dei fumetti?".

Reggie sbuffò una rapida risata. "Questo potrebbe essere più facile da digerire. Ma no, credo che sia solo la prima lettera del suo nome. Non ha molto senso dell'umorismo ed è più paranoico di me".

E questo è tutto dire, pensò Ben.

"Allora", chiese Julie. "Dove vuole incontrarci questo 'signor E' in Colorado?".

Reggie si fermò di colpo, cogliendo Ben di sorpresa. Si voltò verso di loro, ancora a un centinaio di metri dall'elicottero in attesa.

"Mi fa piacere che tu l'abbia chiesto", disse. "È mai stato al Broadmoor?".

CHAPTER 4

JULIE SI SENTIVA COME UNA SCUOLA la sera del ballo, aggrappata al braccio dell'uomo che amava. Aveva stampato in faccia un sorriso enorme e, pur sapendo di essere ridicola, si rifiutava di smorzarlo.

Lei e Ben erano vestiti eleganti, Ben in kaki e una camicia Oxford di seta e lei con uno splendido abito autunnale color marrone che aveva acquistato nel negozio di souvenir del Broadmoor dopo il loro atterraggio all'aeroporto internazionale di Colorado Springs. Ben si era lamentato per tutto il tempo della preparazione, ma si era fermato a metà frase quando lei era uscita dall'enorme bagno dell'hotel indossando il vestito senza schienale, senza scarpe e con gli orecchini di cui gli aveva mandato il link e che lui aveva acquistato per il suo compleanno.

Julie non aveva considerato che avrebbero dovuto vestirsi *due volte*, ma quando finalmente riuscirono a raggiungere il ponte che collegava le due sponde del lago sul terreno dell'hotel, era assolutamente elettrizzata.

"Ben, questo posto è *fantastico*".

Ben si limitò a scrollare le spalle, ma lei si fermò e lo guardò finché lui non scoppiò a ridere.

"Sì, va bene, credo", disse.

Attraversarono il ponte e si fermarono su una delle panchine lungo la ringhiera. Lei tirò fuori il telefono dalla pochette che portava con sé - che si intonava *perfettamente* con il vestito - e scattò qualche selfie.

Il Broadmoor era immerso nel dolce bagliore di migliaia di lampadine, appese agli alberi, e dei lampioni d'epoca che punteggiavano i camminamenti intorno al parco. Coppie e famiglie si muovevano tranquillamente, dirette a cena o a uno dei numerosi bar e locali di intrattenimento del resort.

Dopo la migliore cucina italiana che Julie avesse mai mangiato - prosciutto che arrivava ogni giorno da Parma, Italia, oltre a molte altre specialità dello chef - nel ristorante sul lato ovest del lago, avrebbero dovuto incontrarsi con Reggie in una delle sale da ballo della classica ala est. Julie sapeva che Ben voleva far aspettare Reggie per poter tornare in camera e "cambiarsi d'abito" ancora una volta, ma Julie era fermamente decisa a fissare l'appuntamento.

La sala banchetti era in linea con l'elaborato arredamento d'altri tempi del resto del campus, e per Julie fu difficile concentrarsi sui partecipanti quando entrarono. Alte arcate dividevano la sala in sezioni più piccole e ogni arco era illuminato da appliques decorate a mano che proiettavano un giallo delicato e uniforme sulle finiture ornate e sulle modanature a corona. Le pittoresche arcate attiravano lo sguardo verso l'alto, fino al soffitto, un'altra caratteristica di design accuratamente realizzata. Piccole luci a incasso fornivano al resto della stanza ciò che la luce della luna serale che filtrava da una parete non riusciva a fare. Dietro un'enorme parete di vetro, una fontana d'acqua interna, appena fuori dalla stanza, nell'atrio principale, faceva da sfondo a una scena meravigliosa.

"Jules", disse Ben, richiamando la sua attenzione. Lei tornò di scatto al momento e si rese conto che tutti nella stanza la stavano fissando.

Reggie era lì, ovviamente sorridente, seduto accanto a Joshua Jefferson, l'uomo che li aveva inseguiti attraverso l'Amazzonia fino a quando non era stato tradito dai suoi stessi uomini, dalla sua compagnia e, forse, da suo padre. Joshua era seduto dritto sulla sedia, con le braccia appoggiate sul tavolo e l'aria stoica. I suoi capelli castani e polverosi e il suo viso da ragazzo nascondevano una durezza che Julie aveva sperimentato in prima persona, oltre a un'astuzia che aveva salvato le loro vite più di una volta.

Di fronte a Joshua, in piedi vicino a dove era seduto Reggie, c'era la donna più grande che Julie avesse mai visto. Julie pensò che sarebbe stata più a suo agio nella foresta amazzonica. I suoi capelli erano tirati indietro in una stretta coda di cavallo e quasi facevano venire il mal di testa a Julie solo a guardarli. I suoi occhi erano dello stesso colore dei capelli castano scuro e avevano il minimo accenno di rughe dell'età che si arricciavano verso il basso accanto a loro. Aveva un'espressione spensierata e ariosa che si opponeva quasi perfettamente a quella di Joshua, ma le sue braccia, spesse e muscolose, erano incrociate davanti al petto.

Reggie saltò in piedi quando arrivarono vicino al tavolo. "Ben, Julie, vorrei presentarvi la signora E.". Passò lo sguardo da una parte all'altra, aspettando che tutti e tre si stringessero la mano. "È qui per conto di suo marito, il signor E.".

Julie osservò il volto di Ben e cercò di non ridere. Avevano già condiviso l'uno con l'altro le loro versioni di come potesse essere l'enigmatico e paranoico "signor E", ma ogni rappresentazione aveva finito per trasformarsi in un'esilarante sciarada di recitazione dei loro cattivi cinematografici preferiti.

Vedere la *signora* E, in carne e ossa, non ha reso più facile mantenere la calma. La donna che si trovava lì vicino era come una Wonder

Woman in carne e ossa. A Julie sembrò persino di vedere le vene spuntare sulle sue braccia sinuose.

Gli occhi di Julie caddero sul pavimento in un ultimo tentativo di mantenere la sua sanità mentale.

"Prego, accomodatevi", disse Reggie, indicando due sedie vuote al tavolo. Ben aspettò Julie, le tirò fuori la sedia e si sedette accanto a lei. La signora E rimase in piedi. Si avvicinò a un televisore su un carrello mobile che si trovava ai margini della stanza e lo accostò al tavolo.

Finora non aveva detto una parola, quindi Julie fu sorpresa dalla voce bassa e dall'accento leggermente esotico della donna che le stava di fronte. "La prego di perdonare mio marito per la sua riluttanza a viaggiare. Preferisce un accordo più *esclusivo*".

Tutti annuiscono e la signora E continua. "Sono la signora E. Mio marito, il signor E, e io siamo gli unici proprietari di una grande multinazionale delle comunicazioni. Abbiamo interessi in molti settori, ma la nostra impresa più redditizia è attualmente il settore tecnologico".

Julie lanciò un'occhiata a Ben, ma non riuscì a leggere il suo volto. *Ha senso per te?* Si chiese.

"Il signor E aspettava il vostro arrivo. Lasciate che mio marito vi spieghi meglio".

La signora E si allontanò dalla parte anteriore del tavolo e fece una pausa, come se aspettasse un applauso. Infine si sedette accanto a Reggie. Il televisore si accese.

"Salve", disse un uomo. La sua voce era priva di vita come la scatola da cui proveniva e sembrava che stesse leggendo un copione. *"Come ha detto mia moglie, mi chiamo Mr. E. È un piacere conoscerla"*. Un'altra pausa, questa troppo lunga.

Era uno scherzo? Julie si chiese. Si accigliò.

"Grazie per essere venuti qui a incontrarci. Spero che la sistemazione sia di vostro gradimento. Il Broadmoor è uno dei nostri preferiti

da molti anni. Se avete bisogno di qualcosa, non esitate a chiedere al personale".

L'uomo che parlava loro sembrava avere il doppio dell'età della signora E, ma non sembrava necessariamente *vecchio*. Aveva più rughe, capelli grigi tagliati corti e un abbigliamento che sembrava più adatto al Medioevo che alla società moderna. Sbatteva troppo le palpebre, dando l'impressione di essere insicuro, tremante.

"Ho chiesto la vostra presenza qui oggi perché ho bisogno del vostro aiuto. Come mi ha spiegato mia moglie, siamo proprietari di una grande azienda di telecomunicazioni e di molte filiali più piccole, tra cui startup e organizzazioni di comunicazione di medie dimensioni.

"Abbiamo seguito le vostre recenti escursioni in Brasile e ho letto anche dell'incidente di Yellowstone. So che state seguendo una società che si fa chiamare 'Draconis Industries' e credo di potervi aiutare a localizzarla".

Reggie guardò Julie e poi Ben. Non riusciva a leggere il suo volto, ma sembrava un misto di *"te l'avevo detto"* e *"ci risiamo".*

Mr. E continuò il suo monologo. *"Mi sono impegnato personalmente per trovare i finanziatori e i dirigenti della società e ho impiegato alcune delle mie menti migliori per rintracciarli".*

Aprì la bocca per ricominciare, ma Ben scosse la testa di lato. "Sì? Cosa ci guadagnate?", disse sottovoce, rivolgendosi a Julie, Joshua e Reggie.

L'uomo sullo schermo si fermò e si schiarì la gola. La signora E spiegò. "Questo è un registratore digitale e un dispositivo cellulare unidirezionale", disse, indicando un piccolo oggetto rettangolare sul tavolo di fronte a loro. "Potete sentire la voce di mio marito e lui può sentire la vostra".

Le sopracciglia di Ben si sollevarono quando il signor E rispose alla sua domanda. *"La mia azienda ha intercettato due giorni fa una comunicazione che riteniamo provenga dalle Industrie Draconis. Il motivo per cui mi interessa - per rispondere alla sua domanda - è che hanno dirottato la mia tecnologia di comunicazione e criptato i loro messaggi. Non dovrebbe sorprenderla il fatto che stiano utilizzando i servizi della mia azienda senza pagarli".*

"Cosa vuol dire che stanno *'usando la vostra tecnologia'?"*. Chiese Joshua.

L'uomo scosse rapidamente la testa, evidentemente non voleva essere interrotto. "Intendo dire che stanno usando il mio satellite".

"La vostra azienda possiede un satellite?" Chiese Julie.

"No", ha detto la signora E. "Possediamo un satellite".

"Siamo stati incaricati di fornire le comunicazioni, compreso l'accesso a telefono e internet, per l'intera struttura delle stazioni di ricerca antartiche con sede negli Stati Uniti".

Gli occhi di Julie si allargarono. *Quanti soldi hanno questi ragazzi?*

"Abbiamo acquistato il satellite da Lockheed Martin anni fa, ma abbiamo continuato lo stesso rapporto con le stazioni di ricerca statunitensi, in particolare le stazioni Amundsen-Scott e McMurdo".

Reggie soffiò una boccata d'aria dalla bocca. "Pensi che le Industrie Draconis siano in *Antartide?"*

CHAPTER 5

NESSUNO PARLÒ PER QUALCHE SECONDO. Alla fine il signor E si girò leggermente, continuando a guardare la telecamera. *"So che sono in Antartide. Abbiamo il punto di origine del segnale primario e proviene dalla stazione McMurdo".*

"Quindi ci stai dicendo che pensi che le Industrie Draconis abbiano una sede all'interno di una base di ricerca *degli Stati Uniti?"*. Chiese Ben.

"Non esattamente", ha detto la signora E. "Crediamo che stiano utilizzando la rete già esistente della stazione per inviare e ricevere segnali criptati dal nostro satellite, ma la stazione stessa non ne è a conoscenza. Stiamo ancora cercando una fonte, perché sospettiamo che, anche se la McMurdo sembra essere il punto di origine e di terminazione, ci sia un'altra strada su cui il segnale viene passato una volta raggiunto il continente".

"Sì", ha continuato il signor E. *"Abbiamo iniziato a esaminare anche i registri dei trasporti, che sarebbero più difficili da falsificare. Dopotutto, se qualcuno è laggiù e usa il nostro satellite per comunicare, avrebbe bisogno di beni di prima necessità: carburante, cibo, ecc.".*

"E hai trovato qualcosa?" Chiese Julie.

"L'abbiamo fatto. L'autostrada McMurdo-Polo Sud, da McMurdo ad Amundsen-Scott, trasporta carovane di attrezzature, rifornimenti, petrolio e qualsiasi altra cosa necessaria da una base all'altra gestita dagli Stati Uniti, ma alcune di queste carovane, nel corso del tempo che abbiamo osservato, sono "scomparse". Non compaiono nei registri di ricezione e l'unica traccia è nei registri criptati del traffico spedito della McMurdo".

"Aspettate un attimo", disse Reggie. "C'è un'*autostrada* in Antartide?".

"C'è. È stata terminata nel 2006, ed è essenzialmente una striscia di neve appiattita che trasporta i veicoli da trasporto per 1.000 miglia fino al Polo Sud e ritorno. In ogni caso, non è facile perdere queste carovane: di solito i veicoli si guidano da soli, seguendo un percorso prestabilito e le coordinate GPS. Basterebbe che qualcuno sul posto, alla McMurdo, alterasse i registri per permettere a qualcuno di loro di essere reindirizzato".

"Chi potrebbe alterare i registri? Stiamo parlando di scienziati, giusto?".

"In realtà, no. La maggior parte del personale di queste stazioni è composto da personale di supporto, non da scienziati e professionisti del settore. Non sono pagati quasi allo stesso livello, il che li rende il tipo di persone che potrebbero essere 'comprate' facilmente. Non ci vorrebbero molti soldi per ordinare a qualcuno di dirottare alcuni veicoli a guida autonoma verso un'altra destinazione, soprattutto se la carovana tornasse a McMurdo vuota, proprio nei tempi previsti. Non c'è bisogno di molte persone in questo sistema, e ciò consentirebbe una fornitura quasi illimitata di materiale.

"Inoltre, la politica di contrazione degli Stati Uniti per le basi antartiche prevede un'enorme quantità di margine di manovra: c'è l'aspettativa che una parte dell'equipaggiamento non venga trovata, e anche se non fosse così, qualcuno che abbia un po' di esperienza con la

logistica delle catene di rifornimento - o semplicemente un programma informatico decente - potrebbe mettere insieme un flusso credibile di intoppi nel trasporto".

Reggie si pizzicò la punta del naso. "Ok, va bene. Ma lei ha parlato di alcune persone che li aiutano dalla parte della McMurdo, ma ce ne sarebbero *molte* di più, solo per costruire questa "base segreta", e ci dovrebbe essere un modo per farli arrivare sul continente".

Mr. E iniziò ad annuire ancor prima che Reggie terminasse la domanda. *"Sì, e l'Hercules LC-130 ci vola regolarmente e può atterrare sugli sci. Basta che qualcuno nel giusto posto di lavoro all'ATC si 'dimentichi' di registrare il decollo, e avrete un aereo gratuito pieno di rifornimenti e personale che può atterrare ovunque sia piatto e coperto di neve. E in Antartide ci sono molti posti pianeggianti coperti di neve".*

"E come fai a sapere che è Draconis a fare tutto questo?". Chiese Ben.

La signora E si voltò per rispondere alla domanda di Ben. "La comunicazione che abbiamo trovato proveniva da lì e utilizzava il nome "Dragonstone"".

"...E Dragonstone sembra corrispondere ai requisiti della vostra enigmatica compagnia", ha aggiunto Mr. *"Misteriosa, interessata a non farsi notare e con un nome legato alla parola 'Drago'".*

Ben dovette convenire: la società, se si chiamava davvero "Dragonstone", sembrava il tipo di organizzazione che stava inseguendo.

"Sono loro", disse Joshua. Anche l'uomo sullo schermo del televisore sembrò voltarsi a guardare Joshua. "Mio padre parlava del lavoro che stavano portando avanti in Antartide. Avevano una filiale lì, concentrata a stabilire un rapporto di lavoro con numerose stazioni americane ed europee sul continente. Non ero al corrente dei dettagli, ma sembra che abbiano aggirato del tutto i 'rapporti di lavoro con altre stazioni'. Non ho idea di cosa stiano facendo laggiù, ma non ho dubbi che si tratti della stessa azienda".

"Allora, cosa vuole da noi?". Reggie chiese al signor E.

"Abbiamo bisogno che tu vada a vedere cosa stanno costruendo", ha detto.

CHAPTER 6

"SO tutto quello che comporta 'andare a vedere'", ha detto Reggie, "e non sono sicuro di essere interessato".

Reggie aveva un mezzo sorriso sul viso. Un lato della bocca si incurvava leggermente verso l'alto, dando l'impressione di essere sicuro di sé, ma allo stesso tempo preoccupato. Osservò la reazione del signor E sullo schermo mentre l'uomo ascoltava la risposta di Reggie. Invece di rispondere all'esitazione di Reggie, aspettò ancora di più.

Ben incrociò lo sguardo di Reggie, che fissò l'amico al tavolo.

"Ok", disse Reggie, "va bene. Sono *interessato*, ma questo non significa che *ci andrò*. E parlo a nome di tutti noi". Guardò lo schermo del televisore. "Se me lo avessi detto prima di volare in Alaska a prendere i piccioncini, avrei semplicemente saltato il viaggio e ti avrei detto di trovare qualcun altro. E poi, perché *non* mandare qualcun altro? Voglio dire - senza offesa, ragazzi - non *possiamo* essere il meglio che avete".

"Non lo farai", disse Mr. E, senza perdere tempo. "Sto inviando una forza di sicurezza privata: otto soldati ben addestrati e molto ben equipaggiati, anche laggiù. Abbiamo analizzato un'area a un centi-

naio di chilometri dalla McMurdo, dopo che un picco elettrico ha attirato la nostra attenzione, e sospettiamo che ci siano altre parti interessate a qualsiasi cosa ci sia là fuori. Riteniamo che qualsiasi minaccia sia ostile, quindi è nel nostro interesse avere un piano di emergenza nel caso in cui le cose si scaldino. Ma non mi servono solo soldati, mi servono specialisti. E non posso iniziare a chiedere nella mia rete. È difficile trovare qualcuno nel mondo reale che creda davvero all'esistenza di questa organizzazione, quindi se comincio a cercare di convincere la gente a fare una caccia all'oca selvaggia al Polo Sud la mia reputazione si deteriora rapidamente.

"Allora è lei. Voi non conoscete la geografia, ma uno dei miei uomini sì, e vi aggiornerà se necessario. Ho bisogno di qualcosa da ognuno di voi, però".

Reggie aspettò che lui spiegasse.

"Juliette, tu sei una professionista dell'informatica e delle comunicazioni. Dovrai capire perché - e come - stanno usando così tanti dati, e poi dovrai cercare di fermarli. Non riesco a immaginare che ci facciano qualcosa di legale. E anche se lo facessero, non verrei pagato per questo.

"Joshua, sarai tu a guidare questo gruppo. Ti dividerai i compiti con Red, ma sarai tu a dirigere l'operazione una volta che sarai a bordo delle ruote. Non avremo modo di comunicare in modo affidabile, quindi lascerò a te le decisioni sul campo".

Ben si accigliò. "Chi è Red?"

Si guardò intorno al gruppo e i suoi occhi si posarono su Reggie, che sorrideva da un orecchio all'altro. "Speravo di dar loro io stesso la notizia, E.".

Mr. E non si accorse nemmeno di Reggie mentre rispondeva, come se leggesse da un copione. "Red, Gareth. Gareth Red è un ex delle Forze Speciali, dell'Esercito...".

"Sì, sì, ci siamo", disse Reggie. "Conoscono la mia storia". Si rivolse al gruppo. "Mi hanno chiamato 'Red, G' un po' di volte e 'Reggie' è rimasto. Scusate, è più facile chiamarmi Reggie".

Julie sgrana gli occhi e Ben e Joshua scuotono la testa.

"Comunque", disse Mr. E, ancora ignaro dell'umorismo. "*Anche mia moglie si unirà a voi, ed è tanto capace quanto sembra. È esperta di Krav Maga e di Systema russo e sa come usare un'arma, non importa di che tipo*".

Ben aspettò, sapendo che il signor E si sarebbe rivolto a lui.

"Harvey", esordì Mr. E, "*sebbene gli altri intorno al tavolo e la mia squadra forniscano la maggior parte delle competenze necessarie, questa è la tua battaglia. Se Juliette deciderà di accettare l'accordo, mi aspetto che tu sia propenso a seguirla, e non posso convincerti a rimanere indietro. Ma tu hai capacità di recupero e grinta, e questa è una cosa che non posso comprare. Fai tutto quello che serve al gruppo e aiuta Julie a portarlo a termine*".

Reggie annuì osservando la reazione di Ben. *Meglio che "tornare a casa e fare il guardaparco"*, pensò.

Ben si sedette sulla sedia, annusò con una profonda inspirazione, incrociò le braccia e annuì.

CHAPTER 7

NON FUNZIONERA', pensò. *Non funziona mai.*

Eseguì nuovamente la subroutine, bevve un sorso di caffè e attese i due minuti necessari per terminare la compilazione del codice.

Non ha funzionato.

Jonathan Colson sospirò, spingendo gli occhiali sul naso. La sua camicia era stropicciata, essendo stata stretta tra il suo stomaco in continua espansione e la scrivania per buona parte della giornata. La scrivania era una delle nuove "scrivanie in piedi" che andavano di moda tra i dipendenti più giovani dei piani superiori, i quali giuravano che li aiutavano a perdere peso e a mantenersi in forma.

Colson era ancora leggermente in sovrappeso, nei punti sbagliati. A torso nudo sembrava una pera, che si allargava rapidamente in vita per poi restringersi sulle spalle. Con la camicia, invece, sembrava un nerd adulto, con gli occhiali che gli scivolavano continuamente sul viso e la camicia di Oxford, a malapena aderente, abbastanza larga da nascondere in modo soddisfacente il suo corpo a forma di frutto e, a quanto pare, se stesso in presenza dell'altro sesso.

Aveva lavorato al problema per una settimana, e nulla di ciò che aveva provato aveva portato a qualcosa. La subroutine era una delle tante, tutte parte di una rete molto, *molto* più grande di subroutine e programmi informatici, tutti attivati contestualmente e dinamicamente quando richiesto. Per certi versi, il programma stesso non era diverso da un videogioco moderno: l'utente si interfacciava con il programma e sceglieva tra una serie di variabili che portavano a risultati diversi. Alcuni giochi hanno portato questo aspetto a un livello più complesso, aggiungendo un tocco di avventura che rendeva il gioco più organico e vivo.

Per lui i giochi seguivano un arco narrativo: avevano un inizio, una parte centrale e una fine ben definiti e di solito era chiaro in quale punto della storia si trovasse. Alcuni giochi portavano il giocatore verso strade impreviste, che conducevano a vicoli ciechi o a scoperte sorprendenti, mentre altri erano semplici come "uccidi i cattivi finché il grande cattivo alla fine non è morto".

Jonathan Colson era cresciuto giocando ai videogiochi, quindi l'analogia era azzeccata, ma alla fine si rivelò insufficiente. A un certo punto, le sue subroutine erano cresciute fino a raggiungere una dimensione tale da oscurare l'intera libreria di codice del videogioco più complesso, eppure questi programmi "più piccoli" erano destinati a essere un sottoinsieme dell'insieme. Il "tutto", in questo caso, era qualcosa di vago, etereo e non compreso da nessuno con cui avesse mai parlato.

C'erano alcuni altri programmatori alla stazione, ma lui era il capo squadra di una piccola libreria di subroutine coinvolte nell'elaborazione di quello che poteva essere descritto solo come "il più grande programma per computer del mondo". Centinaia di programmatori e sviluppatori esterni - anche designer, gli era stato detto - erano stati incaricati di elaborare soluzioni creative ai problemi per i quali l'azienda li aveva assunti. Il lavoro di Jonathan, quando non era impegnato a risolvere i bug, consisteva nello spulciare questo database di script ed estrarre quelli più promettenti.

Si avvicinò alla tazza di caffè freddo appoggiata sul bordo della scrivania senza alzare lo sguardo dallo schermo. Le sue dita sfiorarono la tazza, facendola cadere dal bordo e finendo sul pavimento. Il pavimento liscio e duro trasformò immediatamente la tazza di polistirolo di liquido freddo in una tazza *vuota* di liquido, mandando il caffè all'esterno e su due scrivanie vicine.

Imprecò, si alzò e si allontanò dalla scrivania per cercare un membro del team dei Servizi di assistenza. L'azienda aveva dato istruzioni ai dipendenti di concentrarsi sulle proprie competenze. Nessun dirigente doveva essere appesantito da decisioni di livello manageriale in materia di risorse umane, nessun dipendente doveva occuparsi di questioni di sicurezza e, nel caso di Jonathan, nessun programmatore doveva pulire le proprie macchie di caffè.

Colson si diresse verso la postazione intercomunicante più vicina e prese il telefono. Era un apparecchio di comunicazione arcaico; un telefono così vecchio che si stupì di non dover girare una manopola per chiamare un numero.

L'operatore computerizzato all'altro capo ha risposto immediatamente.

"Sì, sono Jonathan Col - scusate, impiegato 739 - ho bisogno di una pulizia al livello 7, piano principale. Sì".

Riattaccò il telefono, si girò verso la porta aperta di fronte al citofono che conduceva alla sala relax e alzò il piede per fare un passo.

"Colson".

La voce sembrava arrivare alle sue orecchie nello stesso momento in cui la sua mente subconscia interpretava l'oratore, traduceva il segnale elettronico, analizzava il linguaggio in schemi vocali comprensibili e consegnava il risultato - una singola parola - alla sezione del suo cervello dedicata al riconoscimento vocale.

Buon Dio, il cervello umano è complesso, pensò.

Si voltò e vide il suo capo diretto, Angela Stokes, che gli stava addosso. Doveva averlo seguito dal momento in cui aveva lasciato la sua scrivania; il suo ufficio si trovava nell'angolo più lontano dell'enorme piano, vicino alla stretta scala che portava su e giù agli altri livelli. Si muoveva velocemente, cosa non insolita, dato che il suo atteggiamento era tipicamente quello di "fare tutto, senza badare a spese". Non gli era chiara la motivazione di lei, ma l'aveva vista spesso travolgere gli altri nel dipartimento.

Fece un passo indietro, reagendo involontariamente al suo passo. Non sapeva se l'avrebbe davvero urtato o meno, ma il suo corpo sembrava non voler correre il rischio. Lei si fermò appena prima di entrare in contatto con lui, continuando a sporgersi in avanti mentre la parte superiore del corpo continuava a muoversi.

Era quella che lui e i suoi colleghi amavano definire una "chiacchierona", una persona completamente ignara della regola non detta dello spazio personale. Il suo alito era spesso un mix di caffè, gomma alla menta e qualsiasi cosa avesse mangiato di recente. Non era abbastanza forte da suscitare reazioni negative in circostanze normali, ma quando si parlava da vicino era impossibile ignorarne l'odore.

Spaghetti oggi, credo, pensò mentre lei avvicinava la bocca al suo viso. Per essere una persona più bassa del resto dei suoi dipendenti, Colson si stupiva sempre della sua capacità di parlare con loro con tono basso.

"Colson", ricominciò, "mi hai sentito?".

"Scusa. Cosa c'è?"

Aprì e chiuse i denti un paio di volte, mentre guardava in alto e poi in basso verso il suolo, la manifestazione fisica di un processo di pensiero che si stava completando. "Beh, per prima cosa, sei in ritardo. Avevo bisogno di completare quella subroutine".

"La subroutine sta lanciando errori di parsing", ha detto. "Ti avevo detto che l'avrebbe fatto, avevo detto a Engineering che l'avrebbe fatto, e...".

"Non mi *interessano* gli errori di parsing", ha risposto lei. "Ho bisogno che questo programma sia completato. Tutto quanto. Entro la fine della settimana".

"Entro la fine di... Dici sul serio? Non posso nemmeno garantire il successo della subroutine entro la fine della settimana, e tu hai bisogno che l'intero *programma* sia finito allora?".

Lei annuì.

Si accigliò. Raramente lei perdeva l'occasione di riempire gli spazi morti parlando, quindi il suo improvviso silenzio lo colse di sorpresa. "Cosa?"

Ha inarcato la testa di lato.

"Stokes, cosa sta succedendo?".

Colson era stato assunto qualche anno prima di Stokes, ma aveva fatto carriera molto più lentamente di lei. Sembrava che nel mondo reale un MBA fosse più importante dell'esperienza reale. *E noi veniamo promossi solo in base al nostro livello di incompetenza.* Era stato nella corsa al ratto aziendale per sapere che non avrebbe fatto carriera in questa organizzazione, per quanto diversa da qualsiasi altro posto in cui era stato.

Lui e Stokes avevano un rapporto di lavoro decente, che era il massimo che si potesse dire del rapporto con il proprio capo. Angela era un drone del middle management, che abbinava i risultati agli input e poi alimentava gli input con altre risorse, nella speranza di ottenere ancora più risultati. A Colson piaceva soprattutto il lavoro che svolgeva e Stokes sembrava fidarsi di lui, per cui spesso discutevano di questioni commerciali che di solito erano al di sopra del suo livello.

"Qualcosa", disse infine. "Ma non so cosa. Ci sono stati... dei discorsi. Non so quanto sia riservato, ma da quello che ho capito i piani alti sono interessati a lanciare il progetto entro la fine del mese".

"Tre settimane? Vogliono che sia pronto per i test in *tre settimane?*"

"No", ha risposto. "Vogliono avere un sistema completamente operativo in tre settimane. Questo significa un programma di test ridotto, e i test devono iniziare entro una settimana e mezza".

Jonathan emise una rapida boccata d'aria. "Stai scherzando, Stokes".

"Vorrei esserlo. Anche questa volta il mio culo è a rischio, Colson. Tuttavia, devo chiedermi perché. Avete fatto molti progressi?".

Scosse la testa. "No, non credo".

"Non lo *pensi*? Cristo, Colson, se non lo sai, allora...".

"Quello che sto cercando di dire è che siamo ancora troppo lontani dall'avere un insieme affidabile di variabili di test. I risultati sono falsati finché non riesco a isolare i nodi causali e...".

"Colson, sono il tuo capo perché tu ne sai più di me su queste cose. Non ho idea di quello che mi stai dicendo in questo momento".

Sorrise, incapace di trattenersi. "Sì, quindi quello che voglio dire è che siamo così lontani dal bloccare questa subroutine che non posso nemmeno testare completamente il *test*".

Lei aggrottò le sopracciglia, muovendo gli occhi in alto e in basso, come se lo stesse esaminando. Lui sapeva che era il suo tic, qualcosa che faceva involontariamente quando era immersa nei suoi pensieri.

"Ok", disse lei. "Ok. Va bene. Deve essere da qualche parte, forse...".

"*Cosa* deve esserci qui?"

"Oh". Alzò di nuovo lo sguardo verso Colson con un'espressione che sembrava implicare che negli ultimi cinque minuti non si fosse accorta della sua presenza nella stanza. "Voglio dire perché stanno andando avanti se siamo davvero così lontani dal completamento. Ci deve essere *un* motivo per cui ritengono saggio andare avanti con la fase di test, soprattutto con un programma accelerato. Credi che stia succedendo qualcosa agli altri livelli che li spinga ad accelerare?".

Di nuovo scosse la testa. "No. Odio sembrare egocentrico, ma 7 è l'ultima tappa prima che tutto diventi operativo, ed è *fondamentale* che le nostre subroutine siano a posto. Senza di esse, non c'è rete, né interconnettività, né collegamento dinamico...".

"Capito, Colson. Senza di noi, non hanno nulla".

Annuì. "Più o meno".

Entrambi si voltarono a guardare la porta dell'ascensore industriale che si apriva lentamente e un inserviente solitario con un secchio per lo straccio che scivolava al piano 7. L'uomo più anziano trovò la macchia accanto alla scrivania di Colson e si diresse verso di essa.

"Ok", disse Angela voltandosi di nuovo verso Colson. "Torna al lavoro, ma fammi sapere appena sei pronto".

"Capito".

Iniziò ad allontanarsi, piegandosi in un ampio arco intorno al suo capo, ma lei allungò un braccio incredibilmente lungo e gli afferrò il gomito. "Colson".

Si girò e aspettò.

"Se sentite qualcos'altro, la mia porta è aperta".

CHAPTER 8

"ALLORA CI STAI?" CHIESE REGGIE. Guardò Ben, osservando gli occhi dell'uomo che lo perforavano.

Ben ripeté la reazione che aveva avuto nella sala da ballo, facendo un respiro profondo, annuendo e incrociando le braccia. Dalla sala da ballo del Broadmoor si erano spostati tutti all'Hotel Bar, dall'altra parte del corridoio, e Reggie li aveva radunati intorno a un grande tavolo nel patio, accanto a un enorme camino all'aperto con vista sul laghetto.

"Ti ho visto farlo lì dentro", disse Reggie. "Ma non riesco a capire cosa signifchi. Ci stai?"

"Se Julie ci sta, ci sto anch'io", disse Ben.

Gli occhi di Julie si allargarono leggermente. "Certo che voglio capirlo una volta per tutte", disse, "ma l'*Antartide*? È... è una follia".

La signora E, Reggie e Ben stavano tutti fumando i sigari che avevano acquistato, con un incredibile sovrapprezzo, dal menu dei sigari dell'Hotel Bar. Ben e Reggie stavano roteando un bourbon locale, Joshua aveva un'acqua con limone e Julie e la signora E avevano davanti a loro alcuni bicchieri vuoti di quelli che erano stati cocktail.

47

"Non è certo quello che sceglierei per una vacanza", ha detto Reggie. "Ma questo è quanto. L'hai sentito -" fece cenno alla signora E dall'altra parte del tavolo - "*li* hanno *trovati*, Julie. Il gruppo che stavi cercando da quando Yellow...".

"Sono in Antartide", disse Joshua, interrompendoci, "ma questo non significa che saremo in grado di fermarli. Questo gruppo è meglio finanziato della maggior parte dei governi e, a differenza di questi, non ha grossi debiti. Se vogliono qualcosa, la pagano. In contanti".

"E allora?" Disse Reggie. "Abbiamo dato tutti la caccia a loro con solo cadaveri e occasioni perdute da mostrare, e questi ragazzi ci sono capitati tra le mani?".

Joshua aggrottò le sopracciglia, prese il suo drink e lo agitò con la cannuccia come se fosse qualcosa di diverso dall'acqua aromatizzata al limone. "Non sono ancora sicuro di come ti abbiano trovato, Reggie. O Red, o come ha detto che ti chiami".

Reggie sorrise. "L'ho spiegato a Ben e Julie mentre venivamo qui. Stavano cercando qualcuno al di fuori degli Stati Uniti per aiutare con il progetto. Io avevo il background unico di avere un'esperienza militare, di conoscere tutti voi e di condividere un *forte* desiderio di trovare questi criminali".

"Eppure", disse Joshua, rivolgendosi alla signora E seduta accanto a lui. "Voi due avete trovato Reggie per caso, gli avete chiesto di reclutare una squadra per voi e poi ci avete spediti tutti in una landa desolata? Non ha senso".

Fino a questo momento, la signora E non aveva detto una parola, ma aveva seguito la conversazione e osservato con attenzione il volto di ogni membro della squadra mentre parlava. Sembrava particolarmente interessata a Joshua, e ora lo esprimeva a parole. "Joshua Jefferson, sei un pazzo. Un duro".

Il suo accento sembrò addensarsi ora che aveva bevuto un po', e il sorriso di Reggie si trasformò in un interesse confuso. "Intendi dire "noce dura da rompere"?", chiese.

"Sì, grazie", rispose lei. "Jefferson, sembra che tu porti con te il peso di un'ulteriore responsabilità. Una responsabilità di cui non dovresti preoccuparti".

"Di cosa stai parlando?", chiese.

"Lei guiderà questa squadra, ma questo è tutto. Abbiamo individuato l'attrezzatura necessaria e intendiamo equipaggiare completamente la spedizione. In effetti, i preparativi sono in corso mentre parliamo. A parte questo, non c'è nulla di cui preoccuparsi".

"Beh, questo è uno dei motivi per cui sono titubante. Non mi è stato permesso di scegliere la mia squadra lavorando per Draconis. Sono stato costretto a guidare un gruppo di mercenari, scelti a mano dalle alte sfere".

"E questo è stato un male?", chiese.

"*Molto* male", ha detto. "Non so chi sia leale, chi sia in lizza per il mio posto e chi sia abbastanza inaffidabile da farci uccidere tutti".

"Questa squadra, però..."

"Questa squadra è esattamente la stessa", ha detto. "Non l'ho scelta io, ma vuoi che la guidi io? Prima di stasera non mi conoscevi nemmeno. Diavolo, suo marito non mi ha *ancora* incontrato di persona. Come fa a sapere che sono la persona giusta per questo lavoro?".

La voce della signora E si abbassò a un tono più basso. "Non siamo sicuri di molte cose, Joshua, ma di una siamo certi: tu sei l'uomo giusto per questo lavoro, così come voi altri. L'insieme unico di competenze che avete, così come la vostra conoscenza della situazione e la volontà di trovare questo gruppo, a tutti i costi, vi rende una squadra perfetta".

Un cameriere apparve e riempì i bicchieri d'acqua, ordinò altre bevande e rimosse i bicchieri usati dal tavolo prima che qualcuno parlasse di nuovo.

"Ok, va bene", disse Joshua. "Allora perché lo stai facendo? So che non stai spendendo così tanto per un viaggio in Antartide solo per ottenere dei diritti d'autore non pagati che ti sono dovuti. Cosa ci guadagni *davvero*?".

Reggie sentì Joshua fare quella domanda, che si era chiesto anche lui, ma i suoi occhi erano fissi sulla signora E. Sapeva che la sua risposta gli avrebbe detto molto sull'uomo e sulla donna che ora volevano essere i loro benefattori. Non era ancora pronto a fidarsi completamente di nessuno dei due, ma la sua risposta sarebbe stata di grande aiuto.

I suoi occhi si spostarono rapidamente di lato, poi si fissarono su quelli di Joshua. "È una domanda perfetta, signor Jefferson. Lei ha ragione nel ritenere che abbiamo tralasciato qualcosa. La prego, tuttavia, di non interpretare la nostra esclusione di fatti come ostilità; al contrario, dovevamo assicurarci che non foste immediatamente scoraggiati dalla nostra offerta. Il fatto che siate ancora tutti qui, attorno a questo tavolo...".

"Tecnicamente non ci avete ancora fatto un'offerta", disse Ben.

"Sì, certo, ci arriveremo. Ma prima è importante discutere la risposta alla domanda di Joshua".

Si schiarì la gola, mandò giù il resto del cocktail e si piegò in avanti sulla sedia. "Io e mio marito siamo proprietari di una società di comunicazioni, come già sapete. Abbiamo investito in start-up e altre imprese, e molte di queste stanno lavorando per costruire nient'altro che versioni più recenti della stessa tecnologia. Tuttavia, molte di esse stanno tentando - consapevolmente o meno - di acquisire il Santo Graal della tecnologia. È un interesse che molti investitori tecnologici perseguono, ed è per questo che siamo arrivati a seguire il più possibile le operazioni di questa misteriosa azienda".

"Il 'Santo Graal'?" Chiese Julie. "Fammi indovinare: l'energia perpetua?".

"No, l'energia perpetua è ancora considerata impossibile secondo la maggior parte delle branche della fisica. Quello a cui ci riferiamo è molto più semplice, e comunque qualcosa che non abbiamo visto: l'intelligenza artificiale".

Joshua si accigliò. "Ma abbiamo un'intelligenza artificiale. IA, giusto?".

"Abbiamo un'intelligenza artificiale debole. Abbiamo cioè programmi informatici in grado di eseguire compiti e subroutine che sono considerati al di sotto del livello generale di intelligenza umana. Possono essere processori paralleli più veloci del cervello umano, ma sono ancora "deboli". Il vero Santo Graal dell'industria tecnologica è l'intelligenza artificiale "forte", ovvero un'intelligenza artificiale abbastanza intelligente da competere con un essere umano in qualsiasi test di intelligenza".

Reggie si pizzicò la punta del naso. "E tu pensi che abbiano in mente qualcosa. Le industrie Draconis, in Antartide. E l'intelligenza artificiale".

"È così. Osservando i tipi di informazioni di comunicazione che hanno richiesto, anche senza essere in grado di decriptare completamente i dati, crediamo che abbiano costruito un supercomputer abbastanza forte da supportare una macchina di intelligenza artificiale".

"Quindi stanno costruendo Skynet laggiù", disse Joshua. "Fantastico."

La signora E. alzò una mano. "Prima di lasciarci trasportare troppo dalla cultura fantascientifica americana, comprendiamo che questa "macchina di intelligenza artificiale" potrebbe essere qualcosa di semplice come una rete estremamente veloce di processori paralleli costruiti su una griglia isolata. Tuttavia, dare a una società una tale potenza di calcolo senza regolamentazioni o restrizioni...".

"Perché isolato?" Chiese Julie. Tutti gli occhi si rivolsero a lei.

"Mi scusi?"

"Perché hai detto griglia 'isolata'? C'è un motivo per cui speri che sia isolata, no?".

La signora E sorrise. "Sì, e questo è un perfetto esempio del perché abbiamo deciso che averla con noi è una grande risorsa".

"Di che cosa state parlando adesso?". Chiese Reggie.

Julie ha spiegato. "L'espressione 'isolata' implica che questa IA, qualunque cosa sia, non può uscire. È costruita su una configurazione intranet senza connettività esterna, quindi è bloccata al mainframe della struttura, proprio come un animale in gabbia allo zoo".

"Ma hanno *la* connettività", ha detto Ben. "Usano la connessione satellitare della McMurdo per questo".

"Sì, sono collegati al mondo esterno", ha detto la signora E.

I suoi occhi si allontanarono per un attimo, cosa che Reggie notò immediatamente. Archiviò l'informazione.

"Ed è proprio per questo che dobbiamo arrivare in Antartide il prima possibile".

"Mi dispiace", disse Joshua. "Non capisco ancora la tua fretta. Quanto pensi che siano vicini a capire questa cosa dell'intelligenza artificiale?".

"Abbiamo ragione di credere che l'abbiano già finito. Non sappiamo perché se ne stiano fermi e non lo usino per gli scopi che intendono perseguire. Ma da quello che siamo stati in grado di decriptare e capire, è chiaro che hanno fatto progressi sbalorditivi nelle ultime settimane".

CHAPTER 9

PER UN UOMO CHE ODIAVA volare, Ben ne aveva fatto un bel po'
ultimamente. Lui e Julie erano volati in Brasile alla ricerca delle Industrie Draconis e ora si stavano preparando a volare in uno dei luoghi
più remoti del mondo. Non era sicuro se fosse eccitato, terrorizzato,
nervoso o qualcosa di completamente diverso. Julie non sembrava
stare meglio, ed era tutto quello che riusciva a fare per non lamentarsi
con lei durante i giorni di viaggio verso la Nuova Zelanda e, infine,
verso l'Antartide.

L'infinita distesa dell'oceano lo aveva fissato mentre l'aereo proseguiva verso sud, lasciandogli una sensazione inquietante nella bocca
dello stomaco e ricordandogli quanto fosse davvero piccolo. Avevano
scelto una rotta che li avrebbe portati a sorvolare meno terra possibile, optando per un percorso sull'acqua aperta. Dal Colorado erano
volati in California, poi alle Hawaii, quindi avevano iniziato il viaggio
verso sud su un jet privato noleggiato da Mr. E e sua moglie. In
Nuova Zelanda, cambiarono ancora una volta aereo per prendere il
massiccio C-130 che li avrebbe portati in Antartide.

Avevano incontrato il resto dell'equipaggio a bordo del C-130.
Stipati in due file di sedie con appena una cintura di sicurezza, Ben e

Julie si trovarono a fissare direttamente gli occhi freddi del soldato incallito seduto di fronte a loro. Presentandosi semplicemente come "Kyle", l'uomo non offrì molto in termini di chiacchiere o convenevoli, scegliendo invece di occupare il tempo prima del decollo controllando il suo telefono e mandando messaggi.

"Bene", Ben sentì una voce urlare dal lato opposto delle due panchine. "Ascoltate. C'è molto da dire, quindi prestate attenzione. Mi chiamo Roger Hendricks e sono l'uomo che vi porterà in Antartide".

Ben girò la testa indolenzita dal viaggio verso destra per vedere l'uomo che parlava. Era alto, si protendeva verso l'attrezzatura appesa alle travi dell'aereo, e magro. Muscoloso ma coperto da strati di abiti scuri, il suo volto era completamente privo di emozioni mentre parlava.

"Come tutti sapete, siamo in missione per identificare ed eliminare ogni possibile minaccia che possa esistere per l'attività del signor E, compreso il recupero di dati sensibili e tecnologie di comunicazione".

Ben guardò la signora E, seduta sulla panchina di fronte a lui accanto al soldato di nome Kyle. Per sua fortuna, il giovane antisociale era ora concentrato su Hendricks. Ben attese che la signora E guardasse verso di lui e cercò di leggere la sua espressione. Lei si limitò a sorridere, annuì una volta, poi guardò di nuovo lungo la fusoliera verso Hendricks.

"Secondo il nostro benefattore, questi dati sono di grande valore per la sua organizzazione e potenzialmente dannosi se finiscono nelle mani sbagliate. E va da sé che considera l'attuale detentore di queste informazioni come 'mani sbagliate'. Pertanto, la nostra missione una volta atterrati sul continente è quella di trovare queste persone, valutare la situazione al meglio delle nostre possibilità e assicurarci che tutti i dati o le informazioni sensibili trovati vengano raccolti e restituiti al signor E.".

Hendricks attese per un attimo le domande, poi continuò. Si girò leggermente alla sua sinistra e si rivolse a Ben, Julie, Reggie e Joshua.

"Avrete notato anche la mia squadra di soldati seduta di fronte a voi. Questi uomini sono soldati eccezionalmente addestrati e provenienti da ambienti diversi, assunti dal signor E come ulteriore assicurazione dei suoi beni. Sono fedeli a me e prenderanno ordini da me e, non appena atterreremo, dal signor Jefferson".

Joshua alzò la testa verso Hendricks, ma Hendricks alzò una mano prima che Joshua potesse parlare.

"So cosa sta pensando, signor Jefferson, e sebbene la sua esperienza sia utile, i miei uomini daranno il meglio sotto una guida fidata. A causa della sua storia con l'organizzazione che stiamo cercando, la sua autorità sarà valida per quanto riguarda i parametri generali della missione, ma per quanto riguarda il protocollo di ingaggio specifico...".

"Io sono solo la figura di riferimento, è quello che stai dicendo", ha detto Joshua.

Hendricks scosse la testa. "Vede, voglio partire con il piede giusto, signor Jefferson. Capisco che il signor E intendeva che lei supervisionasse l'intera missione, ma è necessario apportare alcune modifiche a questo accordo quando si tratta di...".

Ben vide Joshua che stringeva e disimpegnava i pugni. "È inaccettabile, Hendricks", disse Joshua. "Sappiamo entrambi che questo piano è destinato al fallimento. Lasciatemi condurre la missione e ritiratevi, oppure...".

"O *cosa*, Jefferson?" Hendricks perse il suo tono rispettoso e la sua voce scese a un ringhio. Si allungò verso l'alto fino a raggiungere un'altezza ancora maggiore. Fece un respiro profondo. "Ascolta, Jefferson", cominciò. "Tu pensi che, dato che il tuo culo è appena asciugato dalla tua scappatella nella palude, hai qualcosa su di me. Ma *non è così*. Ho avuto uomini che lavorano sotto di me da più tempo di quanto tu sia vivo. E se ricordo bene, i tuoi *stessi* uomini non sembravano molto entusiasti di lavorare sotto di te, vero?".

Ben vide Joshua incazzato. Anche lui era molto arrabbiato e si chiedeva come facesse Joshua a mantenere la calma così bene.

"Quindi scusami se sono un po' titubante nel riporre la mia eterna fiducia in te, ragazzo", disse Hendricks. "Non volevo farlo davanti agli altri, ma tu non hai voluto mollare". Spostò i suoi occhi freddi e minacciosi verso l'estremità opposta della panchina. "Signora E, vuole fare un salto?".

La signora E guardò da un uomo all'altro e Ben poté sentire la tensione nell'aria che continuava ad aumentare.

"Joshua", disse, la sua voce assunse il tono di un genitore preoccupato. "Mi scuso per la confusione. Io e mio marito eravamo a conoscenza delle tue... *preoccupazioni* riguardo alla scelta del personale per questa missione, ma non volevamo perderti come membro di questa squadra. Abbiamo deciso..."

"Hai deciso di *mentirmi*? Pensavi che me ne sarei stato seduto qui a subire? Non puoi essere serio".

"Joshua, a questo punto non possiamo fare nulla. Hendricks è un ottimo leader, con anni di esperienza, e il tuo contributo alla squadra è ancora necessario. Come ha detto lui, lei ha una conoscenza dell'azienda che sarà una grande risorsa per noi. La preghiamo di comprendere che rispettiamo la sua opinione, ma abbiamo già deciso di permettere a Hendricks di controllare i movimenti dei suoi uomini".

Joshua scosse la testa e Ben osservò il suo volto diventare rosso. "Allora non funzionerà", disse. "Io non..."

Prima che potesse finire la frase, Ben sentì il rombo dell'aereo che avanzava sulla pista. *Stiamo decollando,* pensò. Osservò la reazione di Joshua. L'uomo era irritato, immobile sulla panchina mentre l'aereo prendeva velocità.

Hendricks aveva afferrato una maniglia in vinile che pendeva dalle travi e ondeggiava avanti e indietro mentre l'aereo decollava. Ben osservò l'uomo mentre il viaggio in aereo li faceva sballottare sui sedili, impressionato dalla capacità di Hendricks di resistere.

"Visto che stiamo decollando", urlò, "tanto vale che continui ad andare". Gettò uno sguardo verso il basso a Joshua, che ora fissava dritto davanti a sé mentre Hendricks parlava. "Ci sono sacchi di equipaggiamento appesi sopra le vostre teste e impilati contro la rete accanto a me", disse. "Una parte dell'equipaggiamento serve per la nostra sopravvivenza e il nostro relativo comfort: gli indumenti di cui avremo bisogno, i kit di base per la toilette e i kit personali di sopravvivenza sotto zero. Ogni zaino ha un'arma da fianco - scarica - e abbastanza munizioni per superare uno scontro a fuoco di grande intensità. Non ci aspettiamo molto in termini di sicurezza, considerando la nostra destinazione, ma vogliamo essere preparati per eventuali squadre di ricerca aggiuntive che potrebbero essere state inviate dopo la scoperta del brillamento elettrico.

"Io e i miei uomini portiamo ciascuno la stessa arma da fianco, ma porteremo anche una potenza di fuoco più pesante. Avremo del C4 per entrare in tutto ciò in cui non dovremmo entrare e dei fucili d'assalto per farci strada. Il signor Jefferson ha ricevuto un briefing sulla sopravvivenza in Antartide che condividerà con tutti voi, ma ci aspettiamo che la maggior parte della missione si svolga all'interno di qualsiasi stazione troveremo laggiù".

Fece una pausa, sempre in attesa di domande, ma non ce ne furono. Soddisfatto, continuò. "Oltre all'equipaggiamento necessario per la sopravvivenza, su richiesta del signor E. abbiamo preparato alcune borse con l'attrezzatura fotografica. Viaggiare in Antartide non è una cosa che i civili possono fare, soprattutto in questo periodo dell'anno e con aerei militari. Per questo motivo, stiamo seguendo il protocollo dell'Operazione Deep Freeze del Programma Antartico degli Stati Uniti, che parte dalla Nuova Zelanda e arriva a McMurdo. Siete tutti giornalisti, impegnati in un programma pubblicitario volto ad aumentare l'interesse per la ricerca antartica.

"Non mi aspetto problemi una volta atterrati a McMurdo, e il signor E mi ha assicurato che la nostra guida, quando arriveremo alla base, non farà domande, ma se dovessimo trovarci di fronte a qualche domanda curiosa, tirate fuori una macchina fotografica e iniziate a scattare foto".

"Cosa gli diciamo?" Chiese Julie.

Hendricks scrollò le spalle. "Non lo so. Dite cose giornalistiche e commentate il paesaggio. Sanno che non siete scienziati, quindi non cercate di comportarvi come tali. Ci fermiamo alla stazione solo per un minuto prima di salire su un mezzo di trasporto e iniziare a dare un'occhiata alla zona".

Ben ascoltò il piano, assimilando tutto. L'aereo era decollato e stava salendo all'altitudine di crociera, e pensare a qualcos'altro lo aiutava a non pensare al fatto che stavano infrangendo le leggi della fisica fluttuando nell'aria mentre viaggiavano all'interno di un tubo metallico pieno di carburante.

Hendricks spiegò alcuni altri elementi logistici, poi fece delle domande e disse a Joshua di iniziare il suo briefing sulla sopravvivenza. Joshua sembrò distaccato, ma abbastanza concentrato da riuscire a fare la panoramica di venti minuti che aveva preparato durante la sua ultima notte in Colorado, poi passò un pacchetto di pagine spillate che chiarivano ulteriormente i suoi punti. Ben lo sfogliò, trovandovi diagrammi che spiegavano come utilizzare l'attrezzatura che avrebbe trovato negli zaini, nozioni antartiche di base e una mappa dell'area di ricerca prevista.

Era molto da memorizzare, ma Ben sperava di non averne bisogno più di tanto. Il suo desiderio era quello di entrare, trovare le Industrie Draconis e scoprire cosa stessero facendo in Antartide, e andarsene. Non avrebbero dovuto passare del tempo fuori dagli elementi, né avrebbero dovuto avere problemi con la sicurezza del continente. *Sperava che le* cose andassero per il verso giusto, ma sapeva che c'era una grande differenza tra la *speranza* e la *realtà*.

Hendricks si alzò ancora una volta dopo che l'aereo aveva raggiunto la quota prevista per dare le ultime istruzioni: dormire. Avevano alcune ore libere davanti a loro e probabilmente avrebbero tratto beneficio da un po' di sonno. Ben ascoltò, sentendo finalmente istruzioni che poteva condividere pienamente. Si strinse maggiormente al sedile duro, trovando poco conforto nella parete inclinata dell'aereo, e sentì Julie accarezzargli la spalla.

Si costrinse a respirare, concentrandosi su ogni singolo respiro che entrava e usciva dal suo corpo. Per un momento, seduto contro la fiancata di un duro aereo da carico che volava nell'aria a migliaia di metri sopra la terra, sentendo Julie che si assopiva accanto a lui, provò pace.

CHAPTER 10

BEN AVEVA DETTO CHE LA PRIMA COSA CHE AVREBBE NOTATO una volta arrivati in Antartide sarebbe stato il freddo, ma non fu così. Invece, la rampa posteriore del C-130 si aprì e li fece scendere, e fu l'incredibile quantità di *spazio* all'esterno a togliergli il fiato. L'Alaska era grande, ma Ben aveva sempre avuto la sensazione che si rimpicciolisse dopo averci vissuto per qualche tempo. Le montagne, gli alberi e la geografia del luogo si univano e facevano sembrare lo Stato molto più piccolo. Come amava dire a chiunque glielo chiedesse, l'Alaska era enorme, ma potevi viverne solo un pezzetto alla volta.

L'Antartide, tuttavia, era così grande da spaventarlo.

La luce cadde nel piano e consumò ogni angolo dello spazio, compresi gli occhi di Ben. La luce lo accecò momentaneamente, ma dopo un minuto di sguardo si rese conto che si erano già adattati e che stava guardando una distesa infinita di bianco.

La neve copriva ogni cosa in vista, e il "tutto" in questo caso era costituito da chilometri di terreno pianeggiante. Non riusciva a vedere dove finisse il bianco della neve e cominciasse il bianco del cielo, e anche quando tutti si liberarono, si alzarono e cominciarono a camminare verso la rampa, la tela bianca aumentò.

"È..." Julie iniziò. "Non posso..."

Anche Ben non sapeva cosa dire, quindi non disse nulla. Camminarono entrambi, mano nella mano, lungo la rampa e sul terreno. Hendricks li aveva svegliati e fatti vestire con il parka, gli stivali e i pantaloni inclusi nei loro zaini, e non appena Ben sentì l'aria fuori dall'aereo fu contento di averlo fatto.

Il vento gli arrivò in faccia con la forza di un camion Mack e per poco non cadde all'indietro mentre la raffica attraversava il piano aperto.

"Aggrappati a qualcosa!" Hendricks gridò, evidentemente troppo tardi per essere d'aiuto. Ben vide Julie inciampare davanti a lui, cadendo all'indietro, e si protese in avanti per sorreggerla finché il vento non si calmò.

Il parka di Ben si sentì subito inutile contro il freddo pungente dei -30 gradi, e per un attimo rabbrividì in modo incontrollato tra gli strati di vestiti.

"Ci cambieremo quando saremo sul mezzo di trasporto", disse la signora E, leggendo nella mente di Ben. "Il veicolo dovrebbe avere il riscaldamento e sarà più facile cambiarsi lì".

"*Avremmo dovuto* avere il calore?". Disse Reggie. Ben non era sicuro che stesse scherzando, ma di certo non sentiva l'umorismo.

Davanti a lui e a Julie, appena oltre la rampa abbassata, si trovava un camion gigantesco. Poteva vedere i gas di scarico che uscivano dal tubo sopra la cabina del camion e un uomo che li salutava dall'interno. Gli stivali di Ben toccarono il suolo e provò contemporaneamente il sollievo di essere ancora una volta sulla terraferma e l'inquietante consapevolezza che il terreno era coperto da migliaia di metri di ghiaccio. Spinse con lo scarpone verso il basso, sentendo la neve compattata cedere di qualche centimetro e poi fermarsi.

I soldati, compresi Kyle e Hendricks, stavano già salendo sul retro del camion, che Ben vide avere la scritta "Delta Due" stampata sulla fiancata, seguita da una serie di numeri. Il massiccio veicolo aveva una struttura metallica simile a una tettoia attaccata alla sua estremità posteriore, e ogni lato della tettoia era coperto da piccole finestre.

Ben si avvicinò al furgone e aiutò Julie a salire sul retro, poi si tirò su e entrò nello spazioso vano. Si voltò per vedere l'aereo con cui avevano viaggiato e, dietro di esso, i punti che rappresentavano gli edifici e le strutture della stazione McMurdo a meno di un miglio di distanza. Erano atterrati su un tratto di terreno pianeggiante grazie agli sci dell'aereo, e di solito avrebbero proseguito fino alla base.

Oggi, tuttavia, si sono diretti in un'altra direzione.

"Come facciamo a sapere dove andare da qui in poi?". Chiese Reggie.

Hendricks si girò dal suo posto più vicino alla cabina del camion. "Il signor E ha individuato una piccola porzione di terreno a una certa distanza dalla McMurdo che corrisponde alla triangolazione di un segnale che ha intercettato. È difficile dirlo con esattezza, ma seguiremo la McMurdo-South Pole Highway fino a raggiungere la zona, poi accosteremo e daremo un'occhiata in giro".

Ben non era sicuro di cosa significasse "guardarsi intorno" in Antartide, ma non aveva un piano migliore da offrire.

"Ok", disse Hendricks. "È ora di indossare l'abbigliamento per le stagioni fredde. Spero che non siate timidi -" guardò Julie - "anche l'abbigliamento intimo, compresa la biancheria lunga. E raddoppiate i calzini. Gli stivali sono impermeabili, ma se entra della neve, ve ne pentirete".

"Hai detto che pensavi che questo posto sarebbe stato al chiuso?". Chiese Reggie.

"Non abbiamo idea di cosa ci aspetti. Ma ci sarà da camminare, e in parte all'aperto, quindi dobbiamo essere il più preparati possibile.

Inoltre, molte delle basi non sono altro che gruppi di semplici baracche sparse sul ghiaccio, collegate da tunnel di ghiaccio. Non c'è molto riscaldamento centralizzato, quindi potremmo rimanere in questi parka per un po' di tempo".

Hendricks sembrò quasi volersi sedere, ma poi si rimise in piedi, con la testa che toccava il soffitto del camion. "Inoltre - questo è importante - ogni ricognizione o spostamento che faremo sarà con la mia squadra davanti, tranne Ryan Kyle, che resterà dietro. Jefferson, tu starai al centro con me".

Ben guardò Joshua e vide l'uomo annuire leggermente. Non era sicuro che Hendricks si stesse prendendo gioco di Joshua, cercando di farlo sentire incluso, ma Ben sapeva che non avrebbe funzionato. Joshua era un uomo professionale e lucido, ma non era privo di difetti. Joshua Jefferson non era felice di essere relegato in una posizione di secondo comando, e soprattutto non senza essere stato avvisato in anticipo. Anche se il suo volto non lo avrebbe mai rivelato, Ben sapeva che Joshua era ancora arrabbiato.

"Abbiamo circa un'ora prima di raggiungere il limite del raggio di ricerca. Vestiti, prendi confidenza con il materiale di sopravvivenza di Joshua e riposati, se possibile". Hendricks emise un grugnito alla fine della frase, come se confermasse in modo udibile la fine delle istruzioni.

Ben aiutò Julie a indossare gli indumenti: essenzialmente uno strato di base traspirante che assomigliava a una maglietta a compressione e uno strato intermedio più pesante che sarebbe andato bene come giacca autunnale in Alaska. Mentre aiutava Julie a destreggiarsi nell'angusto alloggio, notò gli occhi di Reggie che si posavano su di lei. Reggie aveva lo stesso ridicolo sorriso di sempre, ma non molto altro. La sua camicia era appallottolata nella mano e il suo busto era increspato da muscoli magri mentre ruotava sul sedile per guardare meglio.

"Ti dispiace?" Chiese Ben. Mantenne la voce bassa. *Mi basta che tutti questi soldati strappati inizino a palpare la mia ragazza.*

Il sorriso incredibilmente grande di Reggie si allargò. "No, Ben, in realtà *non mi* dispiace affatto. Accidenti, devo dire che...".

Julie lo interruppe. "*Non hai nulla da dire* in questo momento, pervertito".

Reggie si mise a ridere mentre Julie si affrettava a finire la camicia di compressione. Ben sentì le sue guance scaldarsi, poi la rabbia per l'imbarazzo, che lo fece solo arrabbiare di più. Per evitare di raggiungere il sedile e picchiare Reggie, tenne la mente occupata aiutando Julie a finire di vestirsi. I suoi capelli scuri le ricadevano sulle spalle, lei sollevò le mani e li spinse in uno chignon sciolto per contenerli sotto il berretto che avrebbe indossato alla fine. Mentre lo faceva, Ben non poté fare a meno di notare la figura slanciata di Julie, delineata in modo ancora più netto dalla camicia aderente e dal cappotto più leggero.

Reggie incrociò lo sguardo di Ben e gli fece l'occhiolino; Ben lo fissò per qualche secondo, senza cedere. Alla fine, quando il sorriso di Reggie divenne troppo contagioso per essere ignorato, Ben gli rivolse un mezzo sorriso.

Quando Julie ebbe finalmente indossato il parka, iniziò a vestirsi da solo. La camicia compressiva gli stava un po' più larga e la infilò facilmente. Non appena indossò lo strato intermedio cominciò a sudare e stava pensando di non aggiungere il parka esterno quando si ricordò di quanto freddo facesse fuori. *Non siamo più in Alaska,* pensò mentre si infilava la giacca pesante.

Quando tutti si furono vestiti, Hendricks tenne una breve lezione sulle pistole Heckler e Koch USP calibro 45 che ognuno di loro aveva nello zaino di sopravvivenza e distribuì un sacchetto di carne secca mentre l'enorme camion ruzzolava sulla distesa bianca. In lontananza, Ben poteva vedere le cime delle montagne che spuntavano dalla neve, segnando il limite della catena transantartica che si estendeva per duemila miglia attraverso il continente. La stazione di McMurdo, che stava ormai scomparendo all'orizzonte dietro di loro, si trovava ai margini di queste montagne, su uno specchio d'acqua ghiacciata che stavano attraversando.

CHAPTER 11

LE ORE piccole e le corse indotte dallo zucchero davanti al computer non aiutavano certo il suo fisico. Jonathan Colson sbatté le palpebre più volte, cercando di mettere a fuoco il codice che aveva davanti. Si chinò in avanti, sentendo la pressione nella parte bassa della schiena mentre il suo corpo sedentario e fuori forma lottava con lui per tenerlo sveglio.

Erano ormai cinque ore che fissava lo schermo, incapace di smettere di scannerizzare le righe di codice che gli passavano davanti. Conosceva bene la sensazione catartica e rilassante che spesso si insinuava negli sviluppatori, facendogli perdere una riga importante o un errore sintattico a causa della "zona".

Per combattere questa situazione, si era fatto strada attraverso una fila di bevande energetiche Monster e Red Bull che aveva preso alla caffetteria di un livello superiore, ignorando gli sguardi dei due bisbetici con la retina per capelli che lavoravano ogni giorno alla cassa della stazione.

La caffetteria era in realtà solo un grande spazio con una semplice fila di scaffali, riforniti di qualsiasi tipo di cibo che potesse essere cotto al microonde e leggero, nonché di alcuni "vantaggi" provenienti dal mondo esterno, come le sue ambite bevande energetiche. Le scorte venivano rifornite in genere una volta alla settimana e lui cercava di essere il primo della fila per accaparrarsi tutte le bevande che gli consentivano. Alla stazione non si pagava nulla, tutto veniva detratto dalla sua paga di fine anno, e molti dipendenti e ricercatori avevano amici alle casse che li lasciavano passare senza nemmeno registrare le loro scelte.

Purtroppo per Jonathan, aveva passato troppo tempo alla scrivania per farsi molti amici. Oltre alle strane occhiate di chi non aveva idea di chi fosse, gli veniva sempre richiesto di registrare le sue scelte di cibo e bevande al bar. Non gli importava, perché i soldi che guadagnava vivendo alla stazione per due anni, senza pagare l'affitto, gli sarebbero bastati per i successivi *cinque* anni di vita nel mondo reale.

Avendo quasi terminato la sua scorta giornaliera di bevande energetiche, si sedette sulla sedia - ne aveva trovata una abbastanza alta da potersi sedere, anche se la sua scrivania era ad altezza d'uomo - e di nuovo il dolore alla schiena gli ricordò che era da più di dieci anni che non si allenava. Si alzò, si stiracchiò e cominciò a cliccare sulle opzioni del menu, salvando il suo lavoro per abitudine, anche se tutto quello che faceva veniva salvato due volte al minuto su un server cloud che si trovava al livello più basso e accessibile della stazione.

Il dito si fermò sull'ultima finestra e fece una pausa. La sua mente lo stava allertando su qualcosa, ma non era ancora consapevole di cosa fosse.

Jonathan si avvicinò di nuovo e scosse bruscamente la testa, cercando di allontanare la stanchezza che gli affiorava dai bordi degli occhi. Fissò il codice, cercando di dargli un senso.

Perché è scritto con una sintassi diversa? si chiese. Le righe di codice al centro della finestra erano tutte scritte in un formato leggermente diverso da quello delle righe circostanti, utilizzando lo stesso linguaggio generale, ma con l'evidente scopo di distinguersi dal resto.

Ma che diavolo?

Fece clic sul file di metadati della subroutine più grande in cui si trovava il codice, per assicurarsi che non stesse spiando il lavoro di qualcun altro di un dipartimento completamente diverso.

Non lo era. Aveva verificato lui stesso il codice, letto ogni riga, concatenato alcuni frammenti per risparmiare spazio e ripulito la subroutine, e persino spostato alcuni pezzi del puzzle. Lo strano script che stava guardando ora non era qualcosa che aveva notato prima.

Ho bisogno di dormire, pensò. Stava perdendo rapidamente la calma e gli venne l'improvvisa voglia di ricontrollare tutto il lavoro precedente, per assicurarsi di non aver tralasciato nulla nella fretta di rispettare la nuova scadenza.

Invece, continuò a fissare il codice. Gli era stranamente familiare, ma allo stesso tempo completamente irriconoscibile. Non riusciva a capire a cosa fosse destinato e si chiese chi fosse stato il trascrittore originale. Sfogliò un po' lo schermo, leggendo i frammenti e le catene logiche direttamente sopra e sotto il codice straniero. Non trovando nulla che lo aiutasse a capire il contesto, chiuse gli occhi, si costrinse a rilassarsi e immaginò il codice nella sua mente.

Il copione lo fissava, facendogli un cenno. Scosse la testa, non sapendo cosa si stesse perdendo.

È come se fosse stato scritto per essere un pasticcio, un gergo. O un'accozzaglia di -

Gli occhi si aprirono di scatto.

Oh, Dio.

Sentì il battito del cuore accelerare. *Deve trattarsi di un errore. Non è possibile...*

Colson aprì ancora una volta il file di metadati associato a questa subroutine e cercò tra i record le informazioni di contatto dello sviluppatore che aveva originariamente trascritto il file. Dopo un minuto vide il record che stava cercando.

Nessef, Hasan. Surabaya.

Jonathan Colson lasciò immediatamente la sua scrivania e si diresse verso l'ascensore industriale ai margini della stanza. Entrò, poi premette il pulsante per il livello 3.

Ci siamo, pensò. *Se mi sbaglio...*

Sapeva di non sbagliare.

CHAPTER 12

HENDRICKS AVEVA INDICATO la loro destinazione, che si trovava proprio di fronte a loro. All'estremità di una linea di cime montuose che si protendevano nella banchisa di Ross c'era una montagna solitaria, appena più alta della terra piatta che la circondava. Il loro camion si stava avvicinando e l'avrebbero raggiunto in mezz'ora. Julie la guardò avvicinarsi a loro mentre danzavano sul ghiaccio, rimbalzando quando incontravano banchi di neve nascosti e buchi enormi simili a crateri. Le sembrava di guidare sulla superficie della luna, e lo strano supercarro in cui si trovavano non faceva altro che rendere l'analogia. Avevano lasciato l'"autostrada" di neve appiattita e pressata un po' di tempo fa, puntando alle coordinate che il signor E aveva dato loro.

Julie appoggiava la testa sulla spalla di Ben, ma non riusciva ancora a dormire. Il dondolio e il rimbalzo del veicolo non l'aiutavano, ma la colpa era soprattutto dei suoi nervi. Da quando aveva ricevuto i parametri della missione di Mr. E e aveva sentito quale sarebbe stato il suo ruolo, aveva pensato all'obiettivo delle Industrie Draconis qui in Antartide. Si chiedeva cosa stessero progettando e a che punto fossero. Il signor e la signora E sembravano convinti di essere vicini al completamento, il che non faceva che aumentare la sua ansia.

Qualunque cosa sia, non va bene.

Non riusciva a scacciare la sensazione minacciosa, nonostante la sua mente si concentrasse su ciò.

"Occhi aperti", disse Hendricks, un po' troppo forte. Julie alzò la testa e vide che tutti gli altri erano già concentrati sull'uomo seduto in prima fila nella cabina del camion. "Ci stiamo avvicinando al limite del raggio di ricerca, quindi cercate tutto ciò che sembra costruito dall'uomo. Se sperano di non farsi notare, avranno camuffato qualsiasi edificio o dispositivo di comunicazione".

"Quindi cercate le cose che sono state dipinte di bianco?". Chiese Reggie.

Hendricks sembrava non avere idea che si trattasse di uno scherzo. "Esatto, proprio così. Dipinti di bianco, di grigio, di qualsiasi cosa. Potrebbe essere che...".

Crack!

Il suono di un sasso che colpisce uno dei finestrini del furgone si riverberò all'interno. Il suono sembrava rimbalzare dappertutto e non finire mai, anche se Julie sapeva che si trattava di un singolo colpo.

Uno scatto.

Ha avuto la consapevolezza nello stesso momento in cui l'ha avuta Hendricks. "Tutti a terra! Ci stanno sparando addosso. Kyle, Crosby, tenete d'occhio il finestrino posteriore, per vedere se riuscite a vedere chi ci ha colpito".

Julie si era già abbassata il più possibile sul sedile rigido, ma non aveva intenzione di chiudere gli occhi e aspettare che l'attacco si placasse. Guardò i soldati di nome Kyle e Crosby spostarsi sui loro sedili e puntare i fucili d'assalto fuori dall'ampio finestrino posteriore a cui erano rivolti.

"Non sparate a meno che non abbiate gli occhi puntati addosso e non possiate sbagliare il tiro", disse Hendricks. "Da qui dentro ci farete saltare i timpani".

Per tutta risposta, Kyle si protese in avanti e aprì una delle porte del cancello del camion, facendo entrare immediatamente un'ondata di aria gelida che fece tirare il fiato a Julie.

"Kyle, vedi qualcosa?"

"Potrei", borbottò Kyle, "ma non posso esattamente...".

Crack - crack! Di nuovo il suono colpì le orecchie di Julie, giocando con lei. Questa volta vide uno dei proiettili colpire. Lasciò un piccolo cerchio di vetro in frantumi sulla finestra alla sinistra di Ben, ma non la perforò.

"È una specie di pistola a pallini, credo", sussurrò a Ben. "Quei proiettili sono troppo piccoli per qualsiasi altra cosa".

"Guarda cosa ha fatto alla finestra", rispose Ben, strofinando con il pollice la macchia sul vetro. "Non vorrei vedere cosa farebbe al mio collo".

Altri tre proiettili colpirono l'esterno del camion, poi altri quattro sul lato opposto. Julie sentì un leggero ronzio, poi una rapida successione di colpi si abbatté sul camion, ogni suono a distanza di una frazione di secondo, ma gli impatti avvennero a pochi centimetri l'uno dall'altro sul tetto.

"Capo", gridò Crosby. "È un drone".

"Un *drone*?" Hendricks urlò di rimando, contrastando il rumore del ronzio e del vento proveniente dall'esterno. Julie sentì il camion prendere velocità e si chiese se avesse la capacità di sterzare. *A che cosa sarebbe servito*, pensò.

"Sì, credo sia un piccolo quadcopter o qualcosa del genere".

Julie guardò Crosby puntare la pistola su un bersaglio invisibile e seguirlo nel cielo. Non sparò, ma la punta dell'arma si mosse rapidamente da sinistra a destra mentre cercava di tenere il bersaglio nel mirino. Con la coda dell'occhio, vide una piccola sagoma passare davanti alla finestra.

"Un altro qui!" urlò. Reggie, seduto sul sedile di fronte a loro, si girò e portò la pistola all'altezza degli occhi.

"Mi stai prendendo in giro", disse Reggie. Aveva infilato la mano guantata sul grilletto e puntava la pistola verso l'alto. "Dobbiamo uscire. Non c'è modo di colpire qualcosa che si muove a questa velocità, e dall'interno del camion".

"Non c'è possibilità, Red", disse Hendricks. "Dobbiamo continuare a muoverci...".

Un soldato di fronte a Reggie urlò e gli afferrò la spalla un secondo dopo il suono di un altro proiettile in miniatura. "Sono stato colpito!"

L'autista sembrò intuire che erano dei bersagli facili se avessero continuato a muoversi in linea retta, così tirò il volante del camion verso sinistra. *Duro.* Il soldato che era stato colpito alla spalla urlò in agonia mentre la sua ferita veniva sbattuta contro la fiancata del veicolo.

"Ehi!", gridò Hendricks mentre sbatteva il calcio del fucile contro il finestrino che separava la cabina dall'area passeggeri. "Tienilo fermo. Non uccideteci prima di loro!".

L'autista annuì, ma continuò a far sobbalzare il volante a destra e a sinistra, anche se in modo leggermente più controllato.

Julie osservò Kyle e Crosby che seguivano i droni dal sedile posteriore con i loro fucili d'assalto. Nessuno dei due aveva ancora sparato, ma lei si teneva pronta per il suono esplosivo che sapeva sarebbe arrivato.

Invece, Kyle si tuffò di lato quando due droni caddero improvvisamente in vista, aprendo il fuoco con le piccole mitragliatrici montate sotto i loro corpi. Un caricatore ricurvo pendeva dalla parte inferiore di ciascun drone dietro le loro armi, come il pungiglione di una vespa. Dalla prospettiva di Julie, la linea di proiettili si diresse da sinistra a destra, mancando di poco Kyle.

Crosby non è stato così fortunato e ha strillato una volta quando alcuni proiettili hanno colpito l'uomo. Proprio quando il primo drone terminò la sua rapida espulsione di proiettili, iniziò il *secondo*. Julie vide la testa di Crosby cadere all'indietro mentre altri otto o dieci proiettili di dimensione BB sparati rapidamente si conficcavano nel suo petto.

Kyle si sedette di nuovo sul sedile e si sporse il più possibile dal camion, poi sparò. Il fucile d'assalto era *incredibilmente* rumoroso negli spazi ristretti del veicolo in movimento, ma tenne l'arma abbastanza lontana dalla porta posteriore da non far diventare Julie sorda. Reggie e la signora E erano seduti più vicini ed entrambi si misero istintivamente le mani sulle orecchie.

I due droni risposero all'attacco simultaneamente, lasciandosi cadere a terra, per poi separarsi e volare in direzioni opposte. Il loro movimento era fluido, controllato e - Julie non poté fare a meno di notarlo - *perfettamente* sincronizzato.

"Crosby!" Hendricks urlò, arrampicandosi sui sedili per raggiungere il retro del camion. "Crosby, mi senti?".

Il camion sbandò di nuovo e la testa di Crosby si inclinò di lato. Kyle, che ancora fissava il nulla bianco fuori dallo sportello posteriore aperto, scosse la testa.

"Maledizione!" Hendricks ruggì. Si voltò e urlò all'autista, alzando ancora di più il volume della voce. "Fermati! Smetti di muoverti!".

L'autista del camion sbatté i freni e Julie si sentì sbalzare all'indietro contro il sedile inclinato all'indietro. Ben le teneva il polso in mano e lei si rese conto della forza con cui lo stringeva. La guardava con il fuoco negli occhi, ma il resto del viso era stoico. Lei sapeva esattamente cosa stava pensando. *Cosa ci facciamo qui?*

Scosse la testa mentre Kyle spingeva il corpo flaccido di Crosby fuori dal veicolo e sul ghiaccio. Lo seguì, inginocchiandosi sulla neve compatta mentre cercava nel cielo i due droni. Joshua e gli altri sei soldati, compresi Hendricks e l'uomo ferito, scesero anch'essi sulla neve e si disposero a semicerchio intorno al retro del camion.

Reggie e la signora E la seguirono, e Julie sentì che Ben le lasciava il polso e si alzava per andarsene.

"Non andrai davvero là fuori, vero?", chiese lei.

Ben scrollò le spalle.

"Non era una domanda, Ben", disse Julie, con la voce tremante. "Ci *uccideranno* fuori...".

Il ronzio tornò e Julie smise di parlare a metà frase. Ben stava già scavalcando il sedile di fronte a sé e si stava dirigendo verso la fila sul bordo opposto del camion che portava all'uscita, e Julie, contro ogni pensiero razionale nella sua testa, si ritrovò a seguirlo. Si avvicinò freneticamente allo zaino che teneva su una spalla mentre si accovacciava verso le porte, cercando la pistola.

Lo trovò e l'acciaio freddo e duro sembrò congelarle la mano. Ne afferrò la canna all'interno dello zaino, senza volerla estrarre del tutto, come se questo potesse in qualche modo consolidare la sua decisione di lasciare la relativa sicurezza del camion e iniziare a sparare.

La neve qui era diversa da quella che avevano trovato quando erano scesi dall'aereo. Più dura, persino più croccante, e dal suono vuoto. Riusciva quasi a sentire il chilometro di ghiaccio sotto i suoi piedi e immaginava una cavità spalancata sotto di essa. Una profondità inimmaginabile di nero, nascosta da una quantità infinita di bianco.

Il ronzio crebbe ancora di più d'intensità e la sua testa si mosse per cercare di individuare i quadcopter bianchi che si stavano dirigendo verso di loro.

"Ecco!" Hendricks urlò, girandosi leggermente a destra per prendere la mira.

"Anche qui, capo", disse un altro soldato, questa volta dalla sinistra di Julie.

"Al centro", mormorò Kyle, con il fucile già puntato sulle tre armi volanti.

"Sembra che questa volta siano otto in totale", ha detto qualcuno.

"Bene", disse Hendricks. Ognuno ne scelga uno, e per l'amor di Dio - e nostro - non lo manchi. Sparate quando...".

L'area intorno a Julie esplose in un rumore cacofonico, mentre i fucili d'assalto sferravano la loro rabbia verso gli elicotteri in discesa. I droni, larghi due metri, urlavano verso il basso, apparentemente incuranti della mortale grandinata di spari che si scagliava contro di loro. Julie, coprendosi le orecchie, guardò due dei droni cadere dal cielo.

Ma non fu sufficiente e i droni risposero all'attacco con una precisione micidiale. Tre soldati, tutti alla sinistra di Julie, caddero. Uno era chiaramente morto, gli altri sembravano gravemente feriti.

Voleva urlare. O forse stava già urlando, ma era troppo forte per dirlo. Guardò Ben che sparava invano colpi con la sua USP, Reggie, Joshua e la signora E che facevano lo stesso. Nessuno dei colpi andò a segno.

L'esterno del furgone scoppiò mentre riceveva una raffica di proiettili, e Hendricks gridò sopra le sue spalle. "Stanno puntando al camion ora, per tentare di toglierci il piano di fuga". Si girò e iniziò a gridare il nome dell'autista, ma poi si fermò. Julie seguì il suo sguardo e vide i vetri rotti brillare sulla superficie della neve. L'autista giaceva a faccia in giù lì vicino, con macchie rosse che gli delineavano nettamente la testa. La portiera del lato guida del camion era spalancata, il motore ancora acceso.

"Ok", ha detto Hendricks. "Cambio di programma. Tutti in gruppo su...". Si fermò, fissando il cielo. "Non importa! Scendete!"

I droni avevano terminato il loro ampio cerchio e stavano scendendo per un altro attacco. Kyle e un altro soldato stavano ancora affrontando due droni in arrivo, mentre Joshua e Reggie avevano preso due fucili d'assalto dai soldati morti. La signora E sembrava dirigersi verso il terzo uomo caduto per fare lo stesso, così Julie fece ciò che riteneva più opportuno. Si tuffò a terra, gli strati di vestiti attutirono la sua caduta.

Ben era lì.

"Vai sotto il camion, Jules!", gridò, quasi spingendola lui stesso all'indietro. Lui si accucciò per assicurarsi che lei lo avesse sentito e lei scivolò all'indietro sul ghiaccio fino a nascondersi per metà sotto la parte posteriore del camion. Il camion era a un metro e mezzo da terra, quindi si sentiva ancora abbastanza esposta, ma sapeva che era meglio di niente. Aspettò che Ben la seguisse sotto, ma non arrivò mai.

L'attacco arrivò e passò. Sentì i proiettili dei droni che atterravano sul camion, Hendricks che urlava ordini e alcuni soldati che rispondevano con imprecazioni e risposte incomprensibili. Ci fu qualche replica dai fucili d'assalto, ma non abbastanza da convincere Julie che i droni erano stati abbattuti. Si sforzò di sentire la voce di Ben sopra le grida e i ronzii, ma si rivelò un compito impossibile.

Hendricks imprecò. "Stanno puntando alla parte anteriore del camion! Presto, andate dall'altra parte prima che tornino indietro".

I piedi scricchiolarono nella neve e Julie vide le serie di stivali abbinati che correvano su entrambi i lati verso la parte anteriore del veicolo. Si spinse in alto e strisciò, percorrendo la parte inferiore del camion verso la parte anteriore. Altri proiettili di droni andarono a segno, ma contemporaneamente sentì il rumore molto più forte del fuoco di un fucile d'assalto.

"Ne ho preso uno!", sentì la voce di Kyle urlare.

"Bogey a terra!" Reggie gridò.

In quell'attacco furono abbattuti altri due droni, ma Julie riuscì a vedere solo degli stivali. I proiettili rimbalzarono nel vano motore, con un rumore di rimbalzo troppo vicino per essere confortante. Si mise in posizione seduta, lontano dal motore.

I droni scesero ancora una volta e questa volta Julie urlò quando alcuni colpi si conficcarono nel motore, facendo scoppiare un tubo del carburante e iniziando a spargere benzina sulla neve e sul ghiaccio. Guardò verso il vano motore e vide le scintille di altri proiettili.

Questa cosa sta per esplodere, si rese conto. *E io ci sono sotto.*

La terrificante realtà la colpì. *Se rimango qui, esplodo. Se esco, vengo fatto a pezzi.*

Ha scelto di essere fatta a pezzi. Qualcosa di profondo in lei desiderava essere accanto a Ben, almeno quando sarebbe morta. Si tirò di nuovo in avanti, questa volta mirando all'area in cui pensava si trovasse Ben.

Ora faceva parte di un piccolo semicerchio di soldati, uomini e donne, che miravano tutti verso l'alto ai loro bersagli. I quattro droni rimasti volavano ancora in perfetta sincronia, ma era chiaro che mancavano alcuni dei loro compagni. Le sezioni di spazio aereo a cui erano stati assegnati quei droni erano rimaste vuote, come se il comandante della piccola forza aerea non si fosse preoccupato di raggruppare le sue unità per colmare le lacune.

Altri tre droni caddero sotto i colpi dei fucili d'assalto, molto più grandi, ma un altro soldato si accasciò di lato quando un proiettile trovò il suo segno nel collo dell'uomo.

Il fucile di Reggie si mosse, seguendo silenziosamente l'ultimo drone che circolava nell'area. L'uomo e la macchina si fronteggiarono e Julie osservò il momento di tensione mentre l'elicottero volava verso il camion. Reggie sparò e Julie vide il drone indietreggiare nell'aria, con il fumo che fuoriusciva da una cavità sul fianco. Cadde, ma non prima di aver cosparso l'area con un'ultima raffica di spari.

Con la coda dell'occhio e in una parte profonda e recondita della mente di Julie, notò due cose: la perdita di carburante e la rapida scintilla di un proiettile vagante che atterrava sul camion.

"Corri!" Reggie urlò, avanzando già. "Ha colpito un tubo del carburante!"

Julie si sentì lanciare in avanti, spinta con forza da Ben, poi tutto divenne nero.

CHAPTER 13

CON TUTTE LE FORZE che gli erano rimaste, Ben spinse Julie il più lontano possibile. Fu una reazione quasi involontaria, qualcosa che il suo corpo fece per un istinto rettiliano di previsione del pericolo, non qualcosa su cui aveva riflettuto.

La sua testa sobbalzò all'indietro, ma il suo busto volò in avanti. I suoi piedi lasciarono il suolo e Ben spostò il peso per seguirla, ma non ne ebbe la possibilità.

Vide il corpo di Julie trattenuto come sospeso in un fluido denso e la guardò fluttuare lontano da lui. Solo dopo aver sentito il rumore dell'esplosione, si rese conto che lui e Julie stavano effettivamente *volando*, non fluttuando, e che il suolo stava passando sotto di loro troppo rapidamente per il suo benessere.

Ben odiava volare. Aveva sempre odiato la sensazione di mancanza di controllo. Era una persona logica e razionale, ma applicare la logica alla situazione gli ricordava solo che stava volando, il che lo rendeva ancora più ansioso.

Tuttavia, non aveva mai provato l'esperienza di volare *senza* essere all'interno di un velivolo, fino a questo momento. L'esplosione di calore bruciava lo strato più esterno dei suoi vestiti, quasi quanto il suono. La pressione dell'attacco in sé sembrava minore rispetto agli altri elementi dell'esplosione, ma anch'essa era potente.

Abbastanza potente da scaraventarli tutti in avanti, a quasi 30 metri dalla precedente posizione del camion.

Il primo pensiero fu che in qualche modo erano atterrati nell'unica parte del continente antartico non coperta da neve soffice.

Gemette, si asciugò gli occhi e cercò di alzarsi. Un dolore lancinante gli percorse la parte inferiore del corpo, partendo dalla caviglia. Cadde di nuovo a terra, con la testa che sbatteva su un grande e soffice cuscino di neve.

Perché non sono riuscito ad atterrare in quel posto?

"Jules", disse. "Stai bene?"

Nessuna risposta.

Strinse i denti e cercò di alzarsi di nuovo, anche se molto più lentamente. La caviglia si oppose, ma alla fine collaborò. Rotolò in posizione seduta e iniziò a esaminarsi per individuare eventuali ferite. A parte una caviglia malconcia, sarebbe sopravvissuto.

"Jules, mi senti?"

"Ti sento, bubba", chiamò la voce di Reggie. "Perché non vuoi venire a massaggiare tutti i *miei* dolori?".

Ignorò l'uomo e si alzò in piedi. Si scrollò di dosso le pieghe del viaggio in aria e cominciò a guardarsi intorno. L'area era un vero disastro, con pezzi di camion fumanti e gomma di pneumatici che sporcavano la tundra altrimenti bianca. La neve si era già sciolta intorno a gran parte del blocco motore e Ben pregò in silenzio di ringraziare il fatto che fosse atterrato dove era atterrato.

"B - Ben, da questa parte", disse Julie. Era a faccia in su per terra, con un pezzo di tetto di camion di un metro e mezzo a pochi centimetri dalla testa. Lui si avvicinò e cominciò ad aiutarla ad alzarsi.

"Stai bene? Sei ferito?"

Scosse la testa. "No alla prima, no alla seconda".

"Ma riesci a camminare?".

"Non ho intenzione di morire in questo momento, se è questo che mi stai chiedendo". Gli permise di tirarla su dalla sua posizione comoda sulla neve. "Ma dacci cinque minuti. Sono sicuro che ci saranno altri di quei piccoli stronzi che voleranno qui fuori".

"Posso quasi garantirlo", disse Reggie. Era apparso accanto a Ben, miracolosamente non scosso e illeso. "Quelle cose probabilmente arrivano in serie da 100. A casa ci sono tanti fratellini e sorelline che aspettano solo di uscire dalle loro gabbie".

"Hai un senso dell'umorismo contorto", disse Julie.

"Chi ha detto che stavo scherzando?".

La signora E si avvicinò e li raggiunse. Era molto lontana dall'epicentro dell'esplosione e non sembrava turbata dall'evento. "Credo che abbiamo appena visto un po' della loro intelligenza artificiale in azione", ha detto.

"I droni?" Chiese Reggie. "Come fai a dire che non erano pilotati a distanza?".

"Volavano in perfetta sincronia l'uno con l'altro", ha risposto. "Ovviamente seguivano anche schemi preprogrammati".

"E quando hanno perso delle unità, non hanno colmato i vuoti", ha detto Julie.

"Esattamente. Un perfetto esempio di IA debole. Sono una linea di difesa di base per il loro perimetro esterno".

"Di base? A me è sembrato piuttosto efficace", disse Reggie. "E cos'è questa storia di essere *deboli*?".

"Anche in questo caso", ha spiegato la signora E, "AI debole significa solo *ristretta*. È brava solo in una o due cose. In questo caso, è brava - *molto* brava - a eseguire manovre di attacco difensivo".

Ben ascoltò lo scambio e si chiese in che cosa si fosse cacciato con Julie. *Se questo è un esempio di ciò che possiamo aspettarci in futuro, siamo fregati.*

Hendricks zoppicava, ma riuscì ad arrivare al raduno con Ryan Kyle e Joshua che lo seguivano. "Tutti bene?"

Tutti hanno annuito.

"Ottimo. Allora diamoci una mossa", disse. Stava per girare sui tacchi e marciare verso la montagna, quando Joshua gli afferrò il braccio.

"Aspettate", disse Joshua. "Cosa stiamo cercando esattamente? Non possiamo iniziare a camminare verso la montagna sperando che la base sia lì. O verremo presi di mira da altri droni o ci imbatteremo in qualsiasi *altra* difesa abbiano preparato".

Hendricks fissò una linea dura sull'uomo più giovane. "Dimmi cosa cambia se *restiamo*".

Joshua rimase in silenzio.

"È quello che pensavo", ha detto Hendricks. "Dobbiamo andare, e dobbiamo farlo *subito*. Ovviamente sanno che siamo qui e quel cratere fumante dietro di noi è il più grande fuoco di segnalazione del continente. Il mio voto? Andiamo in cima a quella montagna e curiosiamo".

"Quindi adesso prendiamo i voti?". Chiese Reggie.

Hendricks si accigliò. "No". Come se avesse bisogno di un ultimo segno di punteggiatura dopo la sua affermazione, si girò e questa volta iniziò a camminare.

"Mi segui?" Chiese Reggie.

Stava guardando Joshua, ma la signora E rispose. "Lo seguiremo tutti, Red", disse. "È la nostra missione".

"Giusto", disse Reggie. "Dobbiamo rimanere con il nostro commando". Guardò Ben, che si limitò a scrollare le spalle.

Julie infilò la sua mano in quella di Ben, con i guanti spessi che rendevano difficile il movimento, e alzò lo sguardo su di lui, senza preoccuparsi di fare la domanda che era nella mente di entrambi.

Ben, invece, ha posto la domanda. "Che scelta abbiamo?", disse. Si voltò verso la punta della montagna che faceva capolino dalla neve. "La roccia e il posto difficile, e tutto il resto".

CHAPTER 14

REGGIE POTREBBE CORRERE A PIEDI per cinque miglia prima di sentirsi veramente stanco. L'orgoglio che provava per il suo fisico quasi perfetto era secondario rispetto all'orgoglio che provava per il modo in cui lo aveva acquisito. Anni di allenamento quotidiano, serie di flessioni mattutine e serali e trazioni su qualsiasi cosa abbastanza solida da reggere il suo peso che gli capitasse sotto mano erano la sua pretesa di vittoria su un corpo che invecchiava. Non aveva mai ingerito nulla di più forte delle proteine in polvere o degli intrugli pre-allenamento per riuscirci.

Aveva già corso al freddo in passato, anche in condizioni di quasi bufera di neve durante una delle sue numerose missioni. Ma il ghiaccio dell'Antartide, il vento gelido e la neve sufficiente a fargli sprofondare le ginocchia erano un'esperienza nuova per lui. Mentre il gruppo rimanente - Reggie, Ben, Julie, Joshua, la signora E, Hendricks e Kyle - correva al suo fianco, si chiese chi di loro sarebbe stato il primo a cedere.

Con sua grande sorpresa, riuscirono a raggiungere il bordo della spaccatura dove la cima della montagna si ergeva dalla banchisa di Ross senza doversi fermare per respirare. L'area era delimitata da un'imponente scogliera che si ergeva dal ghiaccio, separata dal suo gruppo da uno stretto spazio. La montagna era come un castello, che si ergeva sopra le loro teste, e lo spazio tra loro e la fortezza era un fossato profondo e vuoto. La rupe su cui si trovavano era fatta di ghiaccio solido, il bordo del ghiacciaio reso ancora più impressionante dallo spazio di profondo nulla proprio di fronte ad esso.

Stava aspirando aria quando arrivarono a destinazione, mentre gli altri passavano dalle mani sulle ginocchia a quelle sopra la testa. Sapeva che Ben, Joshua e Julie erano in gran forma, ma sembrava che Hendricks e Kyle mantenessero l'abitudine al PT, anche se non erano in servizio attivo. La signora E lo sorprese di più, perché sembrava essere la più resistente del gruppo, camminava già lentamente in cerchio nelle vicinanze e sembrava annoiata.

"Signora E", ha detto. "È davvero così che dovremmo chiamarla?".

"Ti direi di chiamarmi tesoro, ma qualcosa mi dice che ne hai già uno", replicò lei con il suo leggero accento.

Scosse la testa, sorridendo. "In realtà, no. Non sono più legato, ma di certo non al mercato".

Indossava gli occhiali di protezione, ma sollevò un sopracciglio in alto, esagerando la sua sorpresa. "Beh, allora credo che dovrò concentrare i miei sforzi su qualcun altro...".

Il suo sguardo si spostò da Reggie a Joshua, che respirava ancora profondamente dopo la corsa nella tundra ghiacciata.

"Pensavo fossi sposato, E.?". Disse Reggie.

La signora E si voltò verso Reggie ed esitò. "Sì, certo", disse. "Io e il signor E siamo sposati da tre anni".

Reggie si accigliò. "Non voglio essere sfacciato, ma - e spero che lo prenda come un complimento - lei sembra un po' più giovane del signor E.".

Sorrise, un sorriso radioso che le illuminava il viso coperto di occhiali. "Lo considererò certamente un complimento. In effetti, ha dieci anni più di me. Ci siamo conosciuti quattro anni fa, a una festa".

Reggie attese ulteriori spiegazioni, ma non ottenne nulla. "Oh... ok, fantastico. Beh, e adesso che si fa? Vediamo di trovare questa base?".

Ben aveva fatto qualche passo in più per vedere meglio la scogliera. "Sarà laggiù", disse indicando il fossato.

"Come fai a saperlo?" Chiese Joshua.

Ben guardò ogni persona a turno. "Beh, per cominciare, ho paura dell'altezza, quindi salire è fuori questione".

"*Scendere* è meglio?" Chiese Reggie.

"Marginalmente".

Hendricks si avvicinò a Ben per vedere la cima della montagna e la scogliera dalla sua prospettiva. "Potrebbero aver costruito qualcosa all'interno della montagna", disse. "Probabilmente ci sono grotte che attraversano l'intera catena".

"Avrebbero potuto", rispose Ben, "ma tagliare il ghiaccio e aggiungere strutture di supporto è più facile, e potrebbero farlo senza doversi adattare alla disposizione naturale di un sistema di caverne. Ho anche visto una macchina che scioglie il ghiaccio in cerchi perfetti, consentendo di scavare tunnel con bei corridoi senza muovere un dito. E questo spazio tra la montagna e lo strato di ghiaccio offre loro un punto di accesso perfetto. Io scommetto su una sorta di base nel ghiaccio proprio sotto di noi".

Reggie si girò improvvisamente e guardò nella direzione da cui erano venuti. "Cos'è questo rumore?", chiese.

Un aereo massiccio scese dietro di loro, rompendo la fitta linea di nebbia. L'aereo, sorprendentemente basso rispetto al suolo, iniziò a sputare piccoli puntini dalla parte posteriore della fusoliera. L'aereo cargo continuò a tracciare la sua linea nel cielo, disperdendo puntini ogni secondo, e poi uscì di scena dall'altro lato della catena montuosa. Reggie rimase a guardare per un attimo i puntini che cadevano dal cielo intorno all'area attualmente occupata dai resti fumanti del camion, quando improvvisamente capì. Sopra ogni puntino esplodevano fioriture di colore bianco sporco e i puntini rallentavano mentre continuavano a scendere.

"Paracadutisti". Disse Reggie. "Un po' poco ortodosso, per non dire altro, soprattutto considerando il modo in cui sono arrivati, con il loro ingresso estremamente basso e tutto il resto".

"È un desiderio di morte, secondo me", gli fa eco Hendricks.

"Beh, lo stanno facendo funzionare. Avete idea di chi siano?". Chiese Reggie.

"È un'operazione militare", ha detto Hendricks. "Quel trasporto è un nuovissimo Xian Y-20, della PLA Air Force, soprannominato 'Chubby Girl'. Stanno infrangendo ogni regola del codice per venire qui, quindi è probabile che *anche* i cinesi abbiano visto quel piccolo spettacolo di luci elettriche e vogliano inviare qualche truppa per indagare. È ancora più probabile che abbiano un'idea di ciò che troveranno qui e che faranno di tutto - come infrangere i trattati internazionali - per trovarlo".

La signora E scosse la testa mentre i puntini si avvicinavano al suolo. "*Poche* truppe? Più che altro cinquanta o sessanta".

"Beh", disse Reggie, "sono sicuro che avremo modo di incontrarci e salutarci. Ma per ora, che ne dite di capire dove diavolo dobbiamo andare adesso?".

Reggie e gli altri raggiunsero Ben a una decina di metri di distanza, sull'orlo del precipizio, e Reggie scrutò oltre, fin dove si sentiva a suo agio. "Sembra un bel salto", disse. "Non è che abbiamo un'attrezzatura da arrampicata?".

Hendricks annuì. "È così. Ogni kit ha delle piccozze con una corda già ancorata, un'imbracatura, dei moschettoni e tutto il resto. Non ci porterà sull'Everest, ma sicuramente ci porterà giù in quel buco".

"Beh, a meno che qualcuno non abbia un'idea migliore, diamo

un'occhiata laggiù", disse Hendricks. Guardò Joshua, con gli occhi spalancati, sperando ovviamente di provocare l'uomo.

Joshua si limitò a restituire un'espressione stoica. "Non sono io a comandare, ricordi?".

"Bene", dichiarò Hendricks rivolgendosi al resto del gruppo. "Cominciamo a calarci. Prima ci perdiamo di vista, meglio è". Spianò un tratto di neve vicino al bordo del precipizio, poi sbatté l'estremità dell'ascia nel terreno e vi saltò sopra, fissandola solidamente nel ghiaccio duro. Fece passare l'estremità della corda attraverso un moschettone che aveva agganciato all'imbracatura, poi gettò l'estremità della corda giù dalla rupe. "Scopriranno di non essere stati i primi ad arrivare qui non appena atterreranno e cominceranno a dirigersi da questa parte", disse Hendricks, "quindi vi suggerisco di seguire l'esempio".

Hendricks stava già facendo un passo indietro dal bordo della scogliera di ghiaccio quando i soldati cinesi iniziarono a sparare contro di loro.

CHAPTER 15

"MUOVETEVI TUTTI!" HENDRICKS Urlò dal suo trespolo appena sotto il bordo della scogliera. "Le vostre armi saranno riposte nello zaino o sulla spalla, ma non perdetele di vista". Gli altri intorno a Ben scattarono in azione, afferrando l'equipaggiamento nelle loro borse e infilandolo frettolosamente nei loro corpi. Julie ebbe difficoltà a incastrare il suo piccone nel ghiaccio, ma alla fine riuscì a incastrarlo abbastanza in profondità da reggere il suo peso. La signora E finì per prima e iniziò a seguire la guida di Hendricks.

I proiettili scintillavano nell'aria intorno alle loro teste, ma i colpi provenivano da una distanza tale da essere selvaggiamente imprecisi. Tuttavia, Ben sentì l'adrenalina che cominciava a scorrere in lui e i primi segni di sudore - nonostante la temperatura negativa - che cominciavano a depositarsi sulla sua fronte.

Ben si era calato due volte nella sua vita, entrambe a Yellowstone, quando è stato costretto a partecipare a un corso di formazione obbligatorio. Per superarlo, ha dovuto arrampicarsi su un dirupo di 30 metri e poi calarsi da un dirupo di 200 metri.

La prima volta aveva quasi abbandonato il lavoro e la seconda aveva tentato invano di ammalarsi.

Si fermò sul bordo del ghiaccio, con la squadra cinese che si avvicinava a loro con i fucili spianati, e allontanò la paura per concentrarsi sulla posta in gioco. Fece un respiro profondo, deglutì...

E si bloccò.

Il suo corpo non si muoveva.

Forza, ha esortato. *Muoversi.*

I suoi piedi erano ben piantati sulla superficie del ghiaccio e le sue gambe cominciavano a tremare.

Non ora, pensò. *Per favore, non ora.*

"Ben", disse Julie accanto a lui. "Stai bene?"

"Non posso farlo", ha detto. "Il mio corpo *non vuole*".

Lei si avvicinò e gli mise una mano sul polso. "Ben, devi farlo. Lo sai. Dai, facciamolo insieme". Lo strinse, spingendolo lentamente all'indietro.

Pollice dopo pollice il suo corpo reagì, strisciando indietro sul bordo del precipizio, come se stesse cadendo all'indietro al rallentatore. Sentì la tensione rassicurante della linea di fronte a lui, poi pensò alla piccozza, precariamente aderente a un pezzo di ghiaccio. Sapeva che avrebbe potuto spostarsi da un momento all'altro, staccandosi e facendolo precipitare verso una morte orribile -.

"Ben". Guardò alla sua sinistra e vi trovò Julie, che si avvicinò a lui. "Smetti di pensarci. Andrà tutto bene. Andrà tutto bene...".

Una fila di proiettili vaganti atterrò proprio davanti a loro, pericolosamente vicino.

"Ben, dobbiamo andare, subito!". Julie disse, con un tono immediatamente più frenetico. "Fai... fai finta di non essere su un precipizio!".

"Cosa - fingere? Stai scherzando...". Ben stava per rimproverare Julie per il suo commento quando lei volò giù dritta, cadendo per una decina di metri prima di fermarsi, spingere con i piedi fuori dalla scogliera e poi cadere di nuovo. Fu una discesa rapida, ma Ben dovette ammettere che Julie la fece sembrare facile.

Fece un'altra serie di respiri, soffiando fuori l'aria fredda mentre guardava dritto davanti a sé e si piegava all'indietro. Chiuse gli occhi e fece un passo.

Le pallottole cospargevano il terreno, ogni raffica dell'esercito cinese in arrivo si avvicinava sempre di più.

Fece un altro passo e i suoi occhi erano ormai a contatto con il suolo. Vide la neve che spruzzava verso l'alto e si disperdeva come un luccichio nel cielo bianco a ogni colpo di cannone lontano.

"Bennett!" sentì Hendricks urlare dal basso, con la sua voce tonante che rimbombava nel canyon. Ben non osò girare la testa per guardare giù, ma fece qualche altro passo lento. Ora era parallelo alla parete rocciosa, esattamente nella posizione opposta a quella che generalmente preferiva per il suo corpo.

"Bennett!" Hendricks urlò di nuovo. "Se mi senti, sbrigati. Accendi il fuoco, figliolo! Non possono spararci ora, ma quando arriveranno al limite, quale pensi che sarà la loro prossima mossa?".

Ben non poté fare a meno di chiedersi quale fosse la risposta alla domanda. *Vedranno le piccozze e le linee strette che partono da ognuna di esse...*

Rabbrividì. *Morte dall'alto o... morte dal basso.* Non era entusiasta di nessuna delle due opzioni.

Il suo corpo si muoveva fluidamente ora, ogni passo diventava più audace, più grande. Fece un ultimo respiro, spinse in fuori la pianta dei piedi e lasciò la relativa sicurezza della parete rocciosa.

La corda, il moschettone, l'imbracatura e la piccozza hanno svolto il loro compito in modo impeccabile e ha provato l'emozione di fluttuare nel nulla, rimanendo sospeso in aria per una frazione di secondo prima di cadere e correre indietro verso la parete, con i piedi che istintivamente hanno trovato la loro posizione per accogliere il suo peso e ripetere il processo. Atterrò e guardò in alto per controllare i suoi progressi.

Non era sceso più di qualche centimetro.

"Bennett!" Hendricks urlò. "Se vai così piano, staremo qui tutto il giorno. O saremo qui finché i cinesi non taglieranno la vostra linea. Allora vi staccheremo da...".

La sua voce si interruppe, senza dubbio interrotta da uno degli altri membri della squadra che aspettavano di sotto.

Si spinse di nuovo fuori dalla scogliera e questa volta allentò la corda che aveva impugnato nella mano destra. Sentì la corda scivolare lungo l'interno del palmo sinistro, segno rivelatore di un movimento verso il basso. Un secondo dopo i suoi piedi atterrarono di nuovo e guardò in alto. Fu soddisfatto di vedere che aveva fatto una decina di metri. Prima che le sue paure tornassero a farsi strada nella sua mente, si spinse dalla parete una terza volta.

Ci vollero altre cinque spinte prima che arrivasse in fondo. O, almeno, agli altri. Vide Julie accanto a lui, sorridente.

"Ottimo lavoro", sussurrò.

Annuì una volta, ancora scosso ma contento che avessero finito.

"Perché non siamo a terra?", disse, dopo essersi accorto che erano ancora tutti appesi alle loro corde, sparsi intorno a lui.

Reggie rispose. "Niente più corda, capo".

"Non riusciamo a vedere il fondo", disse Joshua, con voce calma e uniforme. In qualsiasi altra situazione, la voce dell'uomo sarebbe stata rassicurante. Ora, invece, Ben voleva prenderlo a pugni.

Ben sentì il sangue gelarsi. Muovendo la mano destra per scuotere la corda, senza osare guardare in basso, vide l'estremità della corda volare verso l'alto, con solo pochi metri di corda allentata.

"Ho fatto luce in basso", ha detto Hendricks, "ma diventa nero solo pochi metri più in basso. Le maledette torce elettriche sono inutili".

No, no, no, la paura tornò a rimbalzare come un treno in corsa su di lui, e fu tutto ciò che riuscì a fare per costringere le mani a bloccarsi e a non lasciarsi andare. *Almeno così sarebbe finita in fretta,* pensò.

Guardò Julie e vide la paura nei suoi occhi. Prima aveva forzato il sorriso; non voleva che Ben sapesse la verità. Ma era vero, qualunque cosa avesse fatto.

Erano *letteralmente* allo stremo delle forze, appesi al bordo di una scogliera antartica.

Con un intero esercito che li sta puntando.

CHAPTER 16

HA LETTO i pochi dettagli forniti sullo sviluppatore. Un giovane di 29 anni, proveniente dall'Indonesia. Se il file fosse stato una qualsiasi subroutine, o se Colson non fosse stato pienamente consapevole della particolare natura delle informazioni che l'uomo stava trascrivendo, avrebbe pensato che Hasan Nessef fosse un semplice codificatore a contratto, assunto temporaneamente dalla società perché economico e veloce.

Ma Colson sapeva su cosa stava lavorando, almeno su piccola scala. Sapeva che cosa doveva replicare questa subroutine: il suo compito era quello di esaminare i file, correggere eventuali carenze programmatiche e ripulire i dati. Poiché era incaricato di raccogliere la miriade di file e di razionalizzarli in un insieme organizzato, doveva avere una conoscenza di base del progetto più ampio a cui stavano lavorando. Avevano fatto un ottimo lavoro nel tenere le carte coperte, ma Colson non era stato assunto perché era un idiota.

Fin dal primo giorno aveva capito che c'era un motivo per cui la società aveva nascosto la sua stazione di ricerca in fondo al mondo, in Antartide. Sapeva che c'era un motivo per cui avevano speso una quantità incredibile di denaro per la sicurezza, facendo arrivare i dipendenti, gli scienziati e i ricercatori di notte e facendo tutto il possibile per rimanere fuori dal raggio dei radar. E sapeva che c'era un motivo per cui si erano trasformati in una gerarchia incredibilmente complessa di gestione della stazione, creando una burocrazia che assomigliava a una società Fortune-100 piuttosto che a un equipaggio di 30 persone.

C'era una ragione per tutto questo. Lo sapeva, ma non aveva fatto domande. Aveva fatto quello che gli era stato detto e loro gli avevano fornito informazioni ogni pochi mesi, fidandosi di lui tanto più quanto più a lungo aveva dimostrato la sua fedeltà alla società. Era stato facile, considerando che non poteva andare da nessuna parte, letteralmente. Era intrappolato in questa prigione sotto il ghiaccio, per stare seduto a fissare linee di codice tutto il giorno, tutti i giorni, finché non avessero terminato il progetto, la *ragione*, che stava alla base di tutto.

Quindi, pur non conoscendo personalmente Hasan Nessef, sapeva che il giovane era più di un semplice mercenario. Questa particolare subroutine era top-secret e non avrebbero permesso agli appaltatori di trascriverla. Invece, la manciata di sviluppatori del Livello 3 sarebbe stata l'unica ad avervi accesso.

Quando le porte dell'ascensore si aprirono al livello 3, Colson si ricordò del suo status relativo nella catena alimentare dell'organizzazione. Anche se tecnicamente era il capo di Nessef, gli uomini e le donne che svolgevano il lavoro effettivo di trascrizione dei dati in segnali comprensibili da un sistema informatico erano considerati "geni" e quindi molto più importanti di Colson e del suo capo, Angela Stokes. Per questo motivo, il Livello 3 presentava qualcosa di cui il Livello 7 era completamente privo: la decorazione.

Bellissimi rampicanti coprivano la parete centrale del pavimento, in qualche modo illuminati da lampadine da coltivazione e sfidando il design a zero luce solare della stazione sotterranea, e altre piante in vaso, tra cui un'enorme palma, punteggiavano il perimetro del pavimento. A Colson sembrò l'atrio di un albergo di medio prezzo dell'Europa orientale, un atrio che aveva avuto più pensieri che soldi.

Provò anche un leggero senso di gelosia quando notò che c'erano bagni su *entrambi i* lati di questo piano. Uno direttamente alla sua sinistra, proprio accanto all'ascensore, e, a giudicare dai cartelli sul soffitto, un altro all'estremità opposta.

Avrei dovuto dire che non avevo esperienza di gestione, pensò. Mentre camminava verso il centro dello spazio, dirigendosi verso l'imponente parete ricoperta di viti e la porta al suo interno, passò davanti a un piccolo cubicolo e a una scrivania senza pretese.

Nessef, Hasan, sviluppatore.

L'uomo ha persino una targa personale. Jonathan si chiese se fosse una cosa che poteva richiedere, o se fosse stata data all'impiegato come una sorta di incentivo. Senza indugiare oltre, Jonathan proseguì verso la porta e la aprì dopo aver bussato rapidamente.

Tre persone aspettavano dall'altra parte del piccolo tavolo della sala conferenze. Angela Stokes, il suo capo, un uomo che sembrava appena uscito dalla scuola di economia, e Hasan Nessef stesso. Hasan aveva gli occhi a mandorla e si sentiva chiaramente fuori dal suo elemento quando si trovava in mezzo a gente di medio livello, e rimase ancora più perplesso quando entrò Colson.

"Colson", disse Stokes, muovendosi immediatamente per chiudere lo spazio tra loro e iniziare la sua abitudine di "parlare da vicino". "Di cosa si tratta?"

"Si tratta di, uh...", ha guardato il suo capo.

"Lui lo sa", ha detto lei senza esitazione. "Me ne ha parlato. Sa che sta succedendo qualcosa; c'è un motivo per cui la linea temporale è stata accorciata".

"Giusto", disse Colson. "Ok, bene. Comunque, l'ho trovato".

Tre serie di occhi lo fissarono.

"È in un file trascritto da Nessef".

Gli occhi di Hasan Nessef, in qualche modo, si allargarono

ancora di più. Per un attimo Colson temette che, se avesse continuato a parlare, sarebbero potuti cadere dalla testa del ragazzo.

"Comunque, si tratta di una trascrizione fondamentale per la subroutine della linea principale su cui stiamo lavorando. Ho accennato al fatto che continuavamo a ricevere errori di parsing; credo che questo file sia il motivo".

"Non c'è nulla di sbagliato nella mia trascrizione!", sbottò il ragazzo.

"No", disse Colson, "non sto dicendo che ci sia. Quello che *sto dicendo* è che il file ha una strana serie di istruzioni al suo interno. Non hanno la stessa sintassi del resto della subroutine".

"Non ti seguo, Colson", disse Stokes. Il capo di Stokes era illeggibile, con un'espressione stoica che doveva aver studiato alla scuola di economia, stampata sul volto. "Sintassi?"

"Come lo stile, in realtà. Tutto ciò che abbiamo codificato è solo una trascrizione dalla linea principale, giusto? È solo una *copia* di quello che c'è già, solo che lo stiamo traducendo in un linguaggio che un computer può capire".

Lei annuì. Il suo capo la fissò.

"Mi sono imbattuto in una sezione di codice trascritta - di nuovo, una *copia tradotta* di ciò che era già presente nel programma - ma ho notato che aveva uno stile leggermente diverso. Non ero sicuro di cosa fosse, perché sembrava confuso e un po' disordinato".

"Il mio codice *non è -*" Nessef iniziò.

Colson alzò una mano e Nessef si calmò. Colson avvertì un'ondata di adrenalina per la leggera mossa di potere, ma continuò. "Ripeto, Nessef, non sono qui per accusarla di nulla. Prima di tutto, il codice è corretto: non sembra che ci siano errori di trascrizione nel file. In secondo luogo, il motivo per cui l'ho chiamata qui è che credo che la trascrizione si riferisca a un segmento della subroutine della linea principale che è stato confuso *di proposito*. "

Colson aspettò e osservò i volti di Stokes e del suo capo. Vide un minimo movimento negli occhi dell'uomo, ma pensò che potesse essere solo un tic.

"Stokes", ha continuato, "*questo* è il motivo. Ecco perché stanno affrettando il completamento del progetto". Si girò e si rivolse al suo giovane capo. "Senta, mi scusi, non ho capito il suo nome, so che questa potrebbe essere una novità per lei e so che ci sono 15 persone sopra di lei nella catena di comando. Ma *devi* cercare di convincerli ad ascoltare".

"Signor Colson", disse l'uomo, con una voce roca che sembrava molto più vecchia di quanto sembrasse. "Di cosa dovrei cercare di convincerli *esattamente*? Che avete trovato un'anomalia nel programma? Si rende conto che l'intero *progetto* è una specie di anomalia e che ci sono *molte* anomalie all'interno...".

Jonathan scuoteva abbondantemente la testa. "No, no, non è affatto quello che sto dicendo. Le anomalie sono una cosa, ma *questo...* questo frammento di codice è qualcosa di completamente diverso. Non so ancora esattamente cosa sia, ma è *diverso*. Le sto dicendo - e glielo *prometto* - che se inserisce questa subroutine nel mainframe, non potrà più tornare indietro".

"Perché dovremmo preoccuparci di *tornare indietro?* Che cosa significa, signor Colson?", disse l'uomo. "Lavoriamo a questo progetto da quasi un decennio, in un modo o nell'altro. Lei conosce la posta in gioco e *chiaramente* capisce qualcosa in più di quello che una persona del suo *rango* dovrebbe sapere". Con quest'ultima frase lanciò uno sguardo ad Angela Stokes. Lei strinse i denti, ma continuò a guardare Colson.

"Inoltre", ha detto l'uomo, "non apprezzo che lei prenda in mano una questione di natura così delicata, per nessun motivo. Il fatto che il signor Nessef sia ora coinvolto è un'ulteriore mancanza da parte vostra. Sono disposto a permetterle di continuare a lavorare al progetto, a patto che...".

"Sono fuori", ha detto Colson.

"Mi scusi?", dissero all'unisono lui e Stokes.

"Te l'ho detto", ha detto. "Sono fuori. Me ne vado".

A questo punto il capo di Stokes sorrise, con un leggero sorriso diretto che spuntava dal lato della bocca. "Signor Colson, se non lo sapesse, c'è un obbligo contrattuale con ciascuno dei nostri dipendenti. Anche se non lo fosse, si rende conto che siamo sotto mille metri di ghiaccio?".

Colson annuì.

"E si rende conto di trovarsi nel continente dell'*Antartide?*"

Di nuovo, annuì. "Non importa", disse. "Non ho intenzione di continuare. Questo è moralmente, eticamente e in ogni altro modo sbagliato, ed è sicuramente illegale. Se non è illegale qui, allora da qualche parte".

Il capo di Stokes guardò Colson per un attimo, poi si chinò lateralmente verso Stokes. Sussurrò qualcosa, poi la testa di Stokes cadde a terra. Dopo qualche altro secondo, estrasse un telefono dalla tasca e iniziò a comporre un numero.

Colson sentì il sangue gelarsi.

"Signor Colson", disse l'uomo. "La prego di accompagnarmi alla sua scrivania al livello 7. C'è un'altra questione che vorrei discutere con lei".

CHAPTER 17

BEN GUARDAVA IL BORDO sopra di lui, chiedendosi se sarebbe riuscito a risalire senza calzature adeguate, quando apparve una sagoma.

Altre due ombre si aggiunsero alla prima, poi altre ancora e presto la sua visione fu completamente riempita da sinistra a destra dalle sagome dei soldati cinesi.

"Ragazzi...", disse.

Le prime ombre di forma umana apparse sul bordo sollevarono le loro ombre a forma di pistola e le puntarono direttamente sul gruppo. Ben non ebbe il tempo di muoversi prima che i colpi cominciassero a piovere. Sentì il fuoco di un proiettile che gli sfiorava il braccio, troppo vicino per essere considerato un colpo mancato.

Strinse i denti e scalciò con un piede. Il suo corpo, ancora appeso impotente all'estremità della corda, iniziò a girare e a ondeggiare avanti e indietro. Gli altri si muovevano in modo simile, ognuno cercando di diventare un bersaglio il più difficile possibile.

Finora lo stratagemma stava funzionando. Nessuno del gruppo era stato colpito e Ben continuava a ondeggiare, dimostrando a se stesso di aver trovato qualcosa che temeva più delle altezze. Essere appesi a una corda sopra un baratro senza fine mentre i soldati sparavano contro di lui era certamente qualcosa di peggio.

"Ben!" sentì Julie gridargli e si voltò verso di lui. Lei non lo guardava, ma era concentrata sui soldati sul bordo della scogliera. Alcuni soldati stavano ancora sparando, ma la maggior parte della squadra era scomparsa.

"Dove sono andati?", chiese.

"Guarda", rispose lei. "In alto e a sinistra".

Ben seguì il suo sguardo e vide due soldati cinesi in piedi, più lontani, sulla sporgenza, con in mano una delle piccozze. Era ancora legata alla corda, che pendeva tesa verso il baratro. I soldati stavano ovviamente lavorando duramente per tenere la piccozza in posizione, come se la piccozza e la corda sostenessero un peso significativo.

Il peso, in questo caso, era l'ultimo uomo rimasto di Hendricks, Ryan Kyle. Non ondeggiava più e aveva iniziato a cercare qualsiasi tipo di appiglio che potesse essere presente nella scogliera di ghiaccio. Ben lo osservò per un attimo, notando anche che i proiettili erano finalmente cessati e tutti gli occhi erano puntati su Kyle.

"Kyle, vedi se riesci a oscillare un po' da questa parte", disse Hendricks, con voce morbida e rassicurante. "Ti prenderemo".

Kyle non rispose all'ordine di Hendricks, cercando ancora qualcosa a cui potersi appendere una volta -.

I soldati cinesi lasciarono cadere la piccozza, la cui estremità affilata schizzò in avanti e giù nel baratro. Kyle scomparve dalla vista e Ben deglutì. Julie lanciò un urlo, un breve e sorpreso acuto.

Hendricks imprecò, urlando verso i soldati cinesi. "Cosa volete da noi?" Gridò. "Parleremo. Volete sapere per chi lavoriamo?".

Una sagoma si avvicinò al bordo e si sporse oltre la scogliera. Ben non riuscì a vedere i suoi lineamenti, ma sembrava essere un po' più basso di molti degli uomini che lo circondavano.

L'uomo iniziò a parlare in un inglese stentato. "Non ci servite", disse l'uomo. "Non ci interessa per chi lavorate. Lo scopriremo alla fine, ma non ci interessa".

Ben lo vide annuire mentre il capo terminava il suo discorso di tre frasi e altri sei uomini scomparivano dalla scogliera.

In pochi secondi sentì la spinta terrificante dell'assenza di peso e poi la caduta. Una frazione di secondo dopo si fermò e sentì Julie urlare di nuovo. Alzò lo sguardo e vide quattro soldati proprio sopra di lui. Due tenevano la sua piccozza e due quella di Julie.

"Ben...", sussurrò lei. Lui sentì il tremito nella voce di lei, e aspirò di nuovo l'aria, temendo di parlare. Era una reazione istintiva, come quella di un coniglio, come se non muoversi o fare rumore facesse allontanare il cacciatore. Azzardò di nuovo uno sguardo verso l'alto e vide che i cacciatori non erano andati da nessuna parte.

Nessuno di loro parlò, ma non ce n'era bisogno. Il loro capo aveva spiegato la portata della missione: eliminare la squadra americana dall'equazione, e loro stavano per farlo. Ben ripensò agli eventi che avevano portato a questo momento; pensò ai mesi trascorsi nella baita con Julie, senza preoccuparsi di grizzly in cerca di cibo o di tempeste di neve. Improvvisamente desiderò la sicurezza e il calore della piccola baita che avevano condiviso insieme, il camino scoppiettante e l'odore della legna che si riscaldava e si infiammava.

Il freddo qui era di tipo diverso, lo intorpidiva e lo prosciugava. Si sentiva come se la Morte stessa gli avesse afferrato le dita intorno al cuore e gli stesse lentamente strappando la vita. L'aria era sottile, ma allo stesso tempo sospesa intorno a lui come un vapore o una nebbia. *È questo?* Pensò. *È così che finisce per noi?*

"Tu bast..." La voce di Hendricks fu interrotta mentre cadeva nel baratro, con la piccozza che rimbalzava e si impigliava un paio di volte nel precipizio durante la discesa.

Ben chiuse gli occhi, aspettando l'inevitabile. In qualche modo Julie l'aveva trovato, il suo braccio ora si era raggomitolato intorno a quello di lui. Si era girata e si era attaccata a lui, il loro peso ora era unito, i loro destini e le loro braccia si erano intrecciati.

Il suo stomaco ebbe un sussulto e sapeva che stava accadendo.

Cadde con Julie, senza che nessuno dei due emettesse un suono. Lo shock iniziale del movimento improvviso svanì e gli sembrò di fluttuare nello spazio. Non c'era nessuna corrente d'aria a contrastare il suo slancio e a mettere in guardia il suo corpo dagli inevitabili effetti della gravità; la caduta era come nessun'altra cosa che avesse mai sperimentato. Aveva trascorso una vita a evitare qualsiasi opportunità di "cadere", compresi il paracadutismo, i corsi di corde e le cadute di fiducia durante gli allenamenti nel parco. Ben si era accontentato di andare nella tomba senza aver mai sperimentato questo effetto, e ora sentiva l'ironia di andare nella tomba *a causa* di questo effetto.

Il tempo si fermò per lui e i pensieri della sua vita, dei suoi genitori, di suo fratello e di Julie lo colpirono tutti insieme. Sentì la stretta rassicurante degli abbracci di suo padre e, più tardi, della stretta di mano a forma di morsa. Nella sua mente balenarono le immagini di suo fratello minore che cercava di imparare a pescare, della crescente impazienza di Ben e dei rimproveri dei suoi genitori. Pensò a Julie e a come era piombata nella sua vita con la sottigliezza di una bomba a mano, e a come non aveva mai avuto la possibilità di dirle davvero quello che provava.

Sapeva che lei lo amava e sapeva che *lei* sapeva che lui l'amava. Ma per Ben le parole erano sempre una lotta. Le usava solo quando era necessario, e anche in quel caso solo le poche che gli servivano per far capire il punto. Nel caso di Julie e dei suoi sentimenti per lei, poche parole non erano sufficienti.

Ben pensò a tutto questo mentre cadeva, il miracoloso fenomeno del tempo che rallenta abbastanza da dargli lo spazio per riconoscere l'inevitabile. *Questa è la fine.*

Lottò contro le palpebre e le spinse ad aprirsi. Gli occhi si concentrarono per mezzo secondo e videro, molto più in alto di lui, le piccole ombre dei soldati, che guardavano per assicurarsi che il loro lavoro fosse completato. Stavano svanendo, il nero consumava tutto intorno a lui, la cima della scogliera e l'altro lato del baratro si avvicinavano e rendevano la sottile fessura di luce sempre più piccola man mano che lui cadeva.

Poi, quando la fenditura divenne solo il più piccolo taglio di rasoio contro il buio crudele, smise di cadere.

CHAPTER 18

SONO VIVO.

JULIE ripeteva le parole nella sua testa, ancora incerta se fossero vere o meno. Non osava pronunciarle ad alta voce, per paura che potessero cambiare se pronunciate in tempo reale, con suoni reali.

Sono vivo.

Poi, mentre ripeteva in silenzio le parole un'ultima volta, riconobbe che erano vere. Aprì la bocca e formò le parole sulle labbra.

"Sono viva...", sussurrò.

"Certo che sei vivo", disse Hendricks da qualche parte dietro di lei. "Anche per fortuna. Siamo atterrati su un enorme banco di neve, profondo probabilmente sei metri. Sei sepolta fino alle braccia, ma almeno la testa spuntava fuori. Ho dovuto scavare per trovare Ben".

"Per quanto tempo sono stata fuori?", chiese.

Hendricks non apparve e lei pensò che fosse ancora dietro di lei, forse a lavorare su qualcosa. La sua voce lo confermò, le sue parole erano staccate e brusche. "Circa dieci, quindici minuti", disse. "Sono atterrato in piano, quindi non sono rimasto bloccato. Prima però ho passato un po' di tempo a controllarmi e ad assicurarmi che tutto funzionasse".

"E?"

Ridacchiò. "Per quanto si possa desiderare. Come disse Alexander Hamilton, 'nessuno si aspetta di fidarsi troppo del proprio corpo dopo i 50 anni'".

"Hai *50 anni*?"

"56, in realtà", ha detto Hendricks. Anche lui è ancora in grado di farlo. Per lo più".

Julie cercò di scuotere la testa incredula, ma un forte mal di testa le colpì le tempie e la mise in guardia da quell'idea.

"Prenditi un minuto per riprendere confidenza con te stesso", disse Hendricks. "Ma poi mi servirebbe una mano qui".

Fece alcuni respiri affannosi, poi nuotò verso l'alto e si mise a sedere. Era buio pesto, ma intravide le tracce di un raggio di torcia che danzava dietro di lei. Dopo altri trenta secondi i suoi occhi si adattarono un po' e il bagliore del fascio di luce fu sufficiente per farsi un'idea di ciò che la circondava.

Come aveva spiegato Hendricks, erano stati cosparsi sulla sommità di un'enorme cupola di neve, e ognuno di loro era atterrato nella posizione in cui si trovavano i loro corpi alla fine della caduta. Cercò Ben per qualche secondo, trovandolo infine disteso sul fondo di una fossa poco profonda, con gli evidenti segni di scavo delle mani guantate di Hendricks che si allargavano verso l'alto rispetto alla posizione di Ben. Poteva vedere il suo petto che si alzava e si abbassava, ma non lo disturbò, lasciandogli invece i pochi e preziosi momenti di riposo.

Dio sa che non siamo ancora fuori dai guai.

"State bene?"

Julie si voltò e vide Joshua Jefferson che arrancava, con la signora E che lo seguiva. Appena raggiunta Julie, l'uomo cadde all'indietro, facendo cadere il suo posteriore nella neve spessa. La signora E rimase in piedi.

"Siamo vivi", ha detto. "Grazie a Hendricks".

Il volto di Joshua divenne rosso, di una tonalità scura e tenue che Julie colse anche nella penombra. "Sì, beh, se avesse messo in valigia delle corde più lunghe...".

"Se avessi messo in valigia corde più lunghe", ha detto Hendricks, "vi garantisco che sarebbe stata una falesia ancora *più alta*".

La signora E sorrise, mentre il volto di Joshua si oscurò in un cipiglio.

"Dagli un po' di tregua, Jefferson", disse Reggie. "Se fossi stato io, non sono sicuro che ti avrei tirato fuori dalla neve". Reggie apparve dietro Hendricks e il suo sorriso fu la prima cosa che lei notò. Julie vide che entrambi gli uomini stavano arrotolando con cura la corda e le piccozze in fasci. Hendricks stava chiudendo uno dei fasci nel suo zaino, e anche Reggie aveva il suo zaino aperto, pronto a ricevere un fascio di piccozze e corde.

"Ehi, dov'è l'altro ragazzo?". Chiese Reggie. "Kyle?"

Hendricks aggrottò le sopracciglia, poi alzò di scatto lo zaino e lo gettò sulle spalle. "Non ce l'ho fatta".

"Cosa?" Disse Joshua. "Cosa dovrebbe significare? C'è qualcosa che non stai -".

"Ho detto che *non ce l'ha fatta*, figliolo", scattò Hendricks. Aveva coperto la breve distanza tra Reggie e i fasci di corda e la posizione di Joshua con una velocità fulminea e ora era a pochi centimetri dal viso di Joshua. L'uomo più anziano e invecchiato si chinò, la sua magrezza da cavalletta era esasperata dal parka largo e dall'abbigliamento da neve.

Julie vide la mascella di Joshua stringersi e si aspettò che uno degli uomini colpisse l'altro. Invece, Hendricks si raddrizzò, si girò e puntò la torcia su un'area ai margini della gigantesca cupola di neve.

"Il banco di neve finisce lì", ha detto Hendricks. "Sul bordo di un altro dislivello".

Gli occhi di Julie si allargarono.

"Non è riuscito ad arrivare sul cumulo di neve, come tutti noi. Era troppo lontano".

Fece scendere e girare il fascio di luce della torcia, poi ne ruotò la punta per allargare l'apertura e proiettare un bagliore più basso e più ampio sull'area. "Altre domande?"

Joshua scosse la testa e Julie lasciò cadere la sua. Non aveva mai parlato con quell'uomo e lo conosceva a malapena, eppure i suoi ultimi momenti di vita erano stati dedicati a proteggere lei e il resto del gruppo.

Che perdita, pensò.

"Prendetevi qualche minuto per riposare e bevete un po' d'acqua. Nei vostri zaini c'è una bottiglia, se non è già ghiacciata. Riempitela di neve quando avete finito, poi prendete la piccozza e la corda e preparatevi a partire".

"Dove pensi di andare?" Chiese Reggie.

"Perlustreremo un po' la zona, per vedere se dall'altra parte di questa catasta c'è una sporgenza o qualcosa che ci permetta di salire e uscire da qui, o magari un'apertura in una grotta".

"Mi sembra un'ipotesi azzardata".

"No", rispose Hendricks. "Un colpo lungo è sopravvivere a un'esplosione mentre si è braccati da elicotteri d'attacco in miniatura, poi schivare i proiettili mentre ci si cala da un dirupo, poi cadere nella morte e in qualche modo essere *ancora* vivi alla fine. È un'impresa ardua. Trovare una bella uscita da questo inferno ghiacciato? È *impossibile.* Hai un'idea migliore, però?".

"No, sono con lei, capo. Sembra divertente".

Ben si agitò e poi si alzò a sedere, strofinandosi gli occhi. Vide Julie, che si precipitò al suo fianco.

"Sei sveglio!"

Annuì, lentamente, poi gemette. "Mi stai prendendo in giro. Siamo sopravvissuti a tutto questo?".

Sorrise. "E sei giusto in tempo per la prossima tappa della nostra avventura", disse. "La chiamerò 'arrancare per l'Antartide finché non moriamo o troviamo i cattivi'".

Lui si alzò e si spazzolò via la neve dai pantaloni. Gli porse la borraccia e aspettò che lui bevesse un lungo e lento sorso. "Sì, avevo la sensazione che sarebbe stato il prossimo. Con un piano solido come quello, non c'è da stupirsi se siamo ancora vivi".

Julie rise, ma i suoi pensieri furono interrotti dal suono della voce di un uomo che urlava. Era soffocata e non riusciva a capire cosa dicesse. Corse verso il bordo del cumulo di neve, dove Hendricks e gli altri erano già in piedi. Reggie e Joshua avevano tirato fuori le luci dai loro zaini e tutti e tre gli uomini le stavano puntando oltre il bordo del cumulo di neve.

Insieme, le tre luci erano appena sufficienti a illuminare un'altra sporgenza a circa sei metri di profondità, anch'essa coperta da una fitta coltre di neve, e la piccola sagoma che vi sporgeva.

Un volto.

In particolare, il volto di Ryan Kyle, che si era fatto strada tra la fitta nevicata tanto da poter uscire allo scoperto con la bocca.

"Qualcuno mi sente? Hendricks? Rapporto".

Julie rimase colpita dalla capacità del giovane di continuare a giocare a fare il soldato, anche quando si trovava coperto da una neve tanto pesante da solidificarlo sul posto. Evidentemente era stato addestrato bene, e gli effetti dell'isolamento, del freddo e della paura non sembravano turbarlo.

"Siamo qui, Kyle", disse Hendricks. Passò rapidamente il suo raggio sul viso dell'uomo, come segnale visibile che i soccorsi stavano arrivando.

"Non posso scavare per il resto della strada", disse Kyle. "Sono troppo stanco. Stimo una mezz'ora prima che l'ipotermia inizi a farsi sentire".

"Allora smetti di parlare e riposa", disse Hendricks. "E non darti troppo credito, figliolo, sarai morto in quindici minuti senza aiuto".

Hendricks sorrise, poi passò l'ascia e la corda a Reggie. "Pensi di riuscire a non perderla nella neve?".

"Pensi di avere abbastanza corda per arrivare fino in fondo, questa volta?". Reggie rispose.

Hendricks lo fissò per un attimo, poi sorrise di nuovo. "Sei a posto, Red, lo sai?".

"Non sono d'accordo, signore, ma mi hanno chiamato in modo peggiore". Finì di legarsi la corda intorno alla vita. "Salire in cintura."

Hendricks scomparve oltre il bordo e passarono solo pochi secondi prima che fosse di nuovo in piedi sul fondo e camminasse verso Kyle. Iniziò subito a tirare fuori il giovane dalla neve, mentre Kyle lo aiutava come poteva quando riusciva a liberare un braccio.

Hendricks lo aggiornò sulla caduta, su come aveva tirato fuori il resto della squadra e su come erano fortunati ad essere vivi, poi aggiunse che era orgoglioso di lui per la sua performance nel camion. Kyle accettò bene l'elogio, annuendo mentre lo tiravano fuori dalla neve.

"Ecco dove siamo", ha detto Hendricks. "Bloccati sul fondo, con scogliere su entrambi i lati e nessun posto dove andare".

Kyle aggrottò le sopracciglia, poi indicò dietro Hendricks. "Perché non cominciare da lì?", chiese.

CHAPTER 19

APPENA LA PORTA dell'ascensore si chiuse e il lento modulo iniziò la sua discesa, JONATHAN COLSON capì che non erano diretti al livello 7.

Si stavano dirigendo *verso il* livello 7, ma sapeva che non si sarebbero fermati lì.

Voleva urlare, ma non riusciva a decidere se era arrabbiato o terrorizzato. O entrambe le cose. Neanche l'uomo, il capo del suo capo, di cui non sapeva ancora il nome, parlava. Colson fissava silenziosamente in avanti, guardando la grata metallica che formava la parte anteriore dell'ascensore e osservava il passaggio dei livelli.

5, 6, 7. L'ascensore non rallentò, confermando i peggiori timori di Colson.

All'8 c'era un livello di supporto, essenzialmente un magazzino aperto con pile di casse, scatole e qualsiasi strumento o attrezzatura industriale necessaria per le riparazioni e la manutenzione della stazione. Passarono davanti ad esso e Colson poté vedere file di piccoli carrelli elevatori automatizzati impegnati a organizzare una serie di casse pesanti che erano appena state consegnate.

9. Colson vide la luce lampeggiare sul pannello interno dell'ascensore, poi si affievolì di nuovo mentre scendevano di un altro livello. Vide le file di console di computer lampeggianti, la server farm che si estendeva su tutto il piano.

Cominciò a respirare più pesantemente man mano che si avvicinavano al livello 10. Lo chiamavano *il fondo della base*. Molti non sapevano nemmeno che esistesse un livello 10, e quelli che lo sapevano pensavano che fosse solo un'altra server farm o un piano di supporto. Colson, invece, sapeva *che esisteva* un decimo livello. E grazie alla sua pseudo-amicizia con Angela Stokes, sapeva che il piano aveva due soprannomi: *Cryo* e *Uplink*.

Questo, purtroppo, era il limite delle conoscenze di Colson riguardo al livello e al suo scopo. Mentre l'ascensore si avvicinava al fondo, si interrogò sulle due parole e sul loro rapporto reciproco e con il resto della stazione.

L'aria scese ancora di qualche grado e ci fu un notevole cambiamento di pressione quando raggiunsero il livello inferiore. L'ascensore colpì la superficie dura della lastra di cemento sottostante, senza utilizzare alcun meccanismo di rallentamento prima della scossa. Jonathan Colson sobbalzò, sia per l'arresto improvviso sia per la sensazione di presagio che lo stava attraversando.

Ci siamo, pensò. *Siamo arrivati.* Si guardò intorno al piano vuoto dell'ascensore. *Che cosa sto facendo? Sto davvero cercando un'arma? Potrei anche...*

Non riuscì a terminare il pensiero prima di essere spinto fuori dalla porta aperta dell'ascensore e sul pavimento ghiacciato del Livello 10. La porta si chiuse alle sue spalle. Non c'era brezza, ma l'atmosfera del livello refrigerato sembrava completamente diversa dal resto della base e Colson rabbrividì.

Due uomini, vestiti con le uniformi delle guardie di sicurezza della stazione, afferrarono le braccia di Colson e lo spinsero lungo la prima stretta fila di scaffali metallici. Fece del suo meglio per osservare ciò che lo circondava, cercando di mettere insieme tutte le informazioni che potessero aiutarlo a capire meglio cosa intendessero fare di lui. Che avesse finito di lavorare per l'azienda era abbondantemente chiaro. La sua paura si spostò ora su un altro pensiero: poteva aver finito di fare *qualsiasi cosa*.

Entrarono nella prima fila e gli sembrò di essere in un enorme magazzino di schedari. I cassetti di metallo erano impilati l'uno sull'altro, dal pavimento al soffitto, su entrambi i lati dello stretto corridoio. In alto c'era una luce sufficiente per vedere, ma rendeva impossibile osservare qualsiasi dettaglio. Tutto ciò che riuscì a capire a quel punto fu che gli schedari erano tutti chiusi, una semplice maniglia di metallo sporgeva dalle facciate di ognuno, e l'effetto era un mare infinito di grigio scuro. Su alcune scatole c'era una sola luce lampeggiante, rossa o arancione.

Le due guardie di sicurezza lo strinsero e lo fecero spostare a destra, lungo un altro corridoio che tagliava la stanza a metà perpendicolarmente alla fila che stavano percorrendo in precedenza. Questo corridoio era più ampio, ma non di molto. Ora vedeva ogni fila allineata davanti e dietro di lui, che si estendeva verso la fine della stanza a un centinaio di metri di distanza. Ogni fila era sormontata da una parete metallica piatta e da enormi fasci di cavi che sporgevano da fori praticati ogni metro circa, uno sopra l'altro.

Continuarono a camminare e Colson vide che i cavi terminavano nel pavimento di cemento e poté solo supporre che i cavi fornissero una sorta di alimentazione o di interconnessione in tutta l'enorme stanza.

Aveva spesso considerato questa stazione come una prigione, anche se con vantaggi come le bevande energetiche e una caffetteria decente, oltre alla libertà di muoversi in tutta la stazione per lo più senza ostacoli. Ma camminando lungo questo corridoio ghiacciato, osservando una fila dopo l'altra di schedari ingranditi, dovette chiedersi se la sua premonizione fosse ancora più vera di quanto avesse pensato all'inizio.

Le guardie di sicurezza si fermarono quando raggiunsero la fine del corridoio, poi girarono a sinistra. Colson fece del suo meglio per capire dove si trovavano. Erano usciti dall'ascensore, avevano camminato fino al corridoio centrale e girato a destra, e ora si stavano dirigendo verso la parete di fondo di questo livello. La pianta era relativamente semplice, ma le file interminabili di pile metalliche la facevano sembrare più vertiginosa e labirintica di qualsiasi altro livello.

Infine, proprio vicino all'angolo della stanza, si fermarono. Non aveva visto altre persone a questo livello, e il capo di Stokes non era nemmeno uscito dall'ascensore quando Colson fu spinto su questo piano, ma le guardie di sicurezza si presero un momento per osservare l'ambiente circostante. Guardarono entrambi i tratti di corridoio, poi finalmente tornarono al loro compito.

Colson ora tremava fisicamente, riuscendo a malapena a nascondere il labbro tremante. Una delle guardie di sicurezza si chinò e aprì uno degli schedari. La luce bianca scintillante tornò a brillare su di loro e Colson si ritrovò a sbattere le palpebre per non vedere la luminosità. Dopo che gli occhi si furono abituati, tornò a guardare l'armadietto aperto.

Il cassetto era lungo circa due metri e mezzo, imbottito all'interno con stoffa e tessuto bianco. Una piccola cinghia di cavi passava attraverso il tessuto vicino al lato posteriore del cassetto e si collegava a un altro pezzo di tessuto, questo blu e a forma di cuffia da bagno.

"Rendiamo la cosa più facile per tutti noi", disse una delle guardie. La sua voce era acuta, come quella di un ragazzo adolescente, e in qualsiasi altra situazione Colson si sarebbe messo a ridere. Il taser, la pistola e gli occhi freddi e morti dell'uomo, oltre al fatto che Colson stava iniziando a capire cosa stava per accadere, lo fecero tacere.

Colson ansimò, non preoccupandosi più di cercare di nascondere le proprie emozioni. Guardò da un uomo all'altro, ognuno dei quali teneva ancora un braccio.

Posso liberarmi? Se ci riuscissi, riuscirei a scappare?

Pensò al suo corpo di mezz'età e pieno di grasso e si chiese quante possibilità ci fossero che le forze di sicurezza della stazione fossero altrettanto fuori forma. *Ne dubitava.* Come minimo, avrebbero dovuto avere un livello di preparazione fisica di base anche solo per qualificarsi per questo incarico, e se la società aveva scelto qualcosa di meglio di una squadra di sicurezza privata in stile centro commerciale, Colson era sicuro che erano abbastanza in forma per abbatterlo.

Ok, allora cos'altro?

Non c'era più tempo. Avrebbero avuto un breve momento di esitazione, di paura, forse anche di insubordinazione, ma alla fine avrebbero continuato a fare il loro lavoro.

In questo caso, il loro compito era quello di costringere Colson in una scatola, sbatterla e chiuderla.

Di cosa sarebbe successo *dopo*, Colson non aveva la più pallida idea.

Ultima possibilità. Qual è la tua mossa?

Il suo dialogo interiore gli urlava contro, gridandogli di agire. Sentì una goccia di saliva all'angolo della bocca e i suoi occhi fissarono l'armadietto bianco scintillante aperto. Rimase immobile, la statua di un uomo che un tempo era vivo e ora era scolpito nella pietra, osservando in silenzio il proprio destino che si svolgeva davanti a lui.

Era un'esperienza surreale, non muoversi nemmeno per lottare per la propria vita, mentre urlava silenziosamente a se stesso di agire, pur sapendo che sarebbe stato inutile.

Gli uomini si spostarono e lui sentì le sue gambe lasciare il pavimento. Il breve senso di vertigine passò rapidamente e fu sostituito dallo stesso vuoto, duro come la roccia, che sentiva un attimo prima. Le sue gambe erano ora all'altezza degli occhi e lo stavano sollevando, parallelamente al pavimento, sempre più in alto. Presto si trovò all'altezza della scatola, e poi qualche centimetro più in alto.

Gli uomini lo fecero scivolare dolcemente in avanti, con la testa che ora poggiava sulla superficie fresca e morbida dell'interno della scatola. Gli spinsero la parte inferiore del corpo e lui scivolò ancora più avanti. Lo spazio si fece angusto e i clacson d'allarme nella sua testa si fecero largo nella sua psiche.

Tuttavia, non mosse un muscolo.

Uno degli uomini lo raggiunse sopra la testa e cominciò a fissargli la cuffia da bagno al cranio. Ebbe un'intuizione: poteva mordere il braccio dell'uomo, poi dare un calcio all'altro, quindi liberarsi e fuggire. Forse, se avesse attaccato in modo rapido e deciso, avrebbe potuto lasciarli storditi, dandogli un vantaggio per tornare all'ascensore.

La sensazione passò e lui non agì.

La cuffia da bagno sembrava risucchiare il resto dei suoi capelli radi e brizzolati verso la sommità del capo, e la guardia si sforzò di fargliela stringere sulle tempie. Alla fine la guardia fece scattare la cuffia elastica fuori dalla sua presa e sulla testa di Colson, poi fece un passo indietro per ammirare il suo lavoro.

"Tutto pronto", disse all'altro uomo. L'altra guardia aveva sistemato un anello di cuoio intorno alla parte superiore del corpo e ora stava armeggiando con un'altra serie di cinghie ai piedi di Colson. Quando l'altra guardia parlò, alzò lo sguardo e annuì.

Colson sentì che le sue mani venivano legate al fondo del lungo scaffale, mentre ogni guardia lavorava su una delle cinghie di cuoio e la stringeva. Poi toccò ai piedi e, nel giro di altri cinque minuti, Jonathan Colson era completamente incapace di intendere e di volere e giaceva prono, completamente vestito, all'interno della cassa.

"Ok", ha esordito la seconda guardia. "Sto inizializzando la miscela d'aria. Sarà fuori in pochi secondi e a quel punto inizierà a serpeggiare. C'è tutto il tempo per registrarlo e preparare i protocolli di stasi per lui".

La prima guardia rise. "Spaventoso, vero? Come fanno a tenere in vita questi ragazzi così a lungo?".

Colson riuscì a malapena a vedere il volto dell'uomo, ma riconobbe l'alzata di spalle della guardia. "Immagino di sì. Non mi preoccupo di queste cose. Faccio il lavoro, vengo pagato e vado a casa".

La guardia che aveva applicato la cuffia da bagno alla testa di Colson si avvicinò all'estremità dell'armadietto e cominciò a spingere. Colson sentì il suo corpo scivolare all'indietro nelle profondità dell'enorme scaffale, mentre le luci all'interno della sua tomba si spegnevano lentamente alla stessa velocità con cui veniva spinto.

L'ultima briciola di luce che vide proveniva dalla fioca plafoniera posta all'esterno del box e molto al di sopra di loro. Colson guardò gli occhi delle guardie scomparire nel buio mentre sentiva l'armadietto chiudersi.

Immediatamente, un leggero sibilo si sprigionò da qualche parte sopra la sua testa e poté sentire l'aggiunta di un cocktail di sostanze chimiche fluttuare nell'aria.

Inspirò, cercando di calmarsi. Trattenne l'aria all'interno del corpo per qualche secondo, poi la fece uscire dolcemente.

Non aveva mai saputo di essere claustrofobico, ma il fiato caldo che rimbalzava sul soffitto di quello spazio minuscolo e angusto per poi tornare sul suo viso gli provocò una sensazione istantanea.

È questo, pensò. *È così che muoio.*

CHAPTER 20

BEN SI SFORZAVA DI VEDERE COSA avesse indicato Kyle, ma Julie aggiunse il suo raggio di torcia al mix, mentre il gruppo in piedi sul banco di neve superiore illuminava la parete rocciosa accanto a Kyle e Hendricks.

Quando l'area si illuminò, i suoi occhi si concentrarono sul piccolo quadrato che si era improvvisamente rivelato ai loro occhi.

Era un pozzo rettangolare, abbastanza grande da permettere a due di loro di passare fianco a fianco, ma alto a malapena per uno. Sembrava incassato nel ghiaccio circostante, come se fosse stato posizionato lì sciogliendo il ghiaccio intorno e spingendolo attraverso il foro scavato, lasciando poi che il ghiaccio si congelasse di nuovo intorno.

La parte anteriore era coperta da una semplice grata metallica, fissata all'albero dietro di essa su quattro angoli e sui due lati più lunghi con piccoli bulloni.

"Pensi che possiamo entrare in gioco?". Gli chiese Julie.

Ben scrollò le spalle. "Sicuramente non di qui".

Reggie, la signora E e Joshua si stavano già facendo strada lungo il banco di neve e sulla piattaforma inferiore. Non c'era bisogno di corde e piccozze per questa discesa, poiché la neve offriva un atterraggio ammortizzato.

"Bennett", gli urlò Hendricks, "perché tu e Julie non rimanete lassù finché non siamo sicuri di poter entrare da questa parte? Sarà molto più facile risalire sul vostro banco di neve se c'è già qualcuno che ci tira su".

Ben gli fece un cenno di saluto e aspettò che gli altri tre finissero di scivolare sulla sporgenza inferiore, poi osservò e puntò la sua torcia mentre cercavano di aprire la grata. Hendricks estrasse da una tasca un piccolo multiutensile e iniziò a lavorare sui bulloni con le pinze incorporate. Dopo qualche minuto, la grata si staccò e cadde in avanti sul soffice letto di neve. Hendricks guardò il gruppo che lo circondava, poi puntò la sua luce verso il pozzo ormai aperto.

"A me sembra chiaro", ha detto.

"Quanto lontano riesci a vedere?" Chiese la signora E.

"Solo una ventina di metri. È dritto, ma non riesco a capire se ci sono dislivelli o deviazioni lungo il percorso". Si rivolse di nuovo alla signora E. "Qualche volontario?".

Joshua fece un passo avanti. "Lo farò io".

Hendricks esitò un attimo, poi rispose. "Certo, va bene. Arriva alla fine e poi dacci il segnale". Accese e spense la sua luce, dimostrando. "Due lampi per dirci che è tutto libero".

Joshua annuì, si accovacciò ed entrò nel buco a testa in giù. Ben vide i piedi dell'uomo scomparire nella camera e aspettò. Passarono altri minuti e Hendricks si rivolse al gruppo.

"Tutto libero", disse. "Non c'è altro posto dove andare se non giù, giusto?".

Non aspettò che qualcuno rispondesse alla domanda e si avviò immediatamente nel condotto. Ci volle un altro minuto perché tutti entrassero dietro di lui, ognuno portando ancora il fucile sulla schiena o la pistola alla cintura, scrollando lo zaino dietro di sé per passare nello spazio rettangolare.

Quando Ben e Julie arrivarono al banco di neve inferiore, era già il loro turno. Ben disse a Julie di andare avanti, scegliendo di entrare per ultimo. Julie lo fece e non ebbe problemi a infilare la sua esile struttura nello spazio ristretto. Ben fece un po' di fatica a posizionare il suo zaino in un punto facilmente manovrabile, ma alla fine riuscì a trascinarlo dietro di sé.

Lo spazio era buio. Il metallo freddo del pozzo aveva la stessa temperatura del ghiaccio appena al di là dei suoi lati, e gli spessi guanti che Ben indossava faticavano ancora a tenere il passo. Sentiva la superficie sotto lo zero attraverso il tessuto, che già si insinuava nella sua pelle.

Julie si fermò, si girò e si sdraiò sulla schiena. Ben vide che, appena dopo di lei, anche il resto del gruppo si era fermato. Quando i suoi occhi si adattarono, riuscì a vedere una debole luce che saliva da qualche parte più avanti.

La voce di Joshua rimbombò nell'aria, raggiungendo a malapena le orecchie di Ben. "C'è un'altra grata qui, una presa d'aria, credo. Sento l'aria che ne esce ed è un po' più calda, il che è una buona notizia. La cattiva notizia è che sembra che siamo proprio sopra un enorme spazio aperto. Non riesco a vedere molto all'interno, ma c'è un po' di luce che proviene dalla stanza".

Fece una pausa e Hendricks parlò. "Continuiamo a muoverci. Cerchiamo una specie di ripostiglio, o anche solo una stanza più piccola, se c'è. Non corriamo rischi con uno spazio enorme come questo".

Ben sentì degli scalpiccii, poi il treno di persone davanti a lui scese di nuovo. Julie si rotolò e cominciò a strisciare sulle mani e sulle ginocchia, recuperando il ritardo. Ben la seguì, desiderando alzarsi e allungarsi. Non soffriva di claustrofobia, ma lo spazio gli sembrava pressante, diventando sempre più piccolo a ogni mano e ginocchio che metteva in avanti.

Alla fine si fermarono di nuovo e Joshua si rivolse nuovamente agli altri. "Ok, credo che abbiamo trovato un posto. Potrebbe essere la stessa stanza, ma non c'è luce. Ho messo la mano sulla grata prima ancora di accorgermi che c'era. Non riesco a vedere nulla".

"Ok, allora mettiamoci al lavoro sulla copertura del condotto", disse Hendricks.

Un altro po' di rumore e poi Ben sentì il suono di una vite che sbatteva sul metallo. Aspettò un altro minuto e finalmente sentì il suono che stava aspettando.

La grata si staccò dal ghiaccio ed egli ne vide il bordo superiore fluttuare intorno alla testa di Joshua mentre i due uomini la scansavano.

"Siamo dentro", disse Joshua. "Uno alla volta. Usa la tua ascia, appendila al bordo e calati giù".

"Riducete il rumore al minimo", ha detto Hendricks. "Non vogliamo che nessun altro sappia che siamo qui".

Ben aspettò il suo turno, aiutando Julie a scendere tenendole le braccia mentre superava il bordo a piedi uniti. Il pavimento era a una ventina di metri di distanza e ora che Ben poteva vedere le ombre degli altri nella stanza e quanto sembrassero piccoli da quella distanza, sentì l'ansia salire di nuovo.

Quando Julie finì, Hendricks sussurrò verso Ben. "Ok, tocca a te, Bennett. Quando scendi di qualche metro, vedi se riesci a spostare la grata al suo posto per la maggior parte. Si spera che sia abbastanza vicino da non attirare l'attenzione di nessuno".

Ben seguì le istruzioni e posizionò la copertura quasi perfettamente, lasciando qualche centimetro per l'ascia e la corda. Scivolò a terra, poi scosse la corda abbastanza da staccare l'ascia e farla cadere oltre il bordo e attraverso la fessura. Cadde dritta verso Ben, che la afferrò con una mano prima che toccasse il pavimento.

"Bel lavoro", disse Hendricks. "Pensavo che l'avresti lasciata cadere a terra, rovinando ogni possibilità di non essere scoperti". Fece un sorrisetto a Ben, ma Ben si limitò a scrollare le spalle e ad arrotolare la corda per metterla nello zaino.

"Cos'è questo posto?" Chiese Reggie.

Ben si guardò intorno, cercando di capire cosa stesse vedendo. C'erano file interminabili di scaffali alti, che si estendevano a perdita d'occhio. La stanza era straordinariamente fioca, non completamente nera come la pece, ma certamente vicina. Alcune piccole luci punteggiavano il soffitto molto al di sopra delle loro teste, illuminando solo i primi metri di ogni scaffale con una luce sufficiente a distinguere qualsiasi dettaglio. Ben strizzò gli occhi, cercando di mettere a fuoco i livelli superiori degli scaffali, ma non aveva ancora idea di cosa contenessero.

"Sembra una sala server", disse Julie. "Un'*enorme* sala server".

Cominciarono a camminare, seguendo Hendricks, Kyle e Joshua lungo il bordo della stanza, guardando ogni lunga fila che passava davanti a loro. Ben osservò tutto e cercò di elaborare ciò che riusciva a vedere, che non era molto, dato che l'illuminazione della stanza era poco più che nera come la pece.

Dopo un minuto di cammino, la signora E si fermò davanti a una fila. "Questi non sono server. Ci sarebbero almeno delle luci di stato su ogni scatola. E poi queste scatole sono enormi". Fece un passo avanti per esaminare la prima serie di scatole che aveva di fronte. "Non hanno la forma giusta e...".

Il suono delle voci la interruppe. Il rumore proveniva dal lato della stanza verso cui stavano camminando, anche se ancora lontano. Tutti gli occhi guardarono in quella direzione, ma non c'era modo di vedere nulla. Solo pareti di scatole nere su scaffali neri li fissavano, ma Ben guardò lo stesso.

Le voci si placarono, ma a Ben sembrò di sentire degli scalpiccii e degli spostamenti, come se qualcuno stesse lavorando nelle vicinanze. Sentì un rumore di ticchettio più forte, poi un rumore di passi.

Più di una serie di passi.

CHAPTER 21

HENDRICKS NON SI FERMÒ A LUNGO. "Muoviamoci", sussurrò. "Come ho detto, non fate rumore. Muovetevi il più silenziosamente possibile". Cominciò a camminare verso i rumori.

"E se vengono da questa parte?" Chiese Julie.

"Allora dovremo assicurarci di stare a una certa distanza da loro. Non si aspettano che ci sia qualcun altro quaggiù: il calpestio non è abbastanza pesante o veloce da farli correre, e nemmeno da farli andare di fretta, il che significa che dovrebbe essere abbastanza facile non farsi vedere".

Dopo qualche secondo fu evidente che i passi andavano nella direzione opposta alla loro, lungo un altro lungo corridoio al centro della stanza. Grazie all'illuminazione scura, riuscirono a passare inosservati, raggiungendo l'angolo dell'enorme stanza.

"Qui è dove si trovavano", ha detto Hendricks. "Hai idea di cosa stessero facendo?".

"Sì", disse Joshua. Indicò una delle scatole all'altezza del petto. "C'è una luce verde su quella. Immagino che abbia a che fare con quella scatola".

Ben prese fiato. Aveva la sensazione che aprire scatole in fondo a una base antartica sotterranea non avrebbe portato a nulla di buono, ma rimase in silenzio.

La signora E si fece avanti e allungò la mano. "Qualcuno vuole provare a indovinare cosa troveremo all'interno?".

Ben non era sicuro se stesse scherzando o meno.

"10 a 1 che si tratti di un cadavere", ha detto Reggie. "O una collezione di porno *davvero* sconcia".

"Sei disgustoso, lo sai?". Disse Julie da dietro Reggie.

"Ehi", sussurrò Hendricks. "Piantala. Questa non è una vacanza. Se ci prendono, siamo morti e finiamo nelle scatole. Capito?"

"Pensi che aprire la scatola sia una buona mossa?". Disse Julie. "C'è una luce verde, il che significa che molto probabilmente è collegata in qualche modo a un sistema informatico. Se la apriamo, potrebbe scattare un allarme".

"Siamo venuti qui per vedere se c'è qualcosa che stanno cercando di nascondere", ha detto Joshua. "Se volessi nascondere qualcosa che non voglio che nessuno veda, lo metterei in una scatola e lo seppellirei sotto un mucchio di ghiaccio in fondo alla terra".

La signora E si fermò, considerando l'esitazione di Julie. Poi guardò il resto del gruppo. Ben non riuscì a vedere Hendricks che gesticolava, ma colse la coda di un cenno della signora E appena prima che lei aprisse la scatola.

La scatola emise un sibilo quando la cavità ermetica fu liberata dalla pressione e iniziò a filtrare una luce bianca brillante, che aumentò d'intensità man mano che la scatola scivolava in avanti. Ben sbatté le palpebre per abituare gli occhi e vide la sagoma della parte inferiore del corpo di un uomo che giaceva nella scatola. Le scarpe erano di pelle marrone, come le tipiche scarpe da lavoro indossate da un impiegato. I pantaloni color kaki lasciavano il posto a una cintura marrone, molto più scura delle scarpe, come se chi la indossava avesse pensato poco ad abbinare le scarpe e la cintura e si fosse invece accontentato della categoria "marrone".

Finalmente Ben intravide il busto dell'uomo. Indossava una camicia bianca sottile e stirata, con i bottoni ancora abbottonati. La sua pelle era bianca e pastosa, la sua scollatura era più che altro un insieme di grasso che in precedenza aveva fatto da cuscino alla sua testa. Aveva gli occhi chiusi, il viso rivolto verso l'alto in un'espressione di sonno, completamente indifferente ai nuovi arrivati.

"Che io sia dannato", ha detto Hendricks. "Sembra che Reggie abbia vinto questa volta. Ottima scelta, figliolo".

"Non proprio", disse Joshua. "Guarda. Non è morto".

Ben fissò il petto dell'uomo e lo osservò alzarsi e abbassarsi lentamente, quasi quindici secondi tra un respiro e l'altro.

Joshua si chinò sul viso dell'uomo e portò la mano verso la sua guancia.

"Cosa stai facendo?" Chiese Julie, con un sussurro stridulo e a malapena sommesso.

Joshua si avvicinò e diede un forte schiaffo sulla guancia dell'uomo. L'uomo esplose verso l'alto, con il busto inarcato e la testa coperta dalla cuffia da bagno che quasi toccava la parte superiore dello scaffale. Emise un rantolo, un enorme suono di risucchio proveniente dalla bocca spalancata, seguito da un leggero gemito mentre gli occhi si aprivano di scatto.

Ben reagì involontariamente, facendo un salto all'indietro e prendendo la pistola. Sentì la mano di Reggie sul suo polso, che stava già valutando la situazione e mantenendo il controllo. Guardò Ben, poi si voltò verso l'uomo nell'armadietto.

"Il... ero... il serpente", disse tra un respiro affannoso e l'altro.

Dopo qualche altro secondo di vaneggiamenti incoerenti, respirava pesantemente, ansimando, ma era sveglio e per lo più lucido. Sbatté le palpebre un paio di volte, le narici si dilatarono, poi finalmente si fermò, rendendosi conto che non era solo.

"Co... chi sei?", balbettò.

Nessuno ha parlato.

"Ti prego, aiutami", disse. La sua voce era a malapena un sussurro, eppure Ben pensò di sentirla incrinarsi. Le pupille erano enormi contro il bianco degli occhi e stavano chiaramente cercando di aiutare l'uomo a mettere a fuoco. Fece alcuni respiri pesanti e affannosi, come se cercasse di risolvere qualcosa che gli era entrato in circolo. "Mi chiamo Jonathan Colson. Lavoro qui, come sviluppatore e program manager".

"Beh, per noi non ha molta importanza", disse Hendricks, esagerando la burrosità e la spigolosità della sua voce. "Ma forse può dirci qualcosa di importante?".

Colson aggrottò le sopracciglia. "Io... va bene. Posso dirti quello che so. Puoi portarmi fuori di qui?".

La signora E e Joshua si mossero per sollevare l'uomo, ma Hendricks li fermò. "Aspettate. Cos'è questo posto e cosa ci facevate *esattamente* qui?".

"*Per favore*", disse Colson. "Tiratemi fuori da questa scatola e poi...".

"Non sono sicuro che lei sia in una posizione molto forte per negoziare", ha detto Hendricks. "Quindi prima risponda alla mia domanda. A che punto siamo in questo momento?".

"Questa è una stazione. È di proprietà della mia azienda e io lavoro qui. Non so perché sia qui. Voglio dire, in Antartide. Ma non so a cosa serva questo livello. Non mi è mai stato detto a cosa servisse, in realtà".

Hendricks aggrottò le sopracciglia, mentre Ben e gli altri misurarono in silenzio la testimonianza dell'uomo rispetto alla sua situazione.

"Ok, va bene", disse Hendricks. "Non sai nulla di questo posto. Ma perché *sei* nella scatola?".

"È stata una punizione", ha detto Colson. "Penso. Forse non hanno più bisogno di me. Collaudo e compilo subroutine per un programma più grande. Ho trovato qualcosa che credo li abbia turbati e ho detto loro che non avrei più lavorato. Mi hanno portato qui".

Hendricks si guardò intorno. "Beh, signor Colson", disse, "a giudicare da quante bare hanno quaggiù, sembra che *l'abbandono* sia un evento comune". Lui annuì una volta e la signora E e Joshua cominciarono ad aiutare l'uomo a liberarsi dalle legature e a uscire dalla cassa. Lo aiutarono con cura a ritrovare i piedi, continuando a tenerlo stretto.

Colson era ormai in piedi da solo e Ben lo guardò bene. Di mezza età, capelli radi e non un granché dal punto di vista fisico. Ben pensava che corrispondesse alla descrizione dello stereotipo dell'impiegato aziendale, soprattutto di quello che diceva di essere un programmatore.

Colson non cercò di lottare o di liberarsi e Ben si chiese come un uomo del genere potesse essere finito qui in Antartide. Sembrava distrutto, completamente in balia del gruppo che lo circondava.

"Va bene, Colson", disse Hendricks. "La porteremo in un posto dove potremo parlare, in privato. Niente scherzi. Capito?"

Colson annuì.

"Hai idea di come uscire da qui?".

Colson annuì di nuovo, poi si schiarì la voce. "Le scale sono da quella parte e c'è un ascensore. Non sono sicuro che funzioni, però. Credo che serva un codice per arrivare...".

"Correremo il rischio", disse Hendricks. "Facci strada, Jonny boy". Si spinse in avanti con un braccio, con la pistola ben stretta nell'altra mano. Jonathan Colson incespicò un po', poi si avviò in avanti, guidando il resto del gruppo intorno al bordo della grande stanza.

"È dietro quest'angolo, fino all'altro lato. Vedrete la spia luminosa quando ci avvicineremo...".

Dall'altro lato della stanza, più o meno dove Colson aveva detto che si trovava l'ascensore, Ben sentì delle grida. Le voci degli uomini risuonavano nell'alta sala, rimbalzando su file interminabili di armadietti. Erano arrabbiati, frettolosi e concentrati. Mentre parlavano, Ben credette di sentire quattro voci distinte. Non riuscì a distinguere nulla di più preciso, ma una cosa la sapeva con certezza.

Ci stanno cercando e sono armati.

CHAPTER 22

"HENDRICKS, PREPARIAMO UN PERIMETRO".

Reggie non aveva idea se l'uomo più anziano che li guidava fosse interessato a ricevere input dai suoi subordinati, ma ci provò lo stesso. Almeno avrebbe costretto Hendricks a rispondere, in un modo o nell'altro.

"No, se ci sparpagliamo e li circondiamo, potremmo essere costretti a ingaggiare. Eventuali colpi vaganti potrebbero essere fuoco amico".

Reggie capì che aveva ragione. "Ma dovremo impegnarci in ogni caso. Come ha detto Colson, ci sono due vie d'uscita da qui, e loro sono appena usciti da una e guarderanno l'altra".

Colson annuì vicino a Hendricks, sottolineando l'affermazione di Reggie. "Probabilmente sono i due che mi hanno portato qui, più altre due guardie. L'allarme deve essere scattato quando hai aperto l'armadietto".

Hendricks fece una pausa. "Bene, quindi la mossa migliore è la furtività. Siamo in inferiorità di armi, ma non di uomini. Ne ho contati quattro, credo, quindi aggiriamoli e tendiamo loro un'imboscata laterale. Alcuni di voi resteranno indietro nel caso in cui uno o due scappino; potremo dar loro la caccia una volta che si saranno divisi".

"Mi piace. Mi piacerebbe essere uno dei cacciatori".

"Ora siamo tutti insieme", ha detto Hendricks. "La mia squadra è lassù, morta sul ghiaccio, ricordi?". Fece una pausa. "Red, Bennett e Richardson, andate sul lato destro, laggiù. Dividetevi un po', ma tenetevi in vista. Red, tu vai da quel fianco e fai fuori uno o due se puoi".

Hendricks si rivolse alla signora E e a Joshua. "Voi due con me, lungo il lato sinistro della stanza in cui ci troviamo. Li colpiremo frontalmente, quindi tenete la pistola alzata e gli occhi dritti. Kyle, corridoio centrale. Devi passare davanti a loro senza essere visto e poi infilarti dietro. Colson, sei al mio fianco. Se te ne vai, ti sparo. Capito?"

Colson ha confermato di averla ricevuta.

"Ordini di carica?" Chiese Reggie.

"Su Kyle. Sta coprendo la distanza maggiore".

Gli uomini che si avvicinavano dall'ascensore avevano smesso di comunicare verbalmente, ma potevano sentire i loro passi pesanti ogni pochi secondi. Il volume dei passi stava aumentando, ma Reggie stabilì che erano ancora a qualche centinaio di metri di distanza, si muovevano lentamente e operavano al buio. Se avessero avuto degli occhiali per la visione notturna, avrebbero già visto il gruppo di Reggie, che quindi era sicuro di essere al sicuro per un altro minuto. Tutti controllarono i caricatori, Reggie aiutò Ben e Julie con le pistole. Quando furono pronti, Hendricks puntò un dito e Reggie partì.

Sentiva il respiro di Ben dietro di sé, che teneva il passo ma si muoveva silenziosamente con Julie al seguito. Superarono il corridoio centrale, raggiunsero l'angolo della sala vicino al punto in cui erano entrati e girarono a sinistra, con la distesa del corridoio che costeggiava il bordo più lungo della stanza che si estendeva davanti a lui.

Solo una parte era visibile, il resto era coperto dall'oscurità. Si spinse in avanti, cercando di indovinare dove si trovavano le quattro guardie rispetto alla loro posizione.

Passò davanti a tre file di scaffali alti, ognuno dei quali ospitava centinaia di porte metalliche con armadietti alle spalle, e si chiese cosa ci fosse in tutti questi scaffali.

Di sicuro non sono tutti pieni di cadaveri?

L'impossibilità di tutto questo pesava su Reggie mentre faceva avanzare la sua squadra di tre persone. *Solo la logistica sarebbe stata un incubo,* si rese conto. *Sarebbero necessarie migliaia di tonnellate di acciaio e cemento. E non c'è modo di collegare il tutto a una fonte di energia centrale abbastanza forte...*

Mentre considerava le sfide infrastrutturali, gli balenò un'idea assillante.

Lo stiamo già percorrendo. Loro l'hanno già fatto. Non importa quanto tutto questo sia impossibile, pensò. *Loro l'hanno capito, in qualche modo.*

Superò la quinta fila e capì in quel momento che si erano imbattuti in qualcosa di più di quanto potessero gestire. Chiunque avesse costruito questo posto era stato in grado di costruire una stazione nel continente più inabitabile del pianeta, rimanendo fuori dalla vista persino della stazione McMurdo, situata a un tiro di schioppo. Avevano spedito i componenti strutturali, ricavando la maggior parte della stazione dal ghiaccio, e in qualche modo avevano introdotto il personale per gestire il tutto.

Reggie era stupito, ma ancora una volta si insinuò il sospetto.

A cosa serve tutto questo? Si è chiesto. *Che cosa vuole davvero il signor E?*

Se le Industrie Draconis stavano veramente tirando le fila, allora il signor E - e sua moglie - volevano qualcosa di più di un semplice compenso per l'uso della sua tecnologia satellitare. C'erano già dei meccanismi in moto e il signor E ne faceva parte. Aveva bisogno di qualcuno a terra, per trovare e mettere al sicuro qualsiasi cosa Draconis nascondesse qui, ma Reggie non pensò nemmeno per un attimo che Mr. E sarebbe rimasto cordiale se avesse voluto qualcosa in questa stazione.

Qualunque cosa fosse, Reggie sapeva che erano disposti a uccidere per averla.

Ha superato la settima fila di armadietti e una delle guardie di sicurezza ha aperto il fuoco.

"A terra!", gridò. Non aspettò né si voltò per vedere se Ben e Julie avessero seguito l'ordine. Si tuffò a capofitto oltre la fila e cadde in una rullata. Fece una capriola, si rimise in piedi e puntò la pistola nella direzione da cui erano partiti gli spari.

L'hai mancato, pensò Reggie. *È il tuo primo errore.*

La guardia era già lì e puntava il fucile contro Reggie. "Sei in un'area riservata. Metti giù l'arma e vieni qui".

Parlare nel bel mezzo di uno scontro a fuoco? Questo è il vostro ultimo errore.

Era a meno di cinque passi di distanza, quindi dovette a malapena cercare di prendere la mira. Sparò due colpi veloci, ma si rivelarono il doppio di quelli necessari. La guardia cadde e il fucile cadde a terra vicino a lui.

Reggie non esitò e corse in avanti per raccogliere le armi e le munizioni dell'uomo. Vide Ben e Julie accovacciati dietro il bordo della fila di scaffali successiva.

"Ecco, Bennett", disse porgendo il fucile all'omone. "Prova questo. Spara meglio di quella misera 9 mm che usavi al poligono, e ti fa anche sembrare un duro".

Julie fece un passo avanti. "E io? Dovrei andare in giro con una pistola?".

"No, faremo acquisti in giro. Ce ne sono altri tre".

Un colpo di pistola risuonò dall'altro lato della stanza rettangolare.

"Altre *due* guardie qui sotto".

"Non stanno lottando molto", ha detto Julie. "Ma hanno un certo calore".

Reggie guardò la pistola che aveva dato a Ben. "AK-47, ovviamente del mercato nero. Economico e facile da reperire. Dovrai sparare qualche colpo in più ogni volta per assicurarti che uno di essi vada dritto, ma è un attrezzo resistente. Non dovresti avere molti problemi".

Ben annuì, controllando la pistola e saggiandone il peso tra le mani. "Sembra abbastanza facile", disse. "Ma rispondi a questa domanda: perché mai ci sono guardie di sicurezza armate di AK e scarsamente addestrate che si aggirano sul fondo di una stazione di ricerca antartica?".

Altri due colpi giunsero alle loro orecchie.

Reggie ridacchiò. "Non ci credo. Si battono come le ragazze del bar a casa, dopo che le ho ubriacate un po'".

"Incantatore", disse Julie.

"Reggie", disse Ben, "non hai mai rimorchiato una ragazza in vita tua in un bar. Smettila di recitare".

Reggie rise. "Ok, mi sembra giusto". Si girò di nuovo mentre continuava. "Per quanto riguarda il *motivo per cui sono* qui, questa è la vera domanda. Perché hanno bisogno di guardie? Cosa nascondono?".

"Vuoi dire a parte i cadaveri?". Julie si guardò intorno, osservando le file di ante nere degli armadietti.

"Sì", disse Reggie, seguendo il suo sguardo. "*A parte i* cadaveri".

CHAPTER 23

SI RIUNIRONO al centro della sala, nell'ampio corridoio che divideva la stanza rettangolare in due metà, e si misero al corrente l'uno dell'altro. Ben ascoltò le spiegazioni fornite, guidate da Hendricks.

"Kyle ne ha eliminato uno e io e Joshua abbiamo perso gli ultimi due", ha detto Hendricks. "Troppo facile".

"L'ho notato anch'io", ha detto Reggie. "Sono stato fortunato: prima ha aperto il fuoco su di me, ma l'ha mancato. Poi ha cercato di *ragionare* con me. Si è fermato, mi ha guardato e ha *parlato*. Mentre io gli puntavo una pistola alla testa. Dove hanno trovato questi ragazzi? A guardia di uno Starbucks?".

Kyle e Hendricks scossero la testa mentre raccontava la storia. "O si stanno allenando per diventare stormtrooper o hanno davvero bisogno di aumentare il budget per l'affitto dei poliziotti da queste parti".

"Non mi sto lamentando", ha detto Julie.

"No, non lo sono nemmeno io. Ma questo giocherà a nostro favore solo per un po'", ha detto Hendricks. "Se i cinesi arriveranno qui presto, avranno un'altra sorpresa. Quell'esercito lassù farà una bella figura con le forze di sicurezza, se gli altri sono come quelli che abbiamo visto quaggiù".

Hendricks consegnò a Julie una delle armi che aveva tolto a una delle guardie cadute. Come l'arma acquistata da Ben, era un AK-47 aftermarket, pesantemente modificato. Hendricks le mostrò come usare il fucile e come rimuovere il caricatore.

"Dovremo vedere se ci sono altri caricatori su questi ragazzi, dato che non dureremo a lungo senza averne a portata di mano. Vorrei anche che non avessero questo ridicolo mirino a punti rossi".

"È bello, però", ha detto Julie. "Mi aiuta a vedere". Fece un'esibizione sollevando la pistola sulla spalla e puntando il mirino su una fila di armadietti lontani. Sorrise a Ben e lui non poté fare a meno di sorridere.

"Sì, aiuta anche i cattivi a *vederti*. Almeno il grilletto Tapco è un upgrade legittimo. Fai del tuo meglio per tenere l'estremità di quella cosa puntata verso il basso".

Julie annuì e Ben attese che il resto del gruppo si unisse. Era sorpreso dalla loro coerenza come squadra, anche se avevano alle spalle solo un lungo volo e due ore a terra. Lavoravano bene insieme, anche se c'erano ancora opinioni discordanti su chi dovesse comandare.

Ben lanciò un'occhiata a Joshua, che era il più vicino a Hendricks. *Che cosa sta pensando il ragazzo in questo momento?* pensò Ben. Joshua Jefferson era un uomo d'azione, uno che non sarebbe rimasto a guardare mentre qualcuno meno capace li portava fuori strada. Tuttavia, Ben sapeva in prima persona che Joshua non era nemmeno un maniaco assetato di potere. Era motivato da ciò che era giusto e avrebbe lavorato per raggiungere il bene comune a qualsiasi costo.

Ben aveva assistito alla trasformazione subita da Joshua. In Amazzonia, Joshua Jefferson aveva guidato una squadra di mercenari nel tentativo di eliminare e uccidere Ben e tutta la sua squadra, compresi Reggie e Julie. La loro prima interazione in Brasile li aveva quasi lasciati morire e per Ben era stato difficile accettare la spiegazione di Joshua, secondo cui si era semplicemente trovato "dalla parte sbagliata". L'uomo sosteneva di essere stato traviato dalla società per cui lavorava - la stessa che stavano cercando - e dal suo stesso padre.

Il padre di Joshua Jefferson era l'uomo che aveva messo Joshua sul libro paga della società e l'unica persona con cui aveva interagito all'interno dell'azienda oltre ai suoi uomini. Quello di cui la società aveva bisogno, Joshua veniva mandato a recuperarlo. La sua era una squadra di uomini ben addestrati e veloci, che svolgevano il lavoro senza fare domande. Joshua credeva che fossero i buoni, che lavorassero per raggiungere l'obiettivo finale di cambiare il mondo che la società aveva in mente. Così, quando il padre di Joshua gli inviò per e-mail l'ordine di dare la caccia a Ben e Julie e di recuperare qualsiasi cosa stessero cercando nella foresta amazzonica, Joshua non ci pensò due volte.

Portò la sua squadra nella regione senza esitare, ma ben presto si rese conto di essere stato giocato dalla compagnia. Suo fratello, Rhett Jefferson, un ragazzo giovane e imprevedibile che aveva appena finito la scuola di legge, si presentò, assunto dalla Compagnia per seguire entrambi i gruppi nella foresta pluviale. Il padre non avrebbe mai approvato l'invio nella regione di un agente non collaudato e inaffidabile, quindi sapeva che gli ordini non potevano provenire da lui. Cominciò quindi a capire quanto fosse profonda la corruzione dell'organizzazione, che avrebbe messo due fratelli l'uno contro l'altro, fingendo che fosse stato il padre dei ragazzi a dare gli ordini.

Alla fine raggiunge il gruppo di Ben, spiega cosa sa della situazione e li convince a graziarlo. Alla fine, Rhett sabotò la squadra di Ben, quasi uccidendoli tutti, e Joshua gli sparò e lo uccise per questo, consolidando ulteriormente la sua posizione contro la compagnia.

Ben non aveva altra scelta che iniziare a fidarsi di quell'uomo. Aveva salvato la vita di Julie più di una volta e aveva ucciso l'uomo che li inseguiva. Joshua aveva dimostrato il suo valore nella foresta pluviale e alla fine di tutto faceva parte del loro gruppo affiatato.

Ora, nel profondo del sottosuolo ai piedi della catena transantartica, nascosti nelle profondità di una misteriosa stazione, con l'esercito cinese che li stava raggiungendo, Ben era di nuovo rassicurato dalla presenza di Joshua. Anche lui si era arrabbiato quando Hendricks aveva cambiato la gerarchia di comando precedentemente concordata, ma Hendricks si era dimostrato efficace e Ben sapeva che non era il momento di scuotere le cose. Joshua sembrava placato, per il momento, soddisfatto che Hendricks si assumesse il peso della responsabilità.

Da parte sua, anche Ben avrebbe svolto il suo ruolo. Avrebbe tenuto Julie al sicuro, avrebbe aiutato gli altri in qualsiasi modo possibile e avrebbe portato a termine la loro missione. Stavano cercando qualcosa per il signor E, e lui avrebbe fatto tutto il possibile per trovarlo. Pensando al loro obiettivo, Ben si rivolse a Colson.

"Colson", disse. "Stiamo cercando di trovare qualcosa qui sotto. Non sappiamo bene cosa stiamo cercando, ma qualsiasi cosa lei sappia sarebbe utile".

Colson aggrottò le sopracciglia quando Ben parlò per la prima volta, come se lo vedesse per la prima volta. "Ah, giusto, questo spiega perché sei qui". Fece una pausa. "In realtà, non lo spiega. Come *sei* arrivato qui? Come hai trovato il modo di entrare?".

"In stile Mission Impossible", ha detto Reggie. "Attraverso le prese d'aria. I posti dovrebbero davvero considerare di dimezzarle, o almeno di proteggerle un po' meglio".

"Di solito i luoghi non sono coperti da un chilometro di ghiaccio e non sono accessibili solo con un viaggio in aereo intorno al mondo", ha detto Julie.

"Sì, è vero".

"Comunque", disse Ben, riorientando la conversazione. "Siamo qui. Ma vorremmo non *restare* qui più del necessario. Stiamo cercando di trovare una compagnia e qualsiasi cosa stiano nascondendo".

Colson aspettava e Ben ha abboccato.

"Stiamo cercando le industrie Draconis".

Colson sembrò impressionato. "Beh, l'avete trovato. Siete nella nostra struttura di ricerca all'avanguardia. Benvenuto".

"Piacere. Ora, che cosa sta studiando questa 'struttura di ricerca'? E cosa nascondono qui sotto?".

"Cosa stanno *nascondendo*? Cristo, guardati intorno", ha detto Colson. "Cosa *non* nascondono?".

Il gruppo seguì le istruzioni di Colson e si guardò di nuovo intorno, osservando le strane file di armadi alti fino al soffitto.

"Davvero, Colson", disse Hendricks. "Vuoi dirmi che ci sono *persone* dentro tutte queste scatole?".

Colson rabbrividì. "Io... non ne ho idea", disse. "È la prima volta che vengo qui sotto. Non ero nemmeno convinto che questo livello esistesse davvero. Sentite, io sono solo un programmatore, ok? Non sono coinvolto in qualsiasi cosa questi ragazzi siano...".

"Tu *lavori* qui, ricordi?".

"Io... l'ho fatto. Credo di non averne più. Mi hanno messo nella scatola per punizione, come ho detto. Ma non ho idea di cosa sarebbe successo se tu non avessi...", rabbrividì di nuovo. "Senti, passiamo a un altro livello. Il mio ufficio è al piano di sopra e possiamo parlare lì. Posso mostrarle quello a cui stavo lavorando, magari aiutarla a trovare quello che sta cercando".

"Mi sembra una buona idea", disse Reggie. Si era avvicinato a una delle file e stava scrutando una delle ante dell'armadietto di metallo nero. "Questo posto mi fa venire i brividi".

"Lo stesso vale per me", ha detto Hendricks. "Muoviamoci. Colson, tu prendi il comando. Se provi a scappare, ti sparo. Se provi a chiamare qualcuno... hai capito dove voglio arrivare, vero?".

Colson ha annuito, poi ha iniziato a camminare verso l'ascensore che si trovava nell'angolo della stanza.

CHAPTER 24

L'ASCENSORE ERA a malapena abbastanza grande da contenerli tutti, e Ben sentì il bisogno di risucchiare l'intestino mentre lui e Julie si accalcavano nell'angolo in fondo. Aveva perso quasi venti chili da quando aveva conosciuto Julie, grazie alle loro scappatelle nella giungla e a Yellowstone, oltre che al suo desiderio di compiacerla.

Non era mai sembrato estremamente in forma, ma era sempre stato un po' più grosso, e non solo in modo robusto. Aveva un corpo robusto e massiccio, più alto della media e non del tutto inutile. Sapeva come far valere il suo peso, sia che si trattasse di giocare a hockey da bambino, sia che si trattasse di trasportare una carriola piena di legna tagliata fino alla sua capanna. Non era uno che si immischiava nelle risse se poteva evitarlo, ma Ben sapeva per esperienza che era più che adeguato a sedare una rissa da bar.

Negli ultimi tempi si era concentrato sempre di più sulla sua forma fisica e aveva persino pensato di mettere a punto una sorta di regime di allenamento da attuare nella baita. Il bosco che circondava la sua casa offriva tutto il necessario per una palestra decente, e lui poteva puntare a colmare ciò che mancava con esercizi di pesi corporei. Aveva chiesto consiglio a Reggie, un uomo che Ben aveva sempre saputo essere ossessionato dal suo fisico e dalla sua forma fisica, e lui aveva accettato di aiutarlo.

Mentre l'ascensore saliva, Ben fece un inventario silenzioso nella sua testa. Ognuno di loro portava ancora uno degli zaini che Hendricks aveva distribuito in precedenza e ognuno brandiva un fucile d'assalto. Hendricks, la signora E, Joshua, Reggie e Kyle portavano i fucili d'assalto che avevano portato con sé o che avevano estratto dai corpi degli uomini morti di Hendricks, mentre lui e Julie avevano i loro AK-47 modificati. Gli altri avevano molte munizioni nascoste nei loro zaini, ma lui e Julie avrebbero dovuto trovare presto dei caricatori se volevano essere d'aiuto in caso di ulteriore resistenza.

Colson era agitato e Ben osservò gli occhietti dell'uomo che danzavano intorno ai volti delle persone nell'ascensore, fermandosi solo brevemente per registrare i loro volti, poi passando al successivo. L'uomo eseguì questa danza con gli occhi non meno di tre volte prima di fermarsi finalmente su Ben.

"Stai bene, Colson?". Chiese Ben.

L'ascensore suonò quando raggiunse il livello superiore e Colson saltò.

"Io... io sto bene", disse. "So che non ti ho ringraziato per avermi salvato. Mi dispiace. Voglio dire grazie. È solo che questo è tutto...".

"Hai bisogno di una passeggiata fuori, Colson", disse Hendricks dalla parte anteriore dell'ascensore senza voltarsi. "Si rilassi. Non le spareremo. Se collabora".

"No, capisco. Grazie. È una situazione davvero sconvolgente per me. Poco fa mi sono incontrato con il mio capo, il suo capo e uno dei nostri programmatori per l'anomalia che ho trovato nel codice...".

Julie, questa volta, lo interruppe. "Ehi, amico", disse Julie. "Rallenta un po' e ricomincia dall'inizio". Ben sapeva che il linguaggio del computer le avrebbe fatto drizzare le orecchie, quindi non fu sorpreso che lei si intromettesse nella conversazione.

"Ehm, giusto. Mi scusi. Avete detto che eravate qui per cercare qualcosa?".

Julie si guardò intorno, ma solo Hendricks la guardò. Qualcosa nel suo sguardo fece soffermare Julie a riflettere sulle sue parole.

"Sì, è così. Stiamo cercando... qualcosa".

Colson annuì, come se la spiegazione fosse adeguata. "Ok, beh, probabilmente è la stessa cosa a cui sto lavorando qui. Gestisco i programmatori che assumono, principalmente controllando il loro codice e assicurandomi che tutto sia allineato e abbia senso".

"Perché non programmare tutto da soli? Così non hai bisogno di tanti doppi controlli?".

"Oltre alla quantità di lavoro di trascrizione da fare, l'azienda vuole assicurarsi che nessuno abbia accesso a tutte le diverse subroutine coinvolte".

Julie scosse la testa, come se cercasse di capire. "Ma lei ha accesso a tutti i dati?".

"Più o meno. La maggior parte, ma solo per una subroutine. Non so esattamente quale dovrebbe essere il progetto più ampio, ma credo di avere un'idea".

L'ascensore suonò ancora una volta, un "7" luminoso si accese sopra la porta e Colson aspettò che si aprisse. Diede un'occhiata allo spazio cavernoso e scarsamente illuminato che aveva davanti, poi uscì.

"Che idea è questa?" Chiese Julie.

"Andiamo", disse Colson, dirigendosi verso una fila di scrivanie lungo un lato della stanza. "Ti faccio vedere".

Il gruppo uscì dall'ascensore e Ben si sentì sollevato nel constatare che erano tutti soli a questo livello. Seguì Colson fino a una delle scrivanie.

"Ok", esordì Colson, "io lavoro - lavoravo - qui. Ogni giorno, mi limito a leggere le righe di testo che le scimmie del codice al piano di sopra mandano giù. Qui ci sono praticamente solo io, anche se c'è qualcuno che va e viene e il mio capo, Angela, lavora un po' più giù".

"Dov'è ora?" Chiese Hendricks.

"Non ne ho idea. Non so perché non ci sia nessuno qui, a dire il vero. Sembra un po' tranquillo, anche per quello a cui sono abituato".

"Beh, diamoci una mossa", disse Hendricks. "Sembra che non avremo questo posto per noi per sempre, ed è solo questione di tempo prima che altri di quei poliziotti in affitto inizino a curiosare in giro".

Colson si rivolse a Hendricks. "Sono ovunque quassù. Non sono i più intelligenti in circolazione, ma sembrano moltiplicarsi come conigli. Ora il rapporto guardie-impiegati è di circa 2 a 1. Credo che l'altro ieri sera ne siano arrivati di nuovi. Il vostro problema non sarà eliminarne pochi alla volta, come laggiù, ma gestirne dieci o quindici in una volta sola. O anche di più".

"Fantastico", disse Reggie. "Un esercito di cloni. E uno cinese. Allo stesso tempo".

"Un cinese cosa?" Chiese Colson.

"Non preoccuparti", disse Reggie. "Facciamo così. Ci aggiorni sul lato tecnico delle cose e lasci a noi la parte fisica".

Colson non sembrò nemmeno percepire l'insulto, quindi tornò alla sua postazione di lavoro al computer e tirò fuori un file. Righe di testo multicolore riempivano lo schermo e Ben si sentiva gli occhi di traverso mentre cercava di capirne il senso.

Anche Hendricks, Joshua, Kyle e Reggie erano chiaramente impazienti, ma la signora E e Julie si avvicinarono.

"Spiega", disse Julie.

"È l'ultimo frammento della subroutine su cui stavamo lavorando", ha detto Colson. "Non so esattamente cosa dovrebbe significare, dal momento che è completamente separato dal resto dei file che alla fine verranno uniti ad esso, ma c'è un'anomalia piuttosto evidente in esso che io...".

"Proprio lì", disse Julie. Indicò lo schermo e Colson smise di scorrere. "È tutto qui, vero?".

Colson ha sorriso. "Esattamente. È un testo codificato, inteso come frammento di codice criptato che non può essere compreso senza la chiave".

"Allora andiamo a cercare la chiave", disse Hendricks. I suoi occhi andavano avanti e indietro, il suo corpo era chiaramente nervoso.

"Non è così che funziona", disse Julie. "Ci sono due livelli qui, scommetto. È una specie di stringa binaria base64, quindi il contenuto effettivo che maschera può essere decifrato con relativa facilità, ma è il contenuto sotto quello strato che è stato anche criptato. E solo sul lato ricevente - il computer, la persona o qualsiasi altra cosa - è possibile applicare la chiave per decifrare ed eseguire lo script".

Guardò Colson per avere conferma, e lui sorrise ampiamente. "Esattamente", disse. "Così mi sono subito incuriosito. Dopo tutto, stiamo trascrivendo il contenuto di una fonte di dati originale, non stiamo creando il codice. Quindi chi ha scritto lo script voleva che questa sezione fosse nascosta, e anche in questo caso utile solo all'utente finale".

Ben strinse gli occhi, incapace di seguire il gergo tecnico. "Ok, quindi hai un codice segreto, nascosto in bella vista, che puoi leggere ma non puoi capire bene?".

"No, non è esatto", ha detto Colson. "Posso capirlo. Mi è bastato un attimo per decifrare la codifica della trascrizione".

Evidenziò le righe sullo schermo, fece clic su alcuni pulsanti e il codice si trasformò in un'altra serie di caratteri e numeri. Ben dovette ammettere che il codice era ancora senza senso, ma sembrava "corrispondere" al resto del codice che lo circondava.

"Questo è lo stesso codice, sintatticamente corretto e ora scritto nello stesso 'stile', se volete, del resto del documento. Notate qualcosa?".

La Hendricks emise un sospiro udibile, ma entrambe le donne

erano ingobbite sull'alta scrivania e Ben sapeva che Julie non si sarebbe mossa finché non si fosse rivelata la risposta.

La signora E e Julie hanno indicato a turno diverse stringhe di lettere e parole, e Julie ha parlato per prima.

"Sembra uno script di richiamo", ha detto. "Ne avevamo alcuni scritti nel codice di un sito web che ho aiutato un amico a costruire un anno fa o giù di lì. Gli sviluppatori non vogliono dare il loro codice gratuitamente, quindi lo fanno pagare, e anche in questo caso non è possibile "vedere" il codice che hanno usato: è offuscato e condensato in una o due righe che rimandano al sito web dello sviluppatore, dove è memorizzato il vero codice. In questo modo si evita di condividere il lavoro di qualcun altro senza pagarlo".

Colson annuì vigorosamente. "Sì, sì. In questo caso, sì. E il sito web funziona ancora: il componente del sito che avete acquistato funziona correttamente, ma il relativo codice non è memorizzato sul vostro server, bensì su quello dello sviluppatore. È un elegante meccanismo di protezione dal furto".

"Sembra tutt'altro che elegante", disse Reggie.

"Quindi hai trovato un copione di richiamo", continua Julie. "È strano, ma non la definirei un'anomalia. Credo che dipenda da dove hai preso il codice in origine. Hai detto che stai trascrivendo solo qualcosa che esisteva già in un altro formato?".

"Sì, ma non sono sicuro del formato. O dove l'abbiamo preso".

"Tuttavia, non vedo il problema".

Colson si strofinò gli occhi e chiuse il programma, poi si rivolse al gruppo accalcato intorno a lui e alla scrivania. Prima che potesse parlare, un allarme suonò da un angolo del livello e una voce femminile computerizzata irruppe nel silenzio.

Attenzione a tutto il personale essenziale. Procedere al livello 1 per l'evacuazione obbligatoria. Il decollo è previsto tra trenta minuti. Questo è l'ultimo avviso".

La voce ripeté il messaggio ancora una volta e Ben si guardò intorno osservando le reazioni del resto del gruppo. Nessuno parlò, tutti guardavano ancora Colson.

"Il problema? Mi hai detto che stavi cercando qualcosa qui, giusto? Non ha detto di cosa si tratta, ma sospetto che sia coinvolta una sorta di intelligenza artificiale? Intelligenza Artificiale?"

Ben studiò gli occhi iniettati di sangue di Colson. L'uomo era esteriormente calmo, ma sembrava cercare freneticamente qualcosa nell'espressione di Julie mentre la fissava, in attesa. Julie aggrottò le sopracciglia e guardò il pavimento.

Improvvisamente la sua testa si alzò e tornò a fissare Colson. Sussurrando, con la voce tremante, parlò. "Oh, Dio. No... non c'è... se loro...".

Colson annuì lentamente, gravemente. "È quello che temo anch'io".

Ben cercò di capire, ma si sentiva perso. Non aveva idea di cosa stessero discutendo i due, e non erano nemmeno scivolati di nuovo nel linguaggio tecnico. Julie gli prese la mano, poi la strinse mentre Hendricks avanzava e spingeva indietro Colson.

"È ora di andare, Colson", disse Hendricks. "Abbiamo chiaramente superato il tempo a nostra disposizione, e ho la sensazione che non siamo invitati alla festa di evacuazione. Questo significa che dobbiamo andare da un'altra parte prima che gli scagnozzi scendano a sradicarci".

Colson sembrò tornare sull'attenti al suono della voce di Hendricks e annuì più rapidamente. "Giusto, sì. Non so dove...".

"Ovunque, Colson. Lì ascolteremo il resto della tua storia, ma ho bisogno che tu cominci a muoverti".

Colson fece come gli era stato detto. "Ok, certo. Niente ascensore, saranno in grado di spegnerlo a distanza. Da questa parte".

Si voltò e si allontanò con Hendricks al fianco, e Ben lo seguì mentre il gruppo si dirigeva verso una serie di scale all'estremità opposta del corridoio.

CHAPTER 25

LE SCALE SALIVANO al livello successivo attraverso due turni, ciascuno composto da circa otto scale singole. Colson e Hendricks erano in testa, seguiti dal suo uomo Ryan Kyle, poi da Joshua e dalla signora E. Ben era dietro Julie e Reggie era l'ultimo a salire la prima serie di scale. Sentì la forza del metallo sotto i suoi piedi e solo allora considerò l'infrastruttura che li circondava. Sebbene fosse stata certamente presente durante la loro stretta fuga dai cinesi, la loro precaria discesa dalla scogliera e il loro ingresso nella strana stazione antartica, non si era presa il tempo di pensare a come esistesse esattamente questa stazione.

Ora, grazie all'illuminazione superiore notevolmente più chiara che illuminava il loro avanzamento, poteva osservare i dettagli dell'architettura della stazione. Era ancora scossa dallo shock del lavoro di Colson e da ciò che aveva trovato nel codice, ma non avrebbe avuto il tempo di elaborare completamente il significato di tutto ciò fino a più tardi. Per ora decise di concentrare la sua attenzione sulla base stessa.

Le pareti erano la caratteristica più evidente. Erano ricoperte da spesse e rigonfie confezioni di liquido, ognuna di un colore grigio opaco. In qualche modo cuciti e intrecciati tra loro, l'effetto complessivo era quello di camminare tra materiali da imballaggio, enormi fogli di pluriball che premevano verso l'interno.

Allungò la mano per toccarne una e confermò ciò che i suoi occhi le dicevano. Le bolle erano piatte, ma leggermente rigonfie, e avevano una leggera elasticità. Non si trattava di una parete dura, ma di una parete fluida, come l'interno di una stanza imbottita di un manicomio.

Si rese anche conto che i pacchetti di liquido attaccati alle pareti erano più freddi dell'aria intorno a lei. Mentre rifletteva su questa rivelazione, si rese conto che non aveva mai avuto freddo da quando era entrata nella stazione.

In effetti ho un po' di caldo, pensò. *Devono pompare calore in questo posto.*

"Colson", esordì, "c'è HVAC qui?".

Annuì, fermandosi nel tratto centrale tra le due scale. "Sì, c'è. Beh, solo il riscaldamento, per essere precisi... l'aria condizionata non serve a molto, no?".

Colson sorrise e attese una reazione. Julie si limitò a fissarlo.

"Giusto, beh... ci sono anche alcuni refrigeratori per aumentare l'umidità a seconda delle necessità, credo".

Cominciò di nuovo ad avanzare, poi si bloccò. "Oh, probabilmente vi starete chiedendo delle pareti. Queste mura, come avrete capito, non sono mura normali".

Colson aveva evidentemente trovato un argomento che lo eccitava più di chiunque altro intorno a lui, ma Julie sapeva che stavano diventando impazienti con i drammi. Annuì gentilmente una volta, ma lo interruppe.

Julie aveva la sensazione di essere un personaggio di *Jurassic Park* di Michael Crichton, seduta in un piccolo teatro mentre il piccolo folletto del dottor Hammond le spiegava la teoria della raccolta del DNA dei dinosauri, mentre la *vera* minaccia era appena fuori dall'edificio. Nel loro caso, Julie sapeva che la minaccia non era affatto all'esterno. "Colson - Jonathan, se posso?". Disse. "Queste mura sono affascinanti, ma forse è il caso di fare una *rapida* panoramica?".

Colson ha capito il senso. "Giusto, sì. Certo. Le pareti strutturali sono in realtà di ghiaccio puro, ma l'azienda ha ritenuto necessario integrare il rivestimento per garantire un adeguato isolamento del calore che circola all'interno, nonché una minima fusione di ghiaccio all'esterno".

"Quindi queste piccole bolle sono piene d'acqua?". Chiese Reggie.

"Non proprio", ha detto Colson. "Sono liquidi, ma simili alle confezioni di gel che mantengono freddo l'interno di una borsa termica, ma all'opposto. L'aria calda si ferma praticamente sul bordo, mentre il liquido all'interno di ogni sezione scorre e si muove, permettendo al calore accumulato di dissiparsi o di rimbalzare all'interno".

"Molto interessante", ha detto Hendricks. "Sembra costoso".

"Al contrario, è piuttosto economico. Di sicuro è più economico che erigere solide pareti in legno o cemento in tutto il luogo *e poi* riempirle di isolante. In questo modo si sfrutta il supporto naturale del ghiaccio, ma si possono creare condizioni vivibili all'interno".

Julie stava già esaminando un'altra caratteristica dello spazio. "Non c'è corrente, però, se avete le pareti a bolle".

"Guardate in alto", disse Colson. Tutti abbassarono la testa per fissare il soffitto. Il soffitto era ricoperto da semplici e leggeri pannelli bianchi, simili a quelli che Julie aveva visto in quasi tutti gli uffici in cui aveva lavorato. Questi pannelli riflettono il calore e sono montati direttamente sui "soffitti" di ghiaccio di ogni livello. C'è pochissima necessità di un supporto strutturale aggiuntivo, anche al centro di ogni piano, perché queste sezioni orizzontali di ghiaccio sono spesse circa tre metri. Comunque, il problema dell'alimentazione è semplice: vedi quel cavo nero nell'angolo".

Ora che Colson glielo aveva fatto notare, Julie vide il cavo. Si trattava di un fascio di fili, spesso 15 centimetri, che usciva da un foro nel soffitto e scendeva lungo l'angolo della tromba delle scale. Quando raggiunse il pavimento, c'era una giuntura di cavi che si diramavano dalla linea principale e tornavano al livello da cui erano venuti, mentre il resto della linea continuava in un altro foro praticato nel pavimento.

"Probabilmente non è il miglior lavoro elettrico, ma non c'è niente di meglio di prolunghe lunghe un metro", ha detto Colson con un sorriso.

"Mi sembra giusto", disse Hendricks. "Tuttavia, questo posto è un po' inquietante. Tutta la segretezza, tutte le spese per mantenerlo tale".

"Non si può dimenticare l'allevamento di cadaveri al piano di sotto", ha detto Reggie.

"Siamo sicuri che siano tutti pieni di corpi?". Chiese Joshua.

"Beh, non avevo intenzione di aprirli", disse Reggie. "Quindi sto solo ipotizzando".

"Ehi", disse Hendricks. "Possiamo giocare a fare i turisti più tardi. Adesso dobbiamo andare in un posto dove le guardie non possano trovarci. Colson, dove vanno queste scale?".

Julie aspettò che Colson rispondesse, ma lui era ancora immobile sul pianerottolo tra le scale.

"Colson?"

"Mi dispiace", disse Colson. "Io - beh, questo sale di un livello, fino alla caserma, dove dormiamo tutti".

"Allora, qual è il problema?"

"È solo... è solo che ho capito solo ora che stanno evacuando tutto il personale. Questo significa che chiunque abbia un badge identificativo - uno di questi - potrà farsi dare un passaggio fuori di qui".

"Sì, è quello che abbiamo pensato tutti", disse Hendricks. Julie sentì scomparire la pazienza che l'uomo poteva avere. "Ma non abbiamo tessere di riconoscimento, vero?".

"Sì - cioè *no* - ma non è questo che mi preoccupa. Stiamo salendo, verso il livello del suolo, seguendo il protocollo di evacuazione. Ma saremo incanalati attraverso l'uscita principale, l'*unica*, e sapranno subito chi siamo. Giusto?".

Julie ci pensò mentre Colson continuava.

"Ti stanno già cercando", disse, "e ti spareranno a vista. Ma io non riesco nemmeno a passare - dovrei essere congelato in una scatola in questo momento. E cosa succederà quando arriveremo lassù e incontreremo il resto dei dipendenti e delle guardie?".

Hendricks si fermò un attimo prima di rispondere. Fu invece Joshua a intervenire.

"Hai detto che il livello in cui stiamo andando ospita la caserma, giusto?".

Colson annuì.

"Ok, e presumo che non sia tutto un unico livello aperto? Ci sono almeno stanze separate per uomini e donne?".

"Certo", disse Colson. "Ci sono circa dieci stanze in tutto, tutte distribuite intorno a un atrio centrale e a un luogo di incontro".

"Ottimo. Allora portaci lassù. Sarà meglio se riusciremo a entrare in una o due di quelle stanze, magari anche a creare una posizione difensiva. Dovranno perquisirle una per una, e forse ci sarà abbastanza tempo per...".

"Per trovare un piano migliore di questo", ha detto Hendricks, interrompendolo. "È il migliore che abbiamo, lo ammetto, ma abbiamo ancora bisogno di qualcosa di meglio".

Joshua aggrottò le sopracciglia. "Sei tu il capo, *capo*", mormorò sottovoce mentre il gruppo continuava a salire la seconda serie di scale che collegava i due livelli.

Julie sorrise, sapendo che Joshua, oltre ad essere frustrato per l'accaparramento di potere tra i due uomini, non avrebbe detto molto di più. Sapeva che avrebbe tenuto la bocca chiusa, non per paura o rispetto di Hendricks, ma perché era fedele alla squadra e mantenerla in vita era la sua priorità assoluta. Si sarebbe impegnato, avrebbe eseguito gli ordini e avrebbe combattuto fino alla fine, e solo allora avrebbe detto la sua sul modo orrendo in cui era stata gestita la leadership di questa missione.

Julie osservò gli zigomi di Joshua che si muovevano mentre lui stringeva e disfaceva i denti per calmarsi, un tic che aveva notato anche in Ben. Joshua era bello in modo fanciullesco, con capelli castano chiaro che si era lasciato crescere fin quasi agli occhi. Era fisicamente in forma, anche se forse un po' esile per i suoi gusti, ma doveva ammettere che era sicuramente un bell'uomo. Aveva notato che la signora E aveva mostrato una strana affinità con l'uomo, cosa che Julie trovava esilarante, non riuscendo a capire se fosse un'attrazione fisica o un istinto materno a provocare i sentimenti della signora E.

Mentre Julie rifletteva sui sentimenti della signora E, considerò i propri. Lei e Ben si amavano, questo era chiaro. Ma avevano parlato molto poco del futuro, almeno per quanto riguardava loro. L'uomo di cui si era innamorata era tranquillo, riservato e un po' solitario, più felice quando si trovava a cento miglia dalla civiltà nel bel mezzo della foresta. Lo aveva trovato spiritoso, robusto e intelligente nei modi giusti, con un pizzico di audacia e di umorismo per controbilanciare il suo carattere un po' cupo. Avendo combattuto per la sua vita al suo fianco più di una volta, non c'era dubbio che avrebbero trascorso la loro vita insieme.

E questo, Julie lo sapeva, era il problema.

Entrambi si *aspettavano di* stare insieme. Le difficoltà che avevano affrontato, i viaggi intorno al mondo per dare la caccia a un'organizzazione criminale e il vedere le loro vite scorrere davanti agli occhi in più di un'occasione avevano consolidato l'amore e il rispetto reciproci. Ma ne *parlavano* raramente. Ben si disimpegnava non appena sentiva le parole "matrimonio", "nozze" o "futuro", e lei non sapeva nemmeno cosa avrebbe potuto fare se avesse usato parole come "figli" o "famiglia".

Il loro accordo tacito sembrava essere che Julie avrebbe vissuto con Ben, nella baita, per il resto della loro vita. Anche lei non era contraria a questo piano, ma non poteva fare a meno di pensare al passo successivo. Nella sua carriera al CDC, e in tutta la sua vita adulta, era stata spinta al raggiungimento dei risultati, a volte fino alla colpa. Non riusciva a riposare, a rallentare o a prendersi una pausa. C'era sempre un altro problema da risolvere, un'altra risposta da scoprire.

Ben, invece, era probabilmente l'uomo più lento che avesse mai conosciuto. Non era affatto pigro, ma viveva secondo i suoi tempi. Tagliare la legna era per Ben un'attività catartica e rilassante che durava tutto il giorno, non un semplice "lavoro" necessario solo per alimentare la stufa.

Sapeva quindi che la loro improbabile collaborazione avrebbe portato a un naturale scisma di prospettive e Julie era decisa a superare anche questo problema. Doveva farlo sedere, costringerlo a parlare e capire quali sarebbero stati i passi successivi per la loro relazione.

Non riusciva a pensare a una sola cosa che l'uomo volesse fare di meno.

CHAPTER 26

LA SCALA TERMINAVA CON UNA PORTA DI METALLO, il cui telaio era avvitato direttamente nel ghiaccio circostante. Le pareti a bolle d'aria premevano verso l'interno, formando una guarnizione intorno al bordo del telaio e al ghiaccio e mantenendo la temperatura moderata dell'aria all'interno. Il sistema funzionava bene e ora Julie sentiva il formicolio del sudore che gocciolava sotto i suoi strati di vestiti e sperava di potersi spogliare con qualcosa di più ragionevole quando sarebbero arrivati alla caserma.

"Dovrebbero essere già tutti pronti", ha detto Colson, "ma nel caso in cui ci siano dei ritardatari, non guardateli negli occhi e non fate nulla di sospetto".

"C'è qualcosa di sospetto?" Chiese Reggie. "Cosa vorrebbe dire? Non ballare e urlare oscenità alla gente?".

"Sì, non farlo", disse Colson. Sollevò la sua carta d'identità sul meccanismo di chiusura della porta e aspettò che lampeggiasse una luce verde. Colson spinse la grande porta di metallo verso l'interno e Julie sentì un soffio d'aria nel vuoto che si allargava. Colson diede un'occhiata a destra e a sinistra, poi entrò, seguito da vicino da Hendricks, Kyle e Joshua. Gli uomini addestrati puntarono intorno alla stanza, ciascuno grugnendo per confermare che la strada da percorrere era libera.

"Siamo dentro", disse Colson quando ebbero finito. "Ovviamente non hanno ancora disattivato la mia carta, ma se qualcuno sta ancora monitorando i sistemi di sicurezza, il mio nome lampeggerà un allarme. Sapranno che siete con me".

"Quindi porteranno l'artiglieria", disse Reggie.

"Sai quanto è ben armata la tua forza di sicurezza?". Chiese Joshua.

"No", ha detto Colson. "Solo che ce ne sono molti. Però non ho mai visto nessuno andare in giro armato con qualcosa di più grande di una pistola".

"Fino ad oggi".

"Giusto".

Hendricks sospirò. "Quindi significa che hanno portato armi con sé, o che hanno un deposito da qualche parte nella base. E qualcuno l'ha rifornito, probabilmente con una potenza di fuoco sufficiente per equipaggiare tutta la vostra forza di polizia a noleggio".

"Probabilmente si stanno preparando per i cinesi", disse Ben. "Li avranno visti arrivare, no?".

"Quei piccoli droni di merda li hanno visti arrivare", ha detto Hendricks. "Mi chiedo se siano riusciti a superarli".

"Cinquanta soldati professionisti?" Disse la signora E. "Quei droni non riuscirebbero a scalfire nemmeno un plotone, figuriamoci un'intera compagnia".

"Ci hanno messo in difficoltà", ha detto Hendricks, brontolando sottovoce.

"Ok", ha detto Ben. "Quindi i cinesi stanno entrando, lo sappiamo. Faranno piazza pulita dei poliziotti in affitto e poi verranno a prenderci. È questo che stiamo dicendo?".

Hendricks arricciò leggermente il labbro inferiore, poi rispose. "Sembra che tu abbia un piano, Bennett. Colson, portaci prima in una di queste stanze, così ci cambiamo e ci togliamo questo sudore, poi possiamo parlare. Togliti l'abbigliamento esterno ma lascia tutto il resto e non perdere lo zaino".

Ben annuì e il gruppo proseguì lungo un corridoio dolcemente curvilineo, appena illuminato, che costituiva l'interruzione tra le stanze lungo la circonferenza del livello e un'ampia sala centrale simile a una piazza. C'erano ingressi alla piazza ogni venti o trenta metri e Julie poté capire dalla serie di lunghi tavoli da picnic pieghevoli che l'area era usata dai dipendenti come sala da pranzo. Di fronte al punto in cui si trovavano, Julie vide due postazioni informatiche, allestite esattamente come i sistemi di punto vendita utilizzati nelle scuole, negli ospedali e in altre mense di uffici.

Colson li indirizzò verso la terza stanza a sinistra e sollevò nuovamente la sua chiave magnetica. Anche in questo caso la chiave lampeggiò di verde e lui aprì la porta. Colson e Hendricks entrarono, seguiti da Joshua, che si mise in posizione di difesa appena dentro la porta, vicino all'angolo della stanza. Ben e Julie entrarono poi, seguiti da Reggie e dalla signora E. L'ultimo ad entrare fu Ryan Kyle, l'uomo di Hendricks, che rimase in attesa sulla porta aperta per osservare i corridoi in cerca di qualsiasi movimento.

L'interno della stanza era più o meno come Julie si aspettava. Altre pareti a bolle, molti letti a castello lungo ciascuna delle due pareti più lunghe e un piccolo bagno in fondo. Non era molto di più del tipo di strutture che ricordava dai campi estivi di quando era bambina, ma sapeva che questi dipendenti non erano qui per le sistemazioni di lusso.

Anche le decorazioni erano scarse. Alcuni letti avevano poster o immagini affissi alle pareti a bolle d'aria e un paio di zaini in stile militare giacevano sotto alcuni letti. Da un nodo centrale di fili neri uscivano fili di prolunga aggrovigliati, ma a parte queste sottili caratteristiche, la stanza sarebbe potuta passare come completamente priva di vita umana.

"Il mio letto è vicino al fondo, ma come ho detto, se ne sono andati tutti. Le cose lasciate sono indesiderate o dimenticate".

"Dove vanno? Dopo che sono stati evacuati, intendo?". Chiese la signora E.

"A casa, alla fine. Stranamente passando per l'Uruguay", ha detto Colson. "Gli aeroporti di quel Paese non fanno tante domande come altri aeroporti, credo, quindi un aereo carico di gente proveniente dall'Antartide non desta molti sospetti". Fece una pausa, ma nessuno sembrava interessato a questa informazione, così Jonathan Colson continuò a spiegare. "Quando si viene assunti, viene acquistato a proprio nome un biglietto di sola andata per l'aeroporto internazionale di Carrasco, e poi ne viene acquistato un altro per il luogo di provenienza quando si parte".

"Quando sei arrivato qui, Colson?". Chiese Hendricks.

"Sono in azienda da cinque anni, ma sono in Antartide solo da un anno. Comunque, è il periodo più lungo di tutti".

La risposta sembrò soddisfare Hendricks, così passò a Ben. "Bennet, hai detto qualcosa in corridoio. Hai un'idea migliore di 'aspettare che passi'?".

Ben annuì, guardando Joshua. "Sì, anche se devo riconoscere a questo ragazzo il merito di averlo fatto". Joshua sembrò confuso, ma Ben continuò. "In Amazzonia. Stava guidando una squadra di mercenari verso la nostra posizione e ha preso Julie e un'altra persona con cui eravamo, la dottoressa Amanda Meron. Meron faceva parte di ciò che stavano cercando, ma l'altra metà del puzzle era da qualche parte nella giungla. È quello che stavamo cercando".

Hendricks annuì. "Ho letto il documento, quindi lo seguo. Vada avanti".

"Beh, sapevamo che finché fossimo stati un passo avanti al gruppo di Joshua e avessimo trovato qualsiasi cosa fosse nascosta là fuori, non saremmo stati l'obiettivo principale".

"E ci ha fatto guadagnare tempo", ha detto Reggie.

"È stato così", ha aggiunto Ben, "ma non molto. I mercenari erano ben addestrati, ben equipaggiati e più preparati. Avevamo dalla nostra parte Reggie e un paio di altre menti brillanti, ma se Joshua non avesse abbandonato la nave...".

"Alla nave *dei buoni*, devo aggiungere", disse Joshua.

"Beh, giusto, naturalmente. Comunque, se non fosse passato dalla nostra parte, nulla avrebbe funzionato. Suo fratello - all'epoca non sapevamo che lo fosse - li ha condotti da noi per tutto il tempo, quindi senza l'intervento di Joshua e...".

"Lo capisco", ha detto Hendricks. "Siete tutti eroi normali. Il punto è che pensate che lo stesso piano possa funzionare qui?".

"Penso che potrebbe", disse Ben. "Vale la pena tentare, comunque. I cinesi sono *molto* più numerosi di noi e probabilmente sono più numerosi delle forze di sicurezza della stazione. In ogni caso, si terranno occupati a vicenda per un po' e *poi* rivolgeranno la loro attenzione a ciò per cui sono venuti qui".

"Pensi che stiano cercando qualcosa anche qui?". Chiese Kyle.

"Senza dubbio", ha detto Julie. "Pensateci. Un esercito cinese cade dal cielo nel momento in cui arriviamo qui, diretto verso la stessa località dell'Antartide".

"Ha ragione", aggiunge Reggie. "Sarei lusingato se venissero fin qui per noi, ma mi sembra un'esagerazione. Sanno che c'è qualcosa qui e stanno facendo di tutto per ottenerlo".

Hendricks e la signora E ascoltavano mentre il gruppo parlava. Julie non era sicura di cosa stessero pensando quell'uomo e quella donna - aveva ancora molte domande su entrambi e sul loro coinvolgimento qui - ma finora avevano tenuto in vita il gruppo. *Non ha senso rinunciare a questo*, pensò. *Posso fidarmi di loro ancora per un po'.*

"Bene. Julie e Colson", disse Hendricks rivolgendosi a lei. "Se vogliamo stare un passo avanti ai cinesi e avere qualche speranza di uscire vivi da questo posto, dobbiamo prendere quello per cui sono venuti fin qui. Questo significa che voi due dovete renderci partecipi del segreto".

Reggie sorrise. "Nerd".

Hendricks gli lanciò un'occhiata, poi continuò. "Cosa ti ha colto di sorpresa giù al computer di Colson? Cosa pensi che sia?".

"Beh", ha spiegato Julie, "è un'intelligenza artificiale, proprio come abbiamo sempre sospettato. Senza dubbio un'intelligenza artificiale forte".

"Sapevamo già tutto questo", disse Ben. "Ma la tua reazione...".

Julie deglutì, poi annuì, rendendosi conto ancora una volta del peso di tutto ciò. *Se tutto questo è reale...*

"Ho parlato di un copione di richiamo", disse Julie. "Ricordate? Quello a cui Colson sta lavorando è un programma di intelligenza artificiale, più grande di qualsiasi altro mai tentato. È una rete neurale; una rete di macchine interconnesse che lavorano tutte insieme, in tandem o in parallelo".

Colson è intervenuto. "E lo script di richiamo sta 'richiamando' a qualcosa che non possiamo comprendere appieno, almeno non ancora".

"Da qui tutta la confusione che circonda questo progetto", ha detto Julie. "Il copione del richiamo non dovrebbe *essere* lì, giusto?".

"Esatto. Dovrebbe essere semplice: riceviamo le trascrizioni, le trasformiamo in codice semplificato e poi ne verifichiamo l'accuratezza. Tutto un po' alla volta. Un pezzo, poi un altro, finché una subroutine non è completata. Poi passiamo a quella successiva".

Hendricks alzò una mano. "Ascoltate, gente. Non c'è bisogno che vi ricordi che il tempo è davvero essenziale. Ho bisogno che mi spieghiate tutto questo, nel modo più semplice possibile, in modo da poter capire qual è il *vero* passo successivo. Capito?"

Colson e Julie annuirono e Julie vide Ben guardare nella sua direzione. Stava interrogando, chiedendole silenziosamente se sapeva qualcosa che non si sentiva di condividere.

Non sono nemmeno sicura di avere ragione, pensò.

"Il problema è che la società per cui lavora il signor Colson non ha creato i file originali che stanno usando", ha detto Julie, guardando Jonathan Colson.

"Esatto", disse Colson. "È quello che temevo, e quando ho visto il copione criptato, l'ho capito per certo".

"Ok, ci sto", disse Reggie. "Da dove vengono i file?".

Sia Julie che Colson si guardarono lentamente intorno al gruppo. Julie sperava che Colson intervenisse per rispondere, ma dopo un attimo parlò lei.

"I file che l'azienda sta usando provengono da una fonte biologica. Non da una fonte digitale".

Gli occhi di Ben si alzarono di scatto per fissare Julie.

"Vieni di nuovo?" Disse Hendricks.

"Esatto", ha continuato. "I file su cui lavorano Colson e i programmatori qui presenti non sono affatto 'file'. Stanno trascrivendo fette di cervello umano".

CHAPTER 27

REGGIE AVEVA VISTO e sentito molte cose strane nella sua vita, ma niente di simile. *Sono pezzi di cervello umano?* L'assoluta assurdità dell'affermazione tolse a REGGIE ogni possibilità di risposta coerente.

Invece, la sua bocca si spalancò e gli sfuggì un'unica, semidiscutibile parola.

"Cervello".

Colson e Julie lo guardarono e Julie parlò di nuovo. "Beh... un solo cervello, probabilmente. Ma potrebbero lavorare su più fonti di dati".

"Più fonti di dati?" Disse Hendricks. Puntò l'indice contro Jonathan Colson. "Mi stai prendendo per il culo. È uno scherzo. Vuoi dirmi che questa azienda, la tua azienda, fa a pezzi teste umane e le trasforma in codice informatico?".

"Beh, non sapevo...".

"Stronzate", disse Hendricks, quasi sputando. "Colson, sono in giro da un po' di tempo, ma non ho mai sentito parlare di qualcosa di così inverosimile".

"È teoricamente possibile", ha affermato la signora E. "Nel recente passato molte aziende tecnologiche hanno cercato di costruire reti neurali più forti utilizzando strutture simili. Dopo tutto, il cervello funziona come un computer, utilizzando impulsi elettrici e costruendo connessioni a ponte tra...".

"Ma non si può trasformare in un computer", disse Hendricks. Ormai stava quasi gridando. "Avete lavorato a un 'programma per computer' che in realtà è un cervello? E lo avete costruito studiando un cervello vero?".

Colson ha inghiottito una boccata d'aria.

"Hendricks", disse Julie, con voce calma. "La signora E ha ragione. Non si tratta di una teoria campata in aria. È scienza vera, ed è stata usata con successo anche su scala ridotta, come nel cervello di topi e ratti. La parte fenomenale, quella che mi ha colto di sorpresa, è, ancora una volta, la sceneggiatura di richiamo".

Ben sembrava confuso come si sentiva Reggie e come sembrava Hendricks, mentre Joshua e Kyle stavano in disparte, ascoltando a metà e osservando contemporaneamente le porte del piano.

"E il copione del richiamo?" Chiese Hendricks. "È solo una linea di codice criptata che comunica con chi ha sviluppato originariamente...".

Fece una pausa e Reggie credette di vedere il volto di Hendricks diventare bianco. Sul volto dell'uomo alto e magro, Reggie non riuscì a capire se fosse rabbia o paura.

Hendricks imprecò. "Ma come? Lo 'sviluppatore originale' sarebbe...".

Colson e Julie annuivano, ma Reggie si sentiva ancora al buio.

"Secoli e generazioni di evoluzione e continui progressi dell'intelligenza possono creare un cervello utile ed efficiente come il nostro", ha detto Colson. "Ma non può spiegare il fatto che siamo umani. Vivere, respirare, pensare. Che *sente*".

"Lo script di richiamo è la caratteristica chiave che distingue il cervello umano da quello di qualsiasi altro animale", ha detto Julie. "È il pezzo mancante".

"Quale pezzo mancante?" Chiese Reggie.

"È la parte di cui non siamo riusciti a tenere conto in laboratorio, o il motivo per cui ogni intelligenza artificiale che siamo riusciti a creare, pur essendo potentemente veloce, non è in grado di pensare davvero".

Hendricks si stava ora massaggiando una tempia con dita lunghe e segaligne. Gli occhi erano chiusi e Reggie si avvicinò all'uomo nel caso fosse svenuto.

"Quindi questo "copione di richiamo"", ha continuato Julie, "è il pezzo che gli scienziati stavano cercando. È un collegamento con - qualunque cosa sia - che governa la nostra coscienza. Il bene e il male, non sono istintivi, ma intuitivi. Gli animali non si sentono in un modo o nell'altro di uccidere un altro animale, e non uccidono, non rubano, non imbrogliano e non mentono".

"Non hanno il copione del richiamo", ha detto Colson. "Non hanno una coscienza".

"Ho iniziato a metterlo insieme non appena Colson mi ha detto che si trattava di uno script di richiamo, e non appena ho capito come hanno compartimentato il programma. Queste 'subroutine' su cui stanno lavorando, una alla volta? Sono le diverse componenti del cervello umano - le parti che controllano il linguaggio, le emozioni, la razionalizzazione, il controllo motorio, ecc.

"Hanno costruito una perfetta copia computerizzata dell'intero cervello umano e questo era l'ultimo pezzo di cui avevano bisogno. Grazie al fatto che la trascrizione è in uno 'stile' diverso dal resto del codice - criptato, diremmo - Colson l'ha individuata. È il pezzo di cui avevano bisogno, perché è il pezzo che ha trasformato il loro enorme programma da qualcosa di ingombrante, ma potente, in qualcosa di umano".

Reggie non aveva ancora capito, ma ora era più in sintonia con un'altra sensazione che aveva notato insinuarsi in lui. Essendo un ex militare con molta esperienza di combattimento, sentiva l'inquietudine che lo attanagliava. Sapeva bene quanto fosse pericoloso restare a parlare durante un'operazione e, anche se in quel momento non erano stati attaccati direttamente, si trovavano comunque in territorio nemico con molte persone nelle vicinanze che volevano ucciderli.

"Hendricks", ha detto. "Dovremmo andare. Credo che ora abbiamo una buona idea di quello che stiamo cercando. Non ho idea di cosa *sembri*, però, ma non possiamo stare a discutere".

Hendricks annuì, poi fece cenno a Joshua e Kyle di avvicinarsi. "Voi due, ecco il piano. Sappiamo cosa stiamo cercando e probabilmente..." fece una pausa, si girò verso Julie, Colson e la signora E. "In realtà non ne ho idea. Cosa *stiamo* cercando?"

"Un computer, forse un server", ha detto Colson. "Tutto è memorizzato sulla nuvola, ma quella 'nuvola' è ospitata da qualche parte qui alla stazione".

"Perché non prendere il computer e farla finita?".

Colson scosse la testa ancor prima che Hendricks terminasse la domanda. "No, hanno adottato misure di sicurezza. Stanno eseguendo un'installazione di Linux modificata, e il sistema operativo non consente di salvare file remoti su unità locali".

"Giusto", ha detto Hendricks. "Qualunque cosa significhi. Quindi è una specie di computer, ma *non* quello di Colson. Ovviamente mi affido al cervello di questa operazione per capire quale e dove si trova. È tutto quello che ci serve?". Iniziò a sollevare la mano e a rivolgersi a Kyle e Joshua, ma Julie lo interruppe.

"Sì, ma non sarà comunque facile da ottenere", disse Julie. "Anche se troviamo il server, avranno delle difese contro la possibilità di collegare una chiavetta USB e copiare i file. Potremmo essere in grado di fare un'immagine del disco, forse anche...".

"Ragazzi", disse Reggie. "Mi dispiace interrompere, ma sul serio. Dobbiamo continuare a muoverci".

Hendricks annuì. "Colson, se tu fossi un computer che contiene informazioni estremamente sensibili, dove vivresti?".

Colson si accigliò.

"Colson, dove pensi che sia quel computer?".

"Oh, giusto, sì", disse Colson. "Il livello 9 è la sala server, proprio sopra il livello in cui mi avete trovato, e due livelli sotto quello in cui si trova la mia postazione di lavoro...".

"Colson", disse Hendricks, "vuoi dirmi che abbiamo preso un ascensore oltre il livello che potrebbe contenere *esattamente* quello che stiamo cercando?".

"Beh, io...".

"Non sapeva cosa stessimo cercando", ha detto Julie, "e ci siamo passati tutti davanti. Nessuno di noi si è accorto che si trattava di una server farm, né l'ha degnato di uno sguardo. Non c'è da preoccuparsi".

Reggie sorrise, incapace di trattenersi. Aveva conosciuto meglio Julie dopo l'incontro in Brasile e sapeva che era una persona che non accettava le stronzate. Tuttavia, sapeva anche che non aveva esperienza militare e che un'insubordinazione come quella, soprattutto nel bel mezzo di una missione, le sarebbe valsa una rapida strigliata. Reggie si chiese se a Hendricks stesse per uscire una vena dalla testa, ma Hendricks si limitò a fissare il gruppo, immobile.

"Ascoltate, gente", ha detto. "Capisco che molti di voi non sono militari; nessuno è perfetto. Ma le cose stanno così. Qui sotto moriremo o non moriremo, e il modo per *non morire* è ascoltarmi. E di *pensare*. Se avete informazioni che ci servono, non siate timidi. Se nascondiamo informazioni, moriamo. Se perdiamo tempo, moriamo. Noi..."

"In arrivo!" Il rumore degli spari interrompe la conversazione.

CHAPTER 28

REGGIE SENTÌ RYAN KYLE urlare dalla porta una frazione di secondo prima di iniziare a sparare. Stava mirando in fondo al corridoio dalla direzione da cui erano venuti, sparando brevi raffiche verso le scale.

Hendricks e Joshua scattarono in azione e Reggie li seguì. Controllò involontariamente la sua arma, corse verso la porta e si fermò dietro Hendricks e Joshua.

Siamo bersagli facili, pensò. *Se ci bloccano...*

"Se ci bloccano qui dentro, siamo fritti", urlò Joshua.

"Sono d'accordo", disse Hendricks. "Dobbiamo almeno portare qualche uomo dall'altra parte del corridoio. Andiamo..."

Prima che potesse terminare l'ordine, Kyle si mise in moto, sparando una rapida raffica e abbassandosi, mentre correva accovacciato attraverso il corridoio aperto. Raggiunse la parete opposta e proseguì all'indietro, mirando a una delle sezioni aperte che conducevano all'ampia area centrale del livello.

Fece un segnale a Hendricks e agli altri due uomini sulla porta e Hendricks annuì. "Ok, un altro. Siete entrambi più veloci di me, ma posso coprirvi". Non diede spazio a discussioni, così Reggie e Joshua si guardarono l'un l'altro per decidere chi dovesse andare.

Joshua era già a metà strada tra la porta e il corridoio, quindi fece spallucce e si allontanò di più. Alzò l'arma, puntò lungo il corridoio curvo e attese la prossima raffica di Hendricks. Quando arrivò, si accovacciò ancora un po' e attraversò di lato lo spazio aperto per raggiungere la posizione di Kyle.

Reggie si rivolse agli altri presenti nella stanza. "Ragazzi, dobbiamo raggiungere lo spazio centrale laggiù. Non è un posto ideale, ma almeno ci metterà in posizione offensiva. Kyle e Joshua possono coprirvi con me e Hendricks. Tenete la testa e la pistola alta, ma muovetevi in fretta".

Ben, Julie e la signora E annuirono. Colson aveva gli occhi spalancati e sembrava terrorizzato, ma si fece avanti anche lui, ancora disarmato. Circondarono Reggie e aspettarono che guidasse il gruppo verso il corridoio.

Prima che arrivassero alla porta, Reggie sentì Kyle urlare dal lato opposto. "Hendricks!" gridò. "Sono guardie, non cinesi".

"Capito", disse Hendricks, rispondendo contemporaneamente a una raffica di colpi di fucile con le sue rapide raffiche. "Ascoltate. C'è un solo motivo per cui ci stanno sparando...".

"Oltre a volerci uccidere?" Disse Reggie.

"No, intendo un motivo per cui si stanno concentrando su di noi in questo momento. Se i cinesi fossero già nella base, o anche solo vicini all'ingresso, concentrerebbero tutta la loro attenzione sul mantenimento di una posizione difensiva per tenerli lontani. Questo significa che i cinesi non sono qui".

"Così potranno invece passare un po' di tempo con noi", ha detto Reggie. "Ho capito. Possiamo ucciderli comunque?".

Hendricks annuì. "Sì, il piano è quello. Solo che non dobbiamo preoccuparci di essere troppo strategici e perdere tempo. Questi ragazzi non sono addestrati altrettanto bene, quindi finché...".

Crack!

Un'esplosione strappò all'aria le parole di Hendricks e l'onda d'urto visibile passò direttamente davanti alla porta. La granata era esplosa in fondo al corridoio, davanti a un'altra stanza, ma aveva comunque avuto un effetto potente. Hendricks fu sbattuto a terra e Kyle e Joshua, dall'altra parte del corridoio, si spinsero un po' in avanti per sostituirlo.

Reggie corse in avanti e afferrò il braccio di Hendricks per aiutarlo ad alzarsi. L'uomo era stordito ma cosciente. Reggie lo trascinò nella relativa sicurezza della stanza di Colson per dargli il tempo di riprendersi.

"Ben, signora E", disse. "Entrate e date una mano. Vedete se riuscite a far fuori lo stronzo che ci ha sparato addosso, ma fate attenzione. Tra poco ricaricheranno e ci riproveranno".

Notò che Julie sembrava turbata dal fatto che non avesse richiesto espressamente il suo aiuto, ma sperava che avrebbe capito. *Ben mi ucciderebbe se ti mandassi in prima linea e ti succedesse qualcosa.*

Mentre Reggie terminava di trarre in salvo Hendricks, Julie lo guardò negli occhi. I pugnali che lei gli mandava non gli sfuggirono e lui capì di aver commesso un errore fondamentale.

È lei che mi ucciderà, pensò. Fece un enorme sorriso per spezzare la tensione.

"Risparmiati, Red", disse. Senza un'altra parola, corse verso l'ingresso, alzò la pistola e cominciò a sparare contro le guardie, in piedi accanto a Ben e alla signora E.

Il sorriso di Reggie si allargò.

"Tre a terra!" Reggie sentì Kyle urlare.

"Lasciami stare, ragazzo", disse Hendricks, spingendo via la mano di Reggie. "Non morirò qui". Hendricks si girò e si mise a sedere sul pavimento duro della caserma. "Stai sprecando le tue energie qui dentro, e loro hanno bisogno del tuo aiuto. Dammi ancora qualche secondo e sarò là fuori con te".

"Come vuole, capo", disse Reggie. I proiettili delle guardie rimanenti rimbombavano ai lati del corridoio e Reggie si chiedeva se fossero state addestrate o meno per una situazione di combattimento. Sembravano sprecare un sacco di munizioni sparando ai bersagli sbagliati, ma era contento che il suo gruppo non avesse il grilletto facile.

Reggie decise di attraversare il corridoio per vedere come stavano Kyle e Joshua. Comunicò rapidamente il suo piano a Ben, Julie e alla signora E, e aveva appena iniziato a correre quando Kyle e Joshua uscirono in mezzo al corridoio.

"Credo che sia tutto a posto", disse Joshua. Kyle annuì, ma non spostò lo sguardo dalla fine del corridoio. Il fumo stava già tornando nello spazio dei corridoi, riempiendo l'area di un odore acre.

"Dove hanno preso quell'RPG?". Reggie chiese a nessuno in particolare.

"Una stazione come questa avrà un nascondiglio di armi da qualche parte", disse la signora E. Nessuno l'ha contraddetta, così ha continuato. "Ma hanno bisogno di una o due lezioni su come usarle. Propongo di fare pressione e vedere se riusciamo a metterli alle strette".

"Sono d'accordo", disse Kyle. "Magari anche per eliminare la minaccia prima che arrivino i pezzi grossi". Fece una pausa, guardandosi intorno. "Hendricks?"

Reggie fece un rapido cenno con la mano. "Sta riposando, ma sta bene. I vecchi come lui, si sa...".

"Sapete cosa?" La voce roca di Hendricks chiamò da appena dentro la porta della stanza. "Un vecchio come me può prendervi tutti a schiaffi in modo decente. C'è qualcuno che accetta?".

Nessuno si è mosso.

"È quello che pensavo. Ora, torniamo agli affari. Sono favorevole a vedere quanti di questi poliziotti in affitto riusciamo a far fuori, anche se questo rende più facile l'ingresso dei cinesi. Saliamo di un livello e...".

Un'esplosione bassa e rimbombante colse tutti di sorpresa e Reggie sentì i piedi cedere sotto di sé. Barcollò un po', ma recuperò rapidamente l'equilibrio, raddrizzandosi.

"Ma che..."

Una sirena d'allarme iniziò a gridare per richiamare l'attenzione da qualche parte al loro livello, e fu soffocata solo dalla voce femminile computerizzata che avevano sentito prima attraverso il sistema di trasmissione.

Attenzione a tutto il personale di sicurezza. Abbiamo una violazione di livello 1. Passare immediatamente al blocco e prepararsi all'ingaggio".

Il messaggio iniziò a ripetersi, ma Hendricks era già in movimento, completamente ristabilito. "Avete sentito la gentile signora", disse. "Sembra che i cinesi abbiano trovato una via d'accesso", disse, dando ordini alle spalle.

Reggie e gli altri seguirono Hendricks nel corridoio verso le scale. La voce della donna, computerizzata ma inquietantemente umana, con un leggero accento britannico, riecheggiava nella sua mente.

Prepararsi all'impegno.

CHAPTER 29

"COLSON", abbaiò HENDRICKS, "hai una mappa di questo posto?".

Jonathan Colson si preparò a rispondere nel modo altrettanto autorevole e autoritario in cui Hendricks aveva posto la domanda. Aspirò un respiro profondo, spinse in fuori il petto...

E poi si sgonfiò per la paura. Era terrorizzato da quando aveva trovato lo script di richiamo nella subroutine, ma era sorpreso di scoprire quanto fosse *più* terrificante trovarsi nel bel mezzo di una guerra a tre.

Scosse la testa. "No, mi dispiace. Non c'è niente del genere, almeno non stampato -".

"E il digitale?" Chiese Julie.

"Ehm, forse. Dovrei trovare una tavoletta per gli inservienti, o tornare al mio...".

"Non c'è tempo, Colson. Dobbiamo capire come scendere di nuovo in quella sala server".

Non appena l'allarme aveva iniziato a suonare, le porte che conducevano all'ingresso e all'uscita di ogni livello erano state bloccate. A differenza delle pareti morbide e spumeggianti, le porte non avevano cedimenti. Costruite in solido acciaio e montate su un'unica, alta cerniera che si estendeva dal pavimento al soffitto, erano quasi indistruttibili. Colson sapeva che gran parte della base era stata progettata per "scorrere", un termine che aveva sentito da alcuni ingegneri e che significava che era stata creata per muoversi delicatamente con lo scricchiolio e lo spostamento del ghiaccio. I livelli stessi erano impilati l'uno sull'altro, ma oltre alle scale di collegamento, uno strato di ghiaccio era incastrato tra il pavimento di un livello e il soffitto di quello successivo. Anche le pareti sono state ricavate dal ghiaccio e poi ricoperte con un involucro di sacche liquide per mantenere la temperatura su entrambi i lati.

Si trattava di un'impresa ingegneristica notevole, ma era stata progettata anche tenendo conto di alcuni problemi di sicurezza.

In particolare, si è pensato molto a come tenere le persone all'interno della base o tenere *fuori i* visitatori indesiderati. A questo scopo, la maggior parte dei livelli aveva la possibilità di chiudere le enormi porte, interrompendo i legami con il resto della base.

Colson lo aveva spiegato alla squadra quando avevano raggiunto la porta e l'avevano trovata chiusa. Anche la sua chiave magnetica non avrebbe funzionato, ovviamente, e anche se non fosse stata attuata una procedura di blocco, il sistema informatico di sicurezza avrebbe comunque provveduto a disattivarlo.

"Siamo bloccati", disse per la quinta volta. La sua lieve claustrofobia non si era ancora manifestata del tutto, e probabilmente non lo avrebbe fatto se fossero rimasti nel corridoio o in spazi aperti più ampi, ma non si era mai sentito completamente a suo agio nella stazione, sapendo di essere impacchettato in una scatola di sardine circondata dal ghiaccio. "Siamo bloccati e non c'è altro da fare che...".

"Non c'è altro da fare che pensare a come uscire da qui", disse Hendricks, girandosi di scatto per affrontare Colson. "Se pensi *davvero* di non poterci offrire nulla, perché non ti spariamo subito e la facciamo finita?".

Colson ha fatto un gran bel respiro. "Mi dispiace. Sono un po' claustrofobico, ecco tutto. Sto cercando di ignorarlo, ma con le porte che si chiudono e tutto il resto...".

"Hai *scelto di* venire a lavorare qui?" Chiese Hendricks.

"Era un sacco di soldi".

"Sì, lo spero. C'è sempre un prezzo, no?".

Colson non sapeva come rispondere. Sapeva che il gruppo non era un suo grande fan e che doveva loro la vita, ma non era sicuro di come avrebbe potuto aiutare. Non era mai stato un tipo eroico e di certo non aveva mai pensato di trovarsi in una situazione del genere. Lui era "cervello", non "muscoli", ma anche la sua intelligenza lo stava abbandonando.

Cosa possiamo fare?

Non c'era nulla di familiare in questa situazione, a parte il fatto che stava accadendo nel luogo in cui viveva. Sapeva che gli altri avevano capito che avrebbe dovuto avere una maggiore familiarità con il luogo, ma lui non era uno che si sforzava di osservare l'ambiente circostante. Sapeva che le pareti erano ricoperte da una sorta di palloncini riempiti di liquido e che le porte si chiudevano quando c'era un blocco.

Niente che il gruppo non sapesse già.

"Colson, sei ancora con noi, amico?". Chiese Reggie. Colson si era perso nei suoi pensieri, cercando di trovare qualcosa di utile da offrire a tutti.

"Sì, ehm, scusa", disse con fare peccaminoso.

"Capo", disse Kyle da dietro di loro. Era arrivato di corsa da un punto più indietro del corridoio, quasi abbastanza in fondo al vicolo curvo da non poter essere visto. "Abbiamo compagnia. Questa volta dall'altra parte".

"L'altro lato?" Disse Hendricks. Guardò Colson in attesa.

"Sì, è vero", ha detto Colson. "Ci sono due ingressi ad alcuni livelli, senza contare l'ascensore".

"Alcuni dei livelli?"

"Esatto", ha spiegato. "I livelli più alti e più bassi sono i più piccoli, mentre alcuni dei livelli intermedi - le aree comuni, le sale riunioni e i livelli più grandi dei team di supporto - sono più grandi. Quindi questi hanno due serie di scale".

"Colson", disse Hendricks, "questo è il tipo di informazione che ci tornerà utile. Ricordi la conversazione su 'come non morire'?".

"Certo", disse. "È solo che - non so di cosa hai bisogno. Non so come posso aiutarti".

"Colson, puoi aiutarci evitando di farti sparare e fornendoci ogni minimo dettaglio che ti viene in mente su questo posto. Niente di ovvio, abbiamo gli occhi. Ma se sai qualcosa che rientra in una delle tre categorie, voglio saperlo non appena il tuo cervello da nerd lo tira fuori dall'archivio".

"Capito". Colson pensò per un attimo. "Quali sono queste tre categorie?".

"Uno: cose di questo posto che solo i tipi come te ricordano. Quante scale ci sono tra un livello e l'altro, quanti bagni ci sono in tutto, non lo so. Cose da numeri. Due: cose che state mettendo insieme solo ora, sulla base di altre informazioni e osservazioni che avete avuto, come: "Ehi, squadra, forse non dovremmo camminare laggiù, perché è lì che teniamo i nostri droni assassini". E tre: cose che potrebbero ucciderci. Questo vale per tutti noi: se vedete o sentite qualcosa che potrebbe ucciderci, *per favore* dite qualcosa".

Il discorso di Hendricks era iniziato come una direttiva rivolta a Colson, ma ora si stava rivolgendo a tutti. Attese i loro cenni di approvazione, lo sguardo si posò più a lungo sul personale non militare: la signora E, Julie, Ben e Colson.

Kyle intervenne. "Sembra che chiunque stia cercando di entrare abbia quasi superato le porte. Dobbiamo darci una mossa".

"Sono d'accordo", disse Reggie. "Come suggerisce di farlo?".

"Che ne dici di questo?" Disse Joshua, raccogliendo un lungo tubo di metallo dal pavimento accanto a una delle guardie di sicurezza morte. Era lo stesso RPG che aveva temporaneamente disabilitato Hendricks. Joshua se lo mise in spalla e si esercitò a puntare la massiccia arma scarica.

"Sai almeno come si usa?". Chiese Reggie. Si avvicinò a Joshua e lo prese dal più giovane, facendo il suo turno con il lanciatore.

"Come te", disse Joshua. "Quanto *ti* sei allenato con le armi?".

"Abbondantemente. Ehi, lanciami quel proiettile laggiù", disse Reggie, indicando la testata triangolare legata alla schiena della guardia di sicurezza.

Joshua gli diede il proiettile e lo aiutò a caricarlo. "Seriamente, però. Quanto ti sei allenato con quell'affare?".

Reggie controllò che l'RPG fosse carico, poi si girò verso il resto del gruppo. "RPG-32, proiettile HEAT standard, inalterato. Suggerisco di indietreggiare un po'. Questo è abbastanza potente". Senza aspettare che qualcuno si muovesse, sparò. Il tubo si accese, mandando il proiettile RPG in avanti e in basso, verso il bordo della porta.

La detonazione fu più forte di quanto Colson potesse immaginare, e l'ondata di calore che lo investì sembrò destinata a bruciargli la pelle delle ossa. Proprio quando il calore raggiunse un'intensità che non poteva più sopportare, si spense completamente. Rimase in piedi, scosso ma vivo, insieme al resto del gruppo.

A quanto pare era l'unico a cui era andata male. Gli altri erano già riuniti intorno alla porta, allontanando il fumo, per vedere quali fossero i danni. Il trucco di Reggie, anche se forse un po' azzardato, aveva funzionato alla perfezione. La porta pendeva da una sola sezione del lungo cardine, il metallo era contorto e ammaccato nel punto in cui si era concentrata la maggior parte dell'esplosione. Le bolle sul muro, su entrambi i lati del corridoio, erano scoppiate e gocciolavano del fluido denso che le riempiva, colando sul ghiaccio che ora era esposto.

Anche il suo trucco fu puntuale. Non appena il fumo si diradò dall'area e Colson poté vedere le sezioni di porta in fiamme tra loro e le scale, sentì un'esplosione simile scuotere il lato opposto del livello.

"Sono dentro", disse Kyle. Era rivolto nella direzione opposta, chiaramente più interessato a proteggere il loro fianco posteriore che allo spettacolo pirotecnico di Reggie. Dopo la seconda esplosione ci fu un'improvvisa assenza di suono, che a Colson sembrò ancora più stridente. La giustapposizione del silenzio era inquietante e involontariamente si avvicinò al resto del gruppo.

"Ok, è ora di andare", disse Hendricks. "Muovetevi. Questa volta a testa bassa".

Hendricks e Reggie uscirono per primi. Avevano fatto solo tre passi quando un gruppo di guardie di sicurezza girò l'angolo.

CHAPTER 30

"MANI IN ALTO! ORA!" Il primo uomo della fila urlò. Colson vide Hendricks alzare l'arma per sparare, ma Reggie allungò la mano e gli afferrò il braccio. Hendricks capì subito cosa aveva messo in allarme Reggie, abbassò di nuovo il fucile e aspettò che l'uomo parlasse.

In quel momento Colson sentì l'*altro* rumore, quello a cui Hendricks e Reggie avevano senza dubbio reagito. Sembrava il ronzio quasi silenzioso e a bassa voce di un elicottero in miniatura. Un altro ronzio si unì al mix e Colson vide improvvisamente la fonte dei suoni. Due piccoli elicotteri a quattro eliche si libravano appena sopra le teste della squadra di sicurezza, muovendosi a malapena nella tromba delle scale in attesa di ordini silenziosi. Erano paralleli al terreno, quindi i loro nasi puntavano leggermente più in alto della testa di Colson e degli altri.

Ma ad attirare l'attenzione di Colson furono gli oggetti sugli elicotteri che *non erano* puntati sopra le loro teste. Piccole torrette montate sul naso. Non era sicuro del tipo di proiettili che sparavano, ma non c'era dubbio che fossero perfettamente funzionanti, in attesa delle indicazioni della squadra di sicurezza.

Ci siamo, pensò Colson, chiudendo gli occhi. Si chiese se si sarebbe fatto la pipì addosso. Era un pensiero strano da avere in quel momento, ma per tutta la vita si era chiesto come avrebbe reagito di fronte alla morte imminente. Cercò di allontanare i pensieri, come se concentrarsi sulla gravità della questione potesse in qualche modo influire sulla sua capacità di sopravvivere. Poi, prima di rendersene conto, sorrise. *Sto discutendo con me stesso se mi piscerò addosso prima di morire o meno.*

Era contemporaneamente la cosa più e meno divertente che avesse mai sperimentato.

Il resto del gruppo lo guardava e lui capì che qualcuno gli aveva parlato.

"Jonathan Colson? Impiegato 729?", chiese il primo uomo della fila di guardie di sicurezza.

Annuì lentamente.

"Tu verrai con noi al livello 2. Gli altri ci seguiranno". Prima ancora che terminasse la frase, uno dei droni affondò un piede nell'aria e scattò in avanti, fermandosi solo quando raggiunse un punto dietro Ryan Kyle. Si girò a mezz'aria e puntò la torretta sul gruppo. Ora erano circondati da armi volanti *e da* letali guardie di sicurezza.

Non appena gli venne in mente il pensiero, Colson capì che c'era qualcosa di strano negli uomini che gli stavano di fronte. Non erano le tipiche guardie di sicurezza che si aggirano per la base, insicure dei propri passi. Questi uomini sembravano più duri, ruvidi ma in modo specifico per i militari, con camicie stirate e armi perfettamente pulite.

Erano stati addestrati, e non come guardie di sicurezza a noleggio che potevano essere acquistate per un misero stipendio, ma come veri e propri soldati temprati alla battaglia.

"C'è qualcosa che non avete capito?" chiese l'uomo. "Abbiamo l'ordine di portarvi su con la *forza*, se necessario". L'uomo sollevò un sopracciglio, sottintendendo una domanda.

"No, andremo noi", disse Hendricks. "Facci strada, stronzo...".

L'uomo si mosse rapidamente e nessuno del gruppo di Colson lo vide arrivare. Si fiondò in avanti, puntando il calcio del fucile dritto al centro dello stomaco di Hendricks, provocando nell'uomo più anziano un doppio senso di dolore. Colson trasalì, ma prima ancora che Hendricks cadesse a terra, la guardia di sicurezza era di nuovo sull'attenti.

Questi ragazzi non sono la stessa squadra di sicurezza a cui sono abituato, pensò.

La guardia di sicurezza non aspettò che Hendricks riprendesse fiato. Semplicemente girò i tacchi, iniziò a marciare su per le scale e il resto della sua scorta lo seguì. Colson fu trascinato dietro di loro e i droni si misero davanti e dietro la catena. Hendricks fu aiutato a salire dalla signora E e da Kyle, e poi gli altri seguirono le scale.

Mentre si avvicinavano all'atterraggio del livello sopra di loro, Colson sentì delle voci, che parlavano cinese, provenire dal livello che avevano appena lasciato. Si voltò a guardare e notò i droni che scendevano dalla loro postazione in volo per bloccare l'avanzata. Il primo dei droni individuò un bersaglio - ancora invisibile agli occhi di Colson - e iniziò a sparare. La torretta in miniatura si alzò e cominciò a sputare una raffica di proiettili, ciascuno non più grande di un piccolo pezzo di pallottola d'uccello. Il secondo si aggiunse e Colson lo guardò con orrore.

Le guardie di sicurezza sembravano non accorgersene e si fermavano solo davanti alla porta del livello successivo per controllare che il gruppo continuasse a salire le scale. Colson e gli altri guardavano i droni danzare nell'aria, schivando il poco fuoco di ritorno che incontravano.

"Continuate a muovervi. Terranno occupati i cinesi ancora per qualche minuto e SARA ne invierà altri se necessario".

Colson si accigliò.

"SARA? Vuoi dire l'array?".

"Una cosa sola", disse il capo delle guardie di sicurezza. "Ha un altro centinaio di quei piccoli bastardi, pronti e in attesa di essere impiegati".

"Chi è SARA?" Chiese Julie.

L'uomo che ci conduceva su per le scale non si fermò. "Risponderemo alle vostre domande di sopra. Per ora, tenga la testa bassa e la bocca chiusa. Siamo quasi arrivati".

Colson sapeva che il livello 2 era tre livelli più in alto e che *non erano ancora arrivati*, ma non discusse. Niente di ciò che poteva fare o dire avrebbe portato a qualcosa di produttivo per il gruppo, e inoltre non voleva mettere la propria vita in pericolo più di quanto non lo fosse già.

Pensò alle parole di Hendricks e si chiese se ci fosse qualcosa che potesse aiutare la loro situazione. Non era mai stato bravo sotto pressione, e anche per questo aveva reagito così male quando Stokes gli aveva comunicato la nuova scadenza per il completamento.

Ma ora, dopo aver visto ciò che il "progetto completato" aveva portato con sé, pensò che si sarebbe arrabbiato ancora di più se avesse potuto tornare indietro nel tempo. I cinesi erano ormai nella base, alla ricerca della stessa cosa che voleva il gruppo di Hendricks, e ovviamente c'era stato un drastico cambio di comando anche nelle forze di sicurezza.

Tutto questo, per cosa? La stranezza della situazione lo spaventava, perché significava che c'era qualcosa che ancora non capiva. Era già convinto che stessero lavorando a un'intelligenza artificiale avanzata e i sospetti di Julie confermavano i suoi. Ma è chiaro che c'era in gioco qualcosa di più, qualcosa di *più grande*. Tutta la segretezza, la compartimentazione e, naturalmente, l'*ubicazione della* base stessa significavano che la società per cui lavorava stava tentando qualcosa di sinistro.

Un'intelligenza artificiale basata sull'uomo, costruita mappando l'intera struttura e le connessioni all'interno del cervello, compreso il meccanismo unico che aveva trovato nascosto nello script di richiamo, era una cosa. Ma perché doveva essere top secret e cosa intendevano farne?

Ma, cosa più importante per Colson in quel momento, perché avevano bisogno di droni da combattimento volanti e di soldati ben addestrati?

Raggiunsero il pianerottolo del livello 2, dove la guardia inserì una chiave magnetica per sbloccare la stessa porta metallica che Reggie aveva fatto saltare di sotto. Scattò immediatamente e lui aprì la porta ed entrò.

Il resto delle guardie entrò e Colson fu il primo del suo gruppo a varcare la soglia del livello 2. Cercò di ricordare di essere mai stato al livello 2, ma non gli venne in mente una volta. Al livello 1 c'erano l'Arrivo e l'Elaborazione, oltre ad alcune sale conferenze, ai servizi e all'hangar, quindi ovviamente c'era già stato. Ma il Livello 2, ora che ci pensava, era un livello riservato al personale anziano.

Quando uscì sul piano gli sembrò di entrare nel set di un film di Star Trek. Le luci si accendevano da immensi mainframe lungo ogni parete e il rumore di centinaia di minuscole ventole ronzava dalle loro cavità mentre lavoravano per mantenere fresco l'interno dei computer. I computer si estendevano dal pavimento al soffitto ed erano collegati tra loro in tandem, utilizzando piccoli cavi Cat-6 tra ciascuna macchina.

La stanza era asciutta, grazie ai numerosi ventilatori, e calda. Colson non era sicuro che le pareti fossero in grado di sopportare un calore simile, ma sapeva che questa stanza era esistita per molto tempo senza fondersi con il ghiaccio circostante.

Superò un grosso fascio di cavi nastrati che collegava tra loro i mainframe su entrambe le pareti e seguì la squadra di sicurezza dietro l'angolo. I quadcopter si unirono a tutti loro e Colson riuscì a malapena a sentire il loro ronzio sopra il frastuono delle macchine che frullavano e ronzavano. I mainframe terminarono nel tratto di corridoio successivo e un'ampia apertura li condusse a destra verso il centro del livello. Lo stile fantascientifico vicino all'ingresso del livello lasciava il posto a un'area spoglia e dall'aspetto aziendale, circondata da vetri curvi. Dietro il vetro si trovavano un grande tavolo di metallo e otto sedie pieghevoli. Le pareti di vetro e i mobili di metallo dall'aspetto economico facevano sembrare che qualcuno avesse progettato una sala conferenze di lusso, per poi scoprire di aver esaurito i fondi alla fine del progetto.

Avvicinandosi al vetro, Colson vide una donna e un uomo in piedi all'ingresso, proprio di fronte al tavolo della sala conferenze.

Angela Stokes.

"Stokes?" Chiese Colson, più con un tono di circostanza che con un tono interrogativo.

Lei annuì. Lui capì subito che qualcosa non andava.

"La conosci?" Chiese Reggie, da dietro di lui.

"È il mio capo. Angela Stokes".

L'uomo accanto ad Angela fece un passo avanti e spinse la porta di vetro più in là. Anch'essa era curva, perfettamente sagomata per racchiudere la stanza circolare. Colson si rese conto che il vetro, pur essendo bello da lontano, in qualche modo appariva più economico da vicino. Pensandoci bene, si rese conto che questo fatto era vero anche per il resto della stazione. Si ricordò di quando aveva iniziato a lavorare qui. La sua scrivania, pur bella all'inizio, aveva rivelato le sue imperfezioni nel giro di una settimana. Gli spigoli erano taglienti e la scrivania era vuota, fatta di pannelli di particelle, senza dubbio più economici da spedire sul continente.

"Sono contento che sia venuto", disse l'uomo. La sua voce era dura, tagliente come l'arredamento della stanza, e Colson pensò che si adattava perfettamente alla scena che lo circondava. La frase fu pronunciata in modo staccato, ogni sillaba era tagliata e grondante di sarcasmo. Non era divertente, ma Colson riconobbe almeno il tentativo di umorismo.

"Prego", continuò l'uomo, "entrate. Prima, naturalmente, dovremo *recuperare le* nostre armi".

I volti di Hendricks e Joshua lampeggiarono di rabbia e anche il sorriso di Reggie era scomparso. La squadra di sicurezza che li aveva trascinati fin qui iniziò a confiscare le armi al gruppo. I droni, sempre presenti, si libravano appena fuori dalla stanza di vetro a distanza di tiro, scoraggiando qualsiasi tentativo di fuga.

Dopo aver raccolto le armi e averle ammassate lungo la parete di fondo, lontano dalla bolla di vetro al centro della stanza, il capo delle guardie di sicurezza entrò nella stanza, seguito da Colson, dal resto del suo gruppo e da una seconda guardia. Gli altri due uomini rimasero fuori, rivolti verso la porta di vetro e il corridoio.

"Accomodatevi pure", disse l'uomo con la sua caratteristica voce da serpente. Nessuno si mosse.

"Molto bene. Sarò breve, perché siamo sotto pressione - come avrete sicuramente scoperto - da parte dei cinesi".

Sotto pressione? *Sono sotto* attacco. Colson non era sicuro se l'uomo fosse così lontano dall'azione da essere ignaro, oppure, cosa più probabile per Colson, stesse solo giocando il proprio ruolo all'interno di qualsiasi gioco di cui Colson era diventato una pedina.

"Dobbiamo sapere cosa sa, signor Colson".

Colson fissò l'uomo. Non era sicuro di cosa si aspettasse l'uomo.

"Signor Colson", disse l'uomo dopo un attimo, "mi ha sentito?".

Colson sollevò leggermente il mento, continuando a fissare l'uomo. Annuì.

"Beh, che ne sai tu?".

"Mi... mi scusi? Che *ne so* io?"

L'uomo controllò l'orologio, poi lanciò un'occhiata alla guardia di sicurezza. Colson non era sicuro di cosa significasse, ma non voleva scoprirlo.

"Colson", disse Stokes. "Sa qualcosa della subroutine su cui stava lavorando?".

Colson si acciglià. "Pensavo che ne avessimo già parlato. Intendi il copione del richiamo?".

Per una frazione di secondo l'uomo sembrò sorpreso, come se non si aspettasse che Colson lo dicesse e basta. Ma Colson non era un negoziatore. Non gli piaceva il confronto e di certo non si aspettava di essere in grado di resistere a molte pressioni quando veniva minacciato.

E qui, in questa stanza, con tutti gli occhi puntati addosso, si sentiva *molto* minacciato. Si chiese se qualcuno degli altri membri del suo gruppo fosse arrabbiato per aver appena rivelato questa informazione, ma improvvisamente si rese conto che non gli importava.

Se voglio uscire vivo, devo solo rispondere alle loro domande.

"Colson, ascolta", continuò Stokes. "Quando qualche tempo fa sei venuto da me e hai cercato di parlarci del copione, lo sapevamo già tutti. Ma non sapevamo esattamente *di cosa* si trattasse fino a quando *non* sei stato...". Stokes si è spento e poi è tornato. Aveva gli occhi vitrei, come se stesse trattenendo le lacrime. Fece un cenno all'uomo. "Ho cercato di informarlo, ma non ero sicura di...".

"E *chi* è questo che hai cercato di riempire?". Chiese Ben.

L'uomo accanto a Stokes guardò Ben accigliato. "Stava cercando di aggiornarmi. Il suo *capo*. E tu sei?"

"Bennett", disse Ben. "Harvey Bennett".

L'uomo strizzò un po' gli occhi, come se il nome gli avesse fatto suonare un campanello, ma non fece altre domande.

"Comunque", disse Stokes, "non ero sicuro di come le subroutine funzionassero tutte insieme. Non è forse questa la domanda che ti stai ponendo ora? Come mai sembrano tutte indipendenti l'una dall'altra e non riescono a interagire come dovrebbero?".

Colson annuì. "Sì, esattamente. Sono completamente autonomi e, se non fosse per le variabili globali passate tra loro, non ci sarebbe alcuna parvenza di interconnettività".

"Finché non si inserisce il resto del codice", ha aggiunto Stokes.

"Giusto. Il copione che abbiamo trovato. È l'ultimo pezzo del puzzle e permette a questi componenti individuali di diventare un sistema unificato e connesso".

"Ma *perché* è importante, Colson?". Chiese l'uomo.

Colson sembrava confuso.

"È ovvio", ha detto Stokes. "Ma ha bisogno che tu lo dica. Vuole essere sicuro che noi...".

L'uomo lanciò a Stokes uno sguardo che disse a Colson e agli altri tutto ciò che dovevano sapere sull'equilibrio di potere nella stanza. In breve, non c'era alcun equilibrio di potere. Quell'uomo aveva tutto e loro erano completamente sotto il suo controllo.

La voce di Colson cominciò a tremare. "È... è la macchina definitiva", balbettò. "Il pezzo finale di un puzzle centenario. Come si può creare una macchina che possa davvero, davvero *pensare?* Non si può. Questa è la risposta. Non si può fare con un elaborato programma per computer. Serve qualcosa di più. Qualcosa di *più grande*".

Colson terminò, poi attese la risposta dell'uomo. L'uomo scosse la testa. "Colson, per favore, non trattenere nulla. Se serve, possiamo alzare un po' la posta in gioco". Cercò una pistola nella fondina di una delle guardie di sicurezza. Colson notò che Hendricks, Kyle e Joshua erano tesi, ma rimasero immobili.

Le due guardie alzarono i fucili e puntarono il mirino sul gruppo. Nessuno si mosse, tranne l'uomo davanti al tavolo della sala conferenze. Controllò che la pistola avesse un colpo in canna, poi la sollevò e la puntò alla testa di Stokes.

Lei sussultò e le si formò una lacrima nell'occhio. Colson provò qualcosa che non sentiva da tempo: la sensazione di essere *necessario*. Voleva precipitarsi in avanti e affrontare l'uomo, disarmando in qualche modo lui e le altre guardie, e salvare Angela. Avrebbe voluto ucciderlo, riducendolo in poltiglia con i pugni nudi.

Invece, come al solito, rimase fermo dov'era, con un'espressione idiota di pura inutilità sul volto. Era uno sciocco e un vigliacco.

Jonathan Colson non era in grado di aiutare Angela con la forza fisica più di quanto non lo fosse di dare a quell'uomo ciò che voleva.

"Ve lo chiederò un'altra volta, e *solo* un'altra volta". Rivolse la sua affermazione all'intero gruppo, non solo a Colson. "Cosa sapete del copione del richiamo? Chi l'ha ideato?".

Colson era sconvolto. *Chi l'ha progettato?* "Non capisco davvero il senso di questa domanda. Nessuno *l'ha progettato*, è stato solo...".

"Non fare scherzi con me, Colson!", gridò l'uomo. Colson vide la mano dell'uomo iniziare a tremare. "Qualcuno ha scritto quel copione e qualcuno intende usarlo contro di noi. Intendo scoprire chi è questa persona. È stato lei? Sei stato tu, Colson?".

Colson vide lo sputo che usciva dagli angoli della bocca dell'uomo mentre gridava, e sentì la tensione palpabile nella stanza aumentare a ogni secondo che passava.

Non posso aiutarlo, si rese conto Colson. Non posso *dargli un nome, perché non c'è nessun nome. Il copione non è stato creato da nessuno di noi.*

Scosse lentamente la testa, guardando il pavimento. "Non lo so", disse. "Devi capire che *nessuno* lo sa. Non è stato scritto da noi. Non è stato *scritto* affatto. È..."

"Colson", disse l'uomo, costringendo Jonathan a distogliere l'attenzione dal pavimento per tornare a guardarlo. Aspettò che gli occhi di Colson si incontrassero con i suoi, poi estrasse la pistola e la puntò sulla tempia di Stokes. Appoggiò la canna fredda proprio davanti all'orecchio di lei, a pochi centimetri dall'occhio.

E poi ha premuto il grilletto.

Colson si sentì cadere all'indietro, travolto dal boato fortissimo che riempì la stanza di vetro. Si è schiantato a terra in posizione seduta, atterrando con forza sulla parte posteriore. Il vetro andò in frantumi in fondo alla stanza, mentre il proiettile lo attraversava e proseguiva verso la parete più lontana del livello.

I frammenti di vetro caddero a terra, cospargendo i piedi di Colson che li guardava con orrore.

Angela rimase immobile per quella che sembrò un'ora, con la vita che si spegneva troppo lentamente dai suoi occhi. Si accartocciò verso l'interno e verso il basso, finendo per cadere in un cumulo di sangue rotto sopra il vetro.

Colson mosse la bocca senza successo. Nessuno sforzo fisico che si costrinse a fare fece uscire alcun rumore, e rimase a fissare, attonito, il resto della stanza e il corpo del suo ex capo, mentre i due gruppi entravano in azione sopra di lui.

CHAPTER 31

REGGIE HA VISTO COLSON CADERE quasi contemporaneamente all'esplosione del vetro alla sua sinistra e ha reagito d'istinto.

Si lanciò in avanti, sperando di cogliere di sorpresa almeno una delle guardie. Aveva bisogno che almeno due delle altre reagissero in modo analogo perché il suo piano avventato funzionasse, altrimenti sarebbe stato rapidamente sopraffatto dalle guardie armate e dall'uomo che impugnava la pistola fumante.

Invece, *tutto il* gruppo, tranne Colson, reagì. Ryan Kyle, Hendricks e Joshua caricarono la guardia più vicina a loro, mentre Ben, Julie e la signora E si precipitarono verso l'uomo che aveva appena ucciso Stokes. Vide Ben affacciarsi sia sul corpo seduto di Colson che sul grande tavolo della sala conferenze, colpendo l'uomo al petto con la fronte.

Reggie sentì una piccola parte di sé iniziare a compatire l'uomo che presto sarebbe stato assolutamente schiacciato sotto il peso di un Harvey Bennett incazzato, ma sostituì rapidamente la pietà con una rabbia pura e indomita. Era stato in grado di controllare le sue emozioni per molto tempo, addestrato dai migliori psicologi militari che il denaro potesse comprare, un'abilità che gli era stata richiesta dopo che alcuni eventi lo avevano condotto su una strada che non avrebbe mai più voluto percorrere.

Ma la stessa vecchia rabbia che aveva allontanato da tempo tornò con vendetta, e non c'era nulla che potesse fare per fermarla. Tutto il lavoro che aveva fatto per rimanere equilibrato, calmo e raccolto scomparve. Il sorriso che di solito portava come promemoria e monito a se stesso abbandonò il suo volto.

Reggie, o "Gareth Red", come veniva chiamato, decise in un istante che era giunto il momento di cambiare la struttura della leadership in questa stanza.

La povera anima nel suo mirino era il comandante in seconda della guardia di sicurezza che li aveva condotti a questo livello. Un attimo prima stava puntando il gruppo, pronto a ricevere il segnale del suo capo per iniziare a scatenare l'inferno sul gruppo di fronte a lui.

Ma era giovane e Reggie lo aveva valutato in un istante. Sapeva che quell'uomo non aveva visto molti combattimenti, solo a giudicare dall'età, e Reggie intendeva sfruttarlo a suo vantaggio. Quando la guardia rimase momentaneamente stordita dal rumore degli spari che scoppiavano nell'ambiente ristretto, Reggie era già in movimento.

Mirò al collo dell'uomo, estraendo l'unica arma che aveva con sé: l'orologio, che aveva tolto pochi minuti prima e messo in tasca non appena gli erano state tolte le *altre* armi.

Era di tipo militare, uno dei suoi preferiti da anni, ma in questo momento non gli interessavano le caratteristiche specifiche. Afferrò invece l'estremità dell'orologio, stringendo tra il pollice e l'indice l'estremità appuntita della piccola fibbia. Era uno strumento incredibilmente piccolo e smussato, che si sarebbe piegato facilmente e sarebbe stato inutile contro qualsiasi cosa più pesante di uno stuzzicadenti, ma a lui serviva solo per lavorare una volta.

Alle sue spalle esplosero dei colpi di pistola, ma la parte del suo cervello che lo avvertiva del dolore e del pericolo rimase in silenzio. Non si allontanò dal suo attacco, concentrandosi unicamente sull'eliminazione della minaccia che aveva di fronte.

Reggie sapeva che il collo dell'uomo era la parte più morbida della sua pelle e puntò la mano sinistra verso la parte inferiore del mento, optando per un montante per assicurarsi di avere abbastanza forza dietro l'attacco. Si mosse verso l'alto, con una sorta di strana pompa a pugno eccessivamente entusiasta, e affondò la punta della lama di fortuna di mezzo pollice nella pelle dell'uomo. La sua mano continuò a salire verso l'alto, dando una seconda efficace sorpresa alla testa della guardia, e appena il cranio dell'uomo si infranse contro il vetro dietro di lui Reggie tirò la fibbia dell'orologio lateralmente e verso il basso.

Cercò di mantenere la pressione sul collo dell'uomo, ma con un movimento così rapido era impossibile controllare qualsiasi movimento specifico e complesso. Tuttavia, l'attacco funzionò e il collo dell'uomo si aprì in due mentre cadeva in avanti. La ferita da sola non lo avrebbe ucciso, ma Reggie aveva già spaccato il fucile e glielo aveva tolto dalle mani usando il calcio del palmo, e ora lottava per il pieno controllo dell'arma.

L'uomo cercò di strappare la pistola dalla presa di Reggie, ma sanguinava e soffriva abbastanza da ignorare la lotta per una frazione di secondo e raggiungere il collo. Reggie colse l'occasione per mettere entrambe le mani sulla pistola, spingere la fronte in avanti con un colpo di testa perfettamente eseguito e distruggere il naso della giovane guardia con un colpo che schiacciava il cranio.

Era raccapricciante, ma funzionava. L'uomo perse i sensi, cadendo a terra, e Reggie girò il fucile e prese la mira nella stanza.

Urlò, un urlo di rabbia che riecheggiò nella stanza e sembrò annegare ogni rumore che avrebbe potuto sentire. L'altra guardia di sicurezza, il capo, era in piedi di fronte a lui e stava combattendo con Joshua o Ryan Kyle. Piuttosto che rischiare di colpire uno di loro con un proiettile vagante o che avrebbe sicuramente attraversato il corpo della guardia, Reggie optò per un approccio diverso.

Girò la pistola e la impugnò come una mazza, poi fece un passo indietro e la colpì più forte che poté all'orecchio della guardia. Il colpo si abbatté con un rumore nauseante e la testa dell'uomo cadde di lato.

L'uomo volò a terra, con la testa già danneggiata che andò a sbattere contro la parete di vetro della stanza.

Le narici di Reggie si dilatarono mentre l'adrenalina saliva a mille e lui sollevò di nuovo l'arma per attaccare. Sentì una resistenza e alzò lo sguardo per vedere un braccio spesso che teneva la pistola in posizione sopra la sua testa.

"*Reggie*", disse la voce di Ben. "Reggie..."

Reggie rimase immobile per un momento, cercando di capire cosa fosse appena successo. Abbassò lentamente la pistola sul fianco e si guardò intorno nella stanza. Entrambe le guardie ai suoi piedi erano morte, mentre le due fuori dalle pareti di vetro erano state colpite e stavano sanguinando sul pavimento. L'uomo che aveva ucciso Stokes non era in vista.

Ryan Kyle lo stava fissando, ma Reggie notò la sua mano appoggiata di proposito sulla pistola. *È pronto a farmi fuori se vado su tutte le furie.*

Joshua e Ben avevano gli occhi spalancati, ma non erano interessati. Julie si era messa una mano sulla bocca, ma la signora E aveva l'inizio di un sorriso sul volto. Colson non si era mosso ed era seduto a terra con la faccia di pietra e lo sguardo fisso davanti a sé. Hendricks, l'unico uomo nella stanza più alto di Reggie, lo guardava leggermente dall'alto verso il basso con un piccolo cipiglio sul volto.

"Stai bene? Vieni giù, figliolo", disse Hendricks.

Reggie strinse gli occhi per un attimo, respingendo il resto delle emozioni che si erano accumulate dentro di lui. Non si sentiva così da molto tempo e questo gli fece ricordare troppe cose in troppo poco tempo.

Gli ha fatto pensare a *lei*.

La sua ex moglie, la donna dei suoi sogni, che conosceva da quasi vent'anni.

Ormai era fuori dai giochi, ma aveva ancora un posto fisso nella sua mente. Non aveva mai capito bene perché questa sorta di rabbia lo portasse a pensare a lei, ma d'altra parte *qualsiasi cosa* gli venisse in mente poteva ricordargliela.

Non la vedeva da anni, ma non importava. Non appena Stokes era stato colpito, aveva sentito l'ondata di rabbia colpirlo come un camion, e lei era lì. Lo guardava, lo *incitava*, e lui ha combattuto. Reagì d'istinto, un assassino addestrato che finalmente poteva uscire dalla gabbia.

Ora due soldati erano morti, il loro sangue si era accumulato intorno agli stivali di Reggie, e il resto del gruppo sembrava terrorizzato proprio come la guardia prima di morire.

"Red, è finita", disse Hendricks. Reggie sentì la mano dell'uomo sulla spalla. "Ottimo lavoro, ma d'ora in poi moderiamo un po' i toni, capito? Abbiamo bisogno che tu funzioni come un normale essere umano, non come Rambo".

Reggie annuì. "Mi dispiace per questo. È..." non sapeva cosa dire. *Cosa, esattamente?*

"Non c'è bisogno di spiegare, Red", disse Hendricks. "La sua valutazione psichiatrica è stata chiara sui suoi problemi di rabbia del passato. *Capace di aggressioni estreme, anche se rare. Il paziente ha dimostrato di essere in grado di bilanciare la reazione emotiva con il ragionamento logico*".

Reggie si girò per guardare Hendricks. "Hai letto la mia *valutazione psicologica?*"

"Certo che sì, figliolo", disse Hendricks. "Ho letto tutti i tuoi. Pensi che mi chiuderò in una ghiacciaia con un gruppo di pazzi?

Questa non è una nave pirata. Non ci sono ammutinamenti, né votazioni per i capitani. Odio le sorprese".

"Cosa intendi con "di *tutti gli altri*"? Io non sono un militare", disse Ben. "E nemmeno Julie".

Hendricks annuì. "Questo non significa che non ne abbiamo compilato uno al meglio delle nostre possibilità. Dopo l'incidente delle Amazzoni siete stati tutti interrogati da un team di professionisti. Ve lo ricordate? Composto da alcuni militari e da altri che erano 'interessati' alla vostra piccola incursione nella giungla? Erano psicologi, Bennett".

Ben guardò Joshua. Scrollò le spalle. "Non mi sorprende", disse Joshua. "La compagnia fa la stessa cosa dopo le missioni, anche con il personale non militare. È il modus operandi e probabilmente anche un po' di CYA".

"Come ho già detto", ha detto Hendricks, "*odio le* sorprese. Voglio sapere con chi sto lavorando. Avete tutti fatto il check-out, quindi sentitevi lusingati".

Reggie si sentì tutt'*altro che* lusingato. Si sentiva tradito e ingannato. Ricordava il piccolo battibecco tra Hendricks e Joshua, e come Joshua avesse accettato con riluttanza di fare da secondo piano rispetto alla leadership di Hendricks. Reggie si chiedeva ora se ci fosse qualcosa di più in quell'uomo, qualcosa che non stava dicendo a tutti.

Qual è il gioco? Pensò a tutte le opzioni, ma solo due scenari avevano senso. Potevano affrontare Hendricks adesso e cercare di farlo confessare e mostrare le sue carte, ma prima avrebbero dovuto affrontare Ryan Kyle *e la* signora E. E anche in quel caso, Hendricks non avrebbe consegnato le informazioni in suo possesso senza combattere, e forse nemmeno dopo aver perso.

Oppure potevano aspettare. Finora Hendricks aveva dimostrato di essere dalla loro parte, anche se era un po' burbero. Non la pensavano allo stesso modo su tutto, ma Reggie non aveva la sensazione che Hendricks fosse un cattivo ragazzo. Se avessero mantenuto lo status quo, avrebbero potuto portare a termine la missione e consegnare qualsiasi cosa servisse al marito della signora E, per *poi* affrontare Hendricks.

Quest'ultima sembrava una strategia molto più sicura, anche se Reggie odiava lasciare qualcosa di non detto. Era entusiasta del confronto e a volte lo cercava solo per il puro divertimento di farlo, ma qualcosa gli diceva che Hendricks non si sarebbe fatto trascinare in nessun gioco meschino. Hendricks era qui per un motivo - tutti lo erano - e in questo momento, in questo momento, Reggie sapeva che erano dalla stessa parte.

Così decise di giocare d'anticipo. Reggie avrebbe fatto la sua parte per tenerli tutti in vita, ma avrebbe comunque tenuto d'occhio Hendricks. Quest'uomo aveva dimostrato di essere pieno di risorse, di tenere le carte coperte e di non preoccuparsi se il resto della sua squadra lo apprezzasse o meno. Poteva essere una risorsa, ma poteva anche farli cadere in una trappola.

"Dov'è il tizio che ha ucciso il tuo capo?". Reggie chiese a Colson.

Colson impiegò qualche secondo per spostare l'attenzione dal muro lontano a Reggie, ma si limitò a scuotere la testa una volta. "È... scappato".

"È scappato dal retro della stanza. Il pannello di vetro dietro di lui è in realtà una porta", disse Kyle. Reggie notò alcune crepe da ragnatela sul vetro, ma anche due cerniere quasi invisibili sul bordo del pannello. "Anche il vetro è robusto. Non sono riuscito a sparare prima che l'altra guardia cercasse di attaccarmi".

"Non possiamo fare altro che pensare a cosa fare dopo", ha detto Hendricks. "Noi..."

"*Sappiamo* cosa fare dopo", disse Reggie. Fissò il corridoio che li circondava fuori dal vetro bucherellato. "Dobbiamo trovare quell'uomo".

CHAPTER 32

"MONSIEUR VALÉRE, *I CINESI - Al complesso. - Non deve - a tutti i costi".*

Valére sorseggiò una bottiglia d'acqua e si appoggiò il più possibile alla dura parete metallica. Era legato a una sedia scomodissima, nient'altro che una panca piatta con alcune cinghie da carico. Si sentiva come un pacco dimenticato, perennemente in viaggio verso una destinazione lontana.

"- Mi hai letto? Valére?"

Francis Valére non sopportava le interruzioni del telefono. Apprezzava la tecnologia, e in particolare i suoi *miglioramenti*. La sua azienda era stata responsabile di alcuni straordinari progressi nel campo dell'informatica, ma era costantemente deluso dalla mancanza di apparecchiature di telecomunicazione affidabili che si trovava a utilizzare.

Scosse il telefono e lo picchiettò sulla gamba. Non *mi importa se sei a migliaia di chilometri di distanza sotto mille metri di ghiaccio,* pensò. *Cerca di capire come far funzionare questa connessione.*

"Non riesco a capirla", disse. "La prego di ripetere l'ultima frase".

"...I cinesi non devono trovare l'array. Dobbiamo proteggerlo a tutti i costi".

"Sì, questa è la missione", disse Valére. "Allora qual è il problema?".

"Signore, sono all'interno *del - Angela Stokes è morta, e c'è - gruppo".*

"Mi scusi, ha detto che c'è un *altro* gruppo?".

"Sì, signore. Ho riconosciuto Joshua Jefferson dagli archivi della compagnia".

Valére tremò fisicamente, sia per le medicine che per la frase appena pronunciata, forte e chiara, dalla voce all'altro capo del telefono.

Joshua Jefferson. L'uomo che gli aveva causato tanti problemi e tanti *soldi.* Valére aveva manovrato bene per assumere il controllo della maggior parte delle operazioni dell'azienda, e l'acquisizione di una nuova tecnologia biologica creata da una società brasiliana era il passo finale di una lunga catena di eventi che aveva messo in moto anni prima. Si stava avvicinando alla fine di questo viaggio e Joshua Jefferson era l'uomo che gli avrebbe consegnato la ricerca.

Invece, Jefferson lo aveva tradito. Aveva abbandonato completamente i suoi uomini per farli morire nella giungla, aveva ucciso il suo stesso fratello e aveva fatto del suo meglio per garantire che la compagnia non avrebbe mai trovato la ricerca che stava cercando.

Fortunatamente Valére disponeva di altre risorse all'epoca e il suo team in Antartide riuscì a mettere insieme la maggior parte dei dati frammentari che aveva recuperato dall'azienda. Erano incompleti, ma i suoi scienziati avevano abbastanza creatività per colmare le lacune. L'array su cui stavano lavorando traeva grande beneficio dalla ricerca e dalla nuova tecnologia, ed era solo questione di tempo prima che fossero in grado di realizzare un prototipo.

Ora Valére si stava recando lui stesso in Antartide, per partecipare alla fase finale dei test. Aveva chiesto la disattivazione completa e l'evacuazione della stazione, lasciando sul posto solo le squadre di sicurezza. Sapeva che c'era un contingente cinese nelle vicinanze e che aveva marciato sulla stazione, ma si aspettava che sarebbe stato affrontato prima del suo atterraggio. Era andato su tutte le furie quando aveva saputo che i cinesi avevano intercettato le sue comunicazioni e scoperto la stazione, ma quello era un problema che non poteva essere affrontato ora. Erano qui e stavano cercando di accedere alla sua creazione. Sperava che le squadre di sicurezza che aveva ordinato alla base fossero capaci.

La sua squadra era scarsa: tre uomini che aveva personalmente esaminato e con cui aveva lavorato in precedenza, uomini di cui sapeva di potersi fidare per la sua sicurezza. Era un pacifista per natura, ma Valére conosceva bene il lato negativo dell'essere pacifista in una società amante della guerra. Aveva bisogno di protezione, anche solo per poter portare a termine il suo lavoro.

Riaggiustò il telefono e lo rimise all'orecchio. "Ho capito. Grazie. La prego di assicurarsi che la minaccia sia annullata entro il mio arrivo".

L'uomo all'altro capo cercò di argomentare qualcosa di banale, ma Valére si era già mosso per riattaccare. Guardò il capo dei tre uomini che aveva portato con sé, fece un rapido sorriso e annuì. Quell'uomo non era un idiota. Sapeva che Valére non era contento, ma sapeva anche che non doveva chiedere spiegazioni. Avrebbe fatto il suo lavoro, anche se lo avesse portato alla morte.

Valére era quasi certo che sarebbe stato così, e si sentiva leggermente confortato dal pensiero che avrebbe raggiunto l'uomo lì.

CHAPTER 33

"OK, allora scendiamo al livello del server", disse Julie. Ben notò la calma e la freddezza con cui Juliette stava gestendo la situazione e cercò di prendere in prestito la sua forza. Dentro di sé, però, si sentiva tutt'*altro che* calmo. Non desiderava altro che scagliarsi come aveva fatto Reggie, puntando la sua ira contro una delle numerose guardie o soldati cinesi presenti nella stazione.

Una reazione del genere, però, non sarebbe stata utile ora. Reggie aveva reagito in un momento in cui proprio una reazione del genere era necessaria per sopravvivere, e ci era riuscito. Le quattro guardie erano morte e loro erano tutti vivi. L'uomo che aveva sparato al capo di Colson era fuggito, ma considerando che non avevano subito perdite durante la colluttazione, Ben era soddisfatto. Dovevano trovarlo, ma al momento avevano questioni più urgenti.

"No", disse Ben. Aspettò che tutti gli altri nella stanza lo guardassero prima di continuare. "No, non possiamo correre dietro a lui. Per quanto ne sappiamo, è una pedina. Solo un manager di basso livello dell'azienda. Joshua, l'hai riconosciuto?".

Joshua scosse la testa. "No, non l'ho fatto. Ma questo non significa molto. Ero stato assunto come appaltatore, per contribuire alla loro 'negabilità plausibile' nel caso in cui si fosse presentato il caso. Ma questo significava che ero piuttosto lontano dalle operazioni quotidiane dell'azienda. Mio padre... probabilmente avrebbe saputo chi era quell'uomo".

Joshua Jefferson fece una pausa quando nominò suo padre, ma non si lasciò fermare. Continuò a spiegare a Ben ciò che sapeva della struttura dell'azienda che stavano cercando. "Lavorava a distanza, ma viaggiava molto e aveva un ufficio in Canada, insieme ad altri dirigenti. È stata l'ultima volta che l'ho sentito, probabilmente nel periodo in cui tu e Julie eravate a Yellowstone".

Hendricks interviene. "Cosa c'entra questo con la situazione *attuale*, figliolo?".

Joshua gli lanciò un'occhiata, ma tornò subito a rivolgersi al resto del gruppo. "Ha alluso alla costruzione di una stazione qui sul continente. Non ha mai detto "Antartide", ma ho capito che stava andando in un posto freddo. E fuori dalla rete".

Ben parlò di nuovo. "Quindi tuo padre forse lavorava con l'uomo che abbiamo appena conosciuto?".

"È possibile".

"Allora, dobbiamo cercarlo?". Chiese la signora E.

Ben scosse la testa. "No, è quello che stavo cercando di dire. Dobbiamo mantenere la rotta, credo. Capire cos'è che Mr. E vuole che recuperiamo, e poi andarcene. E se abbiamo la possibilità di eliminare questa società una volta per tutte, mi piacerebbe provarci".

"Sia tu che io", disse Julie.

"Beh, non abbiamo il tempo di perdere tempo con entrambi gli obiettivi", ha detto Reggie. "I cinesi ci stanno puntando addosso e probabilmente è solo grazie a quei 'droni infernali' che non ci stanno sparando addosso in questo momento".

"Quindi dobbiamo raggiungere la sala server", disse Julie. "Proprio come prima. È quello che stavo dicendo. Questo tizio o ha un jet personale e un biglietto per andarsene da qui prima che si scateni il finimondo, oppure si nasconde da qualche parte sulla stazione. Non importa. La nostra missione è la stessa di sempre: dobbiamo trovare la sala server, poi trovare qualsiasi computer in grado di interagire con il mainframe e ottenere ciò che Mr. E vuole".

Hendricks e Kyle annuirono. "È quello che mi sembra sensato". Entrambi gli uomini stavano controllando le armi delle guardie morte e combinando i caricatori delle armi che erano state loro sottratte.

Julie sorrise.

"Ecco cosa non va", ha detto Hendricks, distribuendo al gruppo fucili e pistole. "*Come facciamo ad* arrivare laggiù? Siamo ancora più in alto rispetto alla caserma e quel livello è *sotto di* noi?".

"Giusto", disse Colson. Finalmente si era deciso a rialzarsi e si era appoggiato al tavolo della sala conferenze con un braccio teso. "Circa *sette livelli* sotto di noi".

"E ci sono truppe cinesi e guardie di sicurezza che combattono per il controllo di tutti i livelli tra di noi", ha detto Hendricks.

"Esattamente".

"Allora dicci come arrivare laggiù", disse Hendricks, guardando direttamente Colson.

"E... mi scusi?". disse Colson, rabbrividendo.

"Tu sei quello che ha lavorato qui. Hai la competenza, quindi dicci qual è il modo più veloce per arrivare al piano di sotto".

Ben osservò l'espressione di Colson cambiare da quella di soddisfazione a quella di sgomento. Pensava che Colson fosse un vero spreco d'uomo, una persona completamente incasellata in una specifica abilità che era quasi buffo immaginare che facesse qualcos'altro. Ben aveva conosciuto alcune persone come Colson: erano esilaranti da guardare mentre annaspavano nei loro lavori mal scelti, incapaci di portare a termine anche il più semplice dei compiti.

Come guardiaparco, Ben di solito non dava loro nemmeno l'opportunità di mettersi alla prova. Era più interessato a portare a termine il lavoro che doveva fare, senza assumersi l'onere di addestrare altri uomini che non sarebbero mai stati abbastanza capaci da restare. Erano brave persone, ma non dipendenti di valore. Ben non era il tipo di persona che si preoccupava abbastanza del loro successo futuro da spendere il proprio impegno per formarli e insegnargli.

Quando Colson si trovò di fronte a tutti loro, l'unico uomo in grado di aiutarli a raggiungere il loro obiettivo, Ben provò sgomento. Sapeva che Colson era fuori dal suo elemento. Non aveva capacità di comando, né esperienza sul campo di battaglia, né una parvenza di conoscenza utile da usare per uscire da una situazione difficile con MacGyver.

E questa, Ben lo sapeva, era una situazione spinosa.

C'era un intero esercito di soldati cinesi pronti a uccidere qualsiasi cosa si muovesse all'interno della stazione, e i rinforzi delle guardie di sicurezza, molto migliorati, stavano ora cercando specificamente il suo gruppo, e l'unico uomo in grado di fornire informazioni e conoscenze sull'ambiente circostante era un uomo di cui non si sarebbe fidato nemmeno per cambiare una gomma bucata.

"Colson, per favore", disse Julie all'improvviso. Ben guardò alla sua sinistra e trovò Julie in piedi, con un'espressione preoccupata sul volto. "Devi aiutarci".

L'espressione di Colson continuava a cambiare, come un disegno caricaturale dell'intero spettro delle emozioni umane. Il suo volto si illuminava quando lei parlava, come se fosse la prima donna che gli avesse mai rivolto la parola, poi si abbassava con la consapevolezza della sua inutilità e infine si adagiava in una tonalità sconsolata e spezzata. "Mi dispiace", disse, quasi sussurrando. "Conosce la strada. Scale o ascensore, ma entrambi saranno...".

"Non mi interessa farmi sparare più del necessario, Colson", disse Reggie. "Ci deve essere una via d'uscita che non includa i percorsi più ovvi attraverso questa base. Scale, ascensore, entrambi saranno già pesantemente sorvegliati".

"È il modo più rapido per raggiungere i livelli inferiori".

"E il modo *più lento*?" Chiese Julie.

Colson si accigliò.

"Sul serio, amico. Sei davvero così ottuso?". Disse Kyle. Per un uomo che era sembrato completamente privo di emozioni, Ben fu sorpreso dal suo improvviso sfogo.

"Colson, c'è *un altro* modo per scendere?". Chiese Hendricks.

Colson fece una pausa. "No. Non all'interno. Ci sono delle scale e ci sono...".

"E *fuori*?"

"Fuori?"

"Hai detto 'non dentro'. Possiamo uscire di nuovo?". Chiese la signora E. "E che dire del modo in cui siamo entrati, attraverso le bocchette?".

In quel momento Ben notò due cose. In primo luogo, Colson sembrò perdere completamente il controllo delle sue espressioni facciali, mostrando nient'altro che puro terrore al pensiero di viaggiare all'esterno, attraverso le bocchette, per raggiungere i livelli inferiori. In secondo luogo, Ben udì l'inconfondibile suono degli spari che rimbalzavano sulle pareti e nella camera interna in cui si trovavano. Una linea di segni di punteruolo cospargeva il vetro davanti al quale Ben si trovava, e l'arco terminava in un punto spaventosamente vicino alla testa di Ben.

CHAPTER 34

"ALLONTANATEVI DALLE MURA!" Hendricks gridò, reagendo immediatamente al rumore dell'attacco. "Dobbiamo trovare una stanza lontana dai vetri".

Senza aspettare gli altri, attraversò di corsa la porta a vetri sul retro della sala conferenze e si diresse verso un'altra porta aperta nelle vicinanze, lungo il bordo del piano. La signora E, Kyle e Joshua iniziarono a seguirlo, così Ben afferrò la mano di Julie e si diresse in quella direzione. Scorse Reggie nelle vicinanze, ancora con gli occhi spalancati dopo il suo raptus di violenza, ma Ben non si fermò a chiedergli se avesse bisogno di aiuto.

Hendricks si girò nella stanza e scomparve, e Ben guardò gli altri fare lo stesso. Sapeva che la stanza doveva essere abbastanza grande da nasconderli tutti, ma si chiedeva se fosse sicura. Non aveva sentito spari per qualche secondo e pensò che significasse che i cinesi avevano eliminato ogni minaccia di attacco e stavano entrando nel loro livello. Se era così, significava che avevano solo pochi secondi prima di essere arrestati.

Quando Ben entrò nella stanza proprio davanti a Reggie, vide che Hendricks aveva già iniziato a lavorare sulla grata di ventilazione del soffitto. Non avendo il tempo di allentare lentamente le viti con un coltello, aveva semplicemente incastrato l'estremità della lama in una delle lamelle e aveva fatto leva finché la grata non si era aperta. Passò ancora qualche secondo a torcere la grata e a liberarla dalle viti di fissaggio, poi gettò il pezzo di metallo in un angolo della stanza, dove cadde con un suono fragoroso.

Fece una pausa, poi si voltò verso Colson. "Ha idea di dove vada a finire?", chiese.

Colson scosse la testa, ma Ben notò che l'uomo si alzò più dritto, con le spalle un po' indietro. "Non esattamente. So però che non è collegato ai livelli inferiori".

Hendricks aggrottò le sopracciglia ma continuò a lavorare, prendendo una sedia dalla parete esterna della stanza e posizionandola proprio sotto il buco nel soffitto. "Kyle, Jefferson, voi due attraversate il corridoio là fuori e assicuratevi che non entri nessuno. E e Red, fate lo stesso da questa porta". Smise di fare quello che stava facendo e li guardò. "Capito?"

Tutti annuirono e Ben, Julie e Colson rimasero in piedi mentre gli altri si affollavano intorno a loro e uscivano dalla porta. Ben sentì subito gli spari rimbalzare sulle pareti: i proiettili del nemico avevano trovato ancora una volta la camera di vetro che fungeva da barriera al centro del livello. Joshua rispose al fuoco mentre Ryan Kyle correva verso una stanza di dimensioni simili dall'altra parte del corridoio. Il corridoio era in realtà solo una piccola area aperta che conduceva alla sala conferenze chiusa a vetri da un lato e all'uscita del livello dall'altro. La stanza in cui si trovavano era addossata alla parete del livello, come dimostrano le solite bolle piene di liquido che formavano la membrana interna dell'intera stazione.

Sentì il tintinnio dei proiettili che si conficcavano nel vetro antiproiettile e la risposta immediata delle armi di Kyle e Joshua. Ben sapeva che era solo una questione di tempo - o di potenza di fuoco - prima che le pareti si rompessero e cadessero e loro fossero di nuovo vulnerabili, colti allo scoperto. Sperava che qualsiasi piano Hendricks e Colson stessero discutendo li avrebbe portati in un posto più sicuro.

Guardò Reggie e la signora E in piedi, fermi sulla porta della stanza in cui si trovavano. Ognuno di loro era rivolto in una direzione opposta, in attesa di un attaccante invisibile. Nessuno dei due aveva ancora sparato, conservando le munizioni mentre Kyle e Joshua tenevano a bada il lento flusso di forze nemiche. Finché le squadre dei cinesi e delle guardie di sicurezza inviavano uno o due uomini alla volta, Ben pensava che avrebbero avuto una possibilità di combattere.

"Cosa vuol dire 'non si collega'?". Chiese Hendricks.

"Beh, i due livelli più bassi, l'8 e il 9 - in realtà, dato che ora sappiamo che c'è un livello 10, i *tre* livelli più bassi - sono ventilati direttamente all'esterno, poiché non hanno gli stessi requisiti di temperatura del resto della base. Il 9 e il 10 funzionano meglio a freddo, in quanto si risparmia sull'enorme fabbisogno di energia per raffreddare i supercomputer in funzione laggiù, utilizzando semplicemente l'aria esterna, e anche la manutenzione e il magazzino dell'8 non hanno bisogno di molto calore. La stazione è in realtà come due strutture separate, una per l'occupazione umana e una per i computer e i magazzini".

"E un allevamento di cadaveri refrigerati", aggiunse Reggie alle sue spalle. Ben osservò l'espressione di Julie, con un evidente "non è utile" sul suo volto. Reggie dava ancora le spalle alla stanza, rimanendo in piedi sulla porta con la signora E per continuare a sorvegliare le minacce.

"Non sono cadaveri", disse Colson. "Almeno, io non ero morto".

"Preso nota", disse Hendricks, cercando di riorientare l'attenzione di tutti. "Quindi siamo stati fortunati a trovare il condotto che abbiamo trovato. Su questo livello non c'è un condotto che porti all'esterno, quindi siamo bloccati all'interno della base".

Colson sorrise. "Beh, è quello a cui stavo pensando. Quando la signora E ha parlato di uscire all'esterno, inizialmente ho pensato che non avrebbe funzionato. Come ha detto lei, questo condotto non va all'esterno".

"Ma?"

"*Ma* ci *avvicinerà* ai livelli inferiori. Come ho già detto, si tratta di due stazioni distinte, una sopra l'altra. Una volta, quando sono stato assunto, ho visto un progetto di massima. Le condutture qui sopra sono tutte interconnesse, quindi l'aria si disperde bene in tutta la stazione e ha un modo per essere espulsa, almeno fino al mio ufficio al settimo livello. *Un altro* sistema, la sezione che avete trovato, farà circolare e sfiatare l'aria solo nei due livelli inferiori e anche all'esterno, per mantenere entrambi i livelli sufficientemente freddi".

"Ma non sono collegati", ha detto Julie. "Quindi, anche se arriviamo al livello di... cos'era? Manutenzione e magazzino? - Non possiamo usare l'ascensore o le scale per scendere di un altro livello fino alla sala server".

Colson alzò un dito. "Ma c'è un condotto *di aspirazione* al settimo livello. Non è collegata a nient'altro; si limita ad aspirare l'aria dall'esterno, a riscaldarla e a mandarla su e nella base. È - credo, comunque - l'unica presa d'aria".

"Come fai a sapere che è per l'assunzione?".

"L'ho chiesto una volta. Al livello 7 c'è la mia scrivania e il condotto di aerazione passa proprio vicino ai miei piedi quando sono lì sotto. L'aria è estremamente calda e non riuscivo a capire perché".

Hendricks pensò per un attimo. "Ok, potrebbe funzionare".

"*Cosa* potrebbe funzionare?" Chiese Julie.

Ben dovette concordare con Julie: si era perso. "Sì, devo ammettere che non mi piace arrampicarmi negli spazi stretti", disse. "Pensavo che fosse una cosa da fare una volta sola".

Hendricks fece un rapido sorriso, poi tornò ad essere stoico. "Dobbiamo raggiungere il livello 9: è la sala server e la nostra migliore possibilità di prendere i dati su cui Mr. E vuole mettere le mani. Le uniche vie di accesso per gli esseri umani saranno bloccate, quindi l'unica possibilità che ci rimane è quella di calarci nel sistema di ventilazione, sbucare al livello 7, poi uscire all'esterno attraverso il condotto di aspirazione, rientrare un livello più in basso e siamo dentro".

A Julie cadde la bocca. "Non è possibile che questo...".

"*Deve* funzionare", ha detto Hendricks.

Hendricks e Ben discussero ancora un po' del piano. Ben ebbe l'impressione che Hendricks ne parlasse ad alta voce solo per essere sicuro di non aver dimenticato alcun dettaglio; non era veramente interessato a tutto ciò che Ben aveva da aggiungere alla discussione.

Ascoltò gli spari, ma non sentì nulla. Le due forze nemiche erano probabilmente impegnate l'una contro l'altra in un altro punto della stazione, su un altro piano, e lui era contento che il loro gruppo non fosse al centro dell'attenzione per un po'. Era rimasto impressionato dalle prestazioni di tutti coloro con cui si trovava finora, ad eccezione di Colson, ma anche lui sembrava essersi svegliato dal suo compiacimento e si stava calando nel ruolo di guida turistica e di esperto della stazione.

"Andiamo avanti, allora", sentì dire a Hendricks. "Può dirci qualcos'altro sulla presa d'aria? O sul resto del sistema di ventilazione?".

"Mi dispiace", disse Colson. "L'ho visto solo di sfuggita, e anche in quel caso si trattava di un semplice schizzo".

"Non importa. È la nostra migliore possibilità", disse Hendricks. "Raduniamo tutti gli altri e...".

Attenzione, personale di sicurezza", ha esordito la voce della donna computerizzata. *"Si prega di recarsi al livello 2 per la resistenza alle minacce".*

CHAPTER 35

JULIE GUARDÒ BEN, che stava fissando il piccolo altoparlante del citofono sul soffitto, accanto al condotto aperto. Il messaggio iniziò a ripetersi e lei gli afferrò il braccio.

"Chi ci ha trovato qui deve aver allertato il resto della stazione. Siamo noi la 'minaccia', giusto?".

"O noi o i cinesi", ha detto. "Ma assicuriamoci di non essere nei paraggi quando arriveranno". Ben lanciò un'occhiata a Hendricks. "Sei pronto?"

Lui annuì, poi si sollevò verso la bocchetta del soffitto. Julie fu impressionata dalla forza della parte superiore del corpo dell'uomo più anziano, che fece sembrare il movimento facile.

Hendricks chiamò Ben, che prese la mano di Julie e la condusse alla sedia. L'aiutò ad alzarsi e la sua mente tornò a un'analoga fuga da una stanza d'ospedale, quando si conoscevano appena. Lui l'aveva baciata allora, per la prima volta. Lei sentiva lo stesso calore di quel momento e, dopo essere stata aiutata a salire nel condotto, guardò Ben, sperando di prolungare il più possibile quel momento.

Stava già aiutando Colson ad alzarsi e ad entrare nel condotto, urlando contemporaneamente a Ryan Kyle e Joshua di unirsi a loro mentre il gruppo entrava nel sistema di ventilazione.

"Vieni giù, Juliette", disse Hendricks, tirandola delicatamente verso di sé. Lei si strinse a lui, notando che il condotto era sorprendentemente ampio e non così claustrofobico come il primo che avevano attraversato quel giorno. Continuò a strisciare e raggiunse un bivio nel percorso del condotto. Il passaggio rettangolare di metallo si divideva proprio davanti a lei, con un percorso che andava a destra e a sinistra e uno che scendeva direttamente.

Ancora una volta, spari e grida si levarono da appena fuori le pareti del condotto d'aria. Julie si tese, aspettandosi che i proiettili squarciassero il sottile metallo esterno e si conficcassero nel suo corpo, ma sapeva che gli spari non erano diretti a lei. Sentì invece la voce di Kyle gridare verso l'alto e verso il condotto, rimbalzando su ogni parete fino a raggiungere le sue orecchie. Era forte, addirittura rimbombante. Il volume da solo l'avrebbe spaventata, ma fu il contenuto del messaggio di Kyle a farle venire un brivido nelle ossa.

"Sono dentro! Muovetevi lungo quel pozzo! Sbrigatevi!"

Valutò freneticamente le opzioni, sapendo che la scelta giusta era la più difficile. *Dritto verso il basso,* pensò. La luce fioca che proveniva dall'apertura dietro di lei e che si era insinuata nel condotto non raggiungeva le profondità del pozzo verticale a un metro davanti a lei. Era buio pesto, ogni residuo di luce scompariva completamente dopo tre o quattro metri di profondità.

E questa è la strada che dobbiamo percorrere, pensò.

"Juliette! Cosa stai aspettando?" Hendricks ringhiò da dietro.

Sentì Kyle confermare la sua presenza mentre lui, l'ultimo del gruppo, entrava nel condotto, ma le sue parole erano confuse e incomprensibili, nient'altro che un'eco quando lei le sentì.

"Va tutto bene, Jules", disse la voce di Ben. "Sono proprio dietro di te".

Julie non sapeva quando Ben fosse arrivato proprio dietro di lei, ma le dava un po' di forza sapere che era lì.

Fece un respiro profondo, come se si preparasse a un tuffo, poi scivolò in avanti, con i piedi appoggiati alla parete opposta. Conosceva il movimento corretto - mantenere una solida pressione sulle pareti con la schiena e i piedi e "camminare a granchio" lungo il pozzo - ma questo non rendeva più facile realizzarlo.

Lentamente e deliberatamente, un passo alla volta di una lentezza straziante, lasciò che il peso del suo corpo la trascinasse verso il basso, nel condotto d'aria verticale. Voci soffocate provenienti dall'esterno del condotto commentavano l'una con l'altra la posizione del gruppo contro cui avevano sparato solo pochi secondi prima. Si chiese quanto tempo avessero prima di scoprire il condotto aperto sul soffitto e la loro via di fuga.

Julie fece altri due lenti passi verso il basso.

Pensò a cosa sarebbe successo se avessero trovato il suo gruppo, rannicchiato nella sezione orizzontale dei condotti, in attesa del loro turno di discesa. Non sarebbero stati in grado di difendersi.

Il pensiero la spinse ad accelerare e questa volta tirò il piede ancora più in basso, sperando di recuperare il tempo perduto. Lo piantò, spinse verso il basso e verso l'esterno con il tallone, bloccandolo in modo da poter far scivolare la schiena e le mani verso il basso.

Poi il piede destro le scivolò via da sotto e rimase per un attimo a penzolare sotto di lei. Gli occhi si aprirono di scatto, non trovando alcuna luce che le desse un senso di sicurezza, e le mani spinsero ancora più forte sulle pareti laterali. Il piede sinistro cercò di compensare, ma il carico maggiore era troppo pesante.

Sentì la terrificante consapevolezza di ciò che sarebbe accaduto una frazione di secondo prima che accadesse.

Il piede sinistro cadde e le mani cercarono invano di sostenere tutto il corpo. Urlò, una reazione davvero involontaria all'imminente sensazione di assenza di peso.

E poi è caduta.

CHAPTER 36

REGGIE SENTÌ JULIE GRIDARE, poi Ben urlare e infine il rumore di una mano che sbatteva contro una parete metallica. Tutto questo accadeva nell'oscurità del pozzo verticale in cui si trovavano, proprio dietro Ben e la signora E.

Entrambi avevano superato Hendricks nel tratto orizzontale, mentre lui aspettava il resto del gruppo, e quando lui scese nel tratto verticale dopo la signora E, Julie cadde.

Il cuore di Reggie cominciò a battere forte, ma le sue orecchie si drizzarono naturalmente. Aspettava, sperava, di sentire un altro schianto più forte, e un attimo dopo lo sentì. Il corpo di Julie colpì il pavimento metallico del condotto con un tonfo, seguito immediatamente da un piccolo guaito. Lei gemette, poi richiamò gli altri.

"Io... io sto bene", disse lei, con la voce tremante. "Credo. Sono solo atterrata sui talloni, ma il metallo era abbastanza sottile da avere una certa elasticità. È solo una decina di metri. Deve essere il livello successivo, un altro pozzo orizzontale".

Hendricks le gridò. "Probabilmente questi livelli sono stati costruiti uno alla volta, sfruttando i contorni naturali della scogliera proprio all'esterno, quindi le bocchette e i condotti devono avere dei movimenti a gradini".

"Allora preferisco non cadere più dalle 'scale', se posso evitarlo", ribatté Julie.

"Riesci a vedere qualcosa?"

"C'è un po' di luce che entra dalle fessure di alcune bocchette più in basso, proveniente dalle luci di questo livello, ma è tutto. È difficile vedere il resto del percorso".

Reggie continuò a scendere, tenendosi le mani e le ginocchia nel caso in cui Julie fosse caduta a causa di un punto scivoloso che stava per scoprire. Ben e la signora E dovevano essere quasi arrivati alla posizione di Julie, ma lui non riusciva a vedere nulla.

"Dobbiamo continuare a scendere", ha detto Hendricks. "C'è un'altra sezione verticale vicina?".

Julie all'inizio non rispose, e Reggie sentì un suono di rimescolamento mentre strisciava in avanti nella sezione orizzontale per scoprire la risposta. "Sì, credo che sia questo", disse. "È buio, ma sembra un tunnel delle stesse dimensioni di quello che abbiamo appena percorso".

"Questo è il nostro passaggio, allora. Vai avanti - siamo proprio dietro di te".

Reggie arrivò in fondo al pozzo verticale e vide la fonte di luce a cui Julie si riferiva. Ce n'era abbastanza per distinguere la sagoma della signora E, che si stava già preparando a scendere nella sezione verticale a circa un metro e mezzo di distanza. Non vide Ben o Julie, il che significava che stavano già scendendo nella sezione verticale successiva.

Si chiese quanto tempo ci sarebbe voluto. Se le condutture erano effettivamente a "gradini", potevano anche provare a saltare giù per le sezioni verticali per risparmiare energia e tempo. Ma sapeva che si trattava di una mossa rischiosa: cadendo da una sezione di conduttura verticale lunga più di sei metri, si sarebbero procurati un grave infortunio.

Probabilmente li avrebbe stremati spostarsi piano per piano in questo modo, ma era l'unica opzione. Si sentì stringere i polsi, già in tensione per lo sforzo di stringere i pugni e spingerli con forza contro le pareti metalliche per bloccare la posizione. La forza di gravità lo aveva aiutato a scendere nel pozzo, ma doveva usare tutta la sua forza per evitare di precipitare sulle spalle della signora E.

Quando iniziò il tratto successivo del viaggio, sentì Julie confermare dal basso che c'era effettivamente un altro tratto orizzontale. Sarebbero stati stanchi, ma avrebbero almeno avuto la possibilità di riposare tra un tratto e l'altro.

"A che livello pensi che siamo ora?". Julie chiese a Ben quando tutti avevano raggiunto la sezione successiva.

"Probabilmente 4?" Disse Reggie. "Abbiamo iniziato al 2, e ormai siamo passati di almeno due piani".

"Ci vorrà una vita".

"Ma al momento siamo invisibili. Non sanno che siamo qui dentro e se riusciamo a mantenere questo stato di cose, siamo liberi".

Hendricks abbaiò verso di loro. "Abbassate la voce, si diffonderà nei condotti". Fece una pausa, poi aggiunse a voce più bassa: "E non abbiamo tutto il giorno: anche l'esercito cinese vuole qualcosa da questo posto, e ho la sensazione che assomigli molto a quello che cerchiamo".

"Come facevano a sapere di questo posto?". Chiese Julie.

"Come il signore e la signora E, immagino", disse Reggie. "Sono sempre stati all'avanguardia della tecnologia, anche se recitano piuttosto bene il ruolo di paese ingenuo del terzo mondo. Hanno spie che spiano le loro spie, quindi trovare un picco di segnale elettronico da una rete di comunicazione quaggiù non sarebbe stato difficile".

"*Qualsiasi* paese avrebbe potuto vederlo", sussurrò la signora E.

"Ma avrebbe dovuto sapere dove guardare. Ecco perché sono nervosa per il loro coinvolgimento qui".

"Perché?" Chiese Reggie. "Non perché ce ne sono un milione, tutti armati fino ai denti e che sparano a qualsiasi cosa si muova?".

"Voglio dire che devono aver cercato, proprio come noi. Cercando di trovare questa stazione. Ma non sapevamo cosa ci facessero qui, così abbiamo mandato una piccola squadra a dare un'occhiata in giro".

Reggie annuì al buio. "Ma non hanno mandato una 'piccola squadra'. Al contrario, sapevano a cosa andavano incontro ed erano preparati. Pensi che sapessero cosa c'è qui?".

"Ne sono quasi certa", disse la signora E.

La loro conversazione era scaglionata, intervallata da sezioni difficili di condotti che richiedevano concentrazione per essere manovrati. Reggie aveva difficoltà a parlare mentre scendeva lungo il tubo rettangolare di metallo verso ogni sezione orizzontale, e quando avevano finito di condividere i loro pensieri sulla presenza della squadra cinese avevano già percorso altre due sezioni verticali.

Ci vollero altri trenta minuti per scendere l'ultimo, e Reggie sapeva che la faticosa attività stava richiedendo un certo sforzo. Avevano bisogno di un po' di riposo prolungato, ma era preoccupato per la loro situazione. Le due forze nemiche si sarebbero combattute ovunque nella stazione, ma non appena Reggie e il suo gruppo avessero fatto notare la loro presenza, sia i cinesi che la squadra di sicurezza avrebbero rivolto la loro attenzione verso di loro.

Erano al sicuro nei condotti di ventilazione, non visti da nessuno che andava o veniva, ma erano ugualmente inutili.

Quando Colson annunciò che avevano raggiunto il livello 7, Julie e la signora E si riunirono intorno alla grata di ventilazione mentre Ben usava le pinze del suo coltellino per svitare faticosamente i bulloni da ogni angolo.

"Non posso andare oltre", disse dopo aver lavorato sulle viti per un po' di tempo. "Sono al massimo da questo lato e non riesco a fare presa sulle estremità, dato che sono in fondo alle loro guide".

"Allora, qual è il piano?" Chiese Julie.

"Dovremo farlo a voce alta", disse Ben.

Reggie non riusciva a vedere il volto di Julie, ma aveva la sensazione di sapere cosa comunicasse la sua espressione.

"E se ci sono soldati che ci aspettano a questo livello?". Sussurrò. Il sussurro non serviva a nascondere il suo tono brusco.

Reggie sorrise.

"Beh, dovremo correre il rischio", disse Ben. "Guarda, da quella parte. Sta passando più luce, quindi scommetto che ci sono un'altra o due grate. Se riusciamo a metterci in pochi per ogni apertura, possiamo coordinare il nostro attacco".

"Usare l'elemento sorpresa e tutto il resto?". Chiese Julie.

"Hai un'idea migliore?"

"Avremmo dovuto rimanere in Alaska".

"Mi piace di più qui", disse Ben. "È più freddo".

"Allora posso procurarti uno di quei cassetti per i cadaveri in cui dormire", disse Julie. "Ci farai ammazzare tutti...".

"Ha ragione", sussurrò Hendricks da dietro Reggie. "Dobbiamo muoverci in fretta, e non c'è modo di togliere queste grate svitandole. Allontanatevi il più possibile e fatevi un'idea di quante aperture ci sono su questo livello. Colson, non credo che tu le abbia contate a un certo punto mentre eri in astinenza?".

"Mi dispiace, no".

"Ok, allora..."

Il suono distinto del cinese, staccato mentre due uomini discutevano di qualcosa, giunse alle orecchie di Reggie. Hendricks si interruppe, scegliendo di ascoltare lo scambio.

"Qualcuno parla cinese?", sussurrò.

"Negativo".

Le voci degli uomini si fecero più forti quando raggiunsero il centro del livello, vicino alla postazione di lavoro di Colson. Discussero per un altro minuto, finché i loro walkie-talkie non emisero un ordine. Entrambi gli uomini si fermarono, ascoltando, poi ricominciarono a discutere.

"Qualche idea su cosa stiano discutendo?". Chiese Hendricks.

"Programmi per la cena?" Disse Reggie.

Nessuno ridacchiò, ma nessuno offrì altri suggerimenti.

"Dobbiamo muoverci", disse Joshua. "Sono distratti e se ci sono altre bocchette, possiamo calarci e circondarli abbastanza facilmente".

"Spostatevi", disse Hendricks. "Raggiungi il condotto successivo e vedi se ne vedi un altro più avanti. Richiamalo, ma tieni la voce più bassa possibile. Io aspetterò qui e chiamerò l'attacco. Non c'è bisogno di contare: cadrò per primo, quindi per favore non fatemi aspettare laggiù da solo per troppo tempo".

"Capito", dissero Joshua e Kyle. Reggie annuì.

Julie e la signora E, in testa alla fila, si fecero avanti, emettendo a malapena un suono mentre scivolavano attraverso il condotto verso il condotto successivo. Aspettarono che raggiungessero la grata, poi Julie li richiamò a bassa voce.

"Ce n'è almeno un altro - vado giù".

Di nuovo, altri scivolamenti mentre Reggie e Ben si dirigono verso la grata che Julie e la signora E avevano appena lasciato, e gli uomini dietro Reggie avanzano verso il primo condotto.

Quando furono tutti in posizione, Julie confermò che c'erano solo le tre aperture, Reggie si preparò a calare sulle loro ignare vittime.

"Pronti", sussurrò Hendricks. Il suono arrivò a malapena alle sue orecchie, così ripeté la parola verso Julie e la signora E. Il condotto era buio, e solo un po' di raggi di luce sanguinante riuscivano a passare attraverso le fessure delle prese d'aria di ogni sezione, proiettando un inquietante disegno a strisce sui volti di Ben e Colson, che ora erano più vicini a lui.

Non riusciva a vedere Julie o la signora E, né a distinguere i volti di Hendricks, Joshua e Ryan Kyle nella direzione opposta, ma sapeva che stavano tutti pensando e provando la stessa cosa.

Funzionerà?

Cercò di togliersi quel pensiero dalla testa, ma fu sostituito da un altro ancora più scoraggiante: *cosa succederà dopo che avremo eliminato questi tizi? Non sappiamo nemmeno cosa stiamo cercando, né come trovarlo.*

Reggie si sentiva in trappola, una sensazione che non gli piaceva. Voleva muoversi, agire. Non gli piaceva aspettare, anticipare. Non era claustrofobico, purché si muovesse in avanti. Gli piaceva il controllo e gli piaceva avere la sensazione di capire ogni situazione in cui si trovava. Sorrideva spesso e scherzava, perché non voleva prendersi troppo sul serio - una caratteristica che aveva sviluppato per necessità - ma prendeva sul serio il suo lavoro e la protezione delle persone a cui teneva.

In questo momento, quelle persone si trovavano in un tubo di metallo proprio sopra un nemico che voleva ucciderle, nelle profondità di una stazione top-secret del continente antartico. Pensava che la Foresta Amazzonica fosse un luogo improbabile per ritrovarsi a correre per la propria vita, ma quaggiù - dove la media della popolazione per piede quadrato si aggirava intorno allo zero per la maggior parte dell'anno - era molto più improbabile.

Eppure era qui, in procinto di cadere sopra due soldati cinesi e sperare di ucciderli prima che cercassero di restituirgli il favore, e tutto quello che riusciva a pensare era perché lo stava facendo.

Sapeva che era per Ben e Julie, la coppia che aveva incontrato solo mesi prima grazie a una conoscenza comune, le cui vite si erano intrecciate per sempre. Era anche per Joshua Jefferson, un uomo che aveva imparato a rispettare immensamente, per Hendricks, Ryan Kyle e la signora E, l'enigmatico trio che aveva ancora dei segreti che voleva conoscere, e persino per Jonathan

Colson, un uomo che sembrava non distinguere il piede destro dal sinistro.

Era per tutti loro, ma anche per *lui stesso*. Ne aveva *bisogno*, ma non era sicuro del perché. Non aveva esitato quando Mr. E gli aveva fatto la proposta dopo aver lasciato la giungla. Aveva persino viaggiato fino in Alaska per recuperare Ben e Julie, vendendoli per una missione che ancora non capiva. Aveva bisogno di sentirsi *di nuovo valido*, di sapere che era desiderato. Portava con sé un bagaglio come chiunque altro, ma il suo era del tipo che non poteva essere eliminato dopo qualche mese di terapia. Ci aveva provato, ma questo aveva portato solo rabbia e risentimento.

Pensò a quella rabbia ora, ricordando quanto fosse stata efficace come strumento in una situazione difficile solo un'ora prima, e quanto sarebbe stato utile raccoglierne un po' e incanalarla verso questi uomini sotto di lui. Ma era un pensiero inutile; non era mai stato in grado di controllarlo più che di *impedire* che si manifestasse. Era lì o non c'era, con o senza il suo desiderio, e l'unico controllo che aveva davvero su di esso era quello di scegliere se usarlo o meno nel momento in cui gli veniva in mente.

Reggie, o Gareth Red, come Hendricks insisteva a chiamarlo, era un uomo per il quale la rabbia non era una novità. Poteva indirizzarla a seconda delle necessità, o respingerla, ma non aveva un vero controllo su di lui. La cosa più strana, invece, era la paura. La paura del suo passato, come se qualcuno si facesse avanti e lo denunciasse, o che ci fosse un giudice ultimo che potesse condannarlo per ciò che aveva fatto.

O non fatto.

Deglutì, ancora una volta solo nel buio, mentre l'intera situazione che si stava svolgendo intorno a lui era solo un barlume della sua realtà. Lottò contro l'emozione e cercò di riportare la mente al presente. Sapeva che questo era il vero estraneo, lo spettro su cui non aveva alcun controllo. La rabbia poteva essere incanalata verso un obiettivo, ma questa paura era una nuvola che incombeva su di lui, osservandolo.

Come se lo stesse osservando.

Sapeva che lei non era lì, *non c'era mai* stata, ma riusciva a vederlo, anche al buio. *Soprattutto* al buio.

Lei non era reale, ma lui l'aveva resa tale. L'aveva portata in vita, proprio come lei non aveva mai sperimentato.

Improvvisamente volle andare lì, trovarla, riportarla indietro e confortarla, dirle -.

Crash!

CHAPTER 37

IL CORPO di HENDRICKS si schiantò contro la grata di metallo e la mente di Reggie tornò immediatamente alla realtà, spingendolo all'azione. Reagì d'istinto, il suo corpo si spinse in avanti per assicurarsi di essere il secondo uomo a terra. Fece pressione con i piedi, rompendo le viti e le sottili cinghie metalliche intorno alla grata, e iniziò a cadere.

Sentì già il fucile di Hendricks sparare e, dall'altro lato della stanza, sentì anche la signora E o Julie irrompere nella stanza. Portò il fucile verso la minaccia, la schiena dei due uomini che aveva già individuato una frazione di secondo dopo aver liberato il condotto.

Atterrò in piedi, scivolò di lato per permettere a Ben di cadere accanto a lui e poi si mise in posizione accovacciata con un ginocchio sul pavimento. Alzò la pistola e prese la mira dall'estremità della canna, un'abitudine naturale dopo anni di addestramento come cecchino. Non avrebbe avuto bisogno del mirino per un colpo così ravvicinato, quindi sparò rapidamente, con due raffiche. Il primo colpo di Hendricks andò a segno e l'uomo sulla destra cadde di lato per l'impatto. Reggie aveva scelto bene il suo bersaglio, indovinando quale uomo Hendricks avrebbe mirato per primo e scegliendo l'opposto.

Il colpo alla testa fece scattare bruscamente la testa dell'uomo in avanti, che si accasciò.

Con la coda dell'occhio vide Julie che si riprendeva dalla caduta di otto metri, sollevando il fucile proprio come lui le aveva mostrato. Le rivolse un piccolo sorriso, poi gli occhi si allargarono.

"Julie!" gridò. "Scendi!"

I proiettili di una terza e quarta pistola squarciarono il livello 7. Reggie si stava già girando per sparare nella tromba delle scale, ma era troppo tardi.

Un'esplosione di rosso esplose intorno alla gamba della signora E, a metà caduta, che atterrò su di essa e urlò in agonia. Julie cadde a terra, con la testa che dondolava freneticamente avanti e indietro per cercare di capire da dove provenisse l'attacco.

"Altri tre, nella tromba delle scale!". Reggie urlò. Hendricks e Kyle aprirono il fuoco e i tre cinesi che Reggie aveva visto si allontanarono in modo sicuro dal bordo.

"Facciamo quattro", ringhiò Hendricks. Reggie vide il quarto, che in realtà scendeva dall'alto delle scale, invece che dal basso. Il gruppo doveva trovarsi sulle scale in salita quando avevano fatto il loro ingresso dalle bocchette d'aria, e si era avvicinato per vedere il motivo del trambusto.

Tempismo perfetto, pensò Reggie. Sparò altre due raffiche per coprire la loro ritirata, poi corse verso la posizione di Julie.

"Dovete spostarvi verso il bordo della stanza", disse, cercando di mantenere la voce calma. Erano sulla linea di fuoco diretta e da un momento all'altro...

"In arrivo!" Sentì Joshua urlare.

Il suono inconfondibile del metallo che rimbalza su una superficie dura fece scattare qualcosa nella mente di Reggie. Si slanciò in avanti, convinto che la granata si stesse dirigendo direttamente verso Julie e la signora E, e cercò di trovarla.

Tuttavia, era rimbalzata sopra le loro teste e si era fermata sotto uno dei banchi in piedi lungo la parete. Reggie cercò di avvertire gli altri, ma il suono della sua voce fu completamente soffocato dall'esplosione.

La detonazione della granata fece un buco nell'aria, risucchiando tutti i suoni e la luce e sostituendoli con la propria devastazione infuocata. La sfortunata scrivania che era stata scelta volò direttamente verso l'alto, staccandosi quando colpì il soffitto di cemento e frantumandosi in un centinaio di pezzi, ognuna delle affilate sezioni di legno che miravano a un nuovo bersaglio mentre rimbalzavano e sferragliavano verso il suolo.

La potenza dell'esplosione sollevò dal pavimento altri oggetti vicini, facendoli precipitare verso l'esterno in un vulcano di forniture per ufficio, e Reggie osservò un carrello per inservienti che cadeva a testa in giù lontano dalla scena.

Si guardò intorno, cercando di vedere attraverso la polvere e il disordine che riempivano l'aria, sperando di vedere se qualcun altro fosse ferito.

Sentì la voce di Colson, ovattata e stanca, vicino al lato della stanza.

"Colson, sei tu amico?", gridò.

"S - sì. Sono stato colpito, credo".

Reggie rotolò sulla schiena e alzò un po' la testa. I soldati cinesi nella tromba delle scale si sarebbero nascosti dopo il lancio della granata, ma non avrebbero abbandonato completamente la zona. Alzò il fucile e mirò al punto in cui aveva visto per l'ultima volta l'uomo scendere le scale. Dopo un secondo, vide il suo piede fare un lento e precario passo verso il basso.

"Pessima idea, idiota", urlò, premendo il grilletto. Il soldato cinese ululò e cadde, con il piede ridotto a brandelli da una raffica di tre colpi. Reggie finì il lavoro quando l'uomo cadde completamente in vista, poi sparò un altro paio di volte nella tromba delle scale per avvertire gli altri tre.

"Copritevi", disse a voce alta a Hendricks, Joshua e Kyle. "Ben, dammi una mano".

Ben era già al suo fianco, controllava Julie per assicurarsi che non fosse stata colpita, poi si spostava verso Colson mentre Reggie lavorava sulla signora E.

"È un piccolo colpo", disse la signora E a denti stretti. "Ma fa molto male".

"Sì, lo farà", rispose. "Ecco, ti portiamo al muro".

"Sto bene", disse. "Mettetemi sulla schiena, così potrò sparare contro di loro".

"Ha grinta, signora", disse sorridendo. "Ma è una pessima idea. Si sposti". Le afferrò il braccio e se lo gettò sulla spalla, poi si sollevò per sollevarla da terra. La sentì mugolare leggermente quando la gamba si mosse, ma non si lamentò.

Il sangue della ferita faceva sembrare la ferita più grave di quanto non fosse, ma lui sapeva che anche una piccola ferita da arma da fuoco poteva danneggiare maggiormente la vittima a causa della perdita di sangue. "Dobbiamo almeno fasciarla", disse.

"Allora incarta mentre io sparo".

Lui annuì, ancora impressionato dalla sua determinazione. "Ce l'hai fatta". Alzò leggermente la voce per farsi sentire dagli altri. "E visto che non sei Bennett, non devo ricordarti di non sparare a quella cosa mentre è vicino alla mia testa".

Si accigliò, evidentemente non capendo la battuta.

"L'ho fatto *una volta*", ribatte Ben. "E mi hai già ripagato per questo".

"Le orecchie suonano ancora".

"Come sta?"

"Sta bene, ma avrà bisogno di aiuto per camminare. Colson?"

Ben non rispose e Reggie sentì il rumore di Joshua che sparava sulle scale mentre uno dei soldati cinesi osava sbirciare dietro l'angolo.

"Abbiamo circa dieci secondi prima che l'intero esercito cinese ci sia addosso", disse Joshua.

"Non dimenticatevi di quelle guardie anti-roidi", disse Reggie.

"Roid?" Chiese la signora E. Reggie aveva estratto dallo zaino un piccolo rotolo di garza e aveva iniziato ad avvolgerlo strettamente intorno alla parte inferiore della coscia.

"Steroidi. Ehi, se ne vedo uno, chiedo se ne hanno per te. Avresti bisogno di una spinta in questo momento".

La signora E costrinse un sorriso a denti stretti mentre Reggie lavorava.

"Ben!" Reggie gridò. "Colson? Come sta?"

Ben alzò lo sguardo dal suo lavoro di medico e incontrò gli occhi di Reggie. "È... beh, è piuttosto malconcio".

"Per la caduta o per la granata?".

Ben fece una pausa. "Sì".

Reggie annuì, lavorando più velocemente. Tirò la benda sotto il suo stesso anello per stringerla, poi la tamponò delicatamente per testarla. "Come va?"

Kyle, Hendricks e Joshua si erano avvicinati alle scale, nascondendosi ciascuno dietro un grosso oggetto per avere una relativa copertura mentre sorvegliavano il livello. "Devi sbrigarti, Red", disse Hendricks. "I dieci secondi sono finiti".

Reggie alzò lo sguardo e vide che Hendricks non stava esagerando. Kyle e Joshua aprirono immediatamente il fuoco sulle scale mentre altri cinesi scendevano, mentre i primi tre soldati si nascondevano ancora dietro il muro. Poteva sentire le loro voci interagire, spiegando la situazione che si stava verificando al livello 7.

"Una granata ben mirata sarebbe meravigliosa in questo momento", disse Reggie, avvicinandosi a Ben e Colson. "Ci sono persone che accettano?".

"Ci sto già lavorando", rispose Kyle, articolando le sue parole con un breve tiro sottovoce verso le scale.

Aspettarono, poi sentirono l'esplosione. Era troppo lontana e Reggie capì subito cosa era successo.

"L'hanno calciata oltre la ringhiera e giù per le scale", ha detto Kyle. "Ce ne sono altri?"

Nessuno ha risposto.

"In questo caso", ha detto Hendricks. "Tenete allenate le armi. Non credo che useranno l'ascensore, ammesso che funzioni ancora, quindi concentratevi sulle scale. Noi abbiamo il punto di osservazione, ma loro sanno che non abbiamo una via d'uscita. Se necessario, potremo farli fuori tutto il giorno, ma speriamo che non diventino presuntuosi con quelle granate".

Reggie raggiunse Ben e Colson e guardò l'uomo bitorzoluto sul pavimento. Era disteso a pancia in giù, con le mani sotto la testa.

"Fa male", disse, con la voce che vacillava.

"Qualche piccola scheggia, da quello che posso vedere", ha detto Ben. "Per il resto, ustioni e graffi. Starà bene, ma...".

"Ma è una femminuccia", sbuffò Reggie.

"Sono qui", ha detto Colson.

"Non siete d'accordo con la nostra valutazione?".

"Fa ancora male".

"Parlami dopo che ti hanno sparato", disse Reggie. Ecco, almeno pulisciti". Svitò il tappo di una bottiglia d'acqua e cominciò a versarla lentamente sulla schiena dell'uomo. Colson tese il corpo, ma per sua fortuna smise di lamentarsi.

"Sei sposato? Hai mai avuto una ragazza?". Chiese Reggie mentre lavorava.

Colson scosse la testa.

"Allora smettila. Tu non conosci il vero dolore". Alzò lo sguardo e strizzò l'occhio a Ben. Ben sorrise e scosse lentamente la testa.

"Dagli tregua", disse. "Deve ancora aiutarci a trovare i dati del signor E".

"Bene. Ok, amico, e poi? Scendiamo ai livelli inferiori?". Reggie chiese a Colson.

Colson si stiracchiò un po', saggiando le ferite sulla schiena. La camicia era strappata in molti punti e ora era bagnata e ricoperta di sangue, ma si spostò su un fianco e alla fine si mise a sedere. Il processo richiese troppo tempo a Reggie, ma fece del suo meglio per dare spazio all'uomo fuori forma.

Colson scosse la testa, riallineando gli occhiali sul naso. "No, se ce ne andiamo ora, ci seguiranno nei condotti, giusto?".

Reggie si stupì di non averci pensato. "Sì, credo che tu abbia ragione. Ci prenderanno di mira una volta che saremo tutti dentro".

"Allora dobbiamo restare e combattere", rispose Colson.

Reggie si schernì. Se fosse stato un altro, avrebbe creduto a quel sentimento. Da Colson, sembrava un po' speranzoso. *Almeno è uno sforzo.*

"Puoi fare qualcosa da qui? Qualche voodoo informatico dalla tua vecchia scrivania?".

Colson guardò la sua postazione di lavoro e vide che era sopravvissuta all'esplosione della granata.

"Non proprio. Probabilmente riuscirò a entrare, alla fine, ma non potrò copiare nulla da remoto. Dovremo inserire manualmente una connessione nella macchina, il che significa che dovremo comunque andare laggiù. O almeno uno di noi deve farlo".

"Solo uno di noi?"

"Beh, di preferenza dovremmo scendere tutti insieme, per protezione e altro", ha detto Colson. "Ma tecnicamente basterebbe una sola persona per arrivare al mainframe giusto e inserire una chiavetta USB".

"Aspetta", disse Ben. "Mi stai prendendo in giro. Questo super-computer ha una porta USB?".

Colson guardò Ben come se venisse da un altro pianeta. "Signor Bennett, lei sa che USB significa 'Universal Serial Bus', cioè è un protocollo standard per la trasmissione dei dati?".

"Beh, sì, credo di sì. Sembra solo una funzione piuttosto insicura".

Colson scosse la testa. "È integrato nell'hardware, ma il sistema operativo che abbiamo creato ha riprogrammato il suo firmware in modo che sia di sola lettura. Ciò significa che è stato usato per installare o importare dati, ma non scriverà su disco. Dovremo bypassarlo o scrivere uno script che inverta l'impostazione, cosa che credo di poter fare. La sicurezza informatica qui sarebbe pronta a fare una cosa del genere, ma qualcosa mi dice che oggi sono fuori servizio".

"Capito. Quindi ci infiliamo una chiavetta e poi aspettiamo che il trasferimento sia completato?".

"Ben, questo non è un film di *Mission: Impossible*. Dobbiamo riflettere ancora un po'".

Ben e Reggie aspettavano. Reggie non poteva fare a meno di pensare che l'uomo seduto sul suo sedere di fronte a loro stesse assaporando l'opportunità di avere il sopravvento.

"Probabilmente posso preparare uno script per reinstallare il firmware dell'unità originale, dato che ho una porta USB perfettamente funzionante sulla mia macchina qui, ma dato che non sarò laggiù, dovremo *anche* scrivere qualcosa che possa prendere i dati giusti - qualunque essi siano - e copiarli sull'unità".

"Aspetta", gridò Hendricks. "*Non sarai* lì sotto?".

Reggie si sorprese di poter sentire la loro conversazione. "Sì, sei l'unico che sa come fare, amico. Devi andare".

Colson stava già scuotendo di nuovo la testa. "No, è questo il punto. In realtà non ha senso. Non possiamo andare *tutti*, il che significa che ci saranno persone quassù a proteggermi mentre lavoro.

Posso farcela, solo che non so quanto tempo ci vorrà. Ma se *poi* dovessi andare laggiù, ci sarebbe un'altra ora circa prima di arrivare al mainframe al livello 9".

"Non ha tutti i torti", disse Ben.

"So che ha ragione", disse Reggie. "Non significa che mi piaccia".

"Sono d'accordo con Red", ha detto Hendricks. "Quali altre opzioni abbiamo?".

"Potremmo dividerci", propose Ben.

"No", disse Joshua. "In questo modo avremo meno protezione quassù. Se riusciamo a mandare solo uno di noi all'ottavo posto, non si accorgeranno che manca qualcuno di noi. È la cosa migliore che possiamo fare: entrare di nascosto, uscire di nascosto e tornare qui".

Hendricks annuì, poi sparò contro due cinesi che avevano deciso di fare una rapida irruzione nel livello. Furono rapidamente abbattuti e Kyle e Joshua si sporsero al di sopra della loro copertura per assicurarsi che l'imboscata fosse finita.

"Giusto, ok, ha senso. Mandiamo uno di noi fuori, poi giù nella sala server per collegare la chiavetta USB. Poi... cosa?".

"*Poi* aspettiamo che il trasferimento sia completo", disse Colson, con un'espressione estremamente soddisfatta.

"Proprio come in un film di *Mission: Impossible*", mormorò Ben sottovoce.

CHAPTER 38

"OK, COLSON", DISSE HENDRICKS. "Comincia tu a scrivere il copione. Juliette ed E possono aiutare. Julie, per te va bene?".

Julie era già in piedi e aiutava Colson ad alzarsi e ad attraversare la stanza fino al computer. "Certo, ma c'è dell'altro", disse. "Dovremmo *ancora* aspettare che questi copioni vengano scritti. Altrimenti manderemo qualcuno laggiù con un'inutile chiavetta USB vuota".

Colson si fermò a riflettere. "Sì, hai ragione. Ok, allora cosa facciamo?".

"Possiamo creare una rete ad hoc?".

Gli occhi di Colson si spalancarono quando capì il senso della frase, lasciando il resto della sala all'oscuro del significato della loro criptica conversazione. "Potremmo, ma non arriverebbe laggiù. Ma potremmo testare la connessione LAN. Non c'è mai stata una connessione a Internet e sicuramente non ci saranno connessioni esterne al momento, ma non dovremmo aver bisogno di accedere a Internet, solo a intra. *È* il modo più veloce per trasferire file a livello locale...".

"E se riusciamo a procurarci un portatile da portare laggiù, possiamo collegare il disco a una delle sue porte USB, aspettare che lo script finisca e poi connetterci *alla* rete. Lo script sarà pronto per l'uso e tutto ciò che dovremo fare sarà scriverlo sul disco USB e collegarlo al mainframe".

Julie pensava che Colson si sarebbe girato e avrebbe cercato di darle il cinque, ma per fortuna si trattenne. "Ok", disse, "funziona. È anche meglio. Non c'è modo di eliminare la connettività Ethernet senza strappare i cavi, quindi dovremmo essere al sicuro. Sarà anche molto più veloce, visto che non dovremo aspettare tutti quassù finché non avremo finito".

Si collegò al computer, trovandolo come l'avevano lasciato ore prima, e navigò fino a una finestra di prompt dei comandi. "Lo farò come script di shell, poi lo scriverò in un file di testo. Penso di poterlo inserire in un wrapper di esecuzione automatica, in modo che chiunque debba consegnarlo lo inserisca".

"Ehi, a proposito, chi *è* quello?".

Julie si girò e vide il resto della stanza, tranne Kyle, la signora E e Joshua, che la guardavano.

"Chi scende?"

"Beh, oltre a me, credo che l'opzione migliore sia la signora E. Ma lei è...".

"Sì, è fuori", ha detto Hendricks. "Reggie, Joshua, Kyle, siete i migliori tiratori qui, quindi probabilmente dovrete stare indietro. Dovremmo essere in grado di tenere il forte per un'ora, a patto che non abbiano niente di più grande delle granate. Bennett è il nostro uomo".

Julie sentì il cuore battere all'impazzata. *Lo sapevo.*

"Sì, è quello che pensavo sarebbe stato il tuo voto", disse Ben.

"Non un voto", ha detto Hendricks.

"Anche questo lo immaginavo". Ben stava già facendo girare lo zaino per controllare le provviste. Tirò fuori alcuni degli oggetti più grandi, poi gettò il resto sul pavimento. "C'è molta acqua qui dentro, ma mi piacerebbe avere un jetpack o qualcosa del genere. Almeno per non dover...".

"Dovrete calarvi in corda doppia", ha detto Hendricks.

"Andiamo", disse Ben, "questa cosa sta diventando ridicola. Se avessi fatto un po' più di tiro al bersaglio in Alaska, sarei un tiratore migliore e potrei stare qui".

"E ti farei andare comunque", disse Hendricks. Abbassò il fucile e fissò direttamente Ben. "Sei l'uomo migliore per questo lavoro, figliolo".

Julie provò un moto di orgoglio e allo stesso tempo il suo cuore affondò ancora una volta. Lo sta facendo, lo sapeva. *Andrà fuori, in Antartide, senza giacca, in una missione spericolata contro due eserciti addestrati.*

Ben guardò Julie.

Scrollò le spalle. "Pensi che riuscirò a convincerti a non farlo?".

Lui cercò di sorridere, ma lei sapeva che era confortante per lui quanto per lei.

CHAPTER 39

A BEN PIACEVA sentire la fiducia di Hendricks in lui, anche se non era convinto che non si trattasse di una missione suicida. Anzi, si chiedeva se l'intero processo fosse una missione suicida. Mentre lavorava con gli oggetti nel suo zaino, la sensazione di impossibilità si fece strada.

Non c'è modo che funzioni.

Mescolò gli oggetti più piccoli - accendino, kit di pronto soccorso in miniatura, batterie - e prese le muffole. Aveva tolto i guanti spessi e rinforzati al livello della caserma, ma era felice di vedere un'alternativa ora. I guanti, lo sapeva, erano comunque un'opzione migliore. Non avrebbero fornito la destrezza dei guanti con le dita, ma mantenendo tutte le dita unite avrebbero permesso una maggiore trasmissione del calore corporeo. Li fece scivolare per testarne la vestibilità, poi continuò il suo lavoro.

Alcuni colpi di pistola vaganti caddero nella stanza, ma lui non si voltò. Le forze cinesi fuori dalla porta non erano ancora cresciute di numero né avevano aumentato l'attacco, il che significava che o pensavano che il gruppo americano fosse sufficientemente contenuto o che i loro compagni erano impegnati altrove. Per il momento, Ben sperava che le forze di sicurezza della stazione fossero in grado di tenere occupati gli altri nemici, almeno fino al suo ritorno dalla missione.

"Ehi, mi dirai cosa fare laggiù, vero?", esclamò.

Julie rispose immediatamente. "Ci stiamo già lavorando. Dovrai portare con te questo portatile, ma quando sarai laggiù, ti basterà connetterti alla rete che stiamo creando collegandoti a una porta di rete su una parete o su un computer da qualche parte".

"Ok, che aspetto ha una 'porta di rete'?".

"E poi dovrai assicurarti che il computer veda che Colson è qui, controllando le connessioni in entrata e...".

"Jules", disse Ben. "Rallenta".

Julie fece una pausa, poi discusse con Colson. Entrambi erano ancora in bilico sul terminale, Colson digitava freneticamente e grugniva mentre Julie indicava lo schermo e faceva i suoi commenti. Alla fine si voltò verso Ben. "Ok, ho capito. Avremo un documento di testo aperto con le istruzioni per te. Sarà sullo schermo quando aprirai il portatile".

Ben la fissò con aria assente.

Lo "schermo" è la parte superiore sottile che si illumina".

Ben sgranò gli occhi. "Grazie. Sono però preoccupato per il resto dell'operazione. È sicuro che io sia la persona giusta?".

"Per niente", disse Julie. "Se fossi in Hendricks, ci farei correre tutti nel corridoio e lascerei che i cinesi ci facciano a pezzi".

"Andrà tutto bene, Bennett", annunciò la voce burbera di Hendricks. "Più ti preoccupi, figliolo, più è probabile che tu fallisca. Accetta la missione e mettiti in gioco".

Appoggiarsi ad esso? Che tipo di psicobabole sulla leadership sta cercando di vendermi?

Ben stava per ribattere quando si rese conto che per qualche motivo si sentiva meglio. Sono *la persona giusta per questo.*

Ogni volta che la resilienza e la grinta di Ben erano state messe alla prova, aveva sorpreso se stesso e tutti quelli che lo circondavano con la sua capacità di superare. Era stato spinto oltre i suoi limiti, gettato in situazioni che *ancora* non riusciva a capire, e ne era uscito vittorioso. Danneggiato, con molti lividi, ma comunque vittorioso.

Aveva recuperato dallo zaino i guanti, la calotta cranica e gli scaldamani, deluso nel constatare che nella piccola borsa non c'era molto altro che potesse tenerlo al caldo e proteggerlo dalle intemperie, ma non sorpreso. Avevano scaricato i loro pesanti indumenti esterni nella caserma, presumendo che avrebbero trascorso il resto del loro tempo in Antartide *all'interno della* stazione.

"Bene. Ci penso io. Ma un'altra cosa: Colson, che mi dici del riscaldatore? Hai detto che l'aria che passa attraverso il condotto era molto calda".

Colson non smise nemmeno di scrivere mentre rispondeva a Ben. "Non super sexy, ma sì, piuttosto sexy".

"E io dovrei strisciare attraverso il condotto *verso* la fonte di calore? Come funzionerà?".

Colson sembrò confuso per qualche secondo, mentre lasciava che la distrazione lo distogliesse dal suo lavoro. Rifletté sulla domanda, poi si voltò. "Oh, sì, ho pensato di provare a disattivare la sorgente per qualche minuto".

"Solo qualche minuto?"

"Ancora un po' e ci bloccheremo tutti. Posso spingerlo fino *a* dieci minuti, ma è l'unico generatore per l'intera stazione".

"Ottimo", disse Ben. "E come farai a sapere quando tornerò?".

"Sapremo quando aprirai il portatile e quando lo richiuderai", disse Julie. "La connessione verrà interrotta, così sapremo che sta per risalire e infilarsi nel condotto".

Colson annuì. "Metterò di nuovo fuori uso il riscaldamento venti minuti dopo che avrete chiuso il portatile, sempre per dieci minuti. La temperatura della stazione scenderà un bel po', ma dopo sarà un po' scomodo per un'oretta".

Ben si accigliò mentre si alzava e si metteva lo zaino sulle spalle. "Mi dispiace che tu stia scomodo".

"Va bene, noi...". Colson si fermò quando si rese conto che Ben non si preoccupava affatto del suo benessere.

"Ok, fammi sapere quando sei pronto con il portatile", disse Ben.

Julie si alzò e inserì il portatile nello zaino aperto di Ben. Era più leggero di quanto si aspettasse ed era contento di non aver tolto nessuna attrezzatura per fargli spazio. Non era sicuro di ciò che gli sarebbe servito in questo particolare viaggio, quindi il suo istinto era di prendere il più possibile. Se tutto fosse andato bene, gli sarebbero serviti solo il portatile, la corda e il piccone da scalata.

Hendricks si avvicinò per mostrare a Ben come usare i cricchetti da arrampicata, strumenti che Ben non aveva mai visto prima. Erano di tipo militare, robusti manici di metallo industriale con fori per far passare la corda in un solo senso. Mentre si arrampicava sulla corda, poteva semplicemente far scorrere i cricchetti verso l'alto uno alla volta, mentre il suo peso corporeo bloccava il meccanismo di chiusura in modo che non scivolassero verso il basso. Era un marchingegno semplice ma ingegnoso e gli piaceva la spiegazione di Hendricks: *ti fanno arrampicare più velocemente e ti mantengono più sicuro.*

Erano le parole che voleva sentire.

Infine, Hendricks si tolse gli indumenti intimi, una camicia a maniche lunghe resistente alle intemperie, e la passò a Ben. Hendricks recuperò una maglietta dal suo zaino, mentre Ben indossava lo strato aggiuntivo.

"Due dovrebbero tenervi al caldo", ha detto Hendricks. "Ma ci sono circa 10 gradi là fuori, quindi se c'è vento, lo sentirai".

Ben era abituato al freddo, ma le temperature a una sola cifra e il freddo del vento con solo due magliette addosso gli stavano strette. Gli piaceva il freddo, ma di solito perché poteva goderselo adeguatamente, indossando molti strati e coprendo adeguatamente le estremità.

Scosso ma soddisfatto, Ben si avvicinò alla grata di ventilazione all'estremità del muro e si accovacciò.

"Entro per primo, poi mi passi lo zaino".

Hendricks annuì, ma Kyle e Joshua iniziarono a urlare dall'altra parte della stanza prima che potesse aiutare Ben con la grata.

"Abbiamo compagnia! Granata - scendi!"

La granata era stata lanciata dall'angolo della tromba delle scale ed era rimbalzata su un tavolo che Joshua aveva appoggiato su un lato per proteggerlo. Si è spostata verso l'angolo della stanza ed è esplosa, al sicuro dal pericolo. Il gruppo cadde a terra, ma Ben poté constatare che nessuno era ferito. Mentre si rialzavano e riprendevano il combattimento, due teste apparvero all'ingresso.

"Stanno entrando!" Kyle gridò. Iniziò a sparare contro di loro ancora prima di avere una mira decente. Reggie si unì a lui e l'uomo a sinistra che stava entrando nella stanza cadde.

"Ben", disse Hendricks, con il volto improvvisamente abbassato al livello di Ben. "Vai. Ora. Vai laggiù e portaci i nostri dati, così possiamo andarcene da qui". Hendricks prese la sua pistola e corse indietro all'azione, lasciando Ben da solo con la sua missione.

Ben annuì, strappando l'ultimo angolo della grata dalla parete. Non si preoccupò di svitarla: non sarebbe servito a nulla nascondere le sue tracce. Si tuffò a capofitto nel condotto, non ancora del tutto rassegnato al suo primo viaggio nel sistema d'aria della stazione. Ben spostò la sua posizione in modo che il suo corpo fosse in linea con il condotto e la sua testa sporgesse nella stanza attraverso il buco aperto nella parete.

Aspettò un attimo mentre Reggie, Joshua, Kyle e Hendricks lavoravano per eliminare la minaccia dei soldati cinesi nella parte anteriore della stanza. Il rumore era assordante, quindi non poteva chiamare. Per fortuna Julie si girò.

I suoi occhi si spalancarono, corse verso Ben e si accovacciò.

"Mi dispiace... mi sono perso in tutto questo".

Sorrise. "Va tutto bene, Jules, sei nella zona. Ho capito. Cosa dovremmo dire, comunque?".

Il suo volto cadde mentre lottava per dare un senso alla situazione. "Ben, tu... non lo so".

"Meglio tornare?"

Una lacrima si formò e le cadde sulla guancia; lei strinse i denti e la asciugò. "Se muori là fuori, ti ucciderò io stesso".

Lui rise, prendendo lo zaino e tirandolo nel buco. "Affare fatto". Stava per voltarsi e iniziare il suo viaggio in avanti, quando Julie si sporse nel condotto e gli afferrò il viso, baciandolo.

Lui ricambiò il bacio, poi tirò leggermente indietro la testa. "Jules, dobbiamo *davvero* parlare di tempismo. Non hai *mai* visto un film d'azione?".

"Sì", ha detto. "L'ho fatto. Me li fai guardare sempre. E in ognuno di essi c'è un bacio mal ritmato".

CHAPTER 40

QUESTA VOLTA il viaggio attraverso il condotto è stato molto più agevole. Non c'erano cadute verticali, non c'erano diramazioni del lungo corridoio dritto da percorrere e non c'era nessun altro a rallentarlo. Ora era immerso nella completa oscurità, mentre i suoni degli spari e delle esplosioni venivano lentamente sostituiti dal ronzio e dalle vibrazioni della stufa, che giaceva da qualche parte più avanti.

Aveva trovato una piccola torcia in una tasca dello zaino, ma si sentiva a suo agio a usare le mani e le braccia per orientarsi. Il calore stava aumentando, sia per la vicinanza alla stufa della stazione sia per lo sforzo, ma sapeva che era solo questione di tempo prima che la temperatura superasse il disagio e diventasse pericolosa.

Forza, Colson, pensò. *Spegni questa cosa.*

Sperava davvero che Colson non esagerasse con le sue capacità e che fosse davvero in grado di abbassare il riscaldamento per qualche minuto. Non era possibile che riuscisse a strisciarci sopra mentre era acceso. Cercò di ricordare com'era fatto il sistema di riscaldamento di un edificio. Non aveva alcuna esperienza di lavoro su di essi, ma ricordava che la sua casa da bambino aveva un forno nel seminterrato. I condotti correvano sopra la caldaia, l'aspirazione e le linee di discesa erano tutte collegate in un lungo albero ininterrotto di tubi metallici rettangolari. Se questo sistema era solo una versione più grande del vecchio sistema dei suoi genitori, significava che il riscaldatore stesso si trovava a lato del condotto, permettendogli di strisciare senza ostacoli.

Se, ovviamente, Colson riuscirà a chiuderlo.

Raggiunse il punto in cui era impossibile proseguire circa dieci minuti dopo. Secondo le sue stime, Ben aveva percorso un centinaio di metri, scivolando lentamente con lo zaino legato al piede. Se il lato della stazione e la fine di questo pozzo coincidevano con la parete di fondo del livello 7, significava che *doveva essere* vicino.

Ma il riscaldamento era ancora acceso e pompava aria *calda* su Ben. Stava sudando abbondantemente, un fatto che non poteva ignorare. Non solo stava perdendo acqua, ma stava impregnando se stesso e i suoi vestiti di un'umidità che si sarebbe immediatamente congelata se e quando fosse uscito.

Si fermò, sollevando il braccio superiore per asciugarsi il sudore dalla fronte e togliersi la calotta cranica. Aveva abbandonato i guanti dieci minuti fa, agganciandoli a un passante dei pantaloni da sci. Lasciò cadere la calotta cranica sul pavimento del pozzo, lasciando che il suo corpo la spingesse in avanti mentre scivolava.

Colson, andiamo!

Pensò di gridare, ma il rombo della stufa avrebbe facilmente sovrastato la sua voce e c'erano poche possibilità che lo sentissero nella stanza se qualcuno stava ancora sparando.

Non soffriva di claustrofobia, ma improvvisamente si rese conto di essere troppo grande per potersi muovere nell'angusto condotto. Non poteva nemmeno togliersi i vestiti. Forse avrebbe potuto calciare via uno stivale, ma non sarebbe stato in grado di rimetterselo.

Non poté fare a meno di chiedersi se l'asta si fosse ridotta lentamente mentre la percorreva in tutta la sua lunghezza. Ruotando lentamente su un fianco, portò la gamba destra verso la mano. Dovette allungare il ginocchio verso l'alto nell'angolo superiore della prigione rettangolare di metallo in cui si trovava, ma alla fine riuscì a mettere una mano sulla cinghia dello zaino. Aprì con cautela la borsa e cercò la luce.

Accendendola, la puntò lungo l'asta. Era difficile guardare direttamente davanti a sé, perché il calore arrivava in un'onda costante e interminabile che gli bruciava le palpebre e gli faceva lacrimare abbondantemente gli occhi. Riuscì a dare una rapida occhiata e perse immediatamente ogni speranza.

La stufa si trovava infatti a destra del pozzo, rendendo teoricamente possibile l'uscita. Ma era ancora a più di cento metri di distanza e la sua luce limitata riusciva solo a malapena a distinguere la propaggine dove supponeva che si trovasse il nucleo di riscaldamento. Avrebbe dovuto avere una presa d'aria che aspirava l'aria dall'esterno e la rimandava nel condotto principale, pompando il calore in tutta la stazione e permettendogli di salire naturalmente ai livelli superiori.

Si appiattì, sconfitto, sperando che il grosso del calore decidesse che non ne valeva la pena e passasse semplicemente sopra di lui, dirigendosi verso le zone più lontane della stazione.

Il metallo del pavimento del condotto penetrava ora nei suoi vestiti. Il suo viso toccò brevemente la superficie, provocando un'immediata reazione di dolore, e di nuovo si chiese se gli altri si fossero dimenticati di lui.

Poi, con un surreale guizzo del destino, come se Dio stesso si fosse abbassato e avesse esaudito la preghiera di Ben, il riscaldatore si spense. Il rumore cessò immediatamente e la corrente d'aria si ridusse a una leggera brezza, poi a nulla. Dopo un minuto, la temperatura nel pozzo scese a un livello che Ben aveva tranquillamente sognato, aprì gli occhi e fece brillare la luce davanti a sé.

Ora, di nuovo in grado di concentrarsi, riusciva a vedere la fine del tunnel. Era ancora lontana e avrebbe dovuto muoversi rapidamente, ma sembrava possibile. Si spinse in avanti ancora una volta, sciogliendo i nodi e l'indolenzimento che si erano già manifestati.

Grazie, Colson. L'uomo che avevano salvato da una lunga e lenta morte aveva ora ricambiato il favore.

CHAPTER 41

"NON SI TERRA'", sussurrò Jonathan Colson. Dopo dieci o quindici minuti davanti al computer cadeva sempre in uno stato di trance, parlando per enigmi e mezze frasi, con grande disappunto dei capi o dei colleghi che cercavano di comunicare con lui.

"Colson", disse Julie, "non ha senso. Fermati e guardami".

Sentì le parole, ma non distolse lo sguardo. Non aveva ascoltato veramente, quindi fu solo grazie a una strana autorità subconscia dentro di lui, che lo manteneva umano, che alla fine si rese conto di ciò che lei aveva detto. Sbatté le palpebre un paio di volte e alzò lo sguardo dalle righe di codice che stava fissando.

"Eh? Cosa - oh, giusto. Ho detto 'non reggerà'".

"*Cosa* non regge?" Chiese la signora E dalla sedia su cui era sprofondata nelle vicinanze. Voleva aiutare, ma le sue ferite rendevano difficile qualsiasi movimento, così si era relegata a fare la guida sul sedile posteriore, pungolando con domande e commenti mentre Colson e Julie facevano il grosso del lavoro.

"Il... riscaldatore. È... cioè, è offline, ma...". Colson scosse vigorosamente la testa, come se cercasse di riportare la sua mente al mondo reale e non alla terra dei computer in stile matrice che preferiva abitare.

"Colson", disse Julie, con voce dolce. "Spiegami di cosa stai parlando. Hai messo il riscaldamento fuori linea, vero?".

"Giusto. Sì, è..." controllò la piccola finestra di dialogo del computer. "È giù, sì".

"Ottimo", disse Julie. "È quello che ci serviva. Per quanto tempo resterà fermo?".

"Dieci minuti, come abbiamo discusso. Ma..." Fece di nuovo clic e aprì altre finestre di dialogo. Dopo aver giocherellato per un minuto con le dimensioni delle finestre, le chiuse tutte e aprì un nuovo prompt del terminale. Digita un comando e attende il risultato. "Corretto", disse, senza rispondere a nessuna domanda. "È fuori uso da dieci minuti... 9 minuti e 43 secondi".

Notò che Julie lanciò un'occhiata alla signora E e capì cosa stavano pensando. "Mi dispiace", disse rapidamente, "non riesco a passare da questo alla vita *reale* molto rapidamente".

Julie gli pose una mano sulla spalla. "Cosa c'è che non va, allora?".

"Il sistema è fuori uso e il conto alla rovescia che gli ho assegnato è impostato. Ma sta avviando la *propria* procedura di riavvio, ben prima del conto alla rovescia".

"Io... non capisco", disse Julie.

"Neanche io", ha aggiunto la signora E. "Ha iniziato il suo conto alla rovescia?".

"No", ha detto Colson, "una procedura di *riavvio*. Non è un conto alla rovescia. Sta cercando di riavviare il riscaldatore".

Julie si premette le dita sulla fronte e chiuse gli occhi con forza per un momento. "Colson, non riesco proprio a mettere insieme i pezzi. Le dispiace essere *molto* chiaro con noi? *Come fa* il sistema ad avviare una procedura di riavvio del riscaldatore se gli hai detto di aspettare dieci minuti?".

"Non sono molto sicuro, ma... guardate". Decise di mostrarglielo invece di cercare di spiegarlo. "Questo è il timecode del conto alla rovescia. 9 minuti e 12 secondi... ma *quello* è il timecode della procedura di riavvio. Sta tentando - fallendo, ma tentando - più e più volte di riavviare il riscaldatore manualmente".

"Aspetta, *manualmente?*"

Fino a quel momento Colson era stato semplicemente un messaggero, un'entità distante che consegnava informazioni da una parte all'altra. Era stato distaccato, persino indifferente, come era nella sua natura quando era concentrato su un compito informatico. Ma ora, di fronte a una situazione difficile in una stanza piena di combattenti spaventati e stanchi, era impossibile ignorare i suoi sentimenti.

Rispose ancora una volta silenziosamente alla domanda, questa volta comprendendo davvero le parole. Gli si gelò il sangue e guardò Julie e la signora E.

"Sì. Una persona sta accedendo manualmente al modulo di riavvio del nucleo del riscaldatore".

"Ma questo significa che..."

"Sì, significa che qualcuno nella stazione sta violando il sistema".

BEN NON HA REALIZZATO QUANTO sarebbe stato stretto l'albero vicino al nucleo del riscaldatore aperto. Da trenta metri di distanza, nella parte più ampia del pozzo, la sezione era apparsa più piccola di quanto fosse in realtà, un'illusione ottica nella scarsa luce che faceva sembrare il riscaldatore più lontano.

Mentre scivolava più vicino, si rese conto che il condotto si stava in effetti restringendo lentamente e che il riscaldatore non era così lontano come sembrava all'inizio. Che si trattasse di un difetto di progettazione o di una caratteristica voluta, il condotto si restringeva sempre di più man mano che si avvicinava all'uscita e lui non era più in grado di spostarsi su nessuno dei due lati del corpo mentre viaggiava. Il suo passo rallentò e scoprì che l'unico modo per avanzare era tirarsi sugli avambracci, usando le punte degli stivali per spingere. Non c'era altro movimento che il suo corpo potesse fare senza urtare il lato del condotto.

Erano passati circa tre minuti da quando il riscaldamento si era spento.

La diramazione che portava al forno era proprio davanti a lui, a soli due metri di distanza. La sua testa era quasi sul bordo e poteva vedere il lato opposto della griglia di ventilazione che separava il condotto dalla stufa stessa.

Il dispositivo che mi arrostirebbe vivo se fosse acceso, pensò.

Scacciò il pensiero, si schiacciò di nuovo i polsi e si spinse in avanti. Ogni volta si spostava di quattro o sei centimetri, fermandosi per riprendere fiato dopo ogni spinta. Era faticoso e aveva continuato a sudare anche se l'aria fresca dell'esterno aveva fatto scendere la temperatura.

L'uscita, fortunatamente, si trovava a pochi metri dalla diramazione della stufa e in piena vista. Si trattava di un'altra semplice grata, che pensava potesse essere facilmente rimossa con un paio di pugni.

Tirò la testa in linea con la diramazione. Girando il collo, vide la grata di ventilazione, l'unica protezione tra lui e le fiamme ormai spente della fornace sottostante. Fece luce con la torcia tra le lamelle della grata e guardò dentro.

E la stufa ronzava per prendere vita.

CHAPTER 43

"NO, NO, NO..."

"Che cos'è?" Chiese Julie.

"Il riscaldatore", spiegò Colson, indicando il suo display. "È... è *acceso.*"

La mano di Julie si premette con forza contro la bocca. La signora E si accigliò.

"Come fai a esserne sicuro?", chiese.

"È proprio qui", disse Colson. "Ho la finestra di stato del modulo sovrapposta alle altre. È quello che abbiamo osservato".

"Ma il conto alla rovescia..."

"Sì", disse Julie, con la voce tremante. "Il conto alla rovescia è ancora a più di 6 minuti".

Colson scosse la testa. "Mi... mi dispiace, è... non so cosa dire. Il riscaldatore si sta attivando. Sarà a pieno regime tra trenta secondi, ma poiché è stato messo fuori servizio di recente, l'elemento irradierà ancora molto calore...".

"Hendricks!" Julie gridò, facendo trasalire Colson. "Qual è la nostra situazione?".

"Cosa hai intenzione di..."

"Siamo ancora vivi, se è questo che vuoi sapere", ha detto Hendricks. "Non abbiamo avuto un'incursione, pensiamo che si stiano riorganizzando appena fuori...".

"Entriamo", disse. Colson si voltò per osservare questo particolare scambio. Hendricks si girò e abbassò la pistola.

"Che cosa è successo?", chiese.

"Ben..." Julie fece una pausa. "Cambio di programma".

"Oh?"

"Dobbiamo spingere il gruppo cinese là fuori e scendere noi stessi ai livelli inferiori".

Hendricks sembrò sorpreso da ciò che aveva detto, ma Colson fu più colpito dal suo tono. Non stava chiedendo il permesso a Hendricks. Stava *pretendendo*.

"Abbiamo davvero le mani in pasta con questi soldati, Julie. I -"

"Non mi *interessa*", ha detto. "Non aspetterò qui finché non ci staneranno. Possiamo trattenerli, purché non inizino a precipitarsi alla porta. Ma quanto pensi che aspetteranno prima che *ciò* accada?".

"Sicuramente ne perderanno qualcuno, ma se non lo fanno è una situazione di stallo".

Joshua guardò da Hendricks a Julie e viceversa. "Hendricks, ha ragione. Dobbiamo andare laggiù, o almeno prendere di mira quanti più uomini possibile. Siamo dei bersagli facili qui dentro".

Hendricks iniziò ad annuire lentamente. "Ok, va bene. Bene, ho capito". Guardò il resto del gruppo. "Stiamo accettando di lasciare Ben in sospeso non inviandogli i file, quindi?".

Colson si alzò dalla sua postazione alla scrivania. "Continuerò a lavorarci, probabilmente finirò qualcosa tra qualche minuto. Sarò in grado di vedere quando - *se* - Ben si connetterà al livello 9, così avrà almeno una possibilità. Ma..."

"Ma non pensi che Ben ce la farà". Ha detto Hendricks.

Julie non si mosse né parlò e Colson pensò che potesse scoppiare a piangere proprio lì, al centro della stanza. Tutti avevano visto la finestra di visualizzazione del prompt dei comandi e sapevano cosa significava. Qualcuno aveva cercato di violare la procedura di blocco e alla fine c'era riuscito.

Hendricks si stiracchiò, allungando il collo al di sopra del resto del gruppo. "Ascoltate", disse, con un'aria di autorità di nuovo nella sua voce. "Questo non cambia i parametri della missione. Combatteremo fino alla fine, capito? Quegli uomini là fuori non si tirano indietro, e nemmeno...".

Il proiettile diretto alla testa di Hendricks mancò leggermente il bersaglio, ma raggiunse il suo scopo.

Il proiettile atterrò con un *colpo* nauseante proprio all'interno della scapola, perforando la pelle appena sotto la scollatura. Balbettò qualche parola, l'ultima delle quali era per lo più aria, con la bocca che si muoveva impotente nel tentativo di elaborare ciò che era appena accaduto.

Ryan Kyle alzò la pistola e inchiodò l'assalitore con una rapida pressione del grilletto, facendo cadere il soldato cinese che era spuntato nella stanza e aveva messo a segno un colpo fortunato.

Gli occhi di Hendricks si spalancarono, poi si abbassarono mentre cadeva. Colson lo guardò accasciarsi sul pavimento e la sua mente tornò immediatamente alla scena della sala conferenze a vetri del Livello 2, quando il suo capo, Angela Stokes, fu uccisa in modo simile.

Cominciò a respirare pesantemente, senza rendersi conto che il nero strisciante attorno al perimetro della sua visione stava rapidamente crescendo.

Colson fece altri due rapidi respiri prima di svenire.

CHAPTER 44

BEN NON AVREBBE MAI PENSATO di poter testare i limiti della velocità di scorrimento in un condotto d'aria, ma l'inafferrabile grata alla fine del lungo condotto orizzontale divenne rapidamente l'unica cosa al mondo che gli interessava.

Quando il riscaldatore prese vita, iniziò a pompare aria quasi immediatamente. Non era così caldo come sapeva che sarebbe diventato, ma sapeva che entro un minuto sarebbe stato al massimo.

Avanzò, con le punte degli stivali che faticavano a prendere piede. Muoveva i piedi su e giù, cercando disperatamente di trovare una strategia per accelerare il passo.

Scoprì che "nuotando" nel condotto, usando le mani e i piedi allo stesso tempo, quasi come in un rituale di verme appiattito, si muoveva molto più velocemente. Ottimizzò questo movimento, ignorando il dolore bruciante dei muscoli sovraffaticati e sperando che durassero abbastanza per tirarlo fuori da questa trappola mortale.

La grata alla fine della linea diventava sempre più grande a ogni trazione in avanti, ma anche la quantità di calore che premeva sulle sue gambe. Almeno il calore si concentrava sul suo posteriore invece che sul viso, l'unica buona notizia di cui si era reso conto da quando era entrato nel pozzo.

Lo zaino era ancora legato al piede destro e sperava che il calore intenso non danneggiasse il computer all'interno.

È tutto ciò di cui ho bisogno, pensò. *Arrivare laggiù e rendermi conto che il computer è fritto.*

Ignorò il pensiero deprimente, scegliendo invece di continuare a fare l'unica cosa di cui aveva il controllo al momento: uscire dal condotto dell'aria prima che il calore della fornace lo divorasse. Tirò e spinse all'unisono, con i polsi e i piedi gonfi per la strana routine di allenamento a cui li stava costringendo.

Finalmente, dopo un minuto e mezzo, raggiunse la grata di ventilazione. Il sudore gli scendeva a fiotti dalla fronte e aveva difficoltà a respirare. L'aria secca lo stava lentamente soffocando e si sentiva come se stesse cercando di respirare in una sauna che era stata alzata troppo. L'unica salvezza era la brezza fresca che entrava nel pozzo dall'esterno. Poiché questo pozzo era un condotto di aspirazione, l'aria doveva essere aspirata nella fornace da questa griglia, ma Ben sapeva esattamente perché non sentiva molto l'aria fredda dell'Antartide: stava bloccando l'aspirazione.

Il suo grande corpo era stipato nello stretto condotto e la quantità di aria aspirata era seriamente diminuita. Un po' di acqua entrava, ma finché non ruppe la grata e non cadde sulla neve, il condotto si surriscaldò ulteriormente.

Ha battuto il pugno più forte che poteva sulla grata...

E non è successo nulla.

La pelle della mano si era ammorbidita e raggrinzita a causa del calore del pozzo e si era spaccata in due punti quando aveva colpito la griglia metallica affilata. Il sangue cominciò a fuoriuscire da una delle piccole ferite e lui imprecò. Cercò i guanti che aveva abbandonato da tempo e ne mise uno sulla mano non danneggiata. Tirò un altro pugno. E ancora.

La grata era congelata al condotto, probabilmente non era stata spostata o manomessa da quando era stata installata. Continuò a colpirla con i pugni, il suo corpo si stava ancora indebolendo a causa del calore, della disidratazione e dello sforzo che l'attacco alla griglia di ventilazione comportava.

Infine, dopo altri tre pugni, sentì un suono di scricchiolio. Colpì più volte lo stesso punto e vide il metallo cedere in quella sezione. Raddoppiò gli sforzi e riuscì a far uscire una vite d'angolo dal suo involucro. Liberato un angolo della griglia metallica, cambiò strategia, questa volta spingendo più forte che poteva sull'intero condotto, finché altri due angoli non si liberarono.

Per lui era sufficiente. Ben sporse la testa fuori dal foro rettangolare quasi sgombro e respirò una boccata d'aria fredda.

Immediatamente la gola e i polmoni gli si strinsero per lo shock. L'aria era pericolosamente fredda, ben al di sotto dello zero, e quasi lo soffocava. Sputò, costringendo il liquido a tornare in bocca, e cercò di respirare con il naso. L'accostamento tra l'essere per metà nel condotto di una fornace surriscaldata e per metà fuori in un clima di meno dieci gradi sarebbe stato esilarante per lui se non fosse stato lui a viverlo. Il suo corpo sembrava incapace di elaborare ciò che stava accadendo: la testa e i piedi stavano inviando al cervello segnali opposti sul dolore e sul disagio che stavano registrando.

Con un ultimo *schiocco*, spinse via la grata, che si staccò dalle viti di fissaggio e cadde giù...

Nella stessa valle in cui erano entrati ore prima, mettendo Ben in guardia sul *prossimo* problema da affrontare.

Era appeso a testa in giù da un condotto d'aria sul fianco di una scogliera. Il suo zaino con la corda e gli attrezzi da scalata era irraggiungibile, ancora avvolto intorno al piede all'interno del condotto.

CHAPTER 45

"JONATHAN, SVEGLIATI", DISSE JULIE. Da un minuto stava cercando di rianimare Colson, mentre tutti gli altri nella stanza stavano respingendo l'attacco dei cinesi. I soldati fuori, nella tromba delle scale, erano diventati ansiosi, ma non c'era abbastanza spazio nella stretta porta per far entrare più di due uomini alla volta, e il gruppo di Julie era riuscito a far fuori chiunque fosse abbastanza stupido da provarci.

C'era un mucchio crescente di corpi appena dentro la porta, ma Julie sapeva che probabilmente c'erano abbastanza uomini fuori per continuare l'assalto finché il suo gruppo non avesse esaurito le munizioni.

Il che, si rese conto, era un piano fantastico. Non c'erano altre opzioni, in realtà. Le granate che avevano lanciato si erano rivelate inefficaci in una stanza così grande, e chiunque delle forze cinesi avesse osato lanciarne una veniva facilmente eliminato dalla pistola di Reggie o di Kyle. Joshua si era spostato per controllare Hendricks, ma Julie lo aveva sentito chiamare poco dopo. Il loro capo era morto e Joshua avrebbe finalmente avuto la sua occasione.

Sapeva che quell'uomo era riluttante ma capace e che li avrebbe serviti bene. La perdita di Hendricks l'aveva scossa, ma rivolse subito la sua attenzione al risveglio di Colson.

"Colson, puoi..."

Colson tossì, poi sbatté le palpebre. All'inizio sembrava confuso, non sapeva dove si trovasse. Nel giro di pochi secondi, la vitrea si è dissolta nei suoi occhi e si è alzato a sedere.

"Che cosa è successo?"

Julie non rispose e gli occhi di Colson si allargarono mentre tutto tornava a galla. Si strofinò gli occhi e gemette.

"Hendricks?", chiese.

Julie scosse la testa.

Il volto di Colson cadde. "Che peccato. Mi piaceva". Aspettò un attimo, guardando la sua squadra che affrontava facilmente la minaccia nel corridoio, poi si voltò verso Julie. "Abbiamo notizie di Ben?".

Questa volta toccò a Julie rivivere un ricordo orribile. Scosse di nuovo la testa. "No, ma dobbiamo comunque andare laggiù. Se riesce ad arrivare almeno al livello 10 attraverso il condotto di ventilazione, e poi a salire solo una serie di scale fino al 9, possiamo dargli tutto l'aiuto di cui ha bisogno. Speriamo che l'attacco si concentri su di noi, così le scale dei livelli inferiori non saranno piene di soldati".

"E non resisteremo quassù", mormorò Colson.

"Giusto. I cinesi ci aspetteranno, mandando un paio di loro uomini ogni pochi minuti per assicurarsi che stiamo esaurendo le munizioni. Poi è solo questione di tempo...".

Uno stridio stridente si sentì in tutta la stanza e Julie si interruppe. Guardò gli altri, cercando di capire cosa avesse causato il rumore.

"È l'ascensore!" Reggie gridò, puntando la pistola contro la sezione ingabbiata vicino alle scale.

Julie vide che la tromba dell'ascensore, che fino a quel momento era rimasta vuota e chiusa in gabbia, ronzava. La porta esterna della gabbia tintinnava mentre la scatola metallica che scendeva lentamente scivolava giù da un livello superiore. Non poteva ancora vedere la cabina, ma aveva tutte le ragioni per credere che fosse piena di uomini. Reggie iniziò subito a sparare contro la gabbia, ma i proiettili reindirizzati colpirono la gabbia esterna producendo solo scintille.

"Non riusciremo a fare un tiro efficace attraverso la gabbia", ha detto dopo un attimo.

"No", disse Joshua, "dobbiamo aspettare che scendano qui. La gabbia si apre dal basso verso l'alto, credo, quindi potremmo riuscire a colpire meglio i loro piedi e le loro gambe prima che possano davvero difendersi".

"Ma che dire di quest'*altro* gruppo?" Chiese Ryan Kyle. Gridò la domanda sopra la spalla sinistra, mentre continuava a mirare e a fissare le scale.

Nessuno parlò per qualche secondo e Julie sentì la tensione nella stanza aumentare. *Non siamo preparati per questo,* pensò. *Siamo in inferiorità numerica, di armi e ora anche di manovre.* Sapeva che avrebbero potuto tenere a bada i cinesi per qualche tempo solo se avessero dovuto combattere su un unico fronte. Ma l'attacco su più fronti che ora li minacciava avrebbe rapidamente ridotto i loro ranghi.

Bastava che un altro della loro squadra cadesse e il nemico avrebbe avuto il sopravvento. Da lì sarebbe stato impossibile tenere fuori le forze. Anche cercare di seguire il percorso di Ben attraverso i condotti di ventilazione era una ricetta per il disastro, e non avrebbe fatto altro che metterli in fila e consegnarli ai cinesi o alla squadra di sicurezza.

"Potrei avere un'idea", ha detto Colson.

Julie si girò, accigliata.

"È un'ipotesi azzardata, ma...".

"Colpiscimi, Colson", disse Reggie, con voce impaziente. "*Tutto ciò che* facciamo da qui in avanti è un "tentativo"".

"Ok, ci sono *due* gruppi di soldati che stanno cercando di attaccarci, giusto?".

Nessuno rispose. L'ascensore continuava a ronzare e Julie si chiese quanto tempo avessero prima che la cabina fosse abbastanza vicina per vedere quanti passeggeri ci fossero a bordo.

"E non siamo sicuri che questo gruppo sull'ascensore sia delle forze cinesi. Se lo sono..."

Non aveva bisogno di finire il pensiero. *Se lo sono*, significa che siamo *fregati*. *Non possiamo respingere entrambi i lati dell'attacco, soprattutto se Hendricks e Ben non ci sono.*

"Ma se *non lo sono*", ha continuato Colson, "significa che sono gli *altri* cattivi. E se entrano nella stanza e cominciano a guardarsi intorno, i cinesi potrebbero...".

"Sì!" Reggie gridò. "Accidenti, perché non ci ho pensato!".

Colson sembra dispiaciuto di essere stato interrotto, ma allo stesso tempo sorpreso e incoraggiato dal fatto che Reggie abbia accettato la sua idea. Annuì, ma Reggie aveva già rubato la scena.

"Cosa ne pensi, Jefferson?".

Anche Joshua annuì. "Mi piace. Andiamo in fondo alla stanza, vediamo se possiamo nasconderci dietro qualcosa".

Julie seguì Colson, la signora E e Reggie mentre si dirigevano verso il fondo della stanza. Joshua e Ryan Kyle rimasero indietro per coprire la loro ritirata. Non le era ancora del tutto chiaro il piano, ma si fidava del giudizio della nuova leadership del gruppo.

"Proprio lì", disse Reggie, indicando con la pistola. "Togliete quella robaccia da quel tavolo e rovesciatela".

Colson si irrigidì alla descrizione che Reggie aveva fatto dell'attrezzatura informatica, ma fece come gli era stato detto e aiutò Julie a sgomberare e rovesciare il tavolo. Era solido, con un piano di metallo rinforzato e gambe pieghevoli. Non li avrebbe tenuti completamente al sicuro, ma almeno li avrebbe nascosti dagli aggressori.

Reggie prese un altro tavolo e lo girò, poi un terzo. Iniziò a dirigersi verso un quarto e un quinto tavolo nelle vicinanze. Quando Joshua e Kyle riuscirono a raggiungerli, avevano un fortino improvvisato di tavoli rovesciati, completo di componenti e pezzi di computer sparsi che fungevano da fossato.

"È abbastanza lontano dalla parete di fondo da impedire che possano lanciare una granata su di noi. Ma questi non bloccheranno molto se concentrano il fuoco. Contiamo che Colson abbia ragione".

Julie guardò Colson, ma i suoi occhi erano puntati sull'ascensore. Si accorse che era effettivamente pieno, *stracolmo*. Probabilmente c'erano dieci o dodici uomini nella cabina e poteva vedere le punte dei loro fucili mentre scendevano lentamente verso il basso.

I soldati cinesi non erano più entrati nella stanza dopo l'ultimo tentativo di suicidio e un'inquietante quiete era calata sulla stanza. La mente di Julie correva, ma la relativa calma la portò a pensare a Ben. Voleva sapere se era ferito o bloccato. *O...*

Non poteva fare nulla per lui, se non finire il lavoro. Avrebbe potuto vederlo al Livello 9, oppure no.

L'ascensore giunse a destinazione al livello 7 e la porta si aprì. Gli uomini nella parte anteriore della cabina erano pronti non appena la porta della gabbia si sollevò e cominciarono ad accovacciarsi e ad uscire sul livello. Julie abbassò la testa insieme agli altri e si guardò intorno.

"È la forza di sicurezza".

"Questa è la buona notizia", ha detto Joshua. "La cattiva notizia è che sta per esserci un brutto combattimento, e noi ci siamo proprio nel mezzo".

CHAPTER 46

CI VOLLERO altri cinque minuti di manovre precarie per portare lo zaino all'altezza della vita, dove poteva raggiungerlo con la mano. Ormai aveva indossato sia i guanti che la calotta cranica, ma cominciava a sentire l'intorpidimento del viso. Una volta afferrato lo zaino con il guanto, lo fece scivolare con la massima cautela possibile in avanti e fuori dal condotto.

Si liberò dalla sua presa e ruzzolò giù per la parete rocciosa, su una distesa di neve e fuori dalla vista.

Ruggì con rabbia, battendo il pugno contro il fianco della scogliera ghiacciata e quasi perdendo l'equilibrio.

Il riscaldamento funzionava a pieno regime, ma l'apertura di aspirazione era abbastanza grande da permettere a una discreta quantità d'aria di spingersi tra le sue gambe e la parte inferiore del corpo e il tetto del pozzo, raffreddandolo a sufficienza per non correre rischi. Approfittò dei pochi secondi di tregua per decidere la sua prossima mossa.

La squadra non avrebbe spento il riscaldamento - se mai ci fosse riuscita - finché lui non avesse aperto il portatile e non si fosse collegato a una porta Ethernet. Questo significava che era sfortunato se cercava di tornare indietro attraverso il condotto.

Poteva vedere l'estremità di una delle cinghie dello zaino spuntare attraverso la neve e si chiese come fosse il terreno. Quando si rese conto di dove si trovava, alzò lo sguardo verso l'orlo del precipizio che lo sovrastava, poi abbassò ancora una volta lo sguardo sullo zaino.

Da qui siamo già caduti a terra.

La prima volta che era stato su questa scogliera, l'esercito cinese li aveva spinti oltre il bordo e poi aveva tagliato le loro corde, facendoli precipitare per centinaia di metri.

Dove erano tutti atterrati al sicuro negli enormi cumuli di neve.

Proprio come lo zaino.

Sapeva che il portatile era sopravvissuto alla caduta e sapeva che sarebbe sopravvissuto anche lui. Il problema per Ben era che in tutta la sua vita non era mai caduto di proposito da un'altezza qualsiasi.

Si era imposto di rimanere a terra il più possibile e, a parte alcuni incidenti ravvicinati a Yellowstone e in Amazzonia, aveva trascorso la maggior parte della sua vita radicato alla Terra.

Ora si trovava di fronte a una caduta di proposito, a testa in giù, su un cumulo di neve che, *per lo più,* era sicuro di sostenere il suo peso e, *per lo più,* era abbastanza profondo da attutire il suo atterraggio.

Gemeva. *Questo è il giorno più brutto della mia vita.*

Poi si dimenò in avanti finché il peso della parte superiore del corpo non tirò fuori la parte inferiore dal pozzo, e serpeggiò lungo il lato della scogliera per un secondo, finché la gravità non prese il sopravvento.

La caduta fu ancora meno divertente di quanto si aspettasse e lui urlò con una voce acuta che non aveva mai saputo di poter emettere.

Fece del suo meglio per infilare la testa sotto il petto, sia per il puro terrore del terreno che avanzava rapidamente, sia per la consapevolezza inconscia che atterrare direttamente sulla testa poteva non essere la scelta ottimale. Il movimento e lo slancio della caduta gli fecero fare il giro del corpo, in modo che atterrasse per lo più sulla schiena, ma il tonfo dell'impatto gli tolse comunque il fiato.

Ben sapeva di essere vivo, ma gli ci volle un minuto per decidere se quello fosse davvero il risultato migliore. Giaceva immobile nella neve dura, con un milione di piccoli tagli provocati dai cristalli di ghiaccio che gli graffiavano la pelle del viso. Il calore del pozzo era stato immediatamente sostituito dal freddo più intenso che avesse mai provato. A Yellowstone aveva partecipato alla tradizione dei guardaparco di tuffarsi nell'acqua ghiacciata ogni gennaio, ma sempre per non più di qualche secondo e sempre seguito da un lungo tuffo in una vasca idromassaggio.

Dio, cosa non farei per una vasca idromassaggio in questo momento. L'immagine nella sua mente di rilassarsi in una vasca idromassaggio con Julie che indossa uno dei suoi minuscoli costumi da bagno lo fece soffrire ancora di più.

Rotolò, il deja vu dell'atterraggio nella neve di prima lo colpì contemporaneamente alla consapevolezza che *non aveva alcun interesse* a proseguire in un altro pozzo. Tuttavia, non aveva intenzione di abbandonare Reggie, Joshua e Julie, così esplorò il banco di neve e trovò il condotto aperto che conduceva al livello più basso. Era proprio come l'avevano lasciato, un rettangolo nero vuoto che era solo leggermente più scuro della scogliera poco illuminata alle sue spalle.

Ancora una volta guardò in alto, aspettandosi di vedere altri soldati cinesi che lo osservavano dall'alto. Recuperò lo zaino mentre si dirigeva verso l'apertura e tirò fuori il portatile. Gli diede un'occhiata sommaria, supponendo che, non essendoci danni all'esterno, fosse ancora in buone condizioni di funzionamento. Non era un completo ignorante in fatto di computer, ma non voleva correre il rischio di rovinare qualcosa aprendolo preventivamente. O funzionava o non funzionava, e non c'era nulla che potesse fare in entrambi i casi.

Si accovacciò, inginocchiandosi sulla neve fredda per guardare nel buco. Illuminando il pozzo, vide che la via era ancora libera e che lo spazio metallico rettangolare era molto più grande del pozzo di riscaldamento precedente. Non avrebbe avuto problemi ad attraversare questo condotto e ad entrare nel Livello 10 come aveva fatto il gruppo in precedenza.

Ben indossò lo zaino e iniziò a strisciare in avanti nel pozzo.

Un ronzio si fece sentire alle sue spalle e gli si rizzarono i peli sulla nuca. Riconobbe subito il suono.

I droni scesero nella valle e trovarono subito Ben, il cui corpo prono era a metà del pozzo. Si bloccò, incerto sulla mossa migliore da fare.

Due droni si sono librati all'esterno sopra la coltre di neve, individuando la sua posizione.

Poi ha aperto il fuoco.

CHAPTER 47

JULIE ERA PREOCCUPATA PER BEN. *Preoccupata* era un eufemismo, ma era tutto ciò che poteva permettersi al momento. Se ci fosse stato il tempo, la sua attenzione si sarebbe potuta rivolgere completamente all'uomo che amava e lei avrebbe perso ogni parvenza di determinazione, sfilacciandosi fino ad essere fuori di sé per la paura, l'ansia e la rabbia.

Rabbia con se stessa per aver permesso che ciò accadesse e per aver affrontato con tanta leggerezza le loro avventure insieme. Era quasi come se avesse dato per scontato che, dal momento che erano riusciti a superare le situazioni di Yellowstone e dell'Amazzonia tutti interi, per lo più incolumi, ora fossero in qualche modo invincibili. Era arrabbiata perché il suo cervello logico aveva preso il sopravvento sul suo istinto protettivo emotivo, permettendo a Reggie di convincerli a visitare il Colorado per incontrare i signori E.

Ma se avesse avuto il tempo e la concentrazione per elaborarlo correttamente, si sarebbe resa conto che era anche arrabbiata con Ben per le stesse ragioni. La colpa della loro presenza qui, nel profondo di una banchisa in una stazione di ricerca ostile, era anche sua. Aveva la colpa di averla coinvolta fin dall'inizio, scegliendo di mettere in pausa le loro vite mentre inseguivano un'organizzazione sfuggente per un fine di cui lei non era del tutto sicura.

Per certi versi era grata di non avere la larghezza di banda per elaborare quelle emozioni, perché sapeva che avrebbe perso il controllo della realtà in pochi secondi se lo avesse fatto. Era invece concentrata sulla scena che si stava svolgendo davanti al tavolo dietro il quale era accovacciata, in attesa dell'inevitabile sparo che avrebbe detto che i due eserciti ostili in marcia l'uno verso l'altro si erano finalmente incontrati nella terra di nessuno.

La squadra di sicurezza che era entrata pochi secondi prima era senza dubbio nella stanza, proprio nel punto in cui il gruppo di Julie era stato evacuato pochi istanti prima, e li stava cercando. Avrebbero visto i tavoli e il disordine di fronte a loro e avrebbero capito subito che fine aveva fatto il gruppo, poi avrebbero iniziato a sparare.

Julie era sicura che questo fosse l'ordine degli eventi a venire, ma non era sicura di quanto tempo ci sarebbe voluto. Le sembrava che fossero passate ore, ma sapeva che era passato meno di un minuto da quando il nemico era entrato.

I soldati cinesi ancora nascosti dietro la porta della tromba delle scale avrebbero presto fatto capolino per vedere cosa fosse cambiato. Incuriositi dal silenzio della stanza, avrebbero controllato che il loro nemico civile americano fosse ancora nella grande sala. Quando invece vedevano le forze di sicurezza, attaccavano.

Quella era la battaglia che Julie e gli altri stavano aspettando e, nell'attesa, si sentiva sempre più stanca per l'ansia. Guardò Reggie, accovacciato al suo fianco, per valutare le reazioni degli altri.

"Resistere?", sussurrò.

Lei annuì. "Certo, credo".

"Presto sarà tutto finito".

Lei sorrise. "Come fai a saperlo?"

"Tutto finisce. Nell'intero schema delle cose, questo non durerà a lungo".

Pensò a questa risposta per qualche secondo di troppo. "È un momento strano per essere criptici, Reggie. Inoltre, non mi sei mai sembrato un tipo 'profondo'".

Lui alzò le spalle e lei distolse lo sguardo per un attimo. "Tutti sono profondi", rispose lui. "Alcuni non sanno come esprimerlo".

Julie fu davvero sorpresa dalla franchezza dell'uomo. Spostò lo sguardo su Reggie e lo vide sfoderare il suo caratteristico sorriso smisurato. Qualsiasi intensità ci fosse stata nella sua voce fino a un momento prima, ora era sparita, sostituita da una nonchalance strana e bizzarra che lei conosceva bene.

"Tieni duro?" Chiese Julie.

Gli occhi di Reggie si spostarono verso l'esterno e poi di nuovo verso di lei. "Sì, perché?"

Si irrigidì, concentrandosi su di lei e su nient'altro. Ma era troppo tardi. Lei aveva visto l'esitazione, la stanchezza. Iniziò a fare un'altra domanda, ma la sua attenzione fu attirata dalla parte anteriore della stanza. Non poteva vedere nulla di utile, perché erano tutti accovacciati sul pavimento, nascosti dietro i tavoli rovesciati, ma le sue orecchie le dissero quello che doveva sapere.

La squadra di sicurezza era quasi su di loro. Voci maschili grugnivano tra loro mentre attraversavano l'ampio corridoio alla ricerca di eventuali nascondigli. Il suo nascondiglio era l'ultimo posto da controllare e Julie poteva quasi sentire la loro aspettativa e la loro anticipazione mentre pianificavano la loro mossa.

Reggie le afferrò il braccio, facendo silenziosamente cenno ad alcune istruzioni. Pensò che intendesse farli saltare in piedi e cogliere di sorpresa la squadra. Joshua annuiva in accordo e lei si guardò intorno al resto del gruppo. Ryan Kyle stava preparando lentamente e silenziosamente la sua arma e la signora E stava controllando il suo zaino per trovare altre munizioni.

Dalla tromba delle scale scoppiò una scarica di spari e Julie capì che era iniziata.

"Ora!" Reggie urlò.

Saltò su per primo, seguito da Kyle e dalla signora E. Joshua e Julie spuntarono le teste al di sopra della loro copertura e Julie intravide Colson che si spingeva dal pavimento, con la pistola di Joshua in mano.

Il primo colpo di Reggie abbatté la guardia di sicurezza più lontana da loro, ma l'unico dei soldati che li fronteggiava. Si erano voltati per valutare la minaccia proveniente dalla tromba delle scale e furono colti di sorpresa dall'attacco di Reggie alle spalle. Gli altri uomini si girarono rapidamente, cercando di allontanarsi. Julie riuscì a colpire uno degli uomini più vicini a lei, che cadde tenendosi il fianco.

Due delle guardie di sicurezza si erano staccate dal gruppo centrale e avevano trovato una copertura vicino al lato della stanza, dove presero posizione concentrandosi su uno dei due nemici che convergevano su di loro dai lati opposti. Julie osservò che altre tre guardie di sicurezza correvano di nuovo verso l'ascensore, cercando di ritirarsi nella relativa sicurezza dell'interno della cabina. Joshua colpì uno di questi uomini mentre correvano e i soldati cinesi ne colpirono un altro.

"Ok", urlò Joshua, "torniamo al punto di partenza. Abbiamo i cinesi davanti a noi, due guardie di sicurezza alla nostra destra e una nell'ascensore a sinistra. Qualche idea?".

"Non possiamo più aspettare", disse Kyle. "Dobbiamo spingere verso l'alto, forse anche per vedere se riusciamo a scendere al centro senza farci affiancare".

"Giusto", ha aggiunto Reggie. "Si aspetteranno che restiamo lungo le pareti, ma se siamo in grado di muoverci abbastanza velocemente, possiamo continuare a spingere questi tavoli in avanti mentre il resto di noi si copre. Per ora stanno trattenendo i colpi".

Julie puntò verso la lunga stanza, in attesa di un movimento. "Ma poi? Non si tireranno indietro".

"Non ne avranno bisogno", disse Joshua. "Abbiamo una mira migliore dei cinesi da questa distanza, ma le guardie di sicurezza sono ben addestrate, quindi *ci* prenderanno di mira se restiamo qui. Se li teniamo sulle spine, possiamo concentrarci prima sulla squadra di sicurezza e poi tornare in posizione offensiva per lavorare sui cinesi".

"Un piano buono come un altro", disse Reggie. Julie non era d'accordo, ma non discusse. Avrebbero avuto bisogno di molto più di un piano mediocre per superare la fase successiva.

"Abbiamo abbastanza munizioni?". Julie sentì la signora E chiedere sopra i rapidi spari.

Guardò la donna anziana e aspettò che qualcuno degli uomini rispondesse alla domanda.

Joshua scosse la testa e Reggie fece spallucce.

"Ho due riviste", ha detto Kyle. "Ma è tutto. Non sono abbastanza da condividere, soprattutto con la decina di ragazzi che dobbiamo superare".

Con il fallimento del piano prima ancora di iniziare, il cuore di Julie sprofondò. Si sforzò di concentrarsi su qualcosa di positivo, non credendo più che ci fosse una speranza per loro. Non riusciva nemmeno a parlare con Reggie, ora che tutte le armi erano puntate sulle forze avversarie ai lati e di fronte a loro.

È la fine, pensò per la decima volta quel giorno. Era ormai senza opzioni, senza tempo e senza Ben al suo fianco. Due forze nemiche, entrambe ben addestrate e ben armate, si stavano abbattendo su di loro dal lato opposto di una stanza troppo piccola per nascondersi, e il loro attacco a sorpresa aveva fatto guadagnare loro solo un altro minuto o due di vita.

Sentiva che le lacrime stavano per arrivare e questo la faceva arrabbiare. Non era una persona che piangeva e odiava quando le emozioni si impadronivano della sua mente, altrimenti guidata dalla logica. Julie cercò di ignorare il calore pungente agli angoli degli occhi, ma concentrarsi sulle lacrime non fece altro che farle scendere più velocemente.

Potete superarlo. Ne hai passate di peggiori.

Ripeteva le parole più volte nella sua testa, ma un sospetto assillante rimaneva.

Ho *passato di peggio?*

CHAPTER 48

"ALLORA... QUALCHE ALTRA IDEA?".

Nessuno parlò, ma Julie sentì dei passi alla sua sinistra e osò sbirciare oltre le sue spalle. Jonathan Colson si stava dirigendo verso un carrello per inservienti rovesciato, di quelli che Julie aveva visto usare negli uffici per contenere i secchi delle scope e il materiale per le pulizie. Non c'era nessun inserviente in vista, ma Colson era concentrato su qualcos'altro.

Raggiunse il carrello dopo una mezza camminata che lo tenne abbastanza accucciato da evitare gli archi di proiettile, e si abbassò per prendere una piccola tavoletta. La impugnò con la mano destra mentre tornava verso il gruppo.

"Che cos'è?" Chiese Julie quando Colson si accasciò al suo fianco. Premette il pulsante per accendere il display del dispositivo e lo schermo prese vita.

"Quasi una carica completa", disse Colson, ignorando la sua domanda. "Bene".

Julie lo guardò curiosare sullo schermo e alla fine tirò fuori un'applicazione che mostrava quello che sembrava un cruscotto di metriche. Ne riconobbe lo stile; al CDC il suo reparto informatico aveva schermi come questo in funzione costantemente, per monitorare tutto, dal carico dei server alla temperatura della CPU e alla larghezza di banda della rete. All'inizio non vide nessuna di queste cifre in particolare e si rivolse a Colson per avere una spiegazione.

"È la nostra stazione di monitoraggio interna", ha detto. "Un cruscotto per tenere d'occhio le statistiche chiave della base".

Stava bisbigliando, come se le due forze nemiche non sapessero già che si erano nascoste lì, e Julie gli fece cenno di sbrigarsi.

"Ha un sistema di allarme di base e ci dirà dove ci sono allarmi in giro per la stazione".

"Perché è utile?" Chiese Joshua.

"Non è perfetto, ma dovrebbe dirci dove ci sono stati dei combattimenti, poiché gli allarmi faranno scattare una spia qui se ci sono stati danni alle infrastrutture".

"Danni come... cosa?".

"Come se un proiettile vagante facesse scoppiare uno di quei piccoli palloncini di controllo del clima sulle pareti, o colpisse qualcosa di abbastanza importante da avere un sensore incorporato".

"Così possiamo effettivamente vedere dove è stato il nemico".

"Giusto, e se siamo fortunati, *non sono* ancora scesi fino in fondo". Continuò a spostare le cose sul cruscotto, aggiungendo e configurando diverse caselle colorate finché non fu soddisfatto.

"Non sarà abbastanza preciso", disse Reggie. "Potrebbero aver attraversato il livello senza far scattare alcun sensore".

"È su questo che sto lavorando", ha detto. "L'azienda avrebbe voluto impiantare dei localizzatori in ognuno di noi, ne sono certo, ma non ci sarebbe riuscita. Così hanno tracciato i nostri badge *identificativi*. È una funzione di sicurezza, hanno detto, in modo che possiamo sempre sapere dove si trova il membro del team di sicurezza più vicino".

"E pensi che questi nuovi ragazzi abbiano badge rintracciabili?".

Colson alzò gli occhi dallo schermo e fissò Reggie. "Onestamente, no. Non sono i tipici addetti alla sicurezza della base, sono qualcosa di completamente diverso. Secondo me si tratta di sicurezza privata. Dubito che seguano le stesse regole dei poliziotti a pagamento che abbiamo incontrato prima".

"Ma vale la pena tentare", ha detto Joshua.

Colson annuì, abbassando la testa per continuare a lavorare sullo schermo. "Ma vale la pena tentare".

Sfogliò alcune schermate e alla fine arrivò a una mappa di tutti i livelli, sovrapposti l'uno all'altro. Usò le funzioni multitouch della tavoletta per manipolare l'immagine con le dita, girando i livelli mentre l'immagine tridimensionale sullo schermo ruotava sui suoi tre assi. Indicò con l'altra mano. "Quello è l'ascensore", disse, mostrandole un pozzo rettangolare verticale che attraversava tutti i livelli della base in un angolo della mappa.

"Si sta muovendo", ha detto.

"Sì, sembra che stia salendo verso l'alto". Una luce lampeggiante indicava il punto in cui l'ascensore stava salendo, e Julie e Colson fissarono lo schermo per un momento.

"È strano", ha detto Colson.

"Cosa?" Julie non aveva notato alcun cambiamento, ma scrutò ancora di più la mappa.

"Il livello superiore. C'è un piccolo pozzo di manutenzione che dà sull'esterno, ma l'unico altro modo per entrare e uscire dalla base è la porta d'ingresso principale. È un'enorme porta di garage in cemento, che si apre a ribalta e scorre su ruote meccaniche".

"E che dire?"

"Beh, si sta aprendo". Indicò il livello superiore e aprì le dita per ingrandirlo. Il livello superiore della base volò verso di loro e Julie poté vedere una piccola rappresentazione in wireframe di quello che sembrava un grande sistema di porte di garage che si apriva lentamente.

"È *enorme*", ha detto. "Perché così grande? Sembra inefficiente se è l'unico modo per entrare e uscire".

"Non lo è", ha risposto Colson. "Perché nessuno entra ed esce davvero. Almeno non più di due volte all'anno. Non stiamo studiando l'ambiente in cui ci troviamo, quindi non c'è motivo di uscire. Tutte le funzionalità della base sono completamente accessibili sotto terra, quindi non abbiamo bisogno di porte piccole. Questa porta è abbastanza grande da farci passare un aereo".

Gli occhi di Julie si allargarono leggermente. "Allora, significa che sta passando un aereo?".

Colson annuì. "È quello che significherebbe in circostanze normali, anche se non riesco a immaginare perché lo sia ora. Ho visto quella porta aperta solo due volte: una quando sono arrivato io e una quando sono arrivate le squadre di sicurezza aggiuntive. Forse stanno mandando altri soldati".

Julie odiava questo pensiero, ma non riusciva a pensare a nessun altro motivo per cui il portello dell'ingresso principale si sarebbe aperto. Inoltre, l'ascensore *stava* salendo al livello superiore, forse per ricevere i nuovi visitatori. Guardò di nuovo lo schermo e notò un pozzo simile che attraversava i livelli sul lato opposto della stanza rispetto all'ascensore.

"Che cos'è?", chiese.

Alzò lo sguardo, fissando il punto della parete che pensava corrispondesse al pozzo sullo schermo.

Scrollò le spalle. "È più grande dell'ascensore. Il pozzo dell'ascensore di manutenzione, anche se non l'ho mai visto usare e non ho mai sentito nessuno parlarne. Sembra che l'abbiano murato per qualche motivo".

"Ok", ha detto, "che altro? Non possiamo fare nulla in questo momento, quindi cos'altro stiamo cercando?".

Colson non rispose, ma chiuse la visualizzazione della mappa e tornò alla schermata principale del cruscotto. Julie lo guardò lavorare, comprendendo finalmente la disposizione dello schermo. Colson era molto più veloce di lei nella navigazione del sistema, ma ora riusciva a capire a cosa si riferisse la maggior parte delle caselle del cruscotto.

Indicò una di esse. "È il tempo esterno?".

Colson annuì, senza impegnarsi più di tanto.

"Colson?"

Si fermò, uscendo dalla sua zona per aspettare la domanda di Julie. Quando si rese conto che lei l'aveva già posta, sembrò risvegliarsi completamente e prendere vita. "Sì, giusto. C'è una piccola torre meteorologica a circa un miglio da qui, nascosta alla base della catena montuosa. Invia dati a una velocità impressionante, considerando che...".

"Colson", disse Julie, attirando la sua attenzione. "*Perché* fuori il tempo sta calando? Prima hai detto che era intorno ai meno dieci".

Colson controllò i dati e aggrottò le sopracciglia, muovendo il dito sulla piccola casella per manipolare la gamma di dati che gli erano stati forniti. "Sì, sembra proprio che...".

Reggie e Joshua incrociarono lo sguardo di Julie, per un attimo disinteressata alla battaglia che infuriava a lato della stanza. Lei sapeva cosa stavano pensando.

"Colson, cosa sta succedendo là fuori?". Sussurrò, sentendo già la voce che cominciava a tremare.

Ben...

Colson si schiarì la voce e toccò due volte una sezione dello schermo. Un'immagine satellitare ingrandita dell'area sopra la base venne visualizzata a grandezza naturale sulla tavoletta, e poi premette un altro pulsante sullo schermo che sovrappose l'immagine radar in movimento.

"Seguiamo anche un feed pubblico dalle stazioni meteorologiche della McMurdo, quindi possiamo essere abbastanza certi che siano accurate. Ma sembra che..."

A Julie cadde la mascella e iniziò a respirare più velocemente. *Oh, mio Dio.*

"Cosa c'è, Jules?" Chiese Reggie, avvicinandosi.

Prese la tavoletta dalle ginocchia di Colson e la fissò mentre l'immagine si muoveva, più e più volte, mentre i dati si aggiornavano quasi in tempo reale. Osservò l'indicatore della temperatura che scendeva, raggiungendo livelli incredibili.

-16.

-17.

Scosse la testa, poi la girò in modo che Joshua e Reggie potessero vederla.

Fuori dalla stazione, quasi direttamente sopra la loro posizione attuale, c'era una tempesta assolutamente *massiccia.*

CHAPTER 49

FRANCIS VALÉRE ERA SCUOTO PER L'atterraggio brusco nella tempesta dell'edificio, ma il suo pilota era riuscito a farli atterrare e a farli rotolare nel lungo hangar in pendenza al primo livello. Pochi minuti dopo, aveva detto il pilota al momento dell'atterraggio, e non ce l'avrebbero fatta affatto. Prese un'altra pillola, l'ultima che aveva con sé, e uscì sul ghiaccio.

Il suo aiutante per questa missione, l'uomo che era seduto di fronte a lui sull'aereo cargo, gli afferrò il gomito e aiutò Valére a tenersi in equilibrio mentre si dirigevano verso la porta dell'ascensore di manutenzione nascosto. Aveva deciso, poco prima del completamento dei lavori, di nascondere l'ascensore, limitandone l'accesso una volta sistemati i macchinari e i sistemi informatici più grandi e riservandone l'uso a poche persone.

Mentre si avvicinavano all'ascensore, la cui grande porta si stava già aprendo, rivelando un interno simile a una gabbia di acciaio e alluminio, sentì degli spari.

L'uomo al suo fianco si irrigidì, ma continuarono a camminare. Gli altri due soldati camminavano al passo dietro di loro, fornendo a Valére la protezione necessaria.

"Sembra che la nostra squadra stia impegnando la forza cinese", ha detto l'uomo.

Valére annuì, chiudendo gli occhi. "Hai mai scoperto il motivo del loro arrivo?", chiese.

"Hanno intercettato un segnale di quando SARA è entrata in funzione. A quanto pare ha succhiato molta banda qui durante il suo ciclo iniziale di accensione, e un paio di satelliti di sorveglianza programmati per McMurdo l'hanno visto".

Non avremmo mai dovuto essere così vicini, pensò Valére. Si era opposto alla costruzione della base così vicina alla stazione di ricerca americana, ma era stato messo in minoranza, quando *esisteva* un protocollo per le decisioni tramite quorum. Voleva che Draconis stabilisse una stazione dall'altra parte della Cordigliera Transantartica, ma la logistica dell'equipaggiamento e della catena di rifornimento in una zona climatica molto più instabile era troppo difficile da convincere.

Sperava che i cinesi fossero l'unica nazione ad aver visto il segnale, e sapeva che era probabile. I cinesi erano stati una spina nel fianco costante, fin da prima che prendesse il comando. Erano incessanti nella loro sorveglianza e sembravano avere risorse illimitate da impiegare per assicurarsi i segreti della difesa. A Valére era costato una fortuna difendersi dalle loro intercettazioni, ma anche lui sapeva che era solo questione di tempo prima che trovassero una falla nella sua armatura.

Alla fine, la falla nella sua armatura era l'armatura stessa. SARA, responsabile di tutti i sistemi automatizzati della stazione, dal controllo del clima alle procedure di spegnimento e riavvio, era anche incaricata della sua sicurezza e difesa. Quando qualcuno aveva tentato di spegnere il sistema di riscaldamento della base, SARA aveva immediatamente annullato l'accesso e lo aveva riacceso. Era brava nel suo lavoro, ma Valére voleva *di più*. Voleva la *perfezione*.

Era frustrato dai suoi enormi requisiti energetici, ma per il momento era un male necessario. Presto, una volta eliminata la minaccia cinese e quella, molto più contenuta, di Joshua Jefferson e del suo equipaggio, Valére sarebbe stato in grado di ottimizzare le funzionalità di SARA, arrivando a utilizzare meno della metà della potenza di calcolo disponibile sotto i suoi piedi.

"C'è una squadra che sta salendo al livello uno, signore", gli disse l'uomo mentre entravano nella cabina dell'ascensore. "Dobbiamo muoverci; probabilmente stanno preparando una posizione qui nell'-hangar per tendere un'imboscata ai cinesi quando li attireranno allo scoperto".

Valére annuì, lasciando che il suo aiutante lo aiutasse a entrare nell'ascensore, e le porte si chiusero proprio mentre il rumore assordante degli spari iniziava a riversarsi nell'hangar.

CHAPTER 50

I PRIMI COLPI ANDARONO A VUOTO, ma Ben sentì due dei piccoli proiettili sparati dal quadcopter rimbalzare sul lato del condotto metallico. Tirò rapidamente le gambe, sperando di arrivare abbastanza lontano nel condotto per sfuggire alla raffica di proiettili in miniatura.

Scivolò più in là, sentendo il quadruplo che si librava appena fuori dal condotto. C'era abbastanza spazio per rotolare e sdraiarsi sulla schiena, dove avrebbe potuto vedere meglio il suo aggressore, ma non voleva rischiare di beccarsi un proiettile in faccia, per quanto piccolo.

Ben ricordava il primo degli uomini di Hendricks ad essere stato colpito nel veicolo di trasporto. Non solo il colpo aveva sfondato gli spessi vetri, ma aveva anche ferito gravemente l'uomo.

Ben scivolò un po' più in là, sentendo finalmente una certa distanza tra i suoi piedi e l'elicottero. Proprio quando cominciò a pensare che il drone avesse perso interesse per lui, sparò di nuovo.

Questa volta i colpi andarono a segno. Uno dei proiettili gli sfiorò la gamba dei pantaloni, provocando un foro direttamente attraverso gli spessi pantaloni da sci.

Uno dei proiettili colpì il metallo accanto a lui, rimbalzando di nuovo nel pozzo.

E uno dei proiettili si è conficcato nella parte posteriore del muscolo del polpaccio.

Ululò, incapace di controllare lo sfogo. L'urlo si propagò lungo il pozzo e senza dubbio nel livello sottostante. Il dolore lacerante del piccolo proiettile aumentò d'intensità dopo che lo shock dell'attacco ebbe abbandonato il suo sistema e il suo corpo reagì involontariamente. Non gli avevano mai sparato prima, ma ci aveva pensato spesso, sapendo che nell'ultimo anno era diventata una possibilità realistica con le fughe sue e di Julie a Yellowstone e nella foresta amazzonica. Si era chiesto se avrebbe fatto *veramente* male, o se sarebbe stato più simile alla scena di Die Hard in cui Bruce Willis si spara alla spalla per uccidere il cattivo dietro di lui: un dolore, ma di tipo "hollywoodiano". Un dolore che poteva essere superato, giusto il tempo di pronunciare la battuta finale di una barzelletta lunga ore, per soddisfare pienamente il pubblico.

Si scervellò per trovare una buona battuta, cercando di distrarsi dal dolore.

"Maledizione. Fa male". Si lamentò, poi cercò di muovere lentamente la gamba.

Scosse la testa in preda alla frustrazione, sia per l'incapacità di trovare qualcosa di buono da dire, sia per la pessima rappresentazione che Bruce Willis aveva fatto di ciò che si provava a farsi sparare. *Quel tipo deve essere ucciso*, pensò. *Aiuterà la sua recitazione.*

I suoi nervi erano in fiamme e l'adrenalina cominciò a scorrere nel suo corpo. Si sentiva meglio, ma di certo non nel regno del "bene". La ferita sanguinava lentamente, e poteva quasi sentire il sangue scorrere su e giù per i pantaloni, riscaldando momentaneamente la pelle intorno al foro del proiettile per poi congelarsi a contatto con l'aria antartica. Fuori era diventato molto più freddo, un po' dell'aria gelida serpeggiava lungo il pozzo e su Ben, consumandolo, e l'adrenalina lo aiutava un po'. Rabbrividì, cercando di risvegliare le dita delle mani e dei piedi intorpidite.

Si mise a piangere mentre si costringeva su un fianco, sollevando la pistola con un'altra mano. L'aveva riposta nello zaino, scegliendo di prendere l'arma più piccola invece dell'AK-47. L'arma era già carica, la sollevò e prese la mira proprio mentre la torretta del drone iniziava a girare.

Premette due colpi dal grilletto e il drone fece una scintilla e volò via. Non poteva dire se l'avesse colpito in un punto cruciale, ma non gli sfuggiva il fatto che, al momento, il piccolo quadrato di fredda aria antartica all'altra estremità del condotto era attualmente privo di aggressori volanti.

Scendo nel pozzo o torno fuori a combattere?

La decisione era l'unica cosa che Ben aveva in mente al momento e lo tormentava. Spostarsi più in basso nel pozzo significava raggiungere prima i livelli inferiori e portare a termine la missione, ma significava anche che sarebbe stato in piena vista dell'attacco di un altro drone, nel caso avesse deciso di tornare giù, per tutto il tempo trascorso nel pozzo. Inoltre, poteva vedere chiaramente che il condotto rettangolare era abbastanza ampio da offrire una traiettoria di volo al drone. Non gli piaceva la possibilità di affrontare uno contro uno una macchina assassina volante mentre era stretto in un condotto d'aria. Ma se si fosse spostato per cercare di attaccare ancora una volta il drone, si sarebbe messo in pericolo non solo per il drone, ma anche per gli elementi. La temperatura stava ancora scendendo e, dal dolore che lentamente pulsava nel polpaccio, capì che stava aiutando ad addormentare la ferita, ma allo stesso tempo a congelare il resto del corpo. Non era vestito per un'escursione all'aperto e di certo non si sentiva all'altezza del compito.

E l'ultima realizzazione fu il fattore determinante. *Non mi sento in grado di farlo,* pensò. E subito dopo: "È per *questo che devo farlo. Devo combattere.*

Non era un lottatore - aveva a malapena partecipato a una scazzottata in tutta la sua vita - ma sapeva di poter combattere se fosse stato necessario. E in questo momento qualcosa lo tormentava. Un sentimento che non aveva mai veramente compreso, ma che aveva visto ripetersi in un'unica scena della sua memoria che non avrebbe mai potuto cancellare. C'erano suo padre, suo fratello minore di nove anni e una madre orso molto arrabbiata. L'orso aveva sbranato suo padre, entrambe le specie di genitori che cercavano di proteggere i loro figli, e lui era quasi stato ucciso sul posto. Ben era intervenuto, sparando all'orso con il fucile del padre e costringendolo ad allontanarsi abbastanza a lungo da salvare il fratello e il padre, ma il padre di Ben aveva ceduto alle ferite più tardi, lasciando Ben e il fratello, Zachary, senza padre. Sua madre non si era mai ripresa del tutto dalla perdita del marito e Ben aveva la sensazione che lo avesse anche parzialmente incolpato della morte del padre.

Da quando era morto, Ben era stato pervaso dal rimpianto, in parte supponendo che sua madre avesse ragione e che la colpa della morte del padre fosse sua. Ma quando, circa un anno fa, sua madre ha ceduto al virus che la infettava ed è morta, ha sperimentato una sorta di cambiamento. La sua mentalità cambiò, quasi immediatamente, da una persona che viveva nel rimpianto, che viveva nel passato, a una persona concentrata sul prossimo. Con Juliette Richardson al suo fianco, si è lanciato in avanti e insieme hanno fatto più cose negli ultimi mesi che in qualsiasi altro momento della sua vita.

E nell'attimo in cui Ben se ne ricordò, capì che quella era la sua ragione per combattere. Sapeva che avrebbe avuto poche possibilità di sopravvivere se fosse sfuggito all'attacco del drone e avesse proseguito all'interno, ma aveva fatto di questa battaglia la sua battaglia, e così facendo l'aveva fatta diventare anche quella di Julie. Lei aveva accettato la sfida ed era venuta qui, per scoprire la risposta a una domanda che Ben inseguiva ostinatamente da troppo tempo.

Per questo motivo, questa era anche la lotta di Ben.

Sospirò, sapendo di non essere mai stato il tipo che si sente obbligato a fare qualcosa solo per una ragazza.

Eppure sono qui...

Si spinse indietro verso l'apertura del condotto, portando la pistola al fianco e infilandola tra i pantaloni e il fianco. Aveva bisogno di tutta la sua forza per spingere contro il peso della gamba ferita, ma voleva che l'arma fosse pronta se il drone fosse tornato.

Quando si avvicinò all'ultimo tratto prima di uscire ancora una volta nell'aria gelida, il drone tornò a farsi sentire.

CHAPTER 51

IL DRONE SI INCLINAVA LEGGERMENTE fuori asse, come se fosse tirato di lato da una corda invisibile. Per questo motivo, il drone dovette ricalcolare la traiettoria della sua arma, regolandosi al volo. Sparò alcune raffiche di pallini metallici verso l'albero, ma Ben non ebbe nemmeno un sussulto. Riusciva a vedere la torretta montata sotto l'oggetto volante abbastanza chiaramente da sapere che i proiettili non erano nemmeno correttamente puntati verso il pozzo.

Con un ultimo sforzo, il dolore alla gamba si alzò e lo combatté all'ultimo tratto, poi uscì dal condotto. Notò subito che la situazione fuori dal condotto d'aria era cambiata. Innanzitutto, il tempo era cambiato e lui indossava solo un sottile strato di vestiti sulla parte superiore del corpo a una temperatura che doveva avvicinarsi ai meno venti gradi. Il vento lo aveva quasi sbattuto di lato quando era atterrato per la prima volta sulla neve soffice all'esterno del condotto d'aria, e gli ci volle un attimo per manovrare l'unica gamba buona sulla neve per reggere il peso extra del suo corpo appoggiato.

Non resisterò a lungo qui fuori, si rese conto. Si sentì stupido per aver scelto di *tornare* fuori dal pozzo. Il suo corpo era ancora freddo per la prima escursione all'esterno e la sensazione di intorpidimento delle estremità si era rinnovata quasi subito dopo aver raggiunto l'aria esterna. Ora, con il vento che si abbatteva sul canyon da molto al di sopra della sua testa e la temperatura che chiaramente scendeva di minuto in minuto, si chiese quale fosse l'aspettativa di vita di una persona vestita in modo inadeguato.

Alzò lo sguardo e vide qualcosa che aveva temuto da quando Hendricks li aveva informati del viaggio. Intorno alla base si era scatenata una tempesta, con nuvole scure che si accavallavano tra loro e accennavano minacciosamente all'imminente rilascio di ghiaccio e neve. Si chiese se il tempo avrebbe resistito abbastanza a lungo per qualsiasi cosa stesse per accadere con il drone, o se avrebbe avuto due nemici, uno creato dall'uomo e uno dalla natura, da affrontare.

Il drone si librava a pochi metri di distanza, ancora in lotta contro il vento impetuoso. La sua torretta si agitava in cerchio, cercando di acquisire il bersaglio che era appena spuntato dal buco nel fianco della scogliera. Ben vide, attraverso la nebbia di neve sempre più fitta, che l'elicottero aveva molte più difficoltà di lui a resistere alle intemperie, e pensò di sfruttarle a suo vantaggio.

Non ha senso restare qui più del necessario.

Si slanciò in avanti, dimenticando che la sua gamba era ancora cruda per la ferita, e cadde di faccia sulla neve. Il freddo lo colpì duramente ed egli si sollevò, cercando di rotolare verso la posizione seduta, ma cadde di nuovo quando il suo braccio attraversò un banco di polvere più soffice.

Grugnì per la frustrazione, sentendosi vulnerabile agli attacchi, ma il drone non si era ancora raddrizzato. Alla fine riuscì a rotolare sulla schiena, poi si mise a sedere e si mise in piedi con cautela. Il drone era volato lungo il canyon per circa tre metri, ma era ancora concentrato sulla posizione di Ben. Pensò che la sua caduta avesse confuso i sensori del drone e gli avesse causato una reazione eccessiva, facendolo andare fuori controllo e cadere nel vento, per poi riprendersi più lontano dalla posizione di Ben.

Ok, allora, pensò, *questa è una strategia.*

Saltò sul piede buono, cercando di atterrare il più lontano possibile dalla posizione precedente. Il drone cercò ancora una volta di reagire al movimento e di anticipare la prossima mossa del suo aggressore, e così facendo fu di nuovo trascinato nella corrente d'aria che era esplosa contemporaneamente nel canyon. Si è girato completamente su se stesso, sprofondando verso il suolo per qualche metro prima di ritrovare l'equilibrio.

Ben quasi sorrise, rendendosi conto di essere in vantaggio. *Questi ragazzi sono un meccanismo di difesa fantastico con il bel tempo. Non tanto con questo schifo.*

Saltò in avanti due volte, mantenendo a malapena l'equilibrio su un piede solo, come un giocatore di hopscotch impazzito. Si fermò per meno di un secondo e poi saltò alla sua destra, arrivando a pochi metri dal drone.

Questa volta il drone non è riuscito a reagire in tempo. Sparò una raffica di proiettili - irrorando l'area vicina al pozzo d'aria con una raffica di colpi mal mirati - e si capovolse completamente.

Il minuscolo motore fischiò contro l'aria che si alzava nel tentativo di correggere, ma sbandò in avanti e verso il basso, dove la pistola di Ben era in attesa nel suo braccio teso. Si lanciò verso il basso con tutta la forza possibile, afferrando il drone proprio mentre questo si sollevava un po' per cercare di contrastare la sua caduta. La pistola colpì con forza l'anello esterno che proteggeva uno dei rotori e la canna della pistola colpì il rotore stesso. Il rotore più piccolo aveva poche possibilità contro la pesante canna metallica e il drone ruotò selvaggiamente verso l'alto e poi verso la scogliera, dove si distrusse in un ammasso di metallo e componenti elettronici.

"Ecco, piccolo bastardo", disse Ben ad alta voce a se stesso. Si stava congelando e la vibrazione della pistola che colpiva il drone gli aveva provocato un'esplosione di dolore al braccio. Per un breve momento si distolse dal dolore della gamba ferita, ma dopo un secondo era semplicemente dolorante in tutto il corpo.

Devo continuare a muovermi, pensò. Sapeva che l'ipotermia era rapida e, insieme allo sforzo e alle ferite, sapeva di essere un candidato privilegiato alla perdita di qualche dito del piede o della mano. Concentrò la sua attenzione sull'accogliente buco nella scogliera: l'apertura rettangolare che significava tregua dal freddo, e iniziò a tornare indietro in quella direzione.

Era a soli tre metri dal buco, ma il cammino sembrava impossibile in quelle condizioni. La tempesta era ormai pienamente in atto ed egli respirava più pesantemente, mentre il suo corpo spingeva sempre più forte per evitare il vento. Si trovava in una galleria del vento e l'aria era stata alzata al massimo.

Altri tre passi zoppicanti e sarebbe arrivato al condotto aperto, pronto a spingersi fino all'ultima tappa della sua missione.

Altri due.

Un'immagine di Julie gli si affacciò alla mente e assaporò il pensiero di rivederla, sapendo che doveva solo raggiungere il condotto di ventilazione.

Un altro passo.

Si chinò, pronto a infilare la testa nel condotto, e già sentiva l'aria leggermente più calda emanare dal condotto.

Allungò la mano verso i lati dell'asta, con le mani che tremavano mentre si bloccavano.

Ben sentì una voce alle sue spalle, attutita dalla tempesta e attenuata dal passamontagna dell'uomo, e stava per voltarsi quando sentì il colpo secco di una pistola contro la nuca. Le sue palpebre sbatterono per una frazione di secondo mentre la sua mente si affannava a trovare una soluzione, poi perse i sensi.

CHAPTER 52

"ANDIAMO LÌ", disse JULIE.

Reggie alzò lo sguardo dalla sua postazione, accovacciata dietro un tavolo rovesciato, e aggrottò le sopracciglia. "Che cosa hai detto? *Dove stiamo* andando?".

"Stiamo scendendo di livello", ha detto.

"Jules, non credo che Ben...".

"Ben *non è* laggiù", disse Julie. La voce le tremava leggermente, ma fece una pausa e cercò di trattenere le emozioni. "Con la tempesta e... e qualsiasi altra cosa, so che non sarà laggiù. È questo il punto. È proprio per questo che stiamo andando".

Ormai il resto del gruppo - Ryan Kyle, la signora E, Joshua e Jonathan Colson - la stava guardando, in attesa.

"Dobbiamo finire questa storia. Se non per noi stessi, per Ben".

Reggie sorrise, con una linea dolce ed equilibrata sul viso che diceva più della situazione e del suo eterno ottimismo di qualsiasi altra parola che avrebbe potuto pronunciare.

"So che è una follia. Abbiamo due nemici che stanno convergendo su di noi qui sotto, e quando avranno finito di combattere si rivolgeranno a noi. Oppure lanceranno qualche granata da questa parte e finiranno il lavoro prima di allora. Quindi siamo dei bersagli facili".

Si guardò intorno. "Lo sapete tutti, altrimenti avreste già discusso con me".

"Non siamo in disaccordo, Jules", disse Reggie. "Solo che non abbiamo un piano che non finisca con l'infilzare tutti noi".

"Lo voglio".

L'intensità dei loro sguardi aumentò e per un attimo la stanza rimase in silenzio, come se tutti e tre i gruppi di combattenti stessero ascoltando.

"Ci affrettiamo a prendere l'ascensore".

"Julie, questo non succederà mai...".

"Non *prenderemo* l'ascensore, ma è comunque un *vano* ascensore aperto, giusto? Non avremo il tempo di aspettare la cabina, di aspettare che le porte si chiudano e tutto il resto, quindi sfonderemo la gabbia esterna e salteremo giù per il pozzo".

"Come facciamo a *saltare?*" chiese Joshua. "Ci sono almeno tre o tre metri di distanza tra un livello e l'altro, e stiamo parlando di una tromba dell'ascensore che si estende per tre livelli".

"E l'attrezzatura per l'arrampicata?" Chiese la signora E.

"Esattamente quello che stavo pensando", disse Julie. "Montiamo su questi pilastri accanto a noi. Possiamo legarci e prepararci senza che ci vedano, poi ci diamo alla fuga, lasciando che il resto della corda si srotoli dietro di noi".

Ryan Kyle e Joshua annuirono. "Potrebbe funzionare", disse Kyle. "Potremmo facilmente allestire una specie di rocchetto e agganciarlo al tuo fianco. C'è una corda più che sufficiente per attraversare il livello e poi scendere due volte, o almeno vicino al fondo".

"Anche se ci fa scendere di uno, al livello 8, è abbastanza vicino. Da lì possiamo capire come muoverci, oppure prendere le scale".

Reggie scosse la testa, in disaccordo. "Ma *perché*? Qui stiamo bene. Possiamo tenerli a bada ancora per un po' e siamo anche più bravi a sparare".

"Status quo", ha detto Julie. "Lo status quo cambierà, che ci piaccia o no. Al momento siamo noi contro loro, ma *loro* sono impegnati a combattere tra loro. Non durerà per sempre, e poi?".

"Allora possiamo iniziare a combatterli", disse Reggie. Scrollò le spalle, come se fosse la cosa più ovvia che avesse mai pensato.

"Giusto, ma finiremo le munizioni prima che loro finiscano gli uomini. L'ascensore è uscito pochi minuti fa per prendere altre guardie, ne sono certo. Perché aspettare che tornino con i rinforzi? Perché non prendere il controllo? Almeno li cogliamo di sorpresa. Dovremmo essere in grado di ridurre seriamente il loro numero se riusciamo a mettere le guardie tra noi e i cinesi".

"Tuttavia, non tutti ce la faremo".

Julie sentì crescere la rabbia e ritornare la testardaggine. Aveva sempre voluto che le cose fossero fatte a modo suo e, anche se di solito era una delle menti più intelligenti e capaci della stanza, era stata spesso accusata di "travolgere" i colleghi a causa della sua passione per le proprie idee. Si era impegnata a fondo per tenere a freno la situazione, frequentando anche corsi e formazioni sulle relazioni sul posto di lavoro quando era più giovane. Ultimamente aveva adottato un approccio di apprendimento più diretto: osservava Ben interagire con gli altri. Anche lui era testardo, ma era molto più passivo, indulgente e disinvolto sulle cose banali. Dove lei era un toro, lui era un orso. Sempre provocabile, ma molto più propenso a essere rilassato e ragionevole finché non lo si faceva arrabbiare direttamente.

Questo, però, non era il luogo di lavoro e Ben non c'era. Per quanto ne sapeva, non era nemmeno *vivo*. Il pensiero che potesse essere scomparso non era qualcosa che era pronta a elaborare, così si rivolse alla situazione attuale.

Pensava alla soluzione del problema e sapeva di aver bisogno di rinforzi.

"Joshua, sei tu che comandi, vero?", chiese. La domanda aveva lo scopo di suscitare le emozioni nella stanza e funzionò perfettamente.

"Cosa?", rispose lui, scioccato.

Gli occhi di Reggie si allargarono e lei poté vedere la sua mente che correva anche attraverso il suo sorriso ingessato.

"Sei tu che comandi", ha ripetuto. "Hendricks te l'ha tolto, ma ora se n'è andato. Quindi sei tu".

"Io... io credo". Joshua guardò Ryan Kyle.

"Ha senso", ha detto Kyle. "Hendricks cercava sempre di smuovere le acque, di rendere le cose più interessanti. Ci metteva sempre alla prova, ci provocava. Ci rendeva soldati migliori".

"Mi stava mettendo alla prova?" Chiese Joshua.

"Sì, ma non so per quale motivo".

"Lo so", ha detto la signora E.

CHAPTER 53

"ASPETTA, COSA?" JULIE NON aveva considerato che sotto la superficie stava succedendo qualcosa di più di quello che Hendricks aveva spiegato sull'aereo. Voleva solo il parere di Joshua sulla loro prossima linea d'azione, sul loro prossimo piano.

Altri colpi d'arma da fuoco scoppiarono, stavolta irrorando l'area sopra le loro teste. Reggie alzò la testa tra due tavoli e diede una rapida occhiata. "Sono rimasti solo pochi cinesi sulle scale e conto quattro guardie. Il tempo sta per scadere, squadra. Io dico di restare qui e combattere".

Julie scosse la testa e stava per ribattere, ma la signora E iniziò a spiegare. "Mio marito intendeva mettere alla prova Joshua. Voleva mettere alla prova tutti voi, in realtà. È per questo che sono qui. Gli farò rapporto quando torneremo e lui mi trasmetterà le informazioni".

Tutti gli occhi erano puntati sulla signora E.

"Mi scusi?" Chiese Julie. "Ci state mettendo *alla prova*? Per cosa? È una specie di colloquio di lavoro malato?".

"No, niente del genere", ha detto. "Non del tutto. Non conosco il piano completo, sinceramente. Ma tutto questo è reale. Siete tutti qui per le ragioni che ci ha dato prima di partire. Ma c'è anche un obiettivo molto più grande che sta cercando di realizzare e che vi rivelerà al termine di questa missione".

Julie si sentì tradita, incuriosita, offesa e curiosa allo stesso tempo. Non riusciva a credere che fossero stati condotti qui, attirati dalle affermazioni di un uomo che sosteneva di aver bisogno delle loro specifiche abilità per portare a termine questa specifica missione. Avrebbe voluto prendere a pugni la signora E, ma c'erano così tante domande a cui aveva bisogno di una risposta. "Io... ancora non capisco. Perché prendersi tutto questo disturbo? Cosa vuole sapere di noi?", chiese.

La signora E. alzò una mano. "Mi dispiace di non averle spiegato prima. Mi è stato detto di rivelare ciò che so al momento opportuno. In questo momento, però, dobbiamo fare quello che ha detto Julie. Lo status quo cambierà e preferirei che fossimo noi a cambiarlo".

"Perché volete metterci alla prova?". Chiese Joshua. Il suo tono era duro e critico.

"Per favore, andiamo prima ai livelli inferiori. Poi potremo parlare. Vi prometto che vi spiegherò quello che so. Ma prima *dobbiamo* arrivare a quel computer mainframe".

Joshua strinse i denti e abbassò lo sguardo sul pavimento. Julie poteva vedere la sua presa a nocche bianche sul fucile che si stringeva. Era calmo, ma lei poteva vedere l'agitazione - la rabbia e la confusione - che sbocciava dentro di lui. Attese la sua risposta mentre un'altra raffica di spari risuonava sopra le loro teste. Si abbassò ulteriormente mentre alcuni proiettili atterravano in uno dei tavoli laterali vicini.

"Bene", ha detto. Gli occhi erano chiusi. "Ma non tutti. Ci divideremo. Non c'è modo di arrivare tutti all'ascensore, e comunque non possiamo entrare tutti insieme. Reggie, Kyle, E, voi state indietro. Io scendo con Julie e Colson".

Julie annuì.

"Avremo bisogno di voi per coprirci, per tenere entrambe le parti lontane dalle nostre spalle". Joshua guardò il resto del gruppo e lo sguardo cadde su Colson. "Pensi di potercela fare?".

"Posso calarmi in corda doppia. Non mi piace salire, ma scendere va bene".

"Bene. Prepariamoci". Recuperò dallo zaino la corda e i moschettoni e iniziò a legare un grosso anello intorno al pilastro, annodandone l'estremità con una gassa. Aiutò Julie e Colson a legare le loro, poi iniziò ad arrotolare l'altra estremità della corda. Mise le spire di corda arrotolate nello zaino, poi lo chiuse quasi con la zip, lasciando che l'estremità della corda pendesse sopra la spalla e giù davanti al petto. Infine, agganciò il moschettone al tratto di corda legato al pilastro e al passante della cintura. L'effetto fu quello di uno zaino pieno di corda da arrampicata che scendeva e passava attraverso il moschettone, assicurandosi al pilastro in fondo alla stanza.

"Non reggerà il peso del nostro corpo, ma permetterà alla corda di srotolarsi liberamente senza perdere il controllo. Corriamo in avanti, la corda viene tirata fuori dallo zaino, e questa estremità -" disse sollevando l'estremità della corda che penzolava sopra la sua spalla - "la teniamo. Quando arriviamo all'ascensore, togliete lo zaino, prendete la corda che vi è rimasta e sganciate il moschettone. Non saremo legati a terra, quindi dovrai aggrapparti alla corda quando andrai oltre il bordo. Capito?"

Julie annuì e fu sorpresa di vedere che anche Colson annuiva. Joshua li aiutò a preparare l'attrezzatura per l'arrampicata.

"Bene". Guardò gli altri tre. "Siete pronti?"

"Quando vuoi, capo", disse Reggie. Sorrise e Joshua allungò una mano. Si strinsero e il sorriso di Reggie crebbe. "Ci vediamo laggiù".

"Spero di sì". Joshua si rivolse a Julie e Colson. "Al tre. Sparate solo se necessario; lasciate che Reggie e gli altri vi coprano. Il vostro obiettivo è raggiungere il pozzo dell'ascensore aperto, in fretta".

"Ho capito", disse Julie.

Prima che lei potesse finire di parlare, Joshua stava contando.

"... Due, *tre!* ", gridò e scattò in avanti. Julie reagì d'istinto, seguendo il nuovo leader. Colson, sperava, era saltato con loro dal blocco di partenza.

I fucili ruotarono immediatamente nella loro direzione e iniziarono a sparare. Julie sentì un'ondata di paura che le saliva dallo stomaco e le saliva in gola quando si rese conto che c'erano più nemici che miravano a lei.

E stiamo correndo direttamente verso di loro.

Notò che l'uomo più vicino a lei, a pochi passi sulla destra e a una ventina di metri di distanza, si portava la pistola all'occhio e si preparava a sparare. Lei trasalì, continuando a correre.

Almeno sarò un bersaglio mobile.

Cercò di spingere le gambe ancora più velocemente, sperando che potessero in qualche modo battere un proiettile.

Sentì il rumore di una pistola e l'uomo cadde. Un altro uomo si scansò e scomparve dietro un pilastro, e lei capì che Kyle, la signora E e Reggie avevano iniziato l'attacco.

L'adrenalina le scorreva dentro e lei rifocalizzò gli occhi sul buco nero aperto della tromba dell'ascensore. Joshua era *molto* veloce, ma lei non era molto indietro. Non osava voltarsi per cercare Colson, ma sperava che fosse in grado di tenere il passo.

Due soldati cinesi spuntarono dalla tromba delle scale dove erano rimasti negli ultimi minuti, con gli occhi spalancati e chiaramente sorpresi dal fatto che gli americani si stessero dando alla fuga. Cercarono di prendere la mira, ma si ritrovarono respinti nelle scale da altri colpi di pistola, sia del gruppo di Reggie che delle forze di sicurezza.

Erano a soli venti passi dall'ascensore quando sentì Joshua urlare. "Continua a correre!"

Lo sono, pensò. *Non c'è bisogno che me lo ricordi.*

Alzò gli occhi di fronte a Joshua e capì subito perché aveva gridato.

L'apertura della tromba dell'ascensore si stava riducendo. La cabina stava tornando da uno dei livelli superiori e stava lentamente scendendo nel pozzo, bloccando ogni centimetro di più la loro fuga.

CHAPTER 54

PER LE ULTIME DUE ORE, Jonathan Colson si era sentito relativamente al sicuro con il gruppo. C'era qualcosa da dire quando si faceva parte di un gruppo, anche se il gruppo veniva bersagliato e avvicinato ad ogni angolo. Almeno non veniva colpito e avvicinato da solo. Nel breve periodo di tempo trascorso con loro, il gruppo gli era piaciuto, soprattutto Juliette Richardson. Era intelligente, determinata e gentile, e non guastava il fatto che la trovasse straordinariamente bella.

Colson non aveva mai avuto una vera e propria ragazza, quindi trovava attraente *la maggior parte* del sesso opposto. La paura che gli incutevano e l'autoconsapevolezza che provava nei loro confronti le rendevano ancora più misteriose e splendide, in un certo senso off-limits. Julie era entrambe queste cose, eppure si sposava perfettamente con l'estremamente intimidatorio Harvey Bennett.

Dal suo punto di vista, così come la maggior parte delle donne sembrava essere fuori dalla sua portata nella scala dell'aspetto, la maggior parte degli uomini sembrava essere altrettanto distante da lui nella scala della mascolinità. Sapeva di essere l'anello più debole del gruppo, come in genere era sempre stato nel corso della sua vita.

Ma non si sentiva più "relativamente al sicuro". I nemici erano su di loro ed entrambi i gruppi sparavano raffiche di mitra nella sua direzione, protetto solo dai compagni di squadra alle sue spalle. Si erano dimostrati abili tiratori, ma correre in un campo di battaglia non era qualcosa con cui Colson si sentiva a suo agio. Inoltre, le probabilità di successo del loro piano si riducevano a ogni centimetro di spazio che la cabina dell'ascensore in discesa sottraeva al pozzo aperto.

Joshua era quasi arrivato all'apertura, seguito da vicino da Julie. Colson era frustrato dal fatto che il suo corpo non fosse all'altezza di tenere il passo, ma aveva fatto del suo meglio per pompare le gambe e le braccia come se la sua vita dipendesse da questo. Non aveva bisogno che gli si ricordasse che la sua vita *dipendeva* certamente da questo.

Joshua si voltò all'apertura, afferrò il fascio di corda dallo zaino e lo gettò nel pozzo. "Andiamo!" gridò, tirando su il fucile con l'altra mano.

Colson osservò l'apertura, notando che l'ascensore era quasi alla testa di Joshua.

Non ce la farò.

Avrebbe voluto gridarlo in risposta, ma non era sicuro di poter continuare a correre *e* urlare.

Julie raggiunse il bordo della tromba dell'ascensore con una perfetta scivolata a piedi uniti, con lo zaino che le dondolava intorno e le atterrava in grembo proprio mentre si fermava. Copiò il movimento di Joshua, gettando la corda nel pozzo e voltandosi ad aspettare Colson.

"Io... io non vado..." balbettò, cercando di formare una frase coerente, ma ai lati della bocca gli si formava della saliva e il sudore gli pungeva gli occhi. A un certo punto, nell'ultima ora, aveva sudato in modo interminabile e il sudore ora cadeva liberamente dalle zone più sgradevoli.

Il sudore era l'ultima delle sue preoccupazioni. I colpi di pistola rimbombarono intorno a lui, inchiodando le postazioni di lavoro dei computer che solo un giorno prima erano occupate dai suoi colleghi, ed egli sobbalzò per reazione. Atterrò sulla caviglia, avvertendo immediatamente la distorsione. Gridò e cadde a terra.

Julie gli urlò qualcosa, ma il suono fu soffocato da una raffica di spari molto più ampia, con i proiettili che lo travolsero dove lui stava correndo solo una frazione di secondo prima.

Si tirò in avanti, cercando di continuare a muoversi e allo stesso tempo di rimanere abbastanza basso da sfuggire all'attacco, di non fare pressione sulla caviglia e di arrivare in qualche modo in tempo all'ascensore. Le ginocchia trovarono il terreno sotto il corpo e presto si trovò a strisciare come un orso, muovendosi goffamente ma con determinazione verso l'uscita.

Il condotto era ormai a metà dell'apertura e, dalla prospettiva di Colson, sembrava accelerare. Peggio ancora, poteva vedere chiaramente che l'ascensore era pieno di persone, la maggior parte delle quali indossava gli stessi pantaloni neri dei soldati-sicurezza.

"Colson! Andiamo!" Joshua urlò.

Ci sto provando, pensò. Le lacrime si mischiavano al sudore sul suo viso, che si era fatto strada negli ultimi minuti. Non voleva morire, e sembrava che l'unica scelta che gli rimaneva da fare fosse quella di morire per un attacco dal suo lato destro, dalla squadra di sicurezza sull'ascensore proprio di fronte a lui, o per essere schiacciato a metà della cabina dell'ascensore. Non era un tipo che piangeva molto, ma d'altronde non gli piaceva molto trovarsi in situazioni di vita o di morte.

Al diavolo questo.

Colson si lanciò in avanti, il suo corpo fuori forma sfidò in qualche modo la gravità per un tempo sufficiente a veleggiare nell'aria e a colmare la distanza dalla coppia in attesa di fronte a lui. Atterrò con forza sul pavimento e allungò le braccia verso Joshua e Julie. Sentì gli spari di Reggie, della signora E e di Ryan Kyle che cercavano di opporsi alle forze di sicurezza già presenti sul piano e ai soldati cinesi che ancora tenevano le scale. Colson sentì le repliche di una nuova serie di armi proprio sopra la sua testa, dalla squadra di sicurezza che scendeva dall'ascensore, poi sentì il loro comandante chiedere una tregua mentre scopriva che i proiettili non riuscivano a passare attraverso i fori della porta della cabina dell'ascensore senza colpire il metallo.

Si avvicinò a Joshua e sentì la punta delle sue dita sfiorare la sua. Anche Julie si era allungata, afferrandosi alle sue braccia, ma sentì Joshua gridarle contro.

"Vai! Ora!", gridò. "Scendi e inizia a calarti".

Julie lo ignorò, tirando invece il braccio di Colson verso di sé. Lui scivolò in avanti, cercando di offrire tutto l'aiuto possibile, ma era a malapena in grado di respirare, tanto meno di esercitare uno sforzo fisico. L'ascensore era ormai a un metro dal piano del Livello 7 e i soldati all'interno stavano puntando al corpo prono di Colson, in attesa che la gabbia si sbloccasse.

Non ce la farò. Le parole si ripetevano nella sua mente in continuazione.

Con un ultimo sforzo, Julie e Joshua raggiunsero entrambi un braccio e lo strattonarono. Colson spinse con la punta del piede buono, trovando un appoggio sufficiente sul pavimento per spingersi leggermente in avanti. La sua caviglia contorta si infiammò di dolore, ma lui la ignorò. Non era rotta e poteva dire che si trattava solo di una piccola distorsione.

Il movimento combinato delle tre persone fu sufficiente e Colson si ritrovò a fissare un buco nero: la tromba dell'ascensore. Rotolò rapidamente di lato e tirò i piedi verso il bordo del precipizio, poi oltre il lato. Il busto e la parte superiore del corpo erano ancora sul pavimento, a reggere il peso. Joshua e Julie stavano prendendo il suo zaino, aiutandosi con la corda e l'attrezzatura per l'arrampicata.

"Vai, Colson. Ora!" Joshua abbaiò. Colson non aveva scelta su quando iniziare la calata: Julie lo spinse all'indietro con il piede, senza nemmeno distogliere lo sguardo dall'ascensore in discesa. Lo seguì oltre il bordo, guardandolo rapidamente per assicurarsi che tenesse ancora la corda.

"Io... ci sto", disse, ancora scosso. "Grazie".

Julie non stava ascoltando. Era in missione e Colson vide solo la parte superiore della sua testa, che si dissolveva nell'oscurità, mentre scivolava lungo la corda verso il livello successivo.

Presto Joshua fu dall'altra parte, iniziando anch'egli la discesa in corda doppia. Colson fece un respiro profondo. Guardò giù, contento che il buco sotto di lui fosse per lo più buio, dando l'illusione di essere relativamente poco profondo. Tolse una mano dalla corda per sistemare lo zaino, sostenendo momentaneamente il peso del corpo con una sola mano dalle nocche bianche.

Ce l'ho fatta, pensò, proprio mentre vedeva apparire un'ombra davanti a sé.

Un uomo, che indossava gli abiti della forza di sicurezza, era inginocchiato sul pavimento del livello 7 e puntava la pistola verso il basso nello spazio rimanente tra il pavimento della cabina dell'ascensore e il pozzo.

Direttamente alla testa di Colson.

Sorrise a Colson, un sorriso davvero malvagio e minaccioso che disse a Jonathan Colson tutto ciò che doveva sapere: aveva catturato la sua preda ed era pronto a porre fine alle sue sofferenze.

Colson trasalì, sapendo che il dito del grilletto di quell'uomo era l'unica cosa che lo teneva in vita.

La canna della pistola cadde in avanti, fermandosi a pochi centimetri dalla fronte di Colson. Una mossa crudele e arrogante, intesa solo come dimostrazione di potenza prima del colpo di grazia.

Qualcosa in Colson si agitò. Sentì le narici dilatarsi e inconsciamente strinse la mano intorno alla corda. Si tese, sentendo i bicipiti che raramente esercitava e l'addome nascosto sotto troppi strati di grasso entrare in azione. Non si era mai considerato forte, ma il fatto di essersi portato dietro dei chili di troppo per anni gli aveva dato un vantaggio di cui non si era mai reso conto. Sapeva come doveva essere l'adrenalina, anche se fino a quel momento della sua vita non l'aveva mai provata *veramente*.

Ora, però, era arrabbiato e il suo corpo sembrava spingerlo verso un ultimo, disperato tentativo di salvarsi. Era l'istinto di sopravvivenza, messo in moto, e gli diede la spinta necessaria.

Si avvicinò, tirando il suo corpo verso l'alto di qualche centimetro sulla corda, quel tanto che basta per...

Lì. Aveva la canna della pistola stretta nella mano libera e la strattonò di lato proprio mentre sparava. Il soldato non capì subito cosa era successo, che il suo bersaglio aveva deviato il colpo lontano dalla sua testa, ma Colson non aveva finito.

Si aggrappò alla pistola mentre lasciava scivolare la corda nell'altra mano. L'attrito gli procurò una buona dose di bruciore, ma si tenne stretto alla linea di vita mentre questa gli squarciava il palmo.

Il movimento ebbe un effetto sorprendente per Colson: non ci aveva pensato prima, e di certo si era sorpreso quando aveva funzionato. Il soldato, non reagendo abbastanza rapidamente, si aggrappò anch'egli alla pistola, la cui presa fu messa in discussione da quella di Colson. Il soldato fu tirato a terra ed entrambe le braccia e la testa scivolarono oltre il bordo della tromba dell'ascensore, proprio sotto la cabina in discesa.

Si udì uno *scricchiolio* nauseante e poi uno stridio, quando il motore elettronico che si trovava sopra la cabina dell'ascensore fu messo in moto per lottare contro il nuovo ostacolo che si trovava sulla sua strada. La combinazione delle forze di gravità e del motore dell'ascensore spinse il pavimento della cabina contro la schiena del soldato e Colson sentì un pesante rantolo mentre l'uomo perdeva la capacità di respirare. Alzò lo sguardo sul volto del soldato e lo vide contorto in una maschera di agonia, con gli occhi sporgenti e linee rosse che si allontanavano dalle pupille.

Colson non sentì nulla.

Il rumore delle costole che si rompono precede un'ultima caduta sbandata di qualche centimetro e l'ascensore si ferma.

Il soldato era bloccato sotto di essa, tenendo ancora la pistola con entrambe le mani. Anche Colson aveva smesso di scendere, rilasciò la canna del fucile e afferrò di nuovo la corda con entrambe le mani, poi finalmente si rese conto di ciò che era successo e guardò gli altri due appesi ai suoi lati.

"Beh", disse Joshua, "è stato drammatico".

"È stato raccapricciante", disse Julie, trasalendo e distogliendo lo sguardo. "Ma ben fatto, Colson".

Jonathan era ancora irritato, i vasi sanguigni in lui si erano ristretti e stavano pompando a dismisura, ma era raggiante.

La sua bocca si mosse per formulare una risposta, ma nella sua mente non c'era nulla che trovasse adatto.

CHAPTER 55

C'ERANO più soldati cinesi nelle scale di quanti Reggie ne avesse ancora a disposizione, e continuavano ad arrivare.

"Ecco di cosa parlavo", urlò a Ryan Kyle e alla signora E., "siamo in minoranza".

"E l'ascensore è qui. Probabilmente ce ne sono altri cinque o sei". Come a sottolineare l'affermazione, sparò una raffica nella cabina dell'ascensore. Gli uomini all'interno, non più semiprotetti dalla porta metallica a grate, si abbassarono e si schiacciarono contro i lati. Un uomo sollevò il fucile per rispondere al fuoco e fu colpito alla gamba. Mentre cadeva a terra, sparò una raffica mal mirata verso Kyle.

Kyle si abbassò, rivolgendosi a Reggie. "Si è incastrato in qualco-sa", disse. "Ma sono qui".

"Credo che sia rimasto bloccato da *qualcuno*", ha detto Reggie. "Credo che i nostri ragazzi siano riusciti a scendere bene, ma questo non ci aiuta molto".

"Ho finito le munizioni", disse la signora E. Non c'era emozione nella sua voce e non si voltò nemmeno verso i compagni di squadra per giudicare la loro reazione. Reggie era felice di vedere che era una combattente capace, anche se con un tiro relativamente selvaggio. La sua freddezza sotto pressione era qualcosa che non si poteva insegnare, e nel suo vecchio centro di addestramento in Brasile aveva lottato con tipi aziendali carichi di testosterone che non riuscivano a capire che il controllo di se stessi era sempre molto più importante del controllo di una pistola.

"Ecco", disse porgendole l'ultima rivista. "È tutto quello che ho".

"Ma tu stai meglio", rispose lei. "Prendilo tu".

"Sarà meglio avere tre armi invece di due. Concentrati in avanti, un bersaglio alla volta". Non aveva tempo per darle una lezione completa sulla strategia del campo di battaglia, quindi la singola frase doveva bastare. Sapeva che sarebbe stata bene se ce l'avessero fatta. Ma guardando i soldati cinesi che si stavano riversando sul pavimento del grande livello, non era sicuro che ce l'*avrebbero* fatta.

"A ore 12!" Ryan Kyle gridò. Sparò tre colpi veloci e due uomini caddero.

"E alle 3, e alle 11", disse Reggie. "E alle 9:30, e alle 8:45...", aggiunse sottovoce.

Non funzionerà.

"Abbiamo bisogno di qualcos'altro. Ce ne sono troppi. Questi tavoli sono un formaggio svizzero e siamo solo fortunati che non abbiano trovato casa".

"E stanno combattendo tra loro", disse Kyle. "Questo ha distolto la loro attenzione da noi".

Aveva ragione, ma Reggie non l'aveva detto ad alta voce, come se ignorasse il fatto che l'unica ragione probabile per cui erano ancora vivi era che entrambi i loro aggressori avevano problemi più urgenti da affrontare.

"Sì", ha detto. "Grazie per avermelo ricordato. Di nuovo, ci serve un altro piano. Hai qualcosa?".

Non aveva bisogno di guardare per vedere le loro teste scuotersi.

Reggie sentì l'emozione e la paura salire dentro di sé, ma l'addestramento e l'esperienza si fecero sentire quasi subito. Nel giro di pochi istanti era di nuovo calmo, raccolto e sorridente.

Questo è quanto.

"Ok, allora. Mettiamoci all'opera e speriamo che Julie e gli altri portino a termine il lavoro. Ora dobbiamo solo tenere lontana l'attenzione da loro".

"Spara con saggezza", ha aggiunto Kyle a beneficio della signora E. "Un colpo alla volta. È tutto ciò che serve".

Reggie alzò la testa e scavalcò la sponda del tavolo rovesciato, cercando di avere una visione della situazione. Si pentì subito di non averlo fatto. Prima che i cannoni si girassero nella sua direzione e lanciassero uno spruzzo di fuoco che lo mandò a tuffarsi all'indietro e a togliersi di mezzo, vide le restanti forze dell'esercito cinese sulla stazione riunite al centro del livello, che si muovevano verso di loro. Dodici, forse quindici uomini, tutti puntati sulla loro posizione.

Si rese conto che stavano prendendo tempo. Avevano messo all'angolo i loro prigionieri e non avevano bisogno di sprecare munizioni per eliminarli. D'altra parte, non erano stupidi: non avrebbero lasciato gli ultimi minuti di battaglia a pochi uomini. Volevano che Reggie e gli altri fossero eliminati e intendevano assicurarsi che fossero *tutti* lì per farlo.

"Qual è la situazione?" Chiese Kyle, respirando pesantemente mentre caricava l'ultimo caricatore nel suo fucile.

Reggie quasi rideva mentre si sdraiava a terra, a cinque o sei metri di distanza dai suoi due compagni di squadra. "L'ultima raffica non ti ha detto quello che volevi sapere?".

Kyle annuì, ancora tutto concentrato sugli affari. "E le forze di sicurezza?"

Reggie sogghignò. "*Quale* forza di sicurezza?".

In quel momento, sentì il suono del sistema di indirizzamento della stazione che si accendeva e l'inquietante voce femminile britannica che cantava. *"Epurazione del sistema attuata. Il personale rima-*

nente della stazione torni nelle sue zone di sicurezza e attenda ulteriori istruzioni".

"Epurazione?" Disse Reggie. "Beh, non può essere una buona cosa".

"Significa che le forze di sicurezza devono essere state eliminate", ha detto la signora E. Il sistema di controllo deve aver aspettato che le guardie rimanenti venissero eliminate e poi ha attivato l'impostazione dell'epurazione".

"Di nuovo, non può essere una buona cosa. Pensi che ci sia una di quelle 'zone sicure' qui da qualche parte?", chiese.

"Probabilmente significa la caserma. Quindi no", rispose Kyle.

Anche i cinesi avevano sentito il messaggio, ma Reggie si chiedeva se lo avessero capito. Non aveva intenzione di sbirciare di nuovo oltre i tavoli, così tornò a strisciare in un posto dall'altra parte di Kyle e aspettò l'inizio della resa dei conti.

"Come pensi che lo faranno?". Chiese Kyle, la sua voce era un sussurro. Reggie si rese conto che il rumore della battaglia nella stanza era sparito, sostituito solo dalle voci silenziose dei cinesi che si mettevano in posizione.

Un plotone d'esecuzione, Reggie lo sapeva. *E noi siamo quelli che stanno per essere giustiziati.*

"Fare cosa?"

"La 'purga', o quello che è. Come pensi che lo faranno?".

"Non saprei", ha detto Reggie. "Se siamo fortunati faranno saltare tutto in aria. Faremo in fretta, capisci?".

Kyle scrollò le spalle e Reggie vide per la prima volta quanto fosse giovane l'uomo. Biondo, con striature marroni ai lati della testa. I capelli erano tagliati corti, solo un centimetro nella parte più lunga, e una linea di sudore e sporcizia incollava la parte anteriore dei capelli alla fronte. Aveva una fossetta su ogni guancia e un viso altrimenti rotondo, quasi paffuto. Vestito di tutto punto, sembrava quasi in sovrappeso, ma Reggie conosceva l'illusione. Il ragazzo era puro muscolo, nient'altro che una macchina da combattimento, ma aveva l'intelligenza per sostenerlo.

Questo ragazzo non se lo merita, pensò Reggie. *È arrivato fino a questo punto.*

Si chiese cosa avrebbe potuto dire per rendere tutto più facile. Non era mai stato bravo nei discorsi dell'ultimo minuto o nel tirare su il morale, ma pensò che doveva provarci.

"Ehi, amico".

Kyle lo guardò in modo strano.

Sì, scusate, è stato strano.

"Kyle, voglio dire. Grazie. Per aver fatto questo. Per avermi aiutato".

Kyle alzò di nuovo le spalle.

"Da quanto tempo stai con Hendricks?".

"Circa un anno", ha risposto Kyle. "Era una porta girevole, in realtà. La maggior parte delle attività di sicurezza privata lo sono. Tanti cambiamenti, mai abbastanza tempo per sviluppare davvero una squadra".

"Lo capisco. Militare?"

"Sì, sei anni. E tu?"

Reggie annuì. *Sei anni e almeno un altro nel settore privato. Quindi questo "ragazzo" non era davvero un ragazzo, dopo tutto.*

"Mi dispiace che sia andata così", ha detto Reggie.

"Ho visto di peggio".

Reggie si mise quasi a ridere. "Davvero?"

Alla fine Kyle sorrise, con un angolo della bocca rivolto verso l'alto. "No. Mai. È una cosa di merda".

Reggie non riuscì più a controllarsi e ridacchiò, troppo forte. *Non importa*, pensò. *Tanto siamo morti.*

La signora E lanciò a entrambi un'occhiata e Reggie stava per fare un commento ironico quando l'aria sopra di loro esplose in spari ed esplosioni.

CHAPTER 56

CRACK! Il suono del pugno che colpisce la carne era molto più forte di quanto Ben avesse immaginato. Naturalmente, aveva sentito quel rumore solo poche volte in vita sua, e mai dall'interno della sua testa.

L'uomo che gli stava di fronte ora era sfocato, i suoi occhi non volevano o non potevano mettere a fuoco il suo aggressore. Ben alzò involontariamente le braccia per bloccare il colpo in arrivo, ma le mani e le braccia erano legate dietro la schiena. In mezzo c'era una sedia, di cui sentiva il metallo duro dello schienale verticale.

Quindi sono legato a una sedia e guardo un'immagine sfocata...
Crack! Un altro colpo, questa volta dal lato opposto.
-Attaccante, uno che ovviamente ha un discreto gancio destro e sinistro.

Non c'era umorismo in quel pensiero. Ben non provava alcuna emozione, in realtà. Il suo corpo era ancora intorpidito dalla gelida aria esterna, ma sapeva, anche senza la piena capacità degli occhi, che erano all'interno. L'intorpidimento aiutava immensamente a sopportare il dolore dei pugni, ma sapeva che era solo questione di tempo prima che il calore formicolante della stazione di ricerca lo eliminasse.

Si preparò ad un altro attacco, ma non arrivò. Aspettò, cercando ancora di vedere il suo aggressore.

"Come ti chiami?"

La voce era strana: leggera e un po' mite. Era anche accentata. *Francese?* Ben aveva vissuto la sua vita vicino al confine canadese, quindi conosceva intuitivamente le sfumature e le caratteristiche della lingua. Ma non era solo l'accento che lo aveva sconcertato. Era la timidezza, la sensazione di non sicurezza che gli dava l'uomo che parlava.

L'uomo tossì, poi annusò un paio di volte, quindi parlò di nuovo.

"Come, ripeto, ti chiami?".

Ben si accigliò, sbattendo le palpebre un paio di volte per schiarirsi le idee. *Sto sognando?* Si chiese se non fosse ancora all'aperto, svenuto, e se non stesse sognando il calore, la luce e strane voci francesi.

No, certo che no. Non ci sarebbe qualcuno che mi prende a pugni nel mio sogno.

Un altro pugno lo colpì e la voce di un altro uomo fece breccia nei suoi pensieri. "Ha chiesto il suo nome, *signore*".

La voce di quest'uomo era burbera, quella di un soldato esperto che abbaiava un ordine a Ben.

"B - Harvey Bennett", disse. Le labbra gli tremavano, sia perché erano ancora un po' congelate, sia per le numerose crepe sanguinanti dovute all'aggressione. "Ma puoi chiamarmi Ben", aggiunse.

Ci fu una pausa di qualche secondo più lunga di quanto Ben si sarebbe aspettato, e capì perché. *Mi conosce.*

"Harvey Bennett", disse il francese, articolando ogni sillaba del nome di Ben con attenzione e determinazione. "*L'*Harvey Bennett. Molto bene, Ben. Mi chiamo Francis Valére e sono il proprietario di questa stazione. Sono appena arrivato in Antartide e ho trovato la mia proprietà quasi distrutta". Fece una pausa, tossì di nuovo, poi continuò. "Vorrei sapere perché lei e chiunque altro lavori con lei avete deciso di attaccare questa base".

La vista di Ben stava migliorando e ora riusciva a vedere dove si trovava. Le file di scaffali del livello 10, ognuna piena di cassetti di umani, si estendevano ai suoi lati. *Il fondo della base,* pensò. *Non posso scappare da nessuna parte.* Avevano iniziato il loro viaggio qui, e ora lui era di nuovo al punto di partenza. Vide anche il volto dell'uomo, rotondo e leggermente più piccolo rispetto agli altri due uomini in piedi ai suoi lati. Anche quest'uomo era più basso degli altri e non indossava l'uniforme delle forze di sicurezza o dei soldati cinesi.

Quest'uomo era al comando, come aveva detto. Ben non ne dubitava, ma si chiedeva perché avesse fatto tutto il viaggio fino al fondo della terra, soprattutto con tre partiti che si facevano la guerra all'interno della stazione.

"Siete le Industrie Draconis", ringhiò Ben.

L'uomo sembrò confuso per un momento, poi tentò un timido sorriso. Ne uscì più che altro un sorriso sforzato, come quello di un malato terminale che ricorda tempi migliori. "No", disse. "Sono solo un uomo. Mortale, imperfetto e tormentato come ogni altro uomo. Ma la mia *azienda* si chiama, tra le altre cose, Draconis Industries. Ma anch'essa è tormentata. Fratturata e debole".

Continuare a farlo parlare, pensò Ben. Non tanto per il piano strategico a lungo termine, che Ben non aveva, ma perché pensava che se il capo della stazione avesse parlato con lui, avrebbe potuto evitare che gli altri due uomini gli tirassero un pugno in faccia.

"Draconis è stata una mia idea e ha avuto molto successo. Abbiamo cambiato il mondo, Ben, in modi che tu e i tuoi amici non potrete mai capire. Abbiamo fatto anche cose buone, anche se molto probabilmente non ne vedrai mai nessuna". Un'altra pausa e questa volta l'uomo si avvicinò a Ben. Una delle sue guardie lo seguì, tenendo il gomito del suo capo mentre l'uomo più anziano camminava. "Mi hai fatto soffrire molto".

"Quello che *ti ho* causato non è niente", disse Ben, "rispetto a quello che hai fatto *tu*".

"Yellowstone?" chiese l'uomo. "È a questo che ti riferisci? Yellowstone era una *prova*, Ben. Era una farsa, che avrei portato a termine in modo diverso se non avessi avuto la squadra di incompetenti che lavorava per me. Avremmo potuto *curare* il *mondo*, Ben".

"Parli come tutti gli altri supercattivi", disse Ben. "Ma non sei altrettanto figo. Sei solo un vecchio debole, uno che sta per...".

Crepa. Un altro colpo al viso, questa volta pericolosamente vicino alla tempia. Vedeva le stelle e sentiva il sangue pulsare nel corpo. Aprì e chiuse la mascella, cercando di eliminare il dolore dal viso.

"Crede che sia solo questo, signor Bennett?" La voce dell'uomo aveva assunto un'aria seria e a Ben parve di vedere Valére che si ergeva più dritto. "Quando eravamo più piccoli, Ben, eravamo *fenomenali*. Le cose che potevamo *fare*. Paesi e militari avevano investito su di noi e noi eravamo *inarrestabili*. Eravamo snelli ed efficaci. Siamo cresciuti e siamo diventati lenti e letargici, come qualsiasi grande azienda. È stata colpa mia come di chiunque altro, ed è per questo che abbiamo iniziato a frammentarci.

"Ho letto i rapporti, Ben. E ho sentito le storie - pensi di aver fatto un *favore* al mondo? Pensi di averlo addirittura *influenzato*? Ti lusinghi, con questa piccola caccia alle streghe che stai facendo. E *ora*. Quaggiù, dove nessuno ti guarda? Sei venuto qui per *cosa*, per trovare me? Dimmi, Ben, cosa pensavi *davvero* di trovare qui?".

Ben sentiva i morsi di un immenso mal di testa e la sua mente era in pappa. Cercò di mettere insieme le parole. Aprì la bocca, ma la pressione della testa dolorante gliela fece richiudere e sentì gli occhi roteare nella testa.

Forza, Ben. Pensa.

Era inutilizzabile sulla sedia, legato al suo posto e ammutolito. Tanto valeva imbavagliarlo.

L'altro soldato si avvicinò di nuovo a Ben, che poté vedere il suo braccio avvolgersi per un altro colpo.

"No, io... ehm...". Ben aveva bisogno di far uscire le parole; doveva far sì che l'uomo smettesse di attaccarlo. "Umumuh."

Valére guardò Ben come se fosse un cane morente, bavoso e inutile a terra.

"Lo so..." Disse Ben.

"Che cos'è?"

"So come... come va a finire".

Valére aspettò e i suoi uomini lasciarono Ben da solo per il momento. *Ok, parla e basta. Questo è un bene. Esprimere parole e sperare che abbiano un senso.*

"Questa storia finisce... come sempre. Tu... tu mi dici il tuo grande piano, e perché lo stai facendo, e tutto il resto".

"Davvero?" Chiese Valére. Tossì e si portò una mano alla bocca. *C'era del sangue?* Ben non lo sapeva.

"Sì", disse Ben, mentre la pratica vocale lo aiutava a ritrovare i suoi pensieri. "Sì, è così. È quello che fanno sempre i supercattivi. C'è un momento, alla fine, in cui l'eroe è legato e - l'eroe sono *io*, tra l'altro - e poi il cattivo gli racconta tutto e tutto il suo piano e...

Crack! I due uomini attaccarono all'unisono, colpendo entrambi i lati opposti della testa. Urlò di dolore, chiedendosi perché la testa non gli scoppiasse e finisse, e gli uomini attaccarono di nuovo. Si aspettava di nuovo un colpo alla testa, ma questa volta uno dei soldati gli schiacciò il ventre e gli fece mancare l'aria, mentre l'altro lo colpì con un calcio allo stinco.

"Tu... tu mi hai dato un calcio nello... stinco", disse Ben, boccheggiando. "Chi... chi lo fa?".

Gli uomini reagirono fisicamente e Ben sentì di perdere il controllo del proprio corpo. I claxon di allarme suonavano nella sua mente, sopra il suono delle sue stesse urla, e gli uomini continuavano ad attaccare.

L'espressione di Valére non cambiava. Non sorrideva, ma non era del tutto disimpegnato. Sembrava quasi esitare, come se uccidere Ben non fosse nei suoi programmi per la giornata.

Lo colpirono, ancora e ancora, e Ben chiuse gli occhi. Voleva solo che finisse. Gli vennero in mente i flash degli altri, Julie, Reggie, Joshua, ma nessuna di quelle immagini cambiò il suo stato emotivo. Era completamente finito.

Alla fine si fermò. Ben ansimava, aveva gli occhi gonfi e il sangue gli colava liberamente sulla camicia e sui pantaloni da sci. Il sudore aveva allentato le corde intorno alle braccia e alle mani, ma non abbastanza da permettergli di fuggire. Anche se fosse stato sufficiente, era troppo debole per muoversi. Le braccia, piegate all'indietro da un'ora, gli avevano provocato una tensione alle spalle tale da sfiorare la lussazione, e sentiva l'ironia del fatto che il dolore sarebbe aumentato quando il suo corpo si fosse riscaldato completamente per la permanenza all'aperto.

Sentì una voce, ma sembrava che fosse sott'acqua. Era il suo nome, ma riusciva ancora a malapena a riconoscerlo.

"... Ben. Sei ancora con me?", disse l'uomo. Rivolse alcune parole in francese a una delle guardie e poi si voltò verso Ben. "Pronto, signor Bennett?".

Ben aprì a forza un occhio. Ci volle tutta la forza che gli rimaneva.

"Me ne vado, Ben. Sento che sarai contento di sentirlo, ma volevo che tu sapessi, prima che me ne vada: ti sbagli. Hai sempre sbagliato, Ben".

Ben inspirò, costringendo il respiro vitale a scendere nei polmoni. Non era più facile, le funzioni involontarie del corpo umano. Sembrava che dovesse pensare a tutto. Si chiese se sarebbe stata necessaria la sua supervisione per mantenere il sangue in circolo.

"Ti sbagli, Ben. Non ho intenzione di spiegarti tutto questo. Non ti ucciderò. Morirai qui, ma sarà colpa tua. La vita non è un fumetto, Ben, e tu non sei un eroe".

Aspettarono lì, Valére e Ben, per un minuto intero, entrambi in lotta con la vita. La malattia di Valére era ormai evidente per Ben, così come il suo stesso dolore e la sua sofferenza erano evidenti per Valére. Gli altri uomini avrebbero potuto anche non essere nella stanza. C'erano Ben e Valére e nessun altro.

Pensò a Julie, sperando in un'ultima conversazione con lei. Aveva bisogno di parlarle, ancora una volta, e una conversazione immaginaria nella sua mente non sarebbe servita a nulla. Sentì la sua forza - ciò che ne rimaneva - prosciugarsi, sapendo che il suo corpo si era arreso. Non c'era altro che la sua mente, non c'era altro da dare al mondo.

Il suo unico occhio aperto trovò Valére - un guscio sfocato di uomo - e si concentrò su di lui per quanto gli era possibile. Lo fissò, aspettando. Aspettando che finisse. Non sarebbe uscito con gli occhi chiusi, se avesse potuto evitarlo. Fissò l'uomo che aveva fatto tutto questo, che aveva causato tutto questo dolore, l'angoscia e la sofferenza di tante persone, e sapeva che Valére aveva ragione. Sarebbe morto qui, e sarebbe morto senza capire tutto questo.

Ma non sarebbe morto senza sapere una cosa.

"Perché?"

Valére inclinò leggermente la testa, continuando a guardare Ben.

"Perché... sei qui?".

Valére sospirò, poi parlò di nuovo agli uomini accanto a lui. Si voltarono e uscirono dalla stanza. La sua espressione si fece di nuovo preoccupata e Ben sentì qualcosa di freddo dentro di sé, ancor prima che Valére parlasse. Riconobbe quella sensazione e la sostituì immediatamente a tutto il resto.

Paura.

"Ben, è davvero molto semplice". Tossì altre tre volte, poi si pulì il sangue dalla guancia con il lato del polso. "Sono venuto qui per morire".

CHAPTER 57

IL LIVELLO 8 ERA UNA TERRA DI RIFIUTI, il magazzino
frigorifero e il livello di manutenzione puzzavano di guerra e distru-
zione. Una nebbia fumosa riempiva la sua vista e attraverso di essa
poteva vedere alcuni piccoli fuochi ancora fumanti. Julie vedeva la
distesa del livello dal suo trespolo sulla corda, in bilico proprio all'interno del pozzo dell'ascensore. Sbirciò tra la grata metallica a forma di
diamante della porta dell'ascensore, afferrandola con una mano per
tenersi in equilibrio mentre oscillava leggermente sulla corda.

Grazie al drammatico attacco di Colson alla guardia di sicurezza,
il soldato stava bloccando la cabina dell'ascensore a un livello superiore, lasciando spazio alle corde che avevano legato alla trave di
sostegno per passare al di sotto. Se la cabina avesse continuato a scendere e avesse tagliato le loro corde, avrebbero potuto scendere molto
più rapidamente nel pozzo dell'ascensore.

È stato un caso fortuito, ma avevano bisogno di tutto ciò che
potevano ottenere in quell'arena.

"Continuiamo a muoverci", sussurrò Joshua accanto a lei. "Qualsiasi cosa sia successa qui è finita".

Lo dico io, pensò. Annuì e continuò a scendere lungo la linea. La corda le faceva male tra le mani e sapeva che le rimaneva solo un minuto o poco più di calata prima di doversi fermare e lasciare andare. Guardò in basso, trovando solo il buio.

"Ci fermiamo alle 9, giusto?". Chiese Colson.

"È la server farm?"

"Sì", rispose Colson. "E il punto più probabile per qualsiasi dato su cui il vostro benefattore voglia mettere le mani".

"Il nostro 'benefattore' ci ha praticamente condannato a morte mandandoci quaggiù. Sono curioso come tutti gli altri, altrimenti mi sarei *arrampicato su* questa corda, non sarei andato più a fondo in questo buco infernale".

Julie era d'accordo, ma non disse nulla.

"Inoltre", disse Joshua, "ho le mie domande a cui voglio rispondere".

"Tuo padre?" Chiese Julie, prima di potersi fermare.

Joshua la guardò, ma, vuoi per la scarsa illuminazione del pozzo, vuoi per il suo tipico atteggiamento stoico, la sua espressione non rivelò nulla.

"Sì", disse dolcemente. "Alcune domande su questo".

Continuarono a scendere, gli ultimi tre metri circa diventavano sempre più difficili, mentre la stanchezza e la fatica lottavano contro i loro sforzi. Gli ultimi metri fino alla porta del livello successivo arrivarono troppo lentamente per Julie, ma lei resistette.

"State tutti bene?" Chiese Joshua.

Colson e Julie mormorarono le loro risposte e Joshua iniziò a dare un calcio al meccanismo di chiusura che teneva la porta in posizione. Il dispositivo era simile a un piccolo lucchetto, ma attaccato alla porta. Sembrava essere solo un dispositivo di sicurezza, piuttosto che un dispositivo destinato anche alla sicurezza, e gli ci vollero solo tre tentativi prima che il lucchetto si rompesse e cadesse, liberando la grata metallica.

La fece scorrere e Julie fu la prima a toccare il nuovo livello. Si pulì i palmi doloranti sui pantaloni, poi portò la pistola e la sollevò. Julie aiutò Colson a scendere e a uscire dalla tromba dell'ascensore, mentre Joshua richiudeva la porta e fissava il lucchetto rotto all'esterno. Non era sicuro, ma almeno avrebbe tenuto la porta chiusa per il momento.

"A me sembra vuoto", sussurrò.

"Se non lo è, sicuramente sanno che siamo qui", rispose Joshua. "E questo significa che stanno aspettando di tenderci un'imboscata".

"Allora togliamoci di mezzo", disse, spostandosi a sinistra, verso un'enorme schiera di rack di computer. Sembrava simile agli scaffali che si estendevano dal pavimento al soffitto nel livello sottostante, dove avevano trovato Jonathan Colson, ma questi scaffali, lo sapeva, erano pieni di *veri* computer, non di esseri umani.

Rabbrividì nel ricordarlo, sperando di non dover scendere di nuovo laggiù. Mentre immaginava i cassetti, ognuno dei quali era stato riempito con un corpo, ebbe un pensiero sorprendente.

"Anch'io voglio scoprire qualcosa", disse ad alta voce.

"Che cos'è?" Chiese Joshua.

"È... è qualcosa che mi sorprende di non aver considerato prima. Ma con tutto quello che stava succedendo, non mi sono fermato a pensarci".

"Cerchiamo prima di tutto di capire come entrare in questo computer", disse Joshua. "Colson, ci sarà un punto di accesso? Come quello che hai descritto a Bennett?".

Colson annuì. Sembrava uno stupido con un'arma in mano, ma almeno sapeva quale estremità tenere. "Dovrebbe esserci", disse. "Molto probabilmente sarà una specie di chiosco per computer, con un monitor e una tastiera".

"Questo rende le cose più facili", disse Joshua, con un sarcasmo che non sfuggì a Julie.

A quanto pare il sarcasmo non è stato colto da Colson. "In realtà non sarà facile", ha detto. "Il computer avrà delle misure di sicurezza aggiuntive che non sono sicuro di poter annullare. Inoltre, dobbiamo trovare quel dannato aggeggio. In questa stanza, potrebbe essere...".

"Shh, fai piano", disse Joshua, alzando una mano. "Sento delle voci".

Julie strizzò gli occhi per ascoltare. Dopo un attimo, anche lei sentì le voci che riecheggiavano sulle pareti e lungo le file di server informatici. Sembravano due o tre uomini che parlavano in francese.

"Qualcuno ha capito qualcosa?" Chiese Joshua.

"Parlo un po' di francese e penso che si tratti di questo", ha detto Colson, "ma non riesco a sentirlo abbastanza bene".

"Ok, allora ci avvicineremo. Forse ci condurranno al terminale di accesso".

Percorsero l'esterno della stanza, con il deja vu delle manovre quasi identiche effettuate al livello immediatamente inferiore. Cercava di stare al passo con le guardie di sicurezza, ma di non farsi vedere, mentre si muoveva in un labirinto di scaffali.

Era inquietante la somiglianza di tutto ciò che si trovava quassù e, anche se si trattava di una semplice coincidenza, Julie non poteva fare a meno di pensare che avesse intuito qualcosa. *È inquietante. E di certo è collegato,* lo sapeva. *I rack al piano di sotto e i server qui sopra.* Cercò di indagare mentre percorrevano il perimetro, esaminando da lontano le file di luci lampeggianti. Seguì il profilo dei cavi che spuntavano dalle estremità di ogni scaffale, ordinatamente raccolti e legati insieme con fascette, impacchettati per la consegna...

"I cavi vanno nel pavimento", mormorò, a malapena udibile.

"Cos'è stato?" Joshua sussurrò, continuando a camminare davanti a lei. Le voci degli uomini erano cessate, ma ora si sentiva battere a macchina, apparentemente da dietro l'angolo.

"Credo che li abbiamo raggiunti", disse Joshua. "Proprio davanti a noi".

"Ho detto che i cavi vanno nel pavimento", ha ripetuto.

"E?"

"E se vi ricordate del livello appena sotto di noi, questi andavano a finire nel *soffitto*".

Joshua si accovacciò, Julie e Colson lo seguirono. Si girò di fronte a lei. "Stai insinuando che sono collegati?".

"Sto insinuando che siano la stessa cosa. Joshua, Colson, credo che i corpi *laggiù* alimentino i computer *quassù*".

"È impossibile", ha detto Colson. "Queste macchine sono alimentate da sistemi tradizionali...".

"No, Colson, non è quello che sto dicendo. Voglio dire che *controllano* i computer. Li *alimentano*. È una fattoria che fornisce calcolo parallelo utilizzando strutture biologiche, probabilmente anche a livello quantistico".

"Non ci posso credere", disse Colson. "Ero in una di quelle scatole e... e -".

"E stavi per essere collegato a un supercomputer. Il tuo cervello sarebbe diventato parte della mente alveare che stanno usando per...".

Si è fermata. *Per cosa?*

Questa era la fine del suo ragionamento. Non aveva più risposte, ma era *sicura di* aver ragione riguardo alla fattoria dei corpi al piano di sotto. In qualche modo gli scienziati qui, la *compagnia*, avevano creato un modo per mantenere i corpi in stasi, provvedendo al loro fabbisogno di carburante e allo smaltimento dei rifiuti, il tutto per utilizzare la loro risorsa più preziosa, inclusa in ogni modello di umano mai nato.

Il cervello umano.

E non si trattava di uno o due cervelli che lavoravano insieme, ma di *centinaia*. Forse più di un migliaio, tutti interconnessi e alimentati con dati e potenza di elaborazione al piano superiore, al numero corrispondente di sistemi informatici.

Un'ondata di emozioni la consumò e per poco non cadde a terra. *Mio Dio,* pensò.

Il potere di cui sarebbero stati capaci, la pura audacia della missione e l'assoluto fascino che provava nel capire come tutto ciò si sarebbe incastrato erano troppo.

"Io... devo fermarmi", sussurrò.

"Non andiamo da nessuna parte", ha detto Joshua. "Siamo qui. Sono dietro l'angolo e stanno scrivendo su un computer. Deve essere la macchina di accesso, giusto?".

Colson annuì. "Senza dubbio". Poi, dopo un attimo di riflessione, aggiunse: "È quello a cui Ben doveva accedere".

Il pensiero che Ben si aggiungesse alla pletora di pensieri ed emozioni confuse che le fluttuavano in testa spinse Julie quasi al limite. Scosse la testa. "No, lui avrebbe... deve aver...".

"Joshua le afferrò la spalla, sostenendola. "Va tutto bene, Julie. Ora siamo qui. Possiamo finire".

Sapeva cosa stava cercando di dirle. *Possiamo portare a termine la missione. La missione di Ben. E possiamo piangere per lui quando avremo finito.*

All'improvviso non sentiva più l'ambizione e lo slancio di prima. Il pensiero della scomparsa di Ben era ancora presente, ma questa volta era accompagnato da una sensazione di assoluta impotenza. Una sensazione di *inutilità.*

Joshua era preparato a questa reazione di lei, a quanto pare, e strinse la presa sulla sua spalla. "Ehi", disse. "Resta con noi. Abbiamo bisogno di te".

Si asciugò una lacrima dalla guancia e annuì, notando che sia Joshua che Colson la stavano fissando.

"Ce la puoi fare, Juliette", disse Colson. "Ce la *puoi fare*".

Annuì di nuovo, un po' di forza nascente si era finalmente insediata nella sua psiche, e si alzò in piedi. "Bene", disse. "Ho bisogno di saperlo con certezza, comunque. Facciamola finita".

Joshua sembrava sul punto di sorridere, ma si trattenne e si mise al suo fianco. "Ecco il piano. Noi..."

Julie iniziò a sparare prima ancora che Joshua avesse finito la frase. C'erano tre uomini, tutti in piedi con le spalle rivolte verso di lei, e sembravano assorti in quello che stavano facendo al computer. Le lacrime le pungevano gli occhi e l'annebbiamento che provocavano non aiutava la sua mira, ma era abbastanza vicina a loro che, dopo i primi colpi, i proiettili cominciarono a colpire il bersaglio.

Il primo uomo, la guardia a sinistra, cadde. Iniziò a colpire il secondo, mirando a quello di destra, quando sentì sparare anche Joshua. Gli spari erano forti, e riverberavano ancora di più nei corridoi pieni di computer e di pareti rigide, ma lei ignorò il martellamento sui timpani.

Anche l'uomo a destra cadde, ma quando fece scivolare la pistola per iniziare a colpire la guardia in piedi al centro, quella che lavorava alla console del computer, vide che si era già girato e si stava preparando a sparare con la *sua stessa* arma.

E si trovava direttamente nella sua linea di mira. Sapeva che non l'avrebbe mancato, ma non poteva dire lo stesso della sua mira. Lui si muoveva al rallentatore, ma lei poteva vedere il suo dito che si comprimeva, il proiettile a pochi millisecondi dal lasciare la canna e colpirla.

Le sue narici si dilatarono, la mascella si serrò. I suoi occhi la fissavano con lo stesso fuoco che lei sapeva avrebbe sentito quando il proiettile l'avrebbe colpita al petto. Cercò di reagire, di premere il proprio grilletto, ma le sue dita erano bloccate, le nocche di ogni mano non volevano muoversi. Tutto dentro di lei si bloccò e i suoi occhi fissarono in avanti mentre l'uomo premeva il grilletto per l'ultima minuscola distanza.

La canna della pistola esplose e lei rimase ancora in piedi, in silenzio, a guardare. L'uomo si mosse, anzi saltò, e lei rimase confusa. La sua pistola, una piccola subcompatta, volò di lato e il proiettile che era stato sparato volò in alto e lontano dalla sua testa. Un colpo mancato.

Joshua era lì, in corsa, accanto a lei e poi sparito, e stava sparando con la sua pistola. Tre, quattro, poi cinque colpi risuonarono nello spazio e questa volta le sue orecchie non riuscirono a reggere la pressione. Sembravano essersi spente, lasciandola improvvisamente sott'acqua, come se ascoltasse il mondo circostante attraverso delle spesse cuffie.

Colson stava urlando qualcosa, a lei o a qualcun altro, ma le parole erano soffocate e coperte dagli spari. Joshua colpì l'uomo, i cinque proiettili che gli aveva sparato apparentemente non erano sufficienti, e Joshua e la guardia volarono contro lo scaffale metallico che ospitava la postazione del computer, poi sul pavimento.

La guardia era già morta prima di toccare terra, ma Joshua rimase a fissarla dalla sua posizione sopra l'uomo per ben tre secondi, aspettando che si muovesse.

Alla fine il mondo accelerò fino a tornare al tempo normale e lei sentì l'impeto di tutto ciò che la circondava e che era dentro di lei incrinarsi e fuoriuscire. Era *finita*. Era stata stirata oltre il punto di rottura, spezzata, poi stirata di nuovo, ed era pronta a sdraiarsi e ad aspettare la fine di tutto.

Invece, Joshua le stava parlando. All'inizio non riusciva a sentire, ma alla fine le sue orecchie si schiarirono e le sue parole la raggiunsero.

"... Ho bisogno del tuo aiuto con il computer. Stai bene?"

Lei annuì.

"La prossima volta aspettate che vi spieghi il piano".

Annuì di nuovo. "Qual era il piano?"

Sorrise. "Cominciate a sparare e non fermatevi finché non saranno tutti morti".

CHAPTER 58

"NON SPARATE!" REGGIE GRIDÒ. "Fate fuori quanti più bastardi potete".

Non avevano abbastanza munizioni per fare un po' di rumore, ma i cinesi non avevano ancora sparato ai loro bersagli morbidi. La maggior parte dei tavoli era stata masticata dai proiettili, ma per il momento erano vivi.

"Non ci stanno sparando", ha detto Kyle.

"Giusto. Continueranno a spararci finché...". Reggie si fermò a metà frase mentre ripeteva l'affermazione nella sua mente. "Cosa?"

"Non *ci stanno* sparando, ho detto".

"Beh, allora cosa diavolo sono...".

Il minaccioso ronzio crebbe fino a diventare un ruggito cacofonico quando Reggie si rese conto di ciò che stava accadendo. Fino a quel momento non aveva mai fatto caso al suono in modo consapevole, fino a quando non c'erano così tanti droni nella stanza da non poter essere ignorati.

"I droni!" La signora E urlò. "È così che faranno l'epurazione. I droni stanno attaccando i cinesi".

Reggie sentì una nuova ondata di energia quando capì. "Questa è la nostra ultima possibilità", disse. "Dobbiamo aggirare il lato della stanza, verso le scale. Se riusciamo a farcela...".

Un drone gli ha sparato sopra la testa, a pochi centimetri dal raschiare il cuoio capelluto. Saltò, poi alzò l'arma e sparò.

Il drone ha incassato il colpo e ha cercato di continuare a volare, ma si è ribaltato e si è abbassato abbastanza da colpire l'angolo del monitor di un computer. Il piccolo impatto fu sufficiente a mandarlo fuori rotta e si schiantò contro la parete rivestita di bolle nell'angolo della stanza. Reggie prese accuratamente la mira e sparò altre due volte, sentendo entrambi i proiettili conficcarsi nello scafo esterno del drone.

"Uno in meno", ha detto. "Ha idea di quanti altri ce ne siano?".

"No", disse la signora E, "e non credo che quello ci abbia visto, quindi per il momento dovremmo essere ancora al sicuro".

Reggie capì cosa intendeva. I droni erano controllati da un sistema computerizzato centrale e volavano tutti secondo uno schema prestabilito o guidati individualmente dal computer. Si trattava di una sorta di mente alveare, e ogni singola entità era responsabile dell'invio di dati al centro di comando. Se i droni erano dotati di qualsiasi tipo di telecamera - e non aveva dubbi che lo fossero - sarebbero stati attaccati non appena individuati.

Fino ad allora, però, erano invisibili.

"Ok, allora aspettiamo ancora un po'", ha detto. "I cinesi *e i* droni hanno il loro bel da fare, ma non durerà per sempre".

"E non saremo ancora vicini all'unica via d'uscita da qui", ha aggiunto Kyle.

"Amico, sono *stufo* di questi tavoli. Sono stufo di questa *stazione*", disse Reggie. "Possiamo superarli?".

"Forse con una cortina di fumo. Guarda". Reggie seguì la mano tesa e il dito di Kyle fino all'angolo opposto della stanza, dietro i tavoli. C'era un sottile strato di foschia - il fumo della battaglia dell'ultima ora - che si raccoglieva e saliva verso il soffitto. Un drone vi stava volando attraverso, ma non sembrava seguire un percorso prestabilito. Stava facendo una piccola figura a otto nell'aria, senza sparare.

"Penso che sia cieco", ha detto Kyle. "Il fumo deve avere un effetto su di lui. In pratica si sta librando in uno schema evasivo, sperando che nessuno lo veda".

"Bene, lo vedo", disse Reggie, sollevando il fucile. Con un solo colpo fece esplodere il drone, mandando la piccola macchina a terra. Quando è atterrato è esploso, una piccola, minuscola esplosione di metallo e ingranaggi.

"Va bene", disse la signora E. "È quello che dovremmo provare". Si girò e guardò intorno al livello. "Il fumo è in tutta la stanza e i droni devono avvicinarsi per vedere i loro obiettivi. Se rimaniamo all'esterno e cerchiamo di muoverci nel fumo più denso, potremmo farcela".

Reggie e Kyle annuirono e tutti e tre iniziarono a scivolare verso il bordo del loro muro improvvisato. "Inoltre", disse Reggie. "Ho questo ragazzo da usare se qualcuno vuole sfidarmi". Si toccò l'arma, controllando contemporaneamente il caricatore.

Ci manca poco, pensò. Sorrise. "Pronto?"

Erano ai lati della stanza e le grida e gli spari delle forze cinesi erano sottolineati dal rumore del fuoco di risposta dei droni. Reggie si chiese come se la stessero cavando le forze nemiche contro le macchine e ripensò al loro incontro con i quadcopter.

Erano all'interno di un veicolo in movimento ed erano ancora in inferiorità numerica. Solo Hendricks e Ryan Kyle della sua squadra erano usciti vivi dall'attacco, e anche in quel caso c'erano voluti colpi mirati e molta potenza di fuoco per abbattere i droni. In un'area più piccola, con i droni, il fumo e gli uomini che si confondevano in un'unica massa di caos, Reggie doveva pensare che le macchine avessero il sopravvento.

Un motivo in più per uscire finché siamo in tempo.

La signora E guidò la carica e improvvisamente Reggie si trovò a correre a tutta velocità lungo il lato del piano. Scavalcò tavoli e sedie, schivò apparecchiature informatiche fumanti e si spinse in avanti verso l'uscita. Non c'erano soldati tra loro e la porta delle scale, e il fumo sembrava bloccare la visuale dei droni su di loro.

Sentì uno dei soldati gridare un ordine in cinese. Non parlava una parola di quella lingua, ma qualcosa gli diceva che quell'uomo li aveva individuati tutti e aveva ordinato alla sua squadra di ingaggiare.

Si abbassò istintivamente e una pioggia di proiettili colpì il muro sopra di lui, proprio dove stava correndo un attimo prima. Kyle e la signora E fecero lo stesso, ma Reggie sentì Kyle urlare mentre cadeva.

L'uomo più giovane era caduto non per sua volontà, ma perché era stato colpito. Reggie quasi inciampò su di lui mentre inciampava in avanti nella sua posizione semi-accucciata, ma fece un affondo all'ultimo secondo, atterrò e poi si girò per affrontare il soldato.

"Continua", disse Kyle. Si sforzava di parlare, i denti si rifiutavano di separarsi e Reggie poteva vedere la mascella serrata per mascherare il dolore. Valutò rapidamente il giovane, scoprendo che il sangue che si era accumulato intorno allo stomaco e al fianco si stava già riversando sul pavimento.

"Facciamo che..." Reggie pensò alla situazione. La signora E si unì a loro, ma fece fuoco di copertura e costrinse i cinesi ad arretrare verso la parete opposta del livello. Il numero dei droni era diminuito, ma Reggie ne vide almeno altri tre che giravano intorno alla squadra cinese, facendole compagnia.

"No", disse Kyle. "Non fare l'idiota. Non lascerò questa stanza. Mi dissanguerò in meno di...".

"Ti dissanguerai molto più lentamente se stai zitto", disse Reggie. "Lascia che ti aiuti".

"Dammi la pistola", disse Kyle. Reggie lo guardò di nuovo, esaminando il ragazzo con occhi nuovi. Era davvero troppo giovane per questo, troppo giovane per morire da sconosciuto in una battaglia che non era mai avvenuta in un luogo che non era mai esistito.

"Hai una famiglia?"

"Tutti hanno una famiglia. Ma la mia ha smesso di sentirsi una famiglia circa vent'anni fa".

Reggie annuì. "Ok, beh..." si fermò. *Cosa vuoi dire? Ci hai provato dieci minuti fa e non sei riuscito a trovare le parole per...*

"Risparmiatelo", disse Kyle. "Dammi la tua pistola e la possibilità di darti un vantaggio. Almeno tre o quattro dei cinesi li prenderò, garantito".

"Vuoi scommettere?"

Kyle sorrise. Allungò la mano, aspettando che Reggie la afferrasse. Il movimento provocò al giovane un forte dolore, ma lui la tenne tesa, tremando per tutto il tempo.

Reggie la strinse e si scosse. "Fai fuori quattro di questi tizi o ti sparo".

"Affare fatto".

Reggie si voltò per lasciare la stanza, assicurandosi prima che i cinesi fossero ancora occupati, quando Kyle parlò di nuovo.

"Rosso".

Reggie si accigliò per l'uso del suo vero nome di battesimo, poi si ricordò di essere stato "smascherato" dal signor E prima che intraprendessero il viaggio. "Sì?"

"Non... non dovrei dire nulla, ma dì... dì a Joshua che l'avrei seguito ovunque".

Reggie si accigliò ancora una volta e sentì la mano della signora E sul suo braccio, che lo allontanava.

"Più tardi", ha detto.

Annuì, preparandosi finalmente a lasciare la stanza e il suo compagno di squadra.

CHAPTER 59

IL SISTEMA INFORMATICO NON ERA, infatti, sicuro. O se lo fosse stato, i soldati erano già riusciti ad entrare e ad aggirare le misure di sicurezza per accedere al terminale. Julie si trovava ora di fronte ad esso, fianco a fianco con Colson, ed entrambi scrutavano l'interfaccia utente. Joshua si trovava nella direzione opposta, non volendo essere attaccato alle spalle come avevano fatto i precedenti utenti della macchina.

"Capisci l'interfaccia?" Chiese Julie. Il computer presentava il tipico layout del sistema operativo, con una barra delle applicazioni e una barra dei menu nella parte superiore e inferiore dello schermo, ma le finestre di stato e le caselle di avviso aperte erano indecifrabili per Julie.

"Solo un mucchio di numeri e lettere", mormorò Colson. "Ma sono sicuro che riusciremo a mettere insieme i pezzi".

"Non abbiamo molto tempo per mettere insieme i pezzi", disse Joshua. "Qualunque cosa sia rimasta della squadra di sicurezza non ci lascerà entrare. Non appena il sistema capirà che è stato manomesso, qualcuno lassù lo scoprirà".

"Qualcuno come quel tizio del Livello 2", disse Julie. L'uomo era scomparso nelle profondità della base, ma tutti sapevano la verità: nessuno lasciava facilmente la stazione e, anche se lo faceva, dove poteva andare?

"Sì, scommetto che è qui da qualche parte".

"Pensi che sia lui a comandare?".

"È quello a cui rispondevano le forze di sicurezza, ma conoscendo l'infrastruttura della compagnia, è solo un tipo di manager intermedio. Ma c'è anche una squadra *cinese* da qualche parte nella stazione, e scommetto che stanno cercando anche questo terminale informatico".

"Sì, cosa cercano esattamente?".

"Probabilmente qualsiasi cosa Mr. E voglia farci trovare. Che credo saremo in grado di trovare su questo computer. Qualcosa che riguarda la fattoria dei corpi al piano di sotto e la fattoria dei server qui sopra".

"Come il modo in cui riescono a collegare i cervelli in tandem, mantenendoli in vita".

"Così".

"Beh", interviene Colson, "sarà un po' più difficile di così. Il suo uomo vorrà delle prove, e molto probabilmente i file di dati grezzi di qualsiasi cosa sia stata inviata attraverso quei cavi. Per quanto ne so, quelle informazioni da sole valgono miliardi. Da lì si può fare l'ingegneria inversa, il resto è solo capire la meccanica".

"Allora, qual è il problema?" Chiese Joshua.

"Il *problema* è che i dati grezzi non saranno solo un file, ma milioni, forse di più. Posso vedere i file e le cartelle che vengono creati qui, sullo schermo..." indicò, aspettando che gli altri annuissero. "E tutti questi dati non saranno abbastanza piccoli da poter essere inseriti in un disco rigido, anche se grande come quello del portatile che abbiamo dato a Ben".

"Quindi non possiamo semplicemente estrarre il disco rigido da questo?". Chiese Joshua, brandendo la pistola in un arco da sinistra a destra intorno al fondo della stanza.

Colson ridacchiò. "Signore, ci servirebbero i dischi rigidi di ognuno di questi computer. I dati qui sono nell'ordine dei milioni di terabyte, e non c'è niente di abbastanza grande da...".

"Risparmiatelo", disse Joshua. "Sono con te. È troppo da portare a casa. E allora cosa facciamo? Ho intenzione di consegnare qualcosa di valore al signor E., e non me ne andrò da qui senza".

Colson rifletté per un momento, facendo clic su cartelle e file sullo schermo. Julie rimase ancora una volta colpita dal livello di confidenza dell'uomo con i computer, soprattutto considerando che lei stessa era abbastanza abile con la maggior parte dei software e delle interfacce.

"Ok, ecco una cosa. Inizierò a mettere ogni cosa di questo tipo in una cartella separata e...".

"Che cosa è successo?" Chiese Joshua, questa volta voltandosi verso lo schermo del computer.

Lo schermo tremolava, le finestre e le caselle si muovevano a caso. Colson provò a usare il mouse per navigare, ma il cursore era bloccato. "Non... non lo so", disse. "Sono bloccato".

"Puoi accedere a qualcosa?" Chiese Julie.

Premette alcuni tasti della tastiera. "Solo quello che stavo spostando, a quanto pare. E non voglio riavviare, perché non potremo più accedere attraverso gli schermi di sicurezza".

"Ok, tira fuori quel file", disse Julie. Sia lei che Joshua aspettavano impazienti, sorvegliando Colson mentre lavorava. Lo schermo continuava a sfarfallare, ma Colson aprì il file dall'elenco con cui aveva lavorato.

"È un elenco di nomi", disse Julie. "L'elenco del personale della stazione? Forse possiamo portarlo alle autorità, far sì che la società...".

"Non si tratta di personale", ha detto Colson. "È... non ne sono sicuro. Non riconosco questi nomi".

"Lo voglio", disse Joshua. Julie e Colson lo fissarono. "Almeno questo lo riconosco". Indicò lo schermo e Julie sussultò quando vide il nome.

Jefferson, Roland.

Il nome era seguito da un timestamp e da una stringa di numeri che non riuscì a decifrare.

"Riconosco questo nome", ha detto, "perché è mio padre".

CHAPTER 60

JONATHAN COLSON ERA CONFUSO. Il sistema di fronte a lui sembrava lavorare contro di lui, contrastando in qualche modo i suoi sforzi con i propri. Era come un'intelligenza che aveva il senso dell'umorismo e che gli permetteva di arrivare solo fino a una certa distanza prima di bloccarlo.

L'elenco di nomi che includeva il padre di Joshua non era l'unico file a cui aveva accesso. Scoprì che, facendo clic su alcune delle altre finestre, poteva ancora accedere ad alcuni dei file locali della sala server, ma non a tutti. Il sistema gli permetteva di vedere alcuni dei suoi contenuti, ma gli nascondeva la maggior parte delle funzionalità importanti su come era stata progettata l'intera stanza.

Era frustrante, ma capì cosa stava facendo il sistema. Stava impedendo loro di rubare le strutture di file più importanti: le informazioni che Mr. E e la forza cinese volevano e l'intero motivo per cui erano qui. Si trattava di un'ultima misura di sicurezza, che era stata applicata automaticamente quando Colson aveva cercato di accedere alla rete interna di questi file.

"Tuo padre è sulla lista", ha detto Julie. "Lavorava per l'azienda.

Quindi questi sono altri nomi di dipendenti delle Industrie Draconis?".

Joshua scosse la testa mentre Colson evidenziava il nome di Roland Jefferson con il cursore del mouse, quindi scorreva l'elenco. Era in ordine cronologico, i nomi erano elencati in base a ciò che la colonna del timestamp mostrava. Scorse fino alla fine.

Wynkopf, Igor.

Montgomery, Roald.

Si sentì raggelare quando notò l'ultimo nome che era stato aggiunto.

Jonathan Colson.

Non c'era alcun timestamp.

"No, questo non è nemmeno un elenco di dipendenti della Draconis", disse Colson, indicando il suo nome. "È un elenco delle persone che si trovano nei cassetti al piano di sotto.

Julie si mise una mano sulla bocca. "Dio, ci saranno più di cinquecento persone su quella lista".

"Quasi mille, in realtà".

"Sono vivi?" Chiese Joshua. La sua voce era più bassa, non tremante ma evidentemente sforzata.

Julie guardò Colson in cerca di una risposta. Lui alzò le spalle. "È difficile dirlo, Joshua. Non sono morti, credo. Non completamente".

Joshua accettò la risposta, ma la considerò un attimo prima di parlare. "C'è... qualcos'altro?".

"Purtroppo non posso accedere alla maggior parte dei dati importanti che spiegano come tutto è cablato e collegato. Ma posso aprire alcune di queste sottocartelle e...".

Lo schermo è diventato nero.

"Colson, che cosa hai fatto?".

"No, niente", disse. "Non posso... ora siamo completamente chiusi fuori. Anche il mouse...".

Sullo schermo iniziò a scorrere un video e Joshua per poco non cadde a terra inciampando all'indietro. Deglutì un paio di volte e Colson osservò la sua reazione per un altro secondo, poi tornò a guardare lo schermo.

Sullo schermo c'era un uomo, seduto a un tavolo, che parlava direttamente alla telecamera. Le parole erano dolci, ma chiare, e provenivano da altoparlanti che Colson non poteva vedere.

"Joshua, spero che questo biglietto ti trovi bene. L'ho registrato sul server dell'azienda, quindi è molto probabile che non lo vedrai mai". "L'uomo fece una pausa. *"Ma se lo vedi, significa che sei qui, in Antartide. Siete all'interno del progetto più visionario di Draconis, al quale ho partecipato da prima che voi nasceste".*

Il video aveva chiaramente lasciato Joshua senza parole, e anche Julie respirava lentamente, come se non volesse avvertire il video che lo stava guardando.

"Quando tua madre è morta, mi sono buttato nel lavoro, come tu e tuo fratello sapete. E mi sono buttato troppo a fondo. Joshua, l'azienda non è più quella di una volta. La leadership... è cambiata.

"Il mio compito era quello di far funzionare la stazione a livello operativo. Il numero di ore di lavoro e di denaro che sono stati impiegati in questo progetto è assurdo e temo che non lo finiremo mai. Temo anche che la direzione presa dall'azienda abbandonerà me e il mio team. Abbiamo lavorato per qualcosa che molti pensavano non sarebbe mai stato realizzato e che molti altri pensavano non dovesse essere realizzato. Alcune di queste persone sono anche nel progetto.

"Joshua, se mai troverai il coraggio di perdonarmi per ciò che non sono stato in grado di dare, me ne andrò soddisfatto del fatto che la mia vita non è stata completamente vana. Tengo molto a te e a tuo fratello, anche se capisco come un'affermazione del genere possa farti sentire".

Colson guardò di nuovo Julie e Jonathan e si sorprese nel vedere che Julie singhiozzava dolcemente. Joshua ora stava tremando, un tremito nelle mani e nel mento che Colson poteva vedere anche a pochi metri di distanza.

"Tuo fratello è un uomo onesto, Joshua. So che sono intervenuto oltre la mia autorità per cercare di aiutarlo a raddrizzarsi, e che ho frustrato entrambi per i miei sforzi di correggere qualsiasi errore possa aver commesso nel mio passato, ma vi chiedo di perdonarlo. È giovane e avventato, ma questo ha un valore tanto quanto la vostra leadership e la vostra sensibilità. Prenderà la direzione lentamente, ma è appassionato e motivato.

Gli occhi di Roland Jefferson sfiorano lo schermo e poi tornano indietro, concentrandosi nuovamente sulla telecamera. *"Lo salverò in un file che probabilmente non sarà mai accessibile a nessuno dell'azienda, ma ho impostato il caricamento automatico quando il file viene aperto. Spero che da qualche parte, in qualche momento, lei lo veda. Voglio che tu lo senta da me, direttamente, senza essere condizionato dalla mia missione qui e dalla tua missione di difendere l'azienda dai suoi nemici. Joshua, stai bene".*

La trasmissione video si concluse quasi con la stessa rapidità con cui era iniziata e il silenzio che seguì fu impressionante. Colson cercò di trovare qualche controllo di riproduzione sul video, per riavvolgerlo o ricominciarlo, ma non c'era altro che l'ultimo fotogramma del video, fermo, con un bordo nero intorno. Dopo qualche secondo, il video si è spento e lo schermo è tornato al suo stato tremolante e semicongelato.

"È tutto", ha detto Colson, "non c'è altro".

"Mio... fratello", mormorò Joshua.

Colson non aveva idea di cosa fosse successo tra Joshua e suo fratello, ma sembrava che Julie lo sapesse. Si chinò un po' su Joshua, tenendogli il polso - lui non voleva lasciare la pistola - e gli sussurrò qualcosa.

"*È* colpa mia, Julie", disse, alzando la voce. "Gli ho sparato io stesso, ricordi?".

"Certo che sì. Ma..."

"Ma *niente*", ha detto. "Ero una pedina allora e lo sono anche adesso. Sono solo parte del gioco di qualcun altro, e lo sono sempre stato".

Julie e Joshua rimasero lì per un momento, senza parlare, e Colson tornò al computer. *Ci deve essere un modo per entrare in questa cosa.* Non era un hacker, ma aveva passato una vita davanti agli schermi dei computer. Per lui erano un linguaggio, proprio come i linguaggi di programmazione che usava quotidianamente, e lo parlava correntemente. La sicurezza dei computer, per sua stessa natura, era imperfetta: non c'era modo di tenere le persone fuori dal sistema per sempre, se non spegnendo la macchina e staccando la spina dal muro.

Il problema era che non aveva nulla che si avvicinasse all'"eternità" per capirlo. Era solo questione di tempo prima che l'uomo che aveva ucciso Angela Stokes si raggruppasse con ciò che restava della forza di sicurezza, superasse ciò che restava della forza cinese e poi venisse a prenderli quaggiù.

Oppure la forza cinese ha eliminato le guardie di sicurezza e poi è venuta a prenderli quaggiù.

In ogni caso, a Colson non piacevano le probabilità.

Si rivolse agli altri. "Ci vorrà un po' se dobbiamo entrare", disse. "Avete una soluzione migliore...".

Reggie e la signora E irrompono improvvisamente nella stanza dalle scale, a pochi metri dalla loro posizione. "Su le armi! State giù!" Gridò Reggie. Si tuffò dietro il terminale del computer a cui stava lavorando Colson e strisciò lungo la fila di server dietro di esso. La signora E scattò nella direzione opposta, ma si accovacciò anch'essa dietro una delle file di computer.

"Co..."

"Stai zitto e scendi!" Reggie urlò di nuovo. "Stanno arrivando!"

Colson reagì d'istinto, non dubitando più di ciò che il gruppo gli diceva. Finora lo avevano tenuto in vita e lui intendeva fare la sua parte e continuare a farlo. Cadde sul pavimento, sperando che, semplicemente abbassandosi, chiunque stesse per scendere le scale lo avrebbe mancato.

Ma non si trattava di *"chi"*, ma di *"chi"*.

I droni, a due a due, volarono giù per le scale e sul piano, sparando a tutto ciò che si muoveva. Gli occhi di Colson si spalancarono, ma il suo corpo si mise in moto e si allontanò a passo di granchio dal computer e dalla sua fila. Si imbatté in una delle guardie morte e trovò l'arma dell'uomo, afferrandola con una mano tesa mentre girava intorno al soldato caduto.

Non aveva idea di come controllare il caricatore per vedere quante munizioni erano rimaste, ma la pistola sembrava pesante. Nei film, questo significava che la pistola era carica. Ma non era sicuro di quanto pesasse una pistola, quindi decise di rischiare. Sollevò il fucile mitragliatore e sparò.

Fare clic.

CHAPTER 61

I DUE UOMINI CHE HANNO LASCIATO LA STANZA TORNARONO IN POCHI MINUTI, ciascuno portando con sé una serie di cinghie e cavi che all'occhio annebbiato di Ben sembrarono un pasticcio. Gemeva, il rumore rimbalzava tra le dure pareti metalliche formate dalle file di scaffali del piano. Gli faceva male la gola, come se l'essere stato all'aperto alla temperatura gelida gli avesse procurato un raffreddore immediato, ma era l'ultimo dei suoi dolori. Il viso era gonfio, coperto di tagli e lividi, e sulla gamba destra dei pantaloni c'era una pozza di sangue proveniente da una ferita che gli colava dal mento.

"Il signor Valére raggiungerà il resto del gruppo al piano superiore", disse il primo uomo, "ma ha chiesto che lei rimanga qui sotto, con noi".

Ben cercò di concentrarsi su ciò che gli uomini stavano facendo, ma riuscì solo a capire che stavano svolgendo e raddrizzando le bobine di corda e le cinghie di cuoio.

"Hai bisogno di altra corda per legarmi?". Ben disse, formando le parole come meglio poteva, ma sentendo la maggior parte di esse uscire dalla sua bocca intorpidita come un flusso di sillabe casuali.

"Mi scuso", disse l'uomo, "non riesco a capire quello che dici". Sogghignò, poi diede un colpo in faccia a Ben, rompendogli il naso. "Vediamo se questo smuove un po' le cose".

Ben sputò quando l'altro uomo si portò dietro la sua sedia e iniziò a slegargli le braccia. Sentì i polsi e le mani liberarsi e subito il morso pungente della paralisi si diffuse su di loro. Si sentiva come se avesse dormito un'intera notte con qualcuno seduto sopra di loro, e si rifiutavano di svegliarsi.

Gemette di nuovo quando l'uomo lo sollevò dalla sedia tenendolo per le braccia, mentre le sue spalle - purtroppo *non* addormentate - sentivano tutto il peso del movimento. Rimase in piedi per un momento, cercando disperatamente di tenere la testa dritta, con l'unico occhio aperto ancora lacrimoso e annebbiato.

"Signor Bennett", disse l'altro uomo. "Spero che abbia apprezzato il suo soggiorno qui alla nostra stazione. Anzi, siamo entusiasti di offrirle l'opportunità di una *vita*. Prego, da questa parte".

Ben si sentì spingere in avanti dall'uomo che spingeva le sue braccia morte e camminò accanto alla guardia fino alla parete posteriore del livello, poi girò a destra. L'area era familiare: era lo stesso punto in cui erano entrati nella stazione, attraverso il condotto dell'aria. Superarono il terreno su cui si erano calati e girarono ancora una volta a destra, proprio all'angolo della stanza.

Il gabinetto di Jonathan Colson.

Ben capì all'improvviso che cosa avevano intenzione di fare di lui e quasi si strozzò quando vide il cassetto aperto e in attesa, con le luci verdi all'esterno che tremolavano e lampeggiavano in attesa del suo prigioniero.

Rimani calmo, si impose Ben. Se avesse tentato di fuggire ora, sapeva che le guardie lo avrebbero facilmente incaprettato e forse messo fuori combattimento. Le sue gambe erano rigide, ma per il resto stavano bene, ma doveva fingere che fossero indolenzite e inutili come il resto del corpo. Fece del suo meglio per esaminare l'esterno del cassetto con quel poco che il suo occhio riusciva a vedere.

Le guardie gli misero la cinghia di cuoio intorno alla testa e la fecero scivolare anche sulle spalle per legargli le braccia contro i fianchi, proprio sopra il gomito. Cominciarono a stringerla il più possibile e Ben inspirò lentamente un'enorme boccata di fiato, cercando di non attirare l'attenzione su ciò che stava facendo. Flesse anche i bicipiti e il petto, facendosi crescere di qualche centimetro.

Trattenne il respiro mentre una guardia tirava la cinghia mentre l'altra ne collegava l'estremità a un fermaglio sulla schiena. Era un modo perfetto per impedire a un uomo l'uso delle braccia e delle mani e, a meno che non riuscisse a slogarsi le spalle e a raggiungere le spalle per slacciare la cinghia, Ben sarebbe stato bloccato.

"Hanno detto che non avevano bisogno di uno di questi per il tuo nuovo amico Colson", disse la guardia. "Ma d'altronde, prima dell'arrivo della nostra squadra, la sicurezza della stazione era un po' meno che ideale. Mi sorprende che siano riusciti a farne entrare così tanti nel sistema".

L'altra guardia ridacchiò, ma non parlò. Quando ebbero finito il loro lavoro, la guardia che aveva lavorato la cinghia sulla testa di Ben gli diede un forte calcio dietro le ginocchia. Ben provò la vertigine di cadere all'indietro, con le mani completamente inutili ai lati, e sperò che il secondo uomo fosse dietro di lui per prenderlo.

Il *rumore* della parte posteriore del cranio che colpisce il pavimento solido gli disse tutto quello che doveva sapere su quello che stava facendo la seconda guardia. La guardia lo derise, mettendosi accanto a lui mentre Ben borbottava una serie incomprensibile di imprecazioni verso l'uomo. L'altra guardia si mise al suo fianco sinistro ed entrambi cominciarono a sollevare Ben e a portarlo verso il cassetto in attesa.

Ben sentì il sangue gelarsi e la paura lo invase per un attimo. Stava per essere messo a testa in giù in una tomba, solo che doveva tenerlo in vita per sempre invece che morto per l'eternità. Pensò a Julie, a Reggie e agli altri e improvvisamente si ricordò del piano. Muoveva un po' le braccia, testando l'allentamento della cinghia di cuoio ora che aveva espirato. Era certamente più allentata, ma non era sicuro che sarebbe stata sufficiente a permettergli un po' di destrezza nella scatola. Ben era anche un uomo grande e grosso, e non era sicuro che il cassetto stesso fosse abbastanza grande per essere manovrato.

C'è solo un modo per scoprirlo, pensò. Non era claustrofobico, ma di certo non amava gli spazi piccoli in cui veniva legato e gettato a testa in giù. Chiuse gli occhi, aspettando che gli uomini finissero il loro lavoro. Avevano fretta e lo gettarono grossolanamente nell'armadietto metallico, facendolo scivolare in basso in modo che la sua testa si trovasse sulla parte imbottita in fondo al cassetto, poi uno di loro si avvicinò e gli mise in testa il dispositivo che sembrava una cuffia da bagno.

All'inizio non accadde nulla, ma uno dei due uomini spinse il cassetto a fondo mentre l'altro iniziò ad azionare i comandi sulla parte anteriore.

"Buon riposo, Benny", disse la guardia attraverso la parete metallica della sua nuova tomba.

All'improvviso un dolore elettrizzante attraversò il corpo di Ben, crescendo fino a un'intensità che gli fece tremare i denti, per poi diminuire fino a diventare un leggero palpito. Nel suo corpo scorreva un'energia che non era la sua, e sapeva che gli elettrodi della cuffia dovevano essere stati accesi dalle guardie.

Una minuscola luce rossa che filtrava da una fessura nel soffitto del cassetto era la sua unica luce, e non era sufficiente per vedere qualcosa di utile, soprattutto considerando che aveva l'uso del solo occhio sinistro.

Ok, e adesso? Pensò, cercando di organizzare la mente e di mantenere la calma. *Hanno detto che questo mi terrà in vita, il che significa...*

L'unico modo *teorico* per mantenere in vita un essere umano in una modalità di pseudo-stasi, lo sapeva, era quello di abbassare la temperatura a un livello appena superiore al congelamento per rallentare il flusso sanguigno, pur mantenendo la temperatura interna abbastanza alta da evitare la morte. Poi, bisognava tenere conto dei suoi bisogni corporei - cibo, acqua, smaltimento dei rifiuti -.

Sentì qualcosa che gli urtava il fianco e saltò in aria, quasi colpendo il soffitto con il naso rotto.

Che cosa...

Era una specie di tubo a vuoto e poté sentire un leggero risucchio contro il suo fianco mentre il serpente azionato meccanicamente lo pungolava, tastando i fianchi e il braccio. Risalì lungo la spalla fino a raggiungere il collo.

"Ok, ora *basta*", borbottò ad alta voce, allontanando la testa dalla bocca aperta del serpente.

Ora capiva l'intenzione del "serpente" e il modo in cui il sistema lo avrebbe tenuto in stasi per qualsiasi quantità di tempo empirica avesse in mente, e lui *non era* a bordo.

Ben si contorse violentemente, cercando di dissuadere il tubo di metallo flessibile dall'infilarsi in gola, chiedendosi contemporaneamente quanto tempo avesse prima che le guardie lasciassero la loro postazione fuori dalla porta. Avevano fretta, senza dubbio sperando di andarsene e raggiungere il prossimo obiettivo assegnato. Probabilmente non sarebbero rimaste più a lungo dello stretto necessario e Ben sperava che fossero già in procinto di uscire dal livello.

Il tubo metallico si infilò e si staccò dal lato della testa, aprendo vecchie ferite e croste appena coagulate dall'attacco precedente delle guardie, ed egli urlò di dolore ogni volta.

"Togliti... di dosso!" gridò, portando infine la testa di lato con tale forza che il lato del cassetto tremò e vibrò.

E un po' di luce fioca si intrufolò attraverso la fessura appena aperta ai suoi piedi.

L'ho fatto scorrere, si rese conto. Non c'era un meccanismo di chiusura dei cassetti, perché si supponeva che le persone all'interno non fossero coscienti, o almeno in grado di muoversi se lo erano, e anche in quel caso la scossa dell'elettrodo, l'inesauribile serpente di metallo che scavava e il puro terrore di ciò che stava accadendo erano probabilmente più che sufficienti a mantenere i prigionieri sedati.

La fessura ai suoi piedi non si sarebbe allargata per quanto si fosse dimenato e avesse sbattuto la testa contro la parete. Ma i suoi *piedi* non erano legati tra loro e poteva sollevarli fino alla cima del cassetto e...

Ben premette le punte degli stivali contro il soffitto, sapendo che non era collegato alla parte scorrevole della sua prigione. Si sforzò, tendendo ogni muscolo del corpo mentre lavorava contro il suo stesso peso per cercare di aprire il cassetto. Scosse un po' le spalle per permettere alle braccia di liberarsi dai fianchi, poi morse il serpente mentre tornava verso la sua bocca.

Alla fine, solo dopo un minuto di intenso sforzo, riuscì a far allargare la fessura di un centimetro.

Abbastanza da metterci in mezzo le dita dei piedi.

Si spinse verso l'alto con le gambe, infilando gli stivali in quel poco spazio aperto che c'era tra la rastrelliera e l'anta dell'armadio.

Le sue scarpe si muovevano su e fuori dalla fessura sempre più larga nello stesso momento in cui il serpente trovava un punto d'appoggio sul suo labbro inferiore e spingeva giù, con forza, costringendolo ad aprire la bocca.

Urlò in agonia mentre il tubo metallico gli premeva in gola.

CHAPTER 62

NON VA BENE.

"SICUREZZA, COLSON!" JULIE gridò. Lui alzò lo sguardo e la vide fare un movimento con un'altra delle mitragliatrici, indicando un punto sul lato dell'arma.

Annuì, trovando il meccanismo della sua pistola e spegnendola. Riprovò.

Uno spruzzo di proiettili volò verso l'alto e verso l'esterno, cospargendo il soffitto del livello di piccoli segni. Rilasciò il grilletto, riorganizzandosi internamente, mentre il peso e la sensazione dell'arma cominciavano a diventare un po' più riconoscibili nelle sue mani. Non si aspettava di diventare un tiratore provetto, ma sperava in un leggero aumento della precisione.

Sparò di nuovo, questa volta mantenendo il fucile centrato e stringendo lo schema dei proiettili che uscivano. Si collegò al drone direttamente sopra di lui e lo mandò a sbattere contro uno dei rack dei server. Un'esplosione di schiocchi e sibili elettrici si sprigionò dalla parte anteriore della macchina contro cui si scontrò e due dei rotori su un angolo della fusoliera del quad volarono via. L'elicottero cercò di riprendersi, ma colpì un altro server e questa volta si schiantò sul pavimento, proprio accanto a Colson.

"Bel colpo, Colson!" Joshua urlò. Sentì un'ondata di energia ed eccitazione per il successo dell'attacco e si alzò in ginocchio per riprovare.

Anche la signora E e Reggie stavano sparando con le pistole, a quanto pare avendo esaurito le munizioni prima ancora di raggiungere il livello.

"Sono fuori", gridò la signora E. Colson non riuscì a vederla da una fila più in là, tra i server affollati, ma gli sembrò di sentire il rumore del clic di una rivista vuota.

"Anch'io", urlò Reggie.

Julie, Joshua e Colson avevano ancora munizioni, ma non molte. I soldati a cui avevano tolto le armi probabilmente trasportavano altri proiettili, ma non era sicuro di come trovarli, di dove fossero nascosti e non aveva intenzione di tornare indietro verso gli altri droni per cercarli.

"Altri tre in arrivo, a ore 6!". Joshua urlò.

Colson si voltò e vide uno di loro dirigersi verso la sua fila. Gli altri due si divisero a destra e a sinistra al centro della sala e cominciarono a volare lungo le file in cui si trovavano Reggie e la Signora E.

"Ne vedo altri, più in basso", ha detto Colson. "Non riesco a capire da dove vengano".

"Ascensore?"

"No, è chiusa e la serratura è rotta. Non possono aprire le porte, per quanto ne so".

"Allora ci deve essere un'altra strada per scendere. Non pensavo che ci fosse qualcosa del genere, ma non mi stupirei se ci fossero delle scale nascoste o qualcosa del genere".

"Possiamo scoprirlo dopo essere usciti da questo pasticcio", rispose Joshua, sparando verso due droni che scendevano un po' più in basso.

"Ehi", ha detto Reggie, "qualcun altro ha notato che queste cose non attaccano davvero?".

Colson se n'*era* infatti accorto. Da quando erano entrati nel livello, sparando, i droni si erano fermati e ora si libravano a breve distanza. Con l'aggiunta dei droni che erano apparsi da qualche parte dal fondo della stanza, le macchine stavano ora formando un ampio cerchio intorno a Colson e al gruppo.

"Stanno sorvegliando il perimetro. Cercano di tenerci tutti rinchiusi qui", disse Reggie, rispondendo alla sua stessa domanda.

Colson sapeva di avere ragione, ma erano le implicazioni di questo fatto a preoccuparlo.

Perché *ci stanno rinchiudendo qui?*

"Qui non vi stiamo 'rinchiudendo'", risuonò una voce dalla tromba delle scale. L'uomo era vecchio, debole e si appoggiava a una guardia di sicurezza quando entrò nella stanza. Colson riconobbe immediatamente l'altro uomo che affiancava quello più anziano: era l'uomo che aveva ucciso il suo capo, Stokes.

L'uomo più anziano continuò. "In effetti, preferirei che non foste affatto qui. Avete scelto di venire qui e la mia intenzione è di fare in modo che non ve ne andiate mai. Ma prima devo sapere: *perché?* Chi ti ha mandato qui e perché sei venuto?".

Joshua guardò l'uomo. "Valére. Lei è Francis Valére".

"Chi è?" Chiese Reggie.

"Il capo delle Industrie Draconis. Beh, *ora* il capo della Draconis. Perché ha ucciso chiunque si sia messo sulla sua strada e ha emarginato il consiglio di amministrazione e i collaboratori".

Valére alzò la mano libera, poi si avvicinò al gruppo riunito davanti a lui. Il suono dei droni quasi non si sentiva nella voce sommessa dell'uomo. "Non ho ucciso nessuno", disse. "E il mio controllo della compagnia è stato inevitabile e necessario".

"Non eravate già abbastanza potenti?". Chiese Joshua.

Qualcosa balenò sul volto dell'uomo e Colson osservò con orrore l'uomo più anziano, Valére, che prese la pistola dall'uomo a cui era appoggiato, si alzò in piedi e si avvicinò a Joshua. Inciampò una volta, ma si rimise in piedi e si fermò proprio di fronte all'uomo.

"Monsieur Jefferson", disse Valére. "Quante *volte* ho sussurrato quel nome con rabbia. Quante *volte* la vostra famiglia mi ha deluso". Portò la pistola alla tempia di Joshua. "*Non ho mai* premuto il grilletto di un'arma prima d'ora. Ma oggi, con *te*, credo sia ancora più giusto che ci sia un'ultima *prima volta* nella mia vita".

Joshua strinse e strinse la mascella, guardando Valére. "Hai ucciso mio padre", disse.

"Non l'ho fatto", ha detto Valére. "In effetti, in questo momento è di sotto. È tenuto in vita proprio dal sistema che ci ha aiutato a costruire. L'*unica* cosa che lo tiene in vita. Vede, signor Jefferson, la differenza tra la vita e la morte non è così polarizzata come vorremmo. Basta premere il grilletto per "morire", ma cosa succede *davvero* in quel momento? Che cosa *accade* davvero nella mente, poco prima della morte?

"Vi chiedete questo", ha continuato. "Ve lo chiedete tutti. Volete *sapere*. E qui...", agitò l'altra mano, indicando gli scaffali e le file di server. "Vi chiedete cosa succede nella mente, nelle porzioni che finora non sono state scoperte dalla scienza. I momenti della prima vita, poi appena prima della morte, e certamente dopo - se c'è un "dopo". Vi chiedete questo, sì?".

"Non mi interessa molto *quello che* succederà, Valére", disse Joshua, "ma voglio che *tu* lo sperimenti".

Valére sorrise. "E *lo farò*. Certamente sperimenterò le pulsazioni della morte e poi la lunga, infinita distesa di quiete. Ma ancora una volta", premette più forte la pistola contro la testa di Joshua. "Voglio sapere perché è qui, signor Jefferson. Come è stato trovato e chi l'ha mandata".

Si rivolse alla guardia dietro di lui, quella che aveva usato come stampella, e l'uomo scattò in azione. Si avvicinò al terminale del computer, notando per la prima volta i tre soldati morti che Colson e gli altri avevano attaccato, e spinse uno di loro fuori dai piedi. Aprì un grande cassetto proprio sotto il terminale e vi infilò la mano. Dal cassetto estrasse un elmetto, collegato a una serie di cavi tortuosi.

Tornando alla tromba delle scale, consegnò il dispositivo all'uomo che aveva ucciso Stokes e questi avanzò con il dispositivo. La prima guardia tornò al computer e cominciò a curiosare. Colson notò un piccolo scanner palmare nel cassetto; l'uomo vi posò sopra la mano aperta e il computer tremolò ancora una volta, poi si sbloccò. L'uomo mise il lettore di palmi in disparte sul bancone, ma chiuse il cassetto e cominciò a lavorare.

È così semplice, pensò Colson. Si chiese se le tre guardie che avevano ucciso fossero riuscite a entrare nel sistema usando lo stesso lettore di impronte palmari o se fosse riservato ai responsabili. Sapeva di poterlo hackerare, semplicemente scrivendo alcune righe di codice che avrebbero ingannato il piccolo dispositivo facendogli credere di ricevere un'impronta valida, aggirando di fatto la misura di sicurezza.

Ormai è troppo tardi.

"Monsieur Anderson", disse Valére rivolgendosi all'uomo che avevano incontrato al livello 2, "per favore, iniziate con la connessione finale". Il nostro sistema sarà attivo in pochi minuti, ammesso che abbiate preparato tutto".

"Sì, signor Valére", disse Anderson. "È tutto in ordine".

"Molto bene", disse Valére, voltandosi verso Joshua. "Procedi".

Anderson avanzò e tenne il casco capovolto. Colson poté vedere i fili e le loro terminazioni che penzolavano dal retro dell'elmetto, e Anderson vi passò le dita per raddrizzarli. Sul retro dell'elmetto c'era anche un piccolo pannello, sul quale Anderson ha curiosato mentre la guardia era al lavoro sul computer.

"Funziona bene, ma ci vuole un po' di tempo per sincronizzarsi con il sistema, dato che si tratta di un prototipo. Una volta sincronizzato, i nodi si attiveranno immediatamente al contatto".

Valére sembrava impaziente, ma annuì. "Abbiamo circa tre minuti", disse rivolgendosi a Joshua. "Monsieur Jefferson, a quel punto diventerò parte di questa infrastruttura, chiuderò le porte, otterrò il controllo del nostro sistema di sicurezza e farò in modo che la sua morte sia molto più dolorosa di quella che le sto offrendo ora. Dopodiché, avrò il controllo del primo supercomputer biologicamente strutturato del mondo. Forse non capite cosa significhi, ma ogni mio pensiero, ogni mio desiderio e ogni mio *istinto* saranno a un millisecondo di distanza dal diventare azione. Quindi vi chiederò ancora una volta: *perché siete qui* e *chi vi ha mandato*?".

Joshua guardò gli altri - Colson, Reggie, la signora E e Julie - ignorando la pistola di Valére puntata alla testa. Sospirò, poi fissò Valére. "L'abbiamo appena trovato. Stavamo camminando qui fuori, e c'era una porta, e...".

Valére aveva fatto cenno alla guardia al computer di raggiungerlo e la guardia interpretò immediatamente l'ordine. Colpì Joshua, sbattendo le nocche sul viso dell'uomo. Colson fece una smorfia, ma Joshua rimase in piedi.

"È divertente, Joshua", disse Valére. "Troverai divertente *anche il* fatto che poco prima del mio arrivo in loco un uomo ha fatto proprio questo, inciampando qui dalla stazione McMurdo e trovando in qualche modo una delle nostre botole di accesso alla sicurezza. Lo abbiamo accolto, naturalmente, e si è dimostrato una risorsa preziosa per il nostro sistema".

La guardia lo colpì di nuovo mentre Valére continuava. "Non dovresti proprio mentire, figliolo. Non sei mai stato bravo in questo. Per tuo fratello era un'abilità discreta. Ma lui non è più con noi, giusto?".

"La sua morte è colpa tua".

"No, Joshua", disse subito Valére. "La sua morte è colpa *tua*. Gli hai sparato e l'hai abbandonato. Nemmeno una degna sepoltura per la tua famiglia?".

Valére parlò ancora una volta ad Anderson, che annuì. "Sì, signore", disse. "Quando i nodi entreranno in contatto con il teschio, invieranno immediatamente il segnale di accesso al sistema. Avrete il pieno controllo di SARA e della stazione. Ma..."

Valére guardò il suo subordinato con un'espressione calma e preoccupata.

"Ma lei non potrà più..." l'uomo sembrava affranto, come se non riuscisse a terminare il proprio pensiero.

Valére portò la mano sulla spalla dell'uomo e la appoggiò lì. "Sì, Anderson. È vero. Ma questo è il mio sogno, amico mio. Questo è ciò che ho pianificato. Per svegliarla, una volta per tutte. Ma io non me ne andrò - lei avrà la mia coscienza. Saremo finalmente *una cosa sola*".

"Dov'è Ben?" Julie sbottò all'improvviso. Colson la guardò, invitandola silenziosamente a smettere di parlare. Non avevano bisogno di sfidare la sorte.

"Monsieur Bennett?" Rispose Valére. Si girò e fissò freddamente Colson. "Al mio arrivo sono stato informato che *lei*, Jonathan, doveva essere inserito nel sistema al piano di sotto. Dato che c'era un posto libero, ho pensato che fosse piuttosto conveniente sistemare Monsieur Bennett lì, al suo posto".

Julie non rispose, ma Colson poteva sentire il suo dolore. Sapeva esattamente come si sarebbe sentita in questo momento, perché lo sentiva *anche lui*. Si sentiva tradito, perso, confuso e soprattutto arrabbiato. La società per cui aveva lavorato quaggiù lo aveva illuso. Aveva illuso *tutti* loro, e quest'uomo, questo vecchio decrepito, morente e storpio, aveva tirato tutti i fili.

Altre due guardie uscirono dalla tromba delle scale e raggiunsero Valére, posizionandosi subito dopo il loro capo. Anderson si voltò e accolse i nuovi arrivati, con una domanda sul volto.

Una delle nuove guardie annuì, con un leggero sorriso sul volto, e Anderson sussurrò a Valére.

"Molto bene, grazie", disse Valére. Si girò verso Julie e sorrise, con un'autentica espressione di gioia sul volto. "Allora questa giornata *non* finirà male".

Li aveva in pugno e nessuno di loro poteva farci niente. Colson si sentiva in trappola e si chiese se qualcun altro avesse trovato una via d'uscita. Guardandosi intorno, sembrava che nessuno l'avesse fatto. Joshua, Julie e la signora E fissavano con aria assente Valére e gli uomini che lavoravano al dispositivo dell'elmetto, mentre Reggie scrutava i droni della morte in bilico in attesa del comando di aprire il fuoco.

"Il tempo è scaduto, Joshua", disse Valére. Guardò Anderson, la guardia al terminale del computer, entrambi versioni umane dei droni, in attesa del comando del loro padrone. "Cominciamo".

CHAPTER 63

REGGIE STAVA GUARDANDO l'uomo di nome Valére discutere con le sue guardie quando qualcosa attirò la sua attenzione. Era il più vicino alla tromba delle scale, ma era rivolto verso gli uomini al centro del cerchio formato dai droni, che ancora volteggiavano intorno a loro.

C'era un'ombra, un battito di ciglia di un braccio, in piedi all'interno della tromba delle scale, fuori dalla vista. Reggie spostò gli occhi a destra, cercando di vederla senza allertare le quattro guardie, Valére o il suo protetto, Anderson. Non c'era nulla.

Ma *aveva* visto qualcosa, ne era sicuro. Il suo addestramento, la sua carriera nell'insegnare ad altri a sopravvivere nella natura e la sua esperienza nell'osservare il mondo che lo circondava lo avevano reso incredibilmente attento. Quando la maggior parte delle persone si concentrava solo su ciò che gli occhi ritraevano in un'ampia linea immediatamente davanti a loro, Reggie era stato addestrato a usare la sua visione periferica allo stesso modo, spingendosi costantemente ai margini della sua visuale per individuare qualsiasi movimento.

Per questo motivo, era preparato. Impugnò più saldamente il fucile, ancora privo di munizioni. Usò una tecnica che gli piaceva chiamare "bloccaggio". Si concentrò su Valére e Anderson, lasciando riposare gli occhi senza muoverli per permettere a qualsiasi cosa nell'intero quadro visivo di balzare alla sua coscienza. Era come un sistema di allarme intrinseco, incorporato negli esseri umani e negli animali, che molte persone non sapevano come usare. Era utile per esaminare e osservare una scena, aiutandolo a prendere in considerazione i movimenti che tutti gli altri stavano facendo.

Notò alcune cose. Innanzitutto, Valére e Anderson, oltre a una delle guardie, erano impegnati a preparare l'oggetto del casco da mettere sulla testa di Valére. Un'altra guardia era in piedi davanti al computer e guardava lo schermo.

Rimanevano due guardie, le nuove arrivate, entrambe rivolte dall'altra parte della porta verso i loro capi e il gruppo di Reggie, disposte a semicerchio intorno a Valére. I droni si libravano, muovendosi e immergendosi nell'aria mentre lavoravano costantemente per mantenere una posizione fissa.

E poi vide di nuovo un movimento. Di nuovo un'ombra, che si muoveva avanti e indietro. Sapeva che c'*era qualcuno dietro il muro*. Senza dubbio, dietro la parete della tromba delle scale c'era una persona.

Impugnò più saldamente la pistola. Non era carica, ma sarebbe stata meglio dei pugni se fosse stato necessario.

Anderson abbassò il casco verso la testa di Valére. Era alto quasi un metro e mezzo più dell'uomo anziano e Valére aspettava, con un sorriso impaziente sul viso e gli occhi chiusi.

Il casco era a pochi centimetri di distanza quando Ben fece la sua mossa. Gli allarmi di "blocco" nella mente di Reggie cominciarono a suonare e lui scosse leggermente la testa per osservare il movimento di Ben. Una delle guardie lo fulminò con lo sguardo, spaventata dal nuovo punto focale di Reggie, ma era troppo tardi.

Ben raggiunse Anderson e gli tolse semplicemente l'elmo dalle mani. L'uomo, spaventato dall'improvvisa scomparsa dell'elmo, si bloccò. Ben approfittò dell'occasione e posò l'elmo sulla testa di Anderson e spinse via Valére, poi cadde a terra.

Joshua e Julie si precipitarono in avanti, scattando in azione quando Ben cadde a terra. Corsero in avanti per aiutarlo, ma una delle guardie si stava già dirigendo nello stesso punto, puntando su Valére. Le loro strade stavano per scontrarsi e Reggie osservò come Joshua si abbassò un po' e tenne la testa indietro, mettendosi in posizione per un placcaggio perfetto.

Anche Reggie aveva iniziato a correre, deviando a sinistra per eliminare una delle guardie più vicine a lui, che ora stava brandendo il fucile verso Ben.

Reggie e Joshua si scontrarono con i loro bersagli quasi esattamente nello stesso momento, e i colpi corrispondenti suonarono per Reggie più forti di un colpo di pistola. Il suo uomo cadde, trasportato in avanti da Reggie che lo aveva avvolto e lasciato a terra appena prima che la sua testa colpisse il fianco della guardia. Nell'impatto perse la presa sul fucile scarico, ma era intenzionato a far fuori l'uomo comunque. Sentì alcune costole incrinarsi e poté sentire l'uomo gemere mentre cadeva in un mucchio a pochi metri da Ben.

I droni cominciarono a danzare e a ruotare nell'aria e Reggie istintivamente tenne la testa bassa, preparandosi all'attacco.

Ci fu un colpo di pistola, e poi un altro, ma lui ignorò il suono per il momento e continuò a concentrare i suoi sforzi e la sua attenzione sull'uomo sotto di lui. Afferrò i capelli della guardia e gli sbatté la fronte, con forza, sul pavimento. Il suono soddisfacente disse a Reggie che l'uomo era finito e che poteva passare al prossimo sfortunato bersaglio.

Julie stava aiutando Ben, cercando di rianimare il grosso uomo che era svenuto sul pavimento vicino alla guardia di Reggie e a Valére. Dal canto suo, Valére schioccava ansiosamente un dito e sollecitava una delle guardie a dargli una mano. La sua bocca si apriva e si chiudeva e Reggie pensava che assomigliasse a un pesce sul molo, che cercava freneticamente di respirare aria.

Reggie avrebbe voluto ridere dell'impotenza dell'anziano, ma si preoccupò subito della guardia che gli puntava un fucile alla testa.

Rotolò, schivando la prima raffica di colpi, e si riparò accanto al terminale del computer. La guardia morta che si trovava lì era ancora a terra davanti al terminale, senza armi e senza vita, ma c'era qualcos'altro che interessava a Reggie. Allungò la mano e intascò la granata flash, sapendo che prima o poi sarebbe potuta tornare utile.

Altri tre proiettili colpirono il lato del rack del terminale, urtando contro i componenti di metallo duro e facendo scintille mentre si conficcavano nel lato di un cassetto scorrevole. Reggie era contento di avere la copertura e si prese il tempo per valutare la situazione. Riuscì a vedere i piedi di Valére, immobili, e si chiese se l'uomo si fosse addormentato o stesse solo aspettando aiuto. Accanto a lui, Anderson girava in tondo, lentamente e deliberatamente, con l'elmetto illuminato e rumoroso sulla testa. Reggie non aveva idea di cosa stesse succedendo, ma Anderson sembrava non rendersi nemmeno conto di trovarsi nel bel mezzo di una zona di battaglia, completamente disarmato.

Stava per lanciarsi verso la lotta, quando all'improvviso gli apparve davanti una guardia con la pistola puntata alla fronte.

CHAPTER 64

DOPO ESSERE FUORI DALLO SPORTELLO E aver strappato il tubo serpentiforme di metallo dalla gola, Ben si sdraiò sul pavimento duro e freddo del piano, respirando e pensando. Era sopravvissuto a un terrore che lo aveva portato a subirne altri dieci, e questo era stato lo stile del viaggio. Da quando aveva messo piede sul continente, le cose qui intorno sembravano propense a cercare di uccidere lui e il suo gruppo.

Gli era stato detto che era resistente, prima da suo padre, molto tempo fa, poi da sua madre e poi da tutta una serie di altri quando era diventato adulto. All'inizio era una parola che non capiva del tutto, e aveva pensato che fosse usata come un modo per fare un complimento a un uomo altrimenti senza pretese e "relativamente normale", senza dirgli tutta la verità: che era senza pretese e relativamente normale.

Uscito dalla sua prigione, si era quasi messo a ridere. Si era chiesto se fosse destinato a morire qui, congelato sul fondo della terra, e in tal caso perché lo stessero costringendo a soffrire finché non fosse successo. Contro ogni previsione e ogni briciolo di logica, era vivo. Spezzato, stanco e arrabbiato, ma vivo.

E doveva trovare Julie.

La loro missione era stata compromessa nel momento in cui i cinesi avevano messo piede nella stazione, e si chiese se non fosse stato un espediente, un gioco di prestigio o un depistaggio. Forse il signor E e sua moglie, o chiunque ci fosse dietro a tutto questo, stavano semplicemente usando la squadra di Ben per portare a termine un piano più nefasto di quello che i Draconis stessi stavano architettando.

Ancora una volta, a Ben non importava nulla di tutto ciò. Si avvicinò alle scale e si aggrappò alla ringhiera con la mano destra, l'unica che sembrava funzionare correttamente. Mentre saliva al livello successivo, valutò i danni.

Un altro pugno, pensò, lo avrebbe ucciso. Sentiva che anche una boccata d'aria sarebbe bastata. Le gambe erano l'unica parte di lui che non era completamente distrutta, ma sembravano altrettanto esitanti a sforzarsi, per paura di attirare l'attenzione su di sé. La spalla sinistra non era altro che un nodo che teneva il braccio in ostaggio mentre pendeva senza vita sul suo fianco, e la spalla destra era appena meglio. Il suo volto sarebbe stato irriconoscibile, lo sapeva, e si chiese come sarebbe stato il suo naso rotto una volta guarito.

Nel complesso, Ben era a pezzi. Era pronto a finire, e una parte di lui continuava a camminare al piano di sopra perché avrebbe potuto morire, in modo breve e dolce, se avesse incontrato qualcuno dei cinesi o delle squadre di sicurezza.

Ma l'altra parte di lui era davvero quella che lo spingeva ad andare avanti e, per quanto cercasse di negarlo, lo faceva per continuare a combattere. La sua battaglia non era ancora finita e l'armadio della prigione gli aveva dato il tempo di pensare e di riprendersi abbastanza da ricordare ciò che lo aveva attirato qui in primo luogo.

Dopo aver realizzato e ricordato questo elemento, capì qualcosa di più profondo: non era più interessato a distruggere le Industrie Draconis e a vendicarsi. Voleva la giustizia, ma non era più la sua unica forza motivante. Invece, l'emozione e il pensiero che ora strisciavano su di lui, con lo stesso intento del serpente di metallo, erano qualcosa di più difficile da identificare.

Aveva spinto le gambe in avanti, sulla tromba delle scale e verso la porta. Sentiva le voci, quella dello stesso uomo che lo aveva affrontato sulla sedia, e poi quella di Joshua.

Ricordò il gruppo e pensò ai motivi che li avevano spinti a venire con noi. Joshua aveva un interesse personale a sradicare l'azienda per cui lui e la sua famiglia avevano lavorato, ma Ben sapeva che anche le sue ragioni erano più profonde.

Sul bordo delle scale aspettò, cercando di ascoltare le spiegazioni e le argomentazioni dell'uomo, valutando i vuoti e le pause della conversazione, poi fece la sua mossa.

Era inciampato uscendo, ma i suoi piedi si erano ripresi e avevano fatto gli ultimi passi fino alla posizione di Valére, dove era in piedi con l'uomo più giovane che avevano incontrato al livello 2. Ben gli aveva strappato l'elmetto dalle mani e l'aveva posato sulla testa dell'uomo più giovane.

Sentendosi cadere, gettò il braccio in avanti e spinse Valére. Una mossa insignificante, ma sufficiente a far sorridere Ben mentre toccava il pavimento.

Improvvisamente Julie era lì, inginocchiata su di lui. Non l'aveva vista quando era entrato nella stanza e aveva iniziato l'attacco, e non era del tutto sicuro che fosse reale, nemmeno adesso.

Gli parlava, lo incalzava, cercava di farlo reagire. Gli occhi di lui non si muovevano, uno era incollato e l'altro era bloccato verso il soffitto.

"Ben", disse ancora, con la voce che si incrinava.

"U - uh...", disse.

"Cosa?"

Si chiese se lei si rendesse conto che c'erano armi, droni e guardie di sicurezza ovunque intorno a loro, oltre a uno strano casco elettronico che provocava allucinazioni all'uomo più giovane e si dimenava proprio sopra di loro, ma non poteva dire tutto questo. Si chiese se lei potesse sentire quelle cose e vedere che erano ancora in pericolo e che lui voleva portarla via e proteggerla, e che voleva...

"Sposami".

Costrinse l'occhio a trovarla, solo una sagoma con un'unica luce sospesa lontana come sfondo, i capelli in disordine e il viso in contorno nero, e cercò di sorridere. A giudicare dal rapido istante di shock sul volto di lei, sembrò piuttosto che avesse avuto un ictus.

SE AVEVA IMPARATO QUALCOSA nelle ultime ventiquattro ore, Jonathan Colson sapeva che le sue probabilità di rimanere in vita miglioravano notevolmente quando si trovava con il gruppo ora composto da Reggie, la signora E, Joshua, Julie e Ben.

Aveva assistito alla caduta di Valére, attaccato alle spalle da un Ben lacero e sanguinante. Anderson stava girando lentamente in tondo dopo che Ben gli aveva messo il casco in testa, ma Colson non era sicuro di cosa stesse succedendo esattamente. Sapeva che i droni erano ancora in volo, in attesa del segnale di attacco, e sapeva che le guardie erano impegnate in un combattimento con il suo gruppo, ma non voleva trovarsi da solo da una parte.

Colson colse l'occasione e saltò in avanti con una corsa affannosa, proprio al centro del cerchio ora riempito dal corpo di Valére, con la bocca aperta e il braccio in aria, e da Anderson, ancora in rotazione. Vide Reggie e Joshua affrontare ciascuno le guardie più vicine a loro, e lui si scagliò contro le gambe di Valére e continuò a correre. Era quasi arrivato alla postazione di controllo del computer quando una guardia le si parò davanti e cominciò a puntare la pistola verso il basso.

Direttamente a Reggie, che era disarmato e nascosto dietro il terminale.

Colson prese velocità e si accovacciò un po', sperando di prendere la guardia prima che aprisse il fuoco. Non era sicuro di come lanciare correttamente il suo peso senza farsi male, e di certo non aveva idea di come eseguire uno dei "placcaggi perfetti" di Reggie o Joshua, quindi continuò a correre.

La guardia notò la strana forma del corpo di Colson proprio prima di premere il grilletto e cercò di spostare la mira verso il grosso ingegnere, ma era troppo tardi. Colson emise un grugnito quando si scontrarono, ed entrambi gli uomini volarono giù per il corridoio in un mucchio.

La guardia era troppo potente per Colson e, nel momento in cui sentì il fiato corto per la caduta, cominciò ad attaccare. Colpì i fianchi di Colson, colpendo i reni e i polmoni, e Colson pensò che le sue costole stessero per esplodere. Cercò di alzare le braccia per proteggersi il viso, ma la guardia aveva già il sopravvento, arrivando a sedersi sulla parte inferiore del corpo di Colson mentre attaccava. Con un solo pugno sul viso di Colson, tutto divenne nero.

Sfortunatamente per Jonathan non durò a lungo e si riprese proprio mentre il secondo gancio si abbatteva sulla sua mascella. La testa gli girava e la vista era annebbiata, e ancora una volta cercò di alzare le mani per proteggersi.

Non era necessario. Sentì uno sparo e la guardia sbandò un po', bloccandosi a mezz'aria, poi iniziò un altro attacco. Altri due colpi risuonarono nel livello e Colson vide la guardia scivolare di lato prima che avesse la possibilità di finire il suo compito. La guardia cadde a terra con una gamba ancora sopra quella di Colson, che però la spinse via e rotolò di lato.

"Grazie", gridò Reggie. "Sono in debito con te. È stato un modo per tenerlo occupato per un minuto".

Colson annuì, ancora sorpreso di essere *intervenuto*, ma era contento che Reggie stesse bene. Tese una mano a Reggie per aiutarlo ad alzarsi ed entrambi si voltarono per valutare i combattimenti ancora in corso alle loro spalle.

"Scendi, da questa parte", disse Reggie, spingendo Jonathan verso le file di server. "Probabilmente quei droni stanno aspettando il comando per attaccare".

Colson aveva notato che i droni si libravano ancora sopra, ma nessuno aveva iniziato a sparare. *Cosa stanno aspettando?*

Due guardie stavano sparando a Joshua, che aveva di nuovo finito le munizioni, e Reggie sbucò dal lato della lotta e ne uccise una, guadagnandosi un "pollice in su" da parte di Joshua. Rimaneva una sola guardia, al riparo nella stessa tromba delle scale da cui Ben era uscito pochi istanti prima. Riuscì a vedere Ben e Julie al centro dell'area aperta, a terra l'uno accanto all'altra.

La signora E era irreperibile, ma Colson pensò che si stesse trattenendo, anche lei a corto di munizioni.

Guardò i droni che si contorcevano e volavano in minuscole figure ad otto, mantenendo la loro posizione. Era sicuro che quando l'ultimo membro della squadra di sicurezza fosse caduto, i droni avrebbero iniziato il loro attacco.

Dobbiamo andarcene da qui.

CHAPTER 66

"SPOSARTI?"

"IO... UM..."

LEI lo fissò. Cercò di formulare altre parole, ma la sua mente era in pappa.

Una delle guardie di sicurezza apparve da dietro il muro della tromba delle scale e puntò nella loro direzione. Prima che potesse sparare, un piccolo oggetto rimbalzò verso le scale ed esplose. La vista di Ben divenne bianca proprio quando si udì lo *scoppio*. La vampata fu enorme e per un attimo fu reso completamente inerte. Sentì Julie che gli stringeva il braccio: anche lei doveva essere diventata temporaneamente cieca.

Gli spari provenivano dal lato opposto di Ben, che sentì la guardia imprecare e poi tacere. Attese qualche secondo e la sua vista cominciò a schiarirsi. Davanti al suo unico occhio aperto c'erano due, addirittura tre immagini, che danzavano l'una intorno all'altra nel tentativo di fondersi.

"L'ho preso", chiamò Reggie. "Penso che sia tutto".

"Adesso? Ben, cosa?"

Si ricordò di ciò che aveva appena detto a Julie e guardò le tre

Julie accanto a lui sul pavimento. "N... io..." cercò di sollevare la testa e lei gli mise una mano sotto. Era straziante, ma lo aiutava a enunciare. "Io... volevo... prima".

I suoi occhi si allargarono. "Oh, beh, è bello. Come quando ci sparavano di sopra, o ci sparavano di sotto, o ci sparavano fuori, o...".

"Stai zitto", disse Ben. "Le parole sono difficili. Dammi un minuto".

Lei sembrò capire e aspettò che lui finisse, con un leggero sorriso negli occhi. Gli spari erano diminuiti e Ben si chiese come se la fosse cavata il suo gruppo. I droni, che prima si libravano direttamente sopra le loro teste nelle loro traiettorie di volo preprogrammate, ora stavano iniziando a ruotare e ad allargare le loro figure ad angolo. Uno di loro emise persino un suono stridulo, scendendo appena sopra il suolo, poi si girò e risalì per riprendere il suo schema.

"Non ho un anello", ha detto. "È quello che stavo aspettando, sai. Ecco. Ma ho un..." Cercò di girare la testa e Julie lo aiutò facendo scivolare la mano verso il basso. Vide l'uomo del Livello 2, che indossava ancora il casco, vacillare. Non girava più in tondo, ma era immobile, dritto come una bacchetta, a parte qualche scossone a una gamba o a un braccio ogni pochi secondi. I suoi occhi erano spalancati e rovesciati all'indietro nella testa e sembrava soffrire molto. Le vene gli spuntavano ai lati del collo e ogni muscolo del corpo era teso.

"Io invece ho un casco", disse. "Vuoi un casco?"

Alzò la mano libera e fece un finto movimento di schiaffo, e Ben trasalì.

"Andiamo, Romeo", disse. "Questo combattimento è quasi finito e non vogliamo perderlo". Lo tirò di lato e lui scivolò lungo la fila di cadaveri fino a raggiungere il suo precedente nascondiglio tra le file di server informatici.

Reggie li salutò, spostandosi dalla sua posizione dietro il terminale dove stava aspettando con Jonathan Colson. "Notate qualcosa?", chiese.

Ben aggrottò le sopracciglia, mentre un po' di sensibilità tornava finalmente sul suo viso.

"I droni?" Julie chiese, guardando verso l'alto.

"Non stanno attaccando", ha detto Reggie.

"Sembra che stiano per farlo, però", disse Julie.

"Sì, ma ci hanno attaccato *un sacco* di volte in passato", argomentò Reggie, "e nemmeno una volta hanno dovuto "preparare" qualcosa. C'è qualcos'altro sotto".

I tre guardarono in alto per qualche secondo, osservando i droni che lentamente perdevano il controllo e iniziavano a sbattere contro le pareti e i server dei computer. Alla fine uno dei droni più vicini alla loro posizione cadde e si schiantò a terra, le sue luci lampeggiarono un'ultima volta e poi rimasero spente.

"È... finita...".

Ben guardò Julie e poi verso il centro della stanza. Valére era lì, ancora disteso sul pavimento in condizioni non migliori di quelle di uno dei suoi droni precipitati, e guardava dritto in alto. "È finita", disse di nuovo.

Ben si rigirò su se stesso, allontanando il dolore alla testa, al viso, alla mascella e a ogni altra parte di lui, e poi si alzò in piedi. Julie lo sorreggeva immediatamente e lui le permise di condurlo verso Valére.

"Valére", disse Ben, con la voce che gli usciva lenta e strascicata per l'effetto di borbottio dovuto al fatto di non avere una bocca perfettamente funzionante.

Valére spostò lo sguardo su Ben e gli occhi si socchiusero. "Questo... questo è colpa *tua*", sussurrò. Le sue mani tremavano, il tremito si muoveva nel suo corpo in modo spasmodico.

Ben si sforzò di sorridere, ma il sangue e la bava gli scesero sul mento. "No, Valére, ma vorrei che lo fosse. Cosa sta succedendo con i droni, comunque?".

Valére scosse leggermente la testa e chiuse gli occhi. Sembrava che una grande ondata di tristezza si fosse abbattuta su di lui, e Ben si sentì momentaneamente riverito, come se stesse guardando morire un uomo influente.

"È il mio sistema. La mia *SARA*. Era pronta e io l'ho delusa. Lei... lei era pronta per il collegamento finale - il *mio* cervello - e solo il mio. Anderson, non è...".

L'uomo a cui Valére si riferiva era in piedi lì vicino, ancora soffocato da una forza invisibile che sembrava soffocarlo lentamente. All'improvviso cadde a terra, emettendo uno strano mugolio come unico segno che era ancora vivo.

"La mente di Anderson è diversa dalla mia, naturalmente", ha detto Valére. "SARA è stato programmato per la *mia* mente, per la *mia* coscienza".

Julie si mise una mano sulla bocca. "Mio Dio, avevamo ragione", disse.

Ben cercò di chiederle cosa intendesse, ma la sua bocca era intorpidita e rigida.

"Il sistema qui - la voce della donna, i droni, tutto quanto - è un'intelligenza, basata sulla mappatura del cervello umano e sulla ricreazione dei percorsi neurologici in esso".

"*Cervello*, non 'cervello'", disse Reggie, intervenendo da dietro Ben. "Tutti quei corpi al piano di sotto...".

"Il padre di Joshua", disse Colson. "Anche lui è laggiù".

Joshua e la signora E apparvero alla sinistra di Ben, uscendo dai loro nascondigli, apparentemente non più preoccupati dai droni. Altri due si schiantarono intorno a loro e una delle macchine andò a sbattere contro una lampada nell'angolo della stanza.

Anderson era ormai solo un ammasso di carne e ossa, la poca vita rimasta in lui si sprigionava in piccole crisi episodiche sempre più distanti tra loro. Gli occhi avevano assunto una tonalità rossastra e la bocca si apriva e chiudeva lentamente mentre moriva. L'elmetto sulla sua testa si è mantenuto saldo, assicurato al soggetto dalla pressione e dagli impulsi elettrici che viaggiavano nel suo cranio.

Ben voleva distogliere lo sguardo da quella scena raccapricciante, ma non ci riuscì.

"Hai mappato il cervello umano", continuò Julie rivolgendosi a Valére, "ma non sei riuscito a finirlo. C'era ancora un pezzo, vero?".

Valére attese, chiudendo di nuovo gli occhi, poi annuì una volta. "Sì, è vero. Un ultimo pezzo del puzzle che ha attraversato i millenni. L'*abbiamo* fatto *noi*. *Io l'ho fatto*. E *abbiamo* trovato l'ultimo pezzo". Girò la testa. "È stato *lui*, in realtà".

Tutti si voltarono a guardare Colson, che era in piedi accanto a Reggie, con gli occhi spalancati quasi come Anderson.

"Ma quel pezzo non era davvero il codice giusto, vero? Era un linguaggio diverso".

"È un modo interessante di vederla", ha detto Valére, "ma sì. E non c'era modo di costruire *veramente* un pezzo di SARA, perché non era in una lingua, come dice lei, che riconoscevamo".

"Ed è per questo che sei qui", disse Julie. Ben faticava ancora a capire, ma lo attribuì al mal di testa e al continuo pulsare dietro il viso e gli occhi. "Volevi darle la *tua* parte".

"La mia coscienza".

Nessuno parlò e il gruppo rimase per quasi un minuto a guardare Valére. Ben pensava che l'uomo fosse morto, ma dopo qualche altro secondo aprì appena gli occhi.

"Fallo", ha detto. "Sai cosa viene dopo. Fallo e basta".

"Con piacere", disse Reggie, avvicinandosi a Valére. Ben vide che il suo amico teneva in mano la pistola che era caduta vicino al corpo di Valére.

Ben sollevò il braccio, sforzandosi contro il dolore, e fermò Reggie. Le sue spalle si sollevarono e la sua schiena si tese mentre gli eventi del giorno precedente tornavano di corsa in primo piano nei suoi pensieri. Guardò Valére, fissandolo negli occhi, cercando di decidere cosa fare.

Quest'uomo non merita la morte, pensò.

Ben non si sarebbe considerato vendicativo, ma di certo non era superiore. Era un uomo di principio - almeno ci provava - ma era anche testardo come chiunque altro, se non di più. Per Ben, l'uomo che giaceva sul pavimento di fronte a lui aveva commesso tutti i possibili crimini contro l'umanità, su scala individuale e di massa. Era un mostro, se i mostri avevano il potere degli dei e la bussola morale dei demoni.

"No", disse Ben.

Si sentiva addosso gli occhi di tutti, compresi quelli di Valére.

"Dobbiamo sistemare le cose", ha detto.

"Ben", disse Joshua. "Lui... Quello che ha fatto, e le persone - persino i *governi* - che probabilmente lo sostengono... Non c'è prigione che possa trattenerlo".

"C'è".

CHAPTER 67

ANCORA UNA VOLTA, NESSUNO PARLÒ.

BEN aspirò una profonda boccata d'aria, cadde in ginocchio e afferrò i piedi di Valére. Julie si precipitò ad aiutarlo, ma lui la scrollò di dosso. Il dolore era notevole, con un'impennata nei muscoli e nelle articolazioni che prima non aveva nemmeno notato. Il viso era completamente intorpidito, il che gli fece notare le ferite presenti in altre parti del corpo. Lo ignorò, costringendosi a respirare, muoversi e ripetere. Tirò Valére con sé, sentendo il vecchio e debole uomo lottare inutilmente contro la forza di Ben.

Non lo stava tirando lontano. Quando raggiunse il terminale del computer, lasciò i piedi di Valére e lo fece girare in modo che le sue braccia fossero più vicine e gli afferrò la mano destra. Valére gridò, ma Ben continuò a ignorarlo. Si avvicinò al terminale del computer e staccò il lettore di palma, allungando il cavo fino all'estremità. Non essendo soddisfatto della lunghezza del cavo e non volendo staccare l'altra estremità, strattonò il braccio di Valére più forte che poté, sentendo uno schiocco da qualche parte nella spalla dell'uomo.

Valére aspirò un rapido respiro, ma lo trattenne. Per sua fortuna, non urlò.

Appoggiò il palmo di Valére, aperto, sul lettore, poi si voltò verso lo schermo del computer. Il monitor si era addormentato e Ben pensò che anche il computer fosse bloccato. Poteva supporre che la mano di Anderson o di una delle guardie sarebbe stata in grado di sbloccare il sistema, ma voleva Valére, in particolare, per questo.

Il maestro.

Lo schermo si animò. Ben lo guardò, senza essere sicuro che fosse successo davvero qualcosa. Il sistema operativo non gli sembrava familiare e improvvisamente desiderò di aver detto prima a Julie il suo piano. O a Colson. In realtà, chiunque del gruppo sarebbe stato più bravo con i computer, lo sapeva. Stava per rivolgersi a uno di loro e chiedere aiuto, quando il computer parlò.

Il suono proveniva da altoparlanti montati da qualche parte in alto, sulle pareti o sul soffitto o su entrambi. Si trattava di una voce dall'eco inquietante, lo stesso accento britannico inclinato che avevano sentito molte volte in precedenza.

"Monsieur Valére, benvenuto. Sono contento che ce l'abbia fatta. Sembra che l'ultimo uplink non sia andato a buon fine. Ho riportato il firmware alla versione precedente. Vuole riavviare?".

C'era Julie e poi Colson, in piedi ai suoi lati. "Cosa stai facendo?" Chiese Julie.

Ben cercava di navigare nel sistema, leggendo le etichette su ogni finestra e finestra di dialogo mentre si muoveva sullo schermo. C'erano alcune opzioni che sembravano promettenti, ma Ben non voleva fare clic su qualcosa che lo avrebbe bloccato di nuovo.

"Ben..." disse Colson. "Per favore, facci sapere cosa stai cercando di fare. Potremmo essere in grado di aiutarti".

"Quelle persone", grugnì, parlando dal lato della bocca. "Quelle persone di sotto. Sono tutte vive. So cosa gli fanno...".

Julie lo guardò in modo strano, ma non chiese nulla.

Ben stava per arrendersi, ma poi lo trovò.

ACCESSO AL SISTEMA.

Era nascosto sotto la finestra inferiore e Ben ci aveva messo un minuto a capire come scorrere ogni sezione per arrivare a quello che supponeva fosse il desktop, ma lo aveva trovato. Fece clic su di esso e apparve una finestra a schermo intero. Apparve uno sfondo bianco solido e accecante e un secondo dopo un testo nero riempì lo schermo.

Utilizzò i tasti freccia per navigare verso il basso dell'elenco, spostando verso il basso il simbolo di sottolineatura lampeggiante, che suppose fosse la versione di questa finestra modale di un cursore. Lo schermo cambiò quando toccò il fondo, e poi lo vide.

SEZIONE DI SPEGNIMENTO.

Non era del tutto sicuro di cosa avrebbe detto, ma sapeva che era l'opzione di menu corretta. Scorse rapidamente la legenda nell'angolo inferiore dello schermo, poi premette il tasto di ritorno. Lo schermo cambiò ancora una volta, questa volta elencando i livelli della stazione in ordine dall'alto - Livello Uno - al basso - Livello Dieci.

Scorrendo le opzioni, il simbolo di sottolineatura si fermò sull'etichetta del livello dieci.

"Ben..." Disse Julie, afferrandogli il braccio.

"Lo so", disse. "Joshua, vieni qui". Continuò a fissare lo schermo, senza essere sicuro che Joshua lo avesse sentito o capito, ma l'uomo si avvicinò in pochi secondi e prese il posto di Colson accanto a Ben.

"Joshua", disse, sforzandosi di formulare le parole. "Questa è la fine. Premi 'return' e tutto finisce".

Joshua guardò Ben.

"Il sistema SARA stava aspettando Valére, ma non l'ha ricevuto. Stava aspettando quell'"ultimo uplink" perché stava cercando di *disconnettersi* da quelle persone al piano di sotto. È questo il 'pezzo finale' di cui parla".

Valére sembrava sul punto di avventarsi su Ben, ma questi rimase a terra, immobile. Il suo corpo si era arreso e i tremori stavano diventando costanti. Qualunque cosa fosse che affliggeva l'uomo, Ben sapeva che al momento stava vincendo.

"Al piano di sotto sono tutti vivi. E mentre sono vivi, il sistema funziona grazie ai loro cervelli. Hanno costruito una replica *quasi* perfetta di un cervello umano *quassù*, nella sala server, ma avevano bisogno dell'ultimo pezzo del puzzle per accenderlo completamente".

"E poiché il sistema non ha ricevuto l'ultimo pezzo di cui aveva bisogno per 'svegliarsi', possiamo spegnerlo definitivamente", ha detto Julie.

"... Uccidendo tutti quelli del piano di sotto", ha aggiunto Colson.

Reggie parlò da dietro Ben. "È una decisione impossibile da prendere".

"È per questo che non ce la faccio", ha detto Ben. "Ma so cosa farei se lo facessi".

La signora E e Reggie si avvicinarono e si riunirono tutti intorno a Ben, al terminale e a Joshua, e tutti si voltarono verso Joshua Jefferson. L'uomo sembrava in difficoltà, la sua caratteristica faccia da poker era sparita. L'espressione del suo volto cambiava ogni pochi secondi, ma si avvicinò al computer e si avvicinò alla tastiera.

"Questo è l'interruttore mortale, allora", sussurrò. "Letteralmente".

Ben annuì.

"Ma sono ancora là fuori", ha detto Joshua. "Le *altre* persone che erano dietro a tutto questo. Sono ancora vive e non sappiamo nemmeno chi siano".

"Joshua", disse Julie, "questa è la *nostra* battaglia, e finisce qui. Le Industrie Draconis sono in realtà *quest'*uomo -" indicò Valére, che li osservava tutti dal pavimento con un'espressione fredda sul volto - "e *questo* posto. Come ha detto Ben, finisce *qui*".

Joshua deglutì e annuì. Fissò lo schermo del computer, poi chiuse gli occhi.

Ha premuto il tasto.

Inizio spegnimento al livello 10", dichiarò la voce della donna.

Aspettarono, ascoltando l'inquietante silenzio che non avevano ancora sperimentato sulla stazione.

Ben sollevò il braccio sciupato e posò la mano sulla spalla di Joshua. Si avvicinò di più. "È quello che farei io".

"Anch'io, amico", disse Reggie.

Julie, Colson e la signora E annuirono.

Spegnimento del livello 10 completato", ha detto la donna qualche minuto dopo. *Inizio della modalità di risparmio energetico in tutta la stazione. Guasto completo del sistema tra circa 23 ore".*

"E lui?" Reggie abbassò lo sguardo su Valére, pietoso e spezzato sul pavimento. Ben e gli altri seguirono il suo sguardo.

"Quanto tempo pensi che abbia?", chiese.

"È difficile dire cosa sia esattamente", disse Joshua. "Ma le convulsioni stanno aumentando e sono più frequenti di quelle di dieci minuti fa".

Valére respirava pesantemente, afferrando con le braccia tese un sostegno che non c'era. Si scosse violentemente per qualche secondo, poi si fermò, gli occhi si aprirono e si chiusero.

Ben si mordicchiò per un attimo l'interno del labbro. "Non riuscirà a uscire da qui".

Reggie e Joshua scossero la testa.

"E la stazione sarà disattivata in meno di un giorno. Congelata in un altro".

Le sopracciglia di Reggie si sono alzate, come per fare una domanda.

"Non ho alcun interesse a riportare questo tizio negli Stati Uniti. Sappiamo tutti che sarà in grado di convocare un numero illimitato di avvocati e tutto il denaro di cui avrà bisogno per scagionarsi".

"Ma non possiamo lasciarlo qui da solo", disse Julie.

"Non lo faremo", rispose Ben senza esitazione. "Quella inquietante ragazza del computer sarà con lui fino alla fine".

CHAPTER 68

TROVARONO L'AEREO DI VALÉRE, un altro massiccio aereo da carico dotato di sci simili a quello con cui erano arrivati, al livello 1. Metà del livello era stata destinata a un hangar sotterraneo, che digradava dolcemente verso l'alto fino a incontrare il livello del terreno esterno.

Inoltre, avevano trovato l'ascensore segreto di Valére, che non era molto segreto una volta che il sistema, o SARA, era entrato in modalità di risparmio energetico. L'ascensore nascosto non era altro che un ascensore per la manutenzione, una grande cabina quadrata che non serviva a nient'altro che a trasportare le attrezzature dalla cima della base al fondo. A quanto pare era anche l'unico ascensore operativo quando la stazione era in modalità di basso consumo, e una grande luce arancione montata sopra la porta trasmetteva la sua posizione al gruppo.

Avevano preso l'ascensore per salire al livello superiore, trovando solo cadaveri dove prima si era svolta una massiccia battaglia tra la sicurezza della stazione e le forze cinesi. Anche chi aveva pilotato il velivolo era scomparso, e si ipotizzava che fosse una delle guardie che avevano accompagnato Valére nella stazione.

Tuttavia, il gruppo era in stato di massima allerta e Julie, la signora E, Joshua e persino Colson, con in mano un fucile sottratto a un soldato, erano di guardia a ciascuna delle porte aperte dell'aereo. Julie si stava occupando delle ferite di Ben nella cabina di pilotaggio, dove Reggie stava cercando di accendere l'aereo.

"Non puoi pilotare questa cosa?". Chiese Ben.

Julie ricordava il loro primo viaggio con Reggie, pilotando un piccolo aereo nel cuore della foresta amazzonica.

"Mi sento un po' a disagio con un Cessna", ha risposto, "immaginate come mi sento con un bestione così grande".

"Pensavo che fossi il tipo di persona che corre dei rischi", disse Julie, ammiccando.

Reggie sorrise. "Fidati, non è un rischio che vuoi che corra".

"Sono d'accordo con lui", disse Ben. "Allora, possiamo raggiungere McMurdo?".

Reggie aveva acceso l'aereo, ma finora la radio non aveva emesso alcun suono. "Ci sto lavorando".

Armeggiò di nuovo con i comandi, impostando diverse frequenze e attendendo una risposta.

ello? Chi... chi è questo?

Reggie aggrottò le sopracciglia, ancora sorridendo, mentre guardava Ben e Julie. "Immagino che chi ha risposto non sia un operatore radio esperto".

Rispose. "Mi chiamo Gareth Red e mi trovo nei pressi della stazione McMurdo. Chiedo assistenza per me e per il gruppo di cinque persone con cui mi trovo".

C'è stata una pausa. *Credo di aver capito. Lei è vicino alla stazione? - Nessun altro - dove esattamente - si trova?".*

Abbassò il boccaglio e guardò di nuovo Ben e Julie. "Pensate che dovrei chiedere di parlare con il suo manager?".

Julie rise e Reggie continuò. "Vorrei potervi dire esattamente dove siamo, ma non ne sono sicuro. Secondo me è a meno di 100 miglia dalla vostra posizione, da qualche parte lungo la Traverse".

Una nuova voce, una donna, burbera e tagliente, giunse attraverso la radio. *Questa... comunicazione remota... ATC McMurdo, comunicazione terra-terra... Vi abbiamo... su una frequenza locale e credo che stiamo vedendo la vostra posizione".* '

La donna continuò, con trasmissioni ogni volta più nitide, e disse a Reggie che aveva individuato la loro posizione proprio davanti all'inizio delle Montagne Transantartiche, a circa quattro ore di distanza dalla McMurdo. Discussero i dettagli e Reggie confermò che la McMurdo sarebbe arrivata entro un'ora per recuperare il suo gruppo. Prima di concludere, il controllore della McMurdo fece un'ultima domanda.

Un'altra cosa, Red. C'è qualcosa che puoi dirci su uno dei nostri giovani ricercatori? È scomparso qualche giorno fa; si chiama Montgomery. Roald Montgomery? Passo.

Reggie sospirò, poi rispose. "Sì, posso spiegarlo. Purtroppo non tornerà con noi. È una storia lunga, però, e prima vorrei cambiarmi d'abito e bere un bourbon. Passo".

C'ERA UN PICCOLO ARMADIO nella cabina di pilotaggio dell'aereo cargo che, tra gli altri oggetti personali, ospitava due bottiglie di liquore. Reggie e Colson si passarono una bottiglia di scotch a buon mercato, mentre Ben e gli altri, tranne Joshua, optarono per il whisky canadese. Le cinque ore di attesa sembrarono interminabili, considerando quanto velocemente erano trascorse le ultime ventiquattro. Trascorsero il tempo ridendo del sapore del liquore e prendendo in giro l'abilità di volo di Reggie, cercando di dimenticare le centinaia di corpi che giacevano gelati sotto di loro.

La signora E era tranquilla e riservata, rifiutandosi di partecipare alle bevute o agli scherzi. Si sedette sulla poltrona del copilota e guardò fuori dallo stretto rettangolo di finestre la parete scura dell'hangar. Julie entrò nella cabina di pilotaggio, si sedette e aspettò che la signora E si girasse nella sua direzione.

"Ci sono molte cose che non hanno senso", ha detto Julie.

La signora E annuì. "Le assicuro che io e mio marito non eravamo al corrente delle circostanze", disse.

"Mi fido di questo. Hai combattuto con noi e non lo dimenticherò. Neanche loro lo faranno. Ma c'è dell'altro, giusto?".

Di nuovo, la signora annuì. "Mio marito ci spiegherà tutto, ma qui non siamo interessati solo al nostro investimento".

"Quindi c'è un investimento?".

"Sì, proprio come ha detto. Sarà deluso dal fatto che non siamo riusciti a recuperare alcun dato da questo luogo, ma capirà che non c'erano alternative".

"Allora cos'era tutta questa storia di Joshua, prima che Hendricks morisse?".

"Anche in questo caso, lascerò che sia mio marito a spiegarmi i dettagli. Ma è interessato a continuare la relazione con il signor Jefferson, almeno".

Julie trovò le affermazioni criptiche e questo le fece venire voglia di chiedere di più. Ma si fidava della parola data alla donna; almeno li aveva aiutati a superare una situazione impossibile, e la donna si meritava almeno questo. La testardaggine di Julie voleva insistere, ma decise di non farlo.

Qualunque cosa stesse accadendo era qualcosa che avrebbe potuto esaminare più tardi. Al momento, aveva altre cose di cui occuparsi.

Si girò e trovò Ben e Reggie che ridevano per qualcosa che Reggie aveva detto. Ben aveva un aspetto pietoso, con la testa gonfia e le labbra ancora grandi quasi il doppio del normale. Considerando quello che sapeva di Reggie, probabilmente l'uomo aveva scherzato proprio su questo, prendendo in giro Ben, dando inizio a quello che sarebbe stato inevitabilmente un infinito tira e molla tra loro.

Joshua sorrideva, con la metà inferiore del viso piegata in un sorriso facile e la metà superiore stoica e senza parole come sempre. Si avvicinò e si sedette accanto a lui.

"Ben", ha detto senza mezzi termini.

Si girò, lentamente, con il corpo rivolto verso di lei prima della testa.

"Dobbiamo parlare".

Gli occhi di Reggie si alzarono e lei vide che stava cercando di soffocare altre risate.

"Adesso?" Chiese.

Lei annuì.

"Ma, noi... Jules, si tratta di...".

"Quella proposta orrenda?", disse lei, tagliando corto. "Assolutamente sì".

La bocca di Reggie iniziò ad aprirsi in corrispondenza dei suoi occhi, e accanto a lei sentì Joshua emettere una boccata d'aria.

"Oh cavolo, è *di questo* che stavate parlando voi due piccioncini prima?". Disse Reggie. "Ben, *dici sul serio?*".

"Io... zitto...", disse. Le sue gigantesche labbra erano aperte in una linea, lo sguardo sul suo volto era una pura tortura.

Julie voleva improvvisamente salvare l'uomo che amava, ma qualcosa in lei decise di sedersi e di osservare il processo per qualche altro secondo.

Joshua intervenne. "Non posso *crederci*", disse. "Ci hai lasciato fare tutto il lavoro e le stavi chiedendo di *sposarti?*".

"Ho messo... la cosa del casco... che era...".

Reggie lo interruppe con uno scoppio di risa che soffocò la voce di Ben a tal punto che la sua unica opzione fu quella di smettere di parlare. Joshua si unì a lui e Julie osservò come anche Ben cominciò a sorridere. Risero insieme per un minuto, con Joshua e Reggie che si alternavano nell'assalto amichevole a Ben, finché Julie si alzò.

Le risate si spensero e Julie si avvicinò a Ben, con il volto e le orecchie arrossate e i pugni chiusi ai fianchi. Pensò che stesse sorridendo, ma era difficile capirlo dietro il naso e il viso maciullati e gli occhi neri.

"Possiamo parlare più tardi", disse lei dolcemente, afferrandogli la mano. "È stata quasi una vendetta per la mia proposta".

Lui rimase lì, una testa più alta di lei, senza muoversi.

"Ora voglio pareggiare i conti. Quello è stato probabilmente uno dei momenti più imbarazzanti in cui ognuno di noi si sia mai trovato, quindi voglio fare il bis".

"Tu... sei?" Chiese Ben.

Lei annuì, poi allungò la mano libera e la agitò, a palmo aperto, davanti al viso di lui. "Non so bene cosa sia in questo momento, e non sono sicura di come sia diventato così, ma proverò a baciarlo. Davanti ai nostri amici".

Il volto di Ben divenne ancora più rosso e le risate di Reggie e Joshua ancora più animate, mentre Julie si alzava in punta di piedi e dava il colpo di grazia.

"MR. RED, *HA MAI sentito parlare dell'Iniziativa Vendicatori?*", disse l'uomo alla televisione.

Reggie guardò ai suoi lati, prima verso Ben e Julie, poi verso Joshua e la signora E. L'uomo sullo schermo, il signor E., era lo stesso con cui avevano parlato prima di intraprendere la loro missione, e anche la stanza in cui si trovavano, una delle sale da ballo del Broadmoor, era la stessa. Splendide appliques e splendide modanature a corona ricoprivano le pareti, mentre dall'alto soffitto pendevano lampadari che sembravano avere un secolo e ancora in perfette condizioni.

Per Reggie era un'evidente dimostrazione di ricchezza, ma non era mai stato uno che negava la sua attrazione per le cose più belle della vita. Se il signore e la signora E volevano offrire loro, ancora una volta, una cena di lusso e un soggiorno in uno dei più importanti resort del mondo, non aveva intenzione di discutere.

Tuttavia, si chiese quale fosse lo scopo di Mr. E con tutto quello sfarzo. L'uomo sullo schermo televisivo, come prima, non poteva sembrare più semplice. Il suo tentativo di scherzo era ancora più strano.

"Era uno scherzo?" Chiese Reggie.

"Infatti". L'espressione dell'uomo non cambiò minimamente.

"Buona questa", disse Reggie, non sapendo bene cosa dovesse succedere in quel momento.

'Ho citato i famosi personaggi dei fumetti solo per preparare il terreno per quello che sto per chiedervi. A tutti *voi"*.

Reggie notò che Julie si era seduta un po' più dritta e la testa di Joshua si era inclinata un po' all'indietro. Ben non cambiò, ma probabilmente ciò era dovuto al batuffolo di bende e alle medicine luccicanti che gli erano state spalmate sulle ferite e sui tagli.

Sebbene siate stati mandati in Antartide per ottenere dati che mi avrebbero aiutato a perseguire le Industrie Draconis per l'uso di apparecchiature di comunicazione e satelliti riservati, capisco che ognuno di voi ha partecipato per motivi personali.

Anch'io avevo un secondo fine e mi è dispiaciuto doverlo nascondere a tutti voi, ma era necessario. Ho mandato lì il signor Hendricks e la sua squadra per la vostra sicurezza, ma anche per valutare le capacità del vostro gruppo come possibili candidati".

"Candidati? Per cosa?" Chiese Reggie.

Recentemente sono stato avvicinato da un contingente di rappresentanti di ogni ramo delle Forze Armate degli Stati Uniti per discutere la possibilità di dirigere un progetto che chiamano CSO, o "Civilian Special Operations". Inoltre, era presente un conoscente che sicuramente conoscete tutti, Archibald Quinones, con il quale siamo diventati piuttosto amici negli ultimi mesi. Juliette, a quanto pare le tue ricerche e le tue richieste di aiuto alla CIA per la questione Draconis non solo li hanno interessati, ma li hanno spinti ad agire, scaricando la questione su qualcun altro.

Questo incontro, come potete immaginare, era riservato, poiché è nell'interesse di ciascuna parte negare che tale incontro abbia avuto luogo. In ogni caso, questo gruppo sarà composto da civili che possiedono le conoscenze e l'addestramento per accompagnare membri selezionati di unità di forze speciali a compiere missioni considerate tabù dal governo degli Stati Uniti".

Reggie fu solo leggermente sorpreso dalla presenza del suo vecchio amico Achibald. Li aveva aiutati in Amazzonia e sembrava che il suo aiuto, anche se non più fisico, fosse ancora presente. "Ma non è esattamente quello che fanno *già* le forze speciali?".

Il signor E annuì. *Sì, in un certo senso. Non si prevede che queste missioni siano di natura militare, ed è proprio per questo che si è deciso che uomini e donne del settore civile debbano costituire la maggior parte dei membri. Situazioni aziendali, come la vicenda delle Industrie Draconis, e questioni di sicurezza privata vengono in mente come possibili impieghi per un gruppo come questo, e il fatto che non sarà finanziato - almeno non completamente - da nessun governo in particolare gli conferisce una maggiore immunità politica rispetto a molti dei programmi sostenuti dai militari".*

"Ma avete incontrato i *militari*, giusto?".

'Infatti. Mi hanno invitato alla riunione perché intendono nominarmi leader del gruppo, dal punto di vista finanziario".

"Quindi barattiamo la nostra lealtà al Paese in cambio di un dittatore?".

Il signor E sorrise. *Anch'io temevo cosa significasse, ma abbiamo una soluzione. Joshua Jefferson ha dimostrato una capacità di leadership esemplare e la sua presenza mentale sotto pressione, come ha riferito mia moglie, è fuori discussione. Sarà lui a supervisionare la componente operativa della CSO, con la supervisione del comitato".*

Reggie grugnì. "E chi fa parte di questo comitato?".

Mia moglie ed io lo siamo, e un rappresentante dell'esercito, oltre a ciascuno di voi. I conti tornano a vostro favore, e se siete tutti d'accordo...".

Ben annusò, poi mosse il naso, cercando di grattarsi un prurito senza toccarsi il viso. Si girò leggermente sulla sedia in modo da avere il corpo rivolto più verso Reggie e Julie e parlò allo schermo. "Signor

E, sono certo che siamo tutti lusingati, ma seriamente, non crede che siamo un po' poco qualificati per essere la sua forza di polizia personale?".

"Solo nell'addestramento, signor Bennett", ha detto il signor E., *"e questo sarà accettato. Tuttavia, come ho detto prima che partiste, ognuno di voi ha una serie di abilità particolari che il nostro esercito e il nostro governo non possono addestrare o riprodurre artificialmente. Inoltre, come vi ho spiegato, i tipi di incarichi che speriamo di ottenere non interferiscono con lo stile consolidato degli impegni militari".*

"Può essere più specifico?"

Al momento, no. Questo gruppo è un'idea, un germe di possibilità, e volevo portarlo a tutti voi il prima possibile. Ma la mia visione, il mio sogno, e in parte il motivo per cui sono entrato nel settore della tecnologia, è quello di perseguire quel tipo di cose per cui i nostri militari non hanno tempo, risorse o interesse. Si occupano di scienza perché molto spesso le sue possibilità coincidono con i programmi di difesa, sia nel nostro Paese che in quello nemico. La sicurezza privata è un'altra opzione, ma i loro programmi sono destinati a proteggere un'entità aziendale o i suoi leader, e non molto altro. Quello che spero di fare con questo programma è colmare il divario tra gli interessi dei militari e quelli del resto di noi".

Julie, seduta accanto a Reggie, era stranamente silenziosa e quando il signor E finì di parlare si rivolse a lei. "Cosa ne pensi, Jules?", le chiese.

Aspettò un attimo, raccogliendo ancora i suoi pensieri. "È... non lo so. È difficile da dire, davvero. Dopo quello che abbiamo appena passato, non sono sicura di voler sapere di più su questi tuoi 'interessi'".

Il signor E e la signora E si misero a ridere e Joshua sorrise. *Capisco perfettamente. Vi faccio un esempio, allora. Qualche mese fa, il Museo Americano di Storia Naturale è stato attaccato e un manufatto di inestimabile valore è stato rubato. La polizia locale non ha potuto fare molto, mentre l'esercito era troppo grande, disarticolato e, in definitiva, troppo poco interessato a portare avanti la questione. Ci sono squadre di sicurezza private che avrebbero potuto essere ingaggiate e impiegate, ma devono essere pagate.*

Quel particolare incidente è finito bene, grazie a un paio di persone che si sono assunte la responsabilità di agire, ma avrebbe potuto benissimo portare a un disastro. La mia intenzione è quella di costruire una squadra che possa essere schierata, facendo ciò che è giusto e necessario per abbattere questo tipo di persone, in modo da permettere al governo degli Stati Uniti di concentrarsi sulle minacce più grandi e più urgenti".

"E dà loro una negabilità plausibile", ha detto Joshua.

"È venuto fuori, sì", rispose quasi subito il signor E.

"Giusto. Beh, se ho capito bene, vuoi che ti aiutiamo a fare il bravo ragazzo. Ma senza dare nell'occhio, per così dire, in modo da non pestare i piedi ai militari. Ma loro ci aiuteranno se noi aiuteremo loro, dandoci le armi a noleggio, se necessario".

Reggie si guardò intorno per vedere se gli altri erano d'accordo con la sua valutazione. Stavano ancora guardando il grande televisore e la metà superiore del signor E, ma ognuno di loro annuiva lentamente.

Sì, ma anche tu sarai assunto", disse. *Credo nella valorizzazione delle persone pagandole per quello che valgono. Oltre a un bonus per il tempo trascorso in Antartide, questo nuovo gruppo fornirà a ciascuno di voi uno stipendio che credo dovrebbe rivelarsi piuttosto generoso. Poiché la natura esatta del lavoro è un po' vaga, chiederò alla signora E di consegnarvi subito il pacchetto di compensi, ma vi darò un po' di tempo per valutarlo".*

"Tipo, qualche minuto?"

Qualche mese. Prenditi un po' di tempo per riposare, Gareth. Anche tu, Joshua. Se accetterete, ci saranno programmi di allenamento studiati individualmente per ognuno di voi. E Julie e Ben, immagino che voi due vi riposerete poco. Ho sentito dire che le congratulazioni sono d'obbligo".

Reggie e Joshua risero e la signora E sorrise. Ben arrossì un po', ma Julie si avvicinò e gli mise una mano sul braccio.

Reggie guardò, tornando a sorridere, e aspettò che Ben lo guardasse. "Ben, se Joshua finirà per essere il tuo testimone al posto mio, farò in modo che la tua faccia rimanga così per sempre".

UNA BREVE NOTA

Immagino che, visto che continua a citarmi nei suoi libri, dovrei restituirgli il favore. Quindi dedico questo libro al mio buon amico Kevin Tumlinson.

In tutta serietà, dovrei dedicargli la mia intera *carriera di* autore: dopo tutto, non mi sentivo molto serio nella mia vita di scrittore fino a quando non ho incontrato Kevin (online, ovviamente, perché è quello che fanno i ragazzi fighi). So che non sarà d'accordo, ma è così. Kevin mi ha aiutato a capire una cosa: *sono* uno scrittore, che mi piaccia o no, quindi è meglio che lo accetti.

Quindi, ecco a "possederlo". *L'abisso di ghiaccio* segna circa 1 milione di parole pubblicate per me. È un 1 con *molti* zeri dietro. Pazzesco. Stephen King scrisse che il primo milione di parole era un esercizio, e io sono un po' terrorizzato all'idea che qualsiasi cosa io scriva ora debba essere un *vero affare*. Niente più pratica per me!

Per quanto riguarda il concetto di questa storia, è piuttosto semplice. Scrivo i thriller di Harvey Bennett usando una formula semplice: Tecnologia fantastica + luogo fantastico. In questo caso, si tratta di intelligenza artificiale in Antartide. Avevo già un "cattivo", e se avete letto *The Enigma Strain* o *The Amazon Code* conoscerete il cattivo che è apparso finora in questa serie. Volevo scrivere un cattivo che fosse comunque imperfetto in modo realistico, per contrastare i difetti che ho dato a Ben, Julie, Joshua e al nuovo personaggio preferito di tutti, Reggie.

Torniamo a Kevin: sembra che entrambi orbitiamo l'uno intorno all'altro, almeno per quanto riguarda il nostro lavoro. Nel suo ultimo libro c'era una citazione molto gentile di me, quindi ho ricambiato il favore (vedete se riuscite a individuarla!). E poiché entrambi *amiamo* questo genere, abbiamo in programma di scrivere una sorta di mashup. Stiamo ancora cercando di capire chi vincerebbe in una lotta tra Dan Kotler e Harvey Bennett (lo so, è ovvio anche per me!).

Quindi brindiamo alla scrittura, a Kevin e, come sempre, a te, caro lettore!

Nick Thacker
Colorado Springs, CO
Novembre 2016

AFTERWORD

Grazie per aver letto! Spero che questo thriller vi sia piaciuto e che lasciate una recensione onesta.

Per ringraziarvi, visitate nickthacker.com/italiano per scaricare gratuitamente un romanzo thriller!

OVER DE AUTEUR

Nick Thacker è un autore di thriller texano che vive alle Hawaii e in Colorado. Nel tempo libero, gli piace leggere su un'amaca in spiaggia, sciare, bere whisky e stare con la sua bellissima moglie, i suoi due cani e le sue due figlie.

Per maggiori informazioni e per un elenco degli altri lavori di Nick, visitate il sito web di Nick: www.nickthacker.com.

www.ingramcontent.com/pod-product-compliance
Lightning Source LLC
Chambersburg PA
CBHW021755190726
48290CB00005B/1283